Mord im Zoo

Sabine Bramm

Mord im Zoo

Bibliografische Information der Deutschen Nationalbibliothek
Die Deutsche Nationalbibliothek verzeichnet diese Publikation
in der Deutschen Nationalbibliografie; detaillierte bibliografische
Daten sind im Internet über http://dnb.d-nb.de abrufbar.

© 2016 Sabine Bramm
Umschlagdesign, Satz, Herstellung und Verlag:
BoD – Books on Demand
ISBN 978-3-7392-6838-5

Für meinen Mann, der mich immer
wieder zum Weiterschreiben ermuntert
und mit seinen Ideen inspiriert hat.

Teamwork sollten wir von unseren Zellen
und dem Flug der Gänse lernen –
nur wenn die Stärkeren den Schwächeren
helfen, erreichen alle das Ziel.

Rena Lessner

I

Leo, der bis vor ein paar Sekunden noch tief und fest geschlafen hat, springt als Erstes mit einem Ruck auf seine vier Pfoten. Irritiert, aber auch erschrocken schaut er sich aufmerksam im Gehege um, um den Störenfried, der ihn so unsanft aus dem Schlaf gerissen hat, ausfindig zu machen. Als er das bunte Etwas entdeckt, welches im Raubtiergehege hektisch und wild um sich flatternd auf- und abspringt und immer wieder »Tot, er ist tot« aus voller Kehle plärrt, ist ihm auch schon alles klar. Jogi, der großschnäbelige und vorwitzige Papagei, muss sich wieder einmal in den Vordergrund spielen und versucht einmal mehr alle Aufmerksamkeit auf sich zu ziehen. Heute hat er sich dazu die Raubkatzen ausgesucht, bei welchen er seine Masche inszeniert. Aber muss das ausgerechnet in aller Herrgottsfrühe sein? Er hätte damit gerne noch mindestens zwei bis drei Stunden warten können, dann hätten es ihm die Tiere mit Sicherheit weniger krummgenommen als zu dieser unchristlichen frühen Morgenstunde. Aber das ist nun leider nicht mehr zu ändern, denn mit seinem Geschrei hat der doofe Vogel bestimmt bald alle hier aus ihrem friedlichen und tiefen Schlummer gerissen. Daran kann auch ein ausgewachsener Löwe nichts ändern, schon gar nicht, wenn er hinter Gittern sitzt und den Papagei somit nicht erreichen kann, um ihm seinen vorwitzigen Schnabel zu stopfen. Lust dazu hätte er allemal und seine Gefährten sehen das bestimmt nicht anders, wenn Jogi erst einmal alle aufgeweckt hat.

Missmutig marschiert Leo nun an den Rand seiner Gitterstäbe, um mehr von dem zu sehen, was den Papagei ganz offensichtlich in eine solche Aufregung versetzt hat. Irgendetwas scheint da vorne auf dem Boden zu liegen. Aber was sollte das schon sein? Hier drinnen kann doch gar nicht groß etwas passieren, denn das Gehege wird nachts immer von außen abgeschlossen, so dass sich in dem Vorraum, in welchem Jogi sich gerade befindet, eigentlich gar niemand aufhalten kann. Vielleicht hat der Ara ein Stückchen rohes Fleisch entdeckt, das von der gestrigen Fütterung übriggeblieben ist und um das sich die Raubkatzen jetzt streiten sollen, damit es eine von ihnen schließlich von ihm als Vorspeise vor dem Frühstück serviert bekommt. Um mehr kann es gar nicht gehen. Schließlich ist der Papagei im ganzen Zoo dafür bekannt, dass er nur zu gerne die anderen Insassen ärgert. Aber da sollte sich Leo gründlich getäuscht haben!

Erst jetzt, nachdem er noch etwas wacher geworden ist, dringen die Worte, die er gerade gehört hat, bis zu seinem Bewusstsein durch. Tot? Was schreit Jogi da? Wer ist tot? Warum sollte in seinem heiligen Raubtiergehege jemand sterben, sofern es nicht selbst angeordnet hat? Er ist hier der Chef, und wenn hier jemand sterben soll, dann würde alleine er eine solche Entscheidung treffen und niemand anders! Er kann sich beim besten Willen nicht daran erinnern, dass er in letzter Zeit einen solchen Befehl gegeben hätte. Wenn er so recht darüber nachdenkt, war dies tatsächlich schon ewig nicht mehr der Fall, hoffentlich verweichlicht er hier nicht vollkommen. Aber es fällt ihm niemand ein, der dieses Schicksal verdient hätte. Schließlich geht es den Raubkatzen hier im Zoo gut. Sie können sich zusammen im Freien tummeln und fast jede von ihnen hat sogar eine eigene kleine Bleibe, in welche sie sich zum Schlafen und Faulenzen zurückziehen kann, wenn sie keine Lust mehr auf Geselligkeit hat. Weder Leo noch seine Brüder, die hier in friedlicher Eintracht zusammenleben und so gut wie nie in Streit geraten, müssen noch auf die Jagd gehen. Sie erhalten ihr Futter bereits fein säuberlich tranchiert und teilweise sogar in maulgerechte Häppchen zerlegt auf dem Silbertablett präsentiert und müssen sich nur noch bedienen. Keiner hat es mehr nötig, sein Futter selbst zu erlegen oder sich gar darum zu streiten, es ist immer genug für alle da. Durch diesen Luxus verwöhnt und bequem geworden, hat auch gar keiner mehr so richtige Gelüste, auf die Jagd zu gehen. Er wüsste nicht, dass einer der anderen diese Beschäftigung tatsächlich vermisst. Da muss ein kleiner Nager schon so dumm sein und direkt in ein Gehege rennen, um die großen Katzen dazu zu bewegen, sich ihr Futter doch selbst zu fangen, wenn es sich schon derart anbietet, aber ansonsten machen sich die Tiere keine Tatze mehr schmutzig.

Aber was Leo jetzt, als er direkt vor dem nervösen Papagei auf den Boden schaut, entdeckt, entlockt selbst ihm, der als abgebrühter und erfahrener Löwe gilt, einen Schrei des Entsetzens, welcher sich natürlich in seiner Gattung in einem lauten Brüllen Ausdruck verschafft.

Sofort sind auch alle restlichen Bewohner des Raubtiergeheges schlagartig wach und springen fast unisono auf ihre Pfoten, um nach dem schreienden Löwen zu sehen. Beeindruckend, dass dieses Brüllen so viel mehr bewirkt hat, als es der Vogel vorher vermocht hätte. Leo muss die anderen unbedingt danach fragen, wie sie es schaffen, das nervtötende Schreien des Aras einfach zu überhören und selig weiterzuschlafen. Der Löwe wiederum hat seinen Blick inzwischen fest auf das Bündel, welches vor Jogi auf dem Boden liegt, fokussiert. Bei näherer Betrachtung stellt Leo fest, dass das Bündel einmal der Tierpfleger mit dem Namen Guido war. Er liegt tatsächlich unweit von seinem Schlafplatz vollkommen bewegungslos auf dem Boden. Außerdem ist er gerade ziemlich blass. Man benötigt nicht viel Fantasie, um auf den ersten Blick zu erkennen, dass es den guten Guido tatsächlich voll erwischt hat und er den betonierten kalten Fußboden mit Sicherheit nie wieder aus eigener Kraft verlassen wird. Gerade wenn man ein Raubtier ist, hat man einen Blick dafür, ob etwas noch lebt oder bereits im Reich der Toten weilt. Der Tierpfleger gehört auf jeden Fall zu der zweiten Kategorie, das spüren die Tiere bereits im ersten Moment des Entdeckens. Seine Augen sind weit aufgerissen und blicken starr direkt senkrecht zur Decke hoch. Sehen können sie allerdings nichts mehr, denn sie sind bereits stark getrübt, womit der Todeszeitpunkt auch schon ziemlich genau festgelegt werden kann. Der gute Guido muss in dieser Nacht zwischen zwölf und zwei Uhr zu Tode gekommen sein, da ist sich der Löwe ganz sicher. Er hat schließlich nicht das erste Mal totes Fleisch vor seinem Gesicht. Aber damit hat er sich ziemlich vertan, wie sich später noch herausstellen wird. Er hat bei der Festlegung des Todeszeitpunktes nicht bedacht, dass er sich nicht mehr in heißen Gefilden befindet und so die Zeichen des Todes etwas langsamer fortschreiten, als er es gewohnt ist. Aber das soll hier an dieser Stelle erst einmal niemanden stören.

Als Leo seinen geübten Blick über den toten Körper schweifen lässt, sieht er jede Menge Blut, welches bereits das komplette Hemd des Tierpflegers in ein dunkles Etwas verwandelt hat, so dass es inzwischen steif vom Körper absteht. Aus Guidos Brust, genau da, wo sich bei den Menschen das Herz befindet, ragt ein Messer hervor. Oder besser gesagt, es ragt nur noch der Messergriff heraus, von der silbernen Schneide ist absolut nichts zu sehen. Da muss jemand mit voller Wucht und jeder Menge Kraft zugestochen haben, geht es dem Löwen durch den Kopf.

Damit ist es ein ganz klarer Fall, der Pfleger wurde erstochen! Selbst kann sich ein Zweibeiner eine solche Wunde auf keinen Fall zufügen. Da müsste er schon direkt in das Messer gefallen sein. Da Guido aber auf dem Rücken liegt, geht Leo nicht von einem Unfall, sondern schlicht und ergreifend von Mord aus.

Aber damit fangen die Probleme im Zoo gerade erst an!

2

»Mann, Jogi, jetzt halt endlich deinen dummen Schnabel«, mault Tatze, der seine vom Schlaf noch ganz vermatzelten Augen kaum aufhalten kann und noch gar nicht begriffen hat, was hier tatsächlich los ist. »Du spinnst wohl, hier so rumzuschreien und uns alle zu wecken. Schade, dass ich hinter Gittern sitze, sonst wärst du heute ein gefundenes Frühstück für mich. Du bist doch bestimmt auch schuld daran, dass Leo gerade so gebrüllt hat, oder? Bestimmt hast du ihn wieder so geärgert, dass er einfach die Fassung verloren hat. Warum hast du dir für deine Neckereien heute ausgerechnet uns ausgesucht? Du lässt uns doch sonst auch in Ruhe. Mann, was für ein Scheiß aber auch, es ist doch noch mitten in der Nacht.«

Aber den Papagei beeindruckt das Gemotze von Tatze so gar nicht, schließlich hat der morgens immer schlechte Laune, die er gerne an Schwächeren auslässt. Das ist er inzwischen schon gewohnt und lässt ihn völlig kalt. Raubkatzen, die knurren, beißen nicht, lautet die Devise des schlauen Vogels. Und schon gar nicht ihn, den zwar alle als nervig bezeichnen, andererseits aber auch trotzdem irgendwie alle mögen. Schließlich versorgt er alle Zooinsassen stets mit dem neuesten Klatsch und Tratsch. Mit unverminderter Lautstärke schreit er weiter: »Tot, er ist tot.«

Erst da bemerkt der frisch aufgewachte Tiger, dass hier etwas ganz und gar nicht stimmt, dazu ist die Stimmung, die er um sich herum spürt, einfach zu seltsam, irgendwie liegt hier etwas Komisches in der Luft. Sein Blick wandert erst einmal ganz automatisch zu Leo, der nach wie vor auf den Boden vor Jogi stiert, um sich dann in die gleiche Richtung, in die sein Raubtierfreund gerade schaut, zu bewegen. Da endlich entdeckt Tatze den toten Guido auf dem Boden vor den Käfigen. Der nicht gerade schöne Anblick entlockt ihm ein erschrockenes Fauchen. Wie lange hat er schon keinen toten Menschen mehr zu Gesicht bekommen? Oder besser gesagt, hat er überhaupt schon einmal einen toten Menschen gesehen? Auch wenn sich die Freunde untereinander schon so manches Schauermärchen über ihre Abenteuer damals in der großen Wildnis erzählt haben, in welchen es natürlich auch an getöteten Tierjägern nicht mangelt, so kann sich Tatze nicht daran erinnern, dass er tatsächlich schon einmal einen Menschen, der das Zeitliche gesegnet hat, gesehen hätte. Das hätte auch für jetzt und für die Zukunft nicht unbedingt sein müssen, wie er gerade feststellt.

Guido sieht seltsam aus, so ruhig und bewegungslos, wie er vor ihm liegt. Seine Augen sind grausam, so weiß, wie sie zur Decke starren und ihn mit Sicherheit nie wieder anblicken werden. Er kennt den Tierpfleger stets in Bewegung und meistens vor sich hin pfeifend. Beides wird er jetzt nie wieder tun. Das findet Tatze sehr befremdlich und stimmt ihn auch ein kleines bisschen traurig, obwohl er und Guido nicht gerade als dicke Freunde durchgegangen wären. Guido konnte ganz schön ruppig sein, wenn er schlecht drauf war, was gar nicht einmal so selten der Fall war. Aber wenn es sich Tatze so recht überlegt, fand er den Typen gar nicht mal so schlimm. Jetzt gerade muss er sich ganz schön zusammenreißen, um nicht zu sehr in Melancholie zu verfallen, wenn er darüber nachdenkt, dass er nie mehr von Guido gefüttert werden wird. »Ich bin wohl doch etwas sentimental, oder werde ich einfach nur alt?«, denkt sich Tatze irritiert und schüttelt erst einmal seinen Kopf, um diese komischen Gedanken daraus zu vertreiben. Diese passen einfach nicht zu einem starken Tiger.

3

Da nun alle Raubtiere wach sind, wird es auch schon gleich recht laut unter ihnen. Alle schreien wild um sich. Es fallen Phrasen wie »Geht's noch?«, »Spinnt ihr denn alle?« und »Was ist denn hier heute Morgen los?«. Falls jemand bereits in dieser frühen Morgenstunde am Raubtiergehege vorbeilaufen sollte, sucht er bestimmt schleunigst das Weite, so laut brüllen die Freunde inzwischen hier herum. In dieser aufgewühlten Stimmung ist es für die Zweibeiner besser, wenn sie einen großen Bogen um die kräftigen

Tiere machen und sich erst wieder blicken lassen, wenn sich die Gemüter wieder beruhigt haben.

Aber genau diese Unruhe ist es, die Jogi mit seinem Gezeter bezweckt hat, er hat sein Ziel zu hundert Prozent erreicht, denn nun sind definitiv alle Katzen wach. Denn inzwischen schauen ihn alle Raubtieraugen sehr aufmerksam an, natürlich abzüglich der vier Augen von Leo und Tatze. Die beiden sind ja bereits eine Stufe weiter. Nun kann er seine Rufe endlich einstellen und zum Wesentlichen kommen, und sofort verstummt das Geschrei, das er bis eben selbst noch veranstaltet hat. Das empfinden alle Raubtierohren erst einmal als sehr angenehm und alle entspannen sich sofort sichtlich. So ein Papageienschnabel und die dazugehörige schrille Stimme sind keinesfalls dafür geschaffen, die empfindlichen Katzenohren für eine lange Dauer zu beschallen. Die kurze Ruhe verschafft den Tieren eine klitzekleine Atempause, in welcher sie sich erst einmal wieder sammeln können. Aber lange hält die Entspannung bei keinem an. Nun deutet Jogi, der noch immer neben der Leiche auf und abfliegt, mit einem seiner langen, gelben Flügel direkt vor sich auf den Boden und lenkt somit den Blick aller verbliebenen Tiere von sich auf den toten Tierpfleger. Nun begreifen auch alle anderen hier im Raum, was sich in der Nacht Dramatisches in ihrem kleinen Reich abgespielt hat. Der Anblick der Leiche entlockt auch ihnen mehr oder weniger laute Schreie des Entsetzens und sie sind alle mindestens genauso erschrocken, wie es vor ihnen bereits Leo und Tatze waren.

Kaum zu fassen, dass diese Miezekatzen tatsächlich alle friedlich vor sich hingeschlummert haben sollen, während sich direkt vor ihren Bettchen ein Drama, welches mit einem Toten endete, abgespielt hat. Ist das denn die Möglichkeit? Eigentlich kann Jogi gar nicht glauben, dass die Tiere tatsächlich nichts gehört haben. Dann fällt ihm aber wieder ein, dass sie vorhin auch erst wach wurden, als Leo sein Brüllen von sich gegeben hat, welches dann doch um einiges lauter war, als es die Zooinsassen sonst von ihm gewohnt sind. Also wäre es doch möglich, dass keiner in der Nacht etwas mitbekommen hat. Aber jetzt ist keine Zeit dafür, um sich Gedanken darüber zu machen, ob tatsächlich niemand etwas gehört oder gesehen hat. Das muss in einem späteren Gespräch geklärt werden. Der schlaue Jogi weiß natürlich, dass die Polizei dies als Zeugenbefragung und Rekonstruktion des Tathergangs bezeichnet. Dieses Prozedere wird er später mit den Katzenfreunden auch noch praktizieren. Es wäre doch gelacht, wenn dabei nicht etwas Brauchbares herauskommen würde.

Er hat seine morgendliche Aufgabe nun erst einmal erfüllt, denn nun haben es definitiv alle großen Katzen, die diese Mauern ihr Eigen nennen, begriffen. Hier in ihrem Raubtiergehege ist heute Nacht ein heimtückischer Mord verübt worden.

Das alles ist sehr unschön und wird ihr bisher so friedliches und schönes faules Leben mit Sicherheit empfindlich stören. Das zumindest denkt Ede gerade, einer der Panther hier im Zoo. Er sondiert ausführlich und gewissenhaft die Lage und ist sich sicher, dass es nicht lange dauern wird, bis hier im gemauerten Stall des Geheges der Teufel los sein wird und es von Zweibeinern nur so wimmelt. Ab sofort wird es mit der Ruhe und Behaglichkeit hier jedenfalls erst einmal vorbei sein. Es ist nur gut, dass alle seine Gefährten genau wie er selbst hinter ihren Gitterstäben sitzen und nicht für die Tat verantwortlich gemacht werden können. Aber das wäre sowieso unmöglich, wie er sich gerade selbst in Gedanken korrigiert. Schließlich kann keiner seiner Freunde mit einem Messer umgehen. Dazu sind Raubtiertatzen einfach denkbar ungeeignet. Da sieht man es wieder einmal. So ein Mord kann selbst das größte und stärkste Raubtier ganz durcheinanderbringen. Wie konnte er nur denken, dass eines der anderen Raubtiere für einen Mord verantwortlich sein könnte! Das ist ja der totale Humbug und kommt definitiv für keinen seiner Gefährten hier in Frage, da ist er sich absolut sicher. Er würde für alle anderen Raubkatzen um ihn herum seine Pfoten ins Feuer legen, wenn es sein müsste. Denn seine Gefährten morden nicht ohne Grund und hier im Zoo schon gar nicht.

4

Wildcat, der edle schwarze Jaguar der Gruppe, findet seine Sprache als Erster wieder. »Ja, das gibt es doch gar nicht, was macht Guido denn so früh hier in unserem Zuhause und warum in Teufels Namen ist er tot?« Klar, auch den anderen Raubkatzen war sofort auf den ersten Blick klar, dass hier kein lebender Pfleger mehr unter ihnen weilt. »Ein Toter in unserem Gehege, das geht ja gar nicht. Was machen wir nur mit ihm? Euch ist schon klar, dass alle da draußen sofort denken, dass wir die Unholde sind, die diese Tat begangen haben, oder?« Zur Bekräftigung, was er mit »da draußen« meint, streckt er eine seiner Vordertatzen in Richtung der Eingangstüre. »Der Kerl muss hier so schnell wie möglich raus. Wir können nicht riskieren, dass er mit uns in Verbindung gebracht wird! Die erschießen uns noch alle.«

Von dieser Aussage aufgeschreckt, brüllen die Gepardengeschwister Pickeldi und Frederick erschrocken: »Was wir beide sind unschuldig!« und »Ich lasse mich nicht erschießen wegen dem blöden Guido, den habe ich sowieso nie gemocht. Das war ja klar, dass der uns nun auch noch mit seinem Ableben Ärger macht.«

Leo begreift, dass hier sein Führungspotential gefragt ist, und ruft: »Nun schaltet alle mal einen Gang zurück. Wir dürfen jetzt nichts überstürzen und uns zu Handlungen gezwungen fühlen, die uns nur noch verdächtiger machen. Erst einmal sollten wir Ruhe bewahren und uns nicht auch noch gegenseitig verrückt machen! Als Erstes möchte ich einmal klarstellen, dass keiner von uns der Mörder gewesen sein kann. Erstens sitzen wir alle brav hinter unseren Käfiggittern und zweitens kann selbst der dümmste Mensch erkennen, dass hier kein Raubtier zu Gange gewesen sein kann. Oder kann einer von euch vielleicht mit einem Messer umgehen?«

Diese kleine Ansprache verfehlt ihre Wirkung nicht. Die intelligenten Katzen verstehen sofort, dass Leo mit seinen Ausführungen absolut Recht hat und sie alle auf keinen Fall als Verdächtige in Frage kommen. Das mit dem Messer war ein sehr gutes Argument des weisen Löwen. Das lässt die Gruppe erst einmal etwas entspannen und endlich kommt wieder Ruhe in die Mannschaft, die heute so unsanft aus ihrem Schönheitsschlaf gerissen wurde.

5

Nach einer Weile meldet sich Wildcat wieder zu Wort. »Aber sollten wir nicht trotzdem etwas unternehmen? Müssen wir nicht jemanden über das Ableben des Tierpflegers informieren? Was meint ihr?«

Ja, auf jeden Fall sollten die anderen Zooangestellten oder zumindest einer von ihnen über den Todesfall hier im Raubtiergehege informiert werden.

Da sind sich alle Katzen sofort einig. Es ist auch schnell jemand gefunden, der diese wichtige Aufgabe übernehmen soll, nämlich kein anderer als Jogi, denn er ist zurzeit der Einzige, der diesen Raum ohne Probleme verlassen kann.

Darum lässt sich der Vogel nicht zweimal bitten, schließlich übernimmt er solche Botengänge nur zu gerne. Es ist doch immer wieder schön, wichtig zu sein! Beherzt macht er sich auch schon gleich auf den Flug. Schnell war allen klar, wen man nun in dieser prekären Situation als Ersten einweihen möchte. Die Wahl fiel einstimmig auf Manni, der eigentlich mit richtigem Namen Manfred heißt, den jeder aber einfach nur Manni ruft, und so halten es die Tiere eben auch, auch wenn sie nicht so ganz verstehen, warum ein Mensch zwei Namen braucht, um da draußen bestehen zu können. Aber solche zweinamigen Menschen gibt es öfter, als man denkt, wie die Raubtiere aus ihrem Erfahrungsschatz berichten können. Dieser Tierpfleger ist ein eher gemütlicher Typ, der sich mit seinen inzwischen bereits fünfundfünfzig Jahren keinen Stress mehr macht und schon mehr gesehen hat, als ihm lieb sein kann. Ihn kann so leicht nichts mehr erschüttern. Er war sogar schon oft Geburtshelfer. Gerade bei schwierigen Geburten war er immer derjenige, der sowohl die direkt betroffenen Tiere als auch die nervösen Menschen, die beim Gebären helfen sollen, beruhigt hat, um dann dafür zu sorgen, dass das kleine Lebewesen, welches sich mühsam seinen Weg in die Welt bahnt, wohlbehütet und gesund in der Zoogemeinschaft ankommt. Ohne den Tierpfleger wäre so manches Jungtier wahrscheinlich eine Totgeburt geworden. Schon alleine dafür sind diesem Mann alle für seine Anwesenheit hier im Zoo dankbar. Manni hat so eine ruhige und gelassene Ausstrahlung. In seiner Gegenwart fühlt sich jeder, egal ob Mensch oder Tier, gleich wohl und umsorgt und irgendwie auch im Mittelpunkt. Außerdem hat er stets für alle Leckerli parat und nie vergisst er es, seinen tierischen Lieblingen die benötigten Streicheleinheiten zukommen zu lassen. Das lässt er sich sogar bei den wilden und gefährlichen Raubkatzen nicht nehmen, was ihm sonst kein Zweibeiner nachmacht. Für alle ist es sonnenklar: Hierfür ist Manni genau der richtige Mann. Er weiß bestimmt sofort, was zu tun ist.

Jogi muss nicht lange nach dem netten Tierpfleger suchen. Trotz der frühen Morgenstunde befindet er sich schon im Futterlager, um die für das Frühstück nötigen Futtermengen gewissenhaft zusammenzustellen und in die entsprechenden Behältnisse zu füllen, damit er es dann in den einzelnen Ställen mit dem Austeilen einfacher hat, da er dann nur die inzwischen leeren Schalen und Teller wieder mit herausnimmt. Laut schreiend fliegt der Vogel direkt auf Manni zu. »Manni, du musst den Raubtieren unbedingt helfen! Stell dir vor, in ihrem Gehege liegt Guido und er ist mausetot.«

»Ist ja schon gut, Jogi, schreie doch nicht so. Du bekommst ja deine extra Nuss, das weißt du doch. Da musst du mir doch nicht gleich die Trommelfelle ruinieren!« »Ich will doch keine ...mmmpf.« Und schon hat der Papagei eine seiner geliebten Erdnüsse quer im Schnabel. Das passt ihm aber heute so gar nicht, schließlich hat er eine Mission zu erfüllen, die er mit Bravour meistern will. Deshalb spuckt er die Erdnuss in einem weiten Bogen von sich. »Nein, nein, ich will keine Nuss, du musst mit mir kommen, es gibt eine Leiche im Zoo.«

Aber es ist absolut aussichtslos, der ahnungslose Manni versteht die Aufregung seines gefiederten Freundes so gar nicht. »Was ist denn mit dir heute Morgen los? Hast du dich etwa schon mit frei wachsendem Hanf gedopt oder was? Du bist ja richtig auf Krawall gebürstet an diesem schönen und gerade erst beginnenden Tag.« Sagt es und grinst Jogi dabei freundlich an. »Ich kann dir auch nicht helfen, wenn du heute keine Nuss fressen möchtest, aber jetzt höre endlich mit deinem Gezeter auf, denn dafür ist es ganz eindeutig noch viel zu früh am Tag.«

Okay, sein Vorhaben hat also so gar keine Aussicht auf Erfolg, muss sich der enttäuschte Jogi eingestehen. Er hatte es sich leichter vorgestellt, den Tierpfleger dazu zu bewegen, ihm zu folgen. Schließlich hat er ganz deutlich die Worte »Guido« und »mausetot« benutzt. Das muss doch selbst einen netten Tierpfleger auf den Plan rufen, oder? Wozu ist er denn ein sprechender Papagei, wenn ihm keiner der Menschen überhaupt richtig zuhört?

Was Jogi allerdings nicht weiß, ist, dass er zwar tatsächlich ein paar Wörter Menschensprache spricht, aber alles andere, was er so tagtäglich von sich gibt, tatsächlich nur von Tierohren verstanden werden kann. Er hatte nie eine Chance gehabt, den Pfleger über den Mord zu informieren, denn mit »Tschüss«, »Guten Tag« und »Hallo« kommt man auch als Papagei in der Menschenwelt nicht sehr weit.

Genervt, dass sein Gegenüber so schlecht zuhört, überlegt er, ob es nicht eine andere Möglichkeit gibt, Manni davon zu überzeugen, dass er ihm unbedingt folgen muss, und dann fällt es ihm wie Schuppen von seinen Vogelaugen. Klar gibt es diese Möglichkeit, wie konnte er nur so schusselig sein? Beherzt schnappt er sich mit seinem großen Schnabel ein Kaninchenbein, welches bereits für die Fütterung der Raubtiere von Manni zurechtgelegt wurde. Dieses schwenkt er dann auch noch demonstrativ vor Manni hin und her und macht sich damit auf in Richtung Raubtiergehege. Allerdings fliegt er mit seiner Beute so langsam davon, dass der Pfleger ihm ohne große Anstrengung folgen kann.

Das tut Manni nun auch. Vollkommen davon überrascht, dass der vorwitzige Jogi sich heute so seltsam verhält, vergisst er alle Futterrationen und rennt dem verrückten Vogel erst einmal hinterher. Dieser bringt ihn in kürzester Zeit zielsicher zum entsprechenden Gehege, in welches er natürlich sofort mit seiner immer noch in seinem Schnabel befindlichen Beute verschwindet. Manni muss erst einmal seinen Schlüsselbund zücken, um die verschlossene Tür zu öffnen, um ebenfalls in den Stall der Raubtiere zu gelangen. Anders als der Papagei kann er nämlich nicht einfach über den Zaun auf der anderen Seite fliegen, um nach drinnen zu gelangen. Als er jedoch den Schlüssel in das Türschloss stecken will, bemerkt er verwundert, dass die Tür gestern Abend wohl gar nicht verschlossen worden ist. Stirnrunzelnd überlegt er, wer von den Pflegern den Spätdienst hatte, damit er ihn darüber informieren und ihm ins Gewissen reden kann, das auf keinen Fall heute Abend wieder zu vergessen. Nicht auszudenken, wenn auch nur einer seiner geliebten Großkatzen etwas passieren würde und das nur, weil ein Kollege vergessen hat die Tür abzuschließen. Das geht gar nicht!

Aber jetzt gilt es erst einmal, dem verrückten Jogi sein erbeutetes Kaninchenbein wieder abzujagen, wenn er es inzwischen nicht schon an Ede oder Wildcat verfüttert hat. Bei diesem Gedanken muss er schmunzeln, denn er weiß, dass die Jungs da drinnen gerne eine Extraportion Futter genießen, wenn sich ihnen die Chance dazu bietet. Vielleicht hat der Ara die Katzen ja geärgert und er muss ihnen deshalb eine zusätzliche Mahlzeit servieren. Wundern würde es Manni jedenfalls nicht, denn auch die Menschen hier im Zoo wissen, dass sich Jogi so allerlei einfallen lässt, um die anderen Tiere zu ärgern, wenn sich dazu die Gelegenheit bietet. Dass dieser Vogel trotz dem ganzen Schabernack, den er treibt, immer noch am Leben ist, hat er nur seiner neugierigen und wissbegierigen Art zu verdanken. Denn sein

Wissen über alles, was hier im Tierpark jeden Tag so passiert, das teilt er dann wieder gerne mit allen, die sich für seine Geschichten interessieren. Es dürfte wiederum für so ziemlich jedes Tier hier zutreffen, dass es für die Erzählungen von Jogi stets ein offenes Ohr hat und immer mit großem Interesse zuhört, was dieser so zu berichten hat. Schließlich will jeder in seinem Zoo auf dem Laufenden sein.

Beherzt marschiert Manni nun mit festen und schnellen Schritten in den betonierten Vorraum. Aber gleich nach dem Betreten des Stalles spürt er, dass hier drinnen etwas ganz und gar nicht stimmt. Die Tiere wirken aufgeregt und leicht nervös, was ungewöhnlich ist und ihn sofort aufmerksam werden lässt. Befindet sich vielleicht ein fremdes Tier hier, welches die Raubkatzen so unruhig macht? Es wäre ihnen nicht zu verdenken, dass sie das ärgerlich machen würde, schließlich sitzen sie nachts hier in ihrem Stall immer hinter Gittern. Wenn es ein anderes Tier tatsächlich hier hereingeschafft hätte, dann kann es nur eines sein, welches freien Zugang ins Innere hat. So wie Jogi zum Beispiel, der einfach von hinten über den Zaun fliegt und sich dann schon gleich mit den Katzen im Stall befindet. Viele Möglichkeiten gibt es da allerdings nicht. Dass sich die großen Tiere wegen einer Maus oder Ratte so sehr aufregen, kann sich Manni auch nicht so richtig vorstellen. Die würden sie eher fressen, als sich von so einem kleinen Tier ernsthaft aus der Ruhe bringen zu lassen.

Als er dann den Lichtschalter betätigt, um den Raum zu erhellen und dem Rätsel auf die Spur zu kommen, entfährt ihm ein greller Schrei. Direkt vor ihm auf dem Boden liegt sein Kumpel Guido. Manni sieht als Erstes das viele Blut auf seinem inzwischen steifen Hemd und fast sofort danach fällt ihm der Messergriff auf, der aus Guidos Brust ragt.

Beherzt rennt er die wenigen Schritte, die ihn von seinem Kollegen trennen, um sich dann sofort zu diesem hinunterzubeugen und ihm helfen zu können. Schnell muss er jedoch erkennen, dass für den Tierpfleger definitiv jede Hilfe zu spät kommt. Mit Entsetzen stellt er fest, dass Guido tot ist und das wohl auch schon einige Stunden, wie sein erfahrener Blick richtig deutet, als er Guido in dessen weißliche Augen schaut. Aber auch die niedrige Körpertemperatur lässt nur den einen Schluss zu nämlich, dass der Tod schon vor einer ganzen Weile eingetreten ist.

6

Mit dem Eintreffen des netten Pflegers wird eine Maschinerie in Gang gesetzt, die sich die Raubtiere in ihren schlimmsten Albträumen nicht hätten vorstellen können. Vorbei ist das ruhige Zooleben, das Dösen in seinen eigenen vier Wänden, wann immer einem danach der Sinn steht, und das Einfach-Abhängen und Schlafen, wann immer man gerade nichts Besseres, wie zum Beispiel Fressen, zu tun hat. Das passt den großen Katzen so gar nicht in den Kram. Viel zu gemütlich hatten sie es sich hier alle eingerichtet, als dass sie sehr angetan wären von den Aktionen, die nun in ihrem Gehege stattfinden.

Manni trommelt erst einmal alle zusammen, die sich schon im Zoo befinden. Dabei hat er allerdings nur mäßigen Erfolg. Als Erstes findet er die Kassiererin Anne. Gleich darauf trifft er auf die beiden Tiertrainer Harry und Tom. Damit ist seine Ausbeute aber auch schon erschöpft. Kein Wunder, denn der Zoo öffnet erst in einer Stunde. Daher ist es durchaus verständlich, dass längst nicht alle Kolleginnen und Kollegen anwesend sind. Er schildert den anderen kurz die Lage und erklärt ihnen schon einmal, was heute Nacht hier passiert ist. Mit erschrockenen und betroffenen Gesichtern und sehr gemischten Gefühlen macht sich die kleine Gruppe dann gemeinsam auf den Weg zum Raubtiergehege.

Kurze Zeit später betrachten sie den toten Körper ihres einstigen Kollegen und sind mindestens genauso geschockt, wie es zuvor schon die Tiere waren. In den Gesichtern von Tom und Harry erkennt man Anteilnahme, aber auch ein bisschen Irritation und Verwirrung über das plötzliche Ableben ihres Kollegen, welcher sein Leben anscheinend brutal verloren hat, bedenkt man das Messer, das bis zum Anschlag in seiner Brust steckt. Beide sehen gleich, dass dieses mit voller Wucht in Guido gerammt worden sein muss, sonst würde es nun nicht mit der kompletten Klinge in dessen Brust stecken. Anne bricht sogar in Tränen aus. Sie hat noch nie einen Toten zu Gesicht bekommen, und Guido hier nun so vor sich liegen zu haben macht ihr schwer zu schaffen. Als die anderen sie so schluchzen sehen, müssen sie sich zusammenreißen, um nicht selbst in Tränen auszubrechen. Das machen starke Männer schließlich nicht und keiner von ihnen will heute damit beginnen, dieses allgemeine Weltbild zu verändern.

Kurzerhand bringt Harry die absolut erschütterte Anne, die inzwischen auch ganz schön zittert und kurz vor dem Zusammenbruch zu stehen scheint, vom Tatort weg, damit sie nicht noch an Ort und Stelle umkippt. Er geht mit ihr ins Restaurant und setzt sie dort erst einmal an einen Tisch, in der Hoffnung, dass sie sich wieder etwas beruhigt, wenn sie die Leiche nicht mehr sieht. Gerade als er überlegt, ob er Anne hier so ganz alleine sitzen lassen kann, biegt die schicke Buchhalterin Julia um die Ecke, die sich eigentlich nur einen Kaffee aus dem Automaten ziehen wollte, um diesen an ihrem Arbeitsplatz in Ruhe zu genießen, ganz so, wie sie es jeden Tag handhabt, bevor sie in den anstrengenden Büroalltag startet, der ihr jeden Tag so einiges abverlangt.

Also daraus wird heute nichts. Harry erklärt Julia, was in der Nacht im Zoo bei den Raubtieren vorgefallen ist, und bittet sie, sich um Anne zu kümmern, die heute wahrscheinlich zu nichts mehr zu gebrauchen ist, da sie den Toten mit eigenen Augen gesehen hat, was ihr, wie man sieht, gar nicht gut bekommen ist. Aber es ist ja sowieso fraglich, ob das Gelände heute überhaupt für den Publikumsverkehr geöffnet wird, schließlich handelt es sich um einen Tatort, der, wie Harry aus vielen Krimis weiß, erst einmal gesichert und nach Spuren abgesucht werden muss. Da würden viele fremde Menschen nur stören! Von daher wird es wohl auch nicht erforderlich sein, dass die Kassiererin heute ihrer Arbeit nachgeht.

»Da spricht so ganz der pragmatische Mann«, denkt sich Julia. Von Mitgefühl und Trauer spürt sie bei Harry gerade so gut wie gar nichts, Guido war doch ein Kollege, wie kann Harry da nur so oberflächlich über Guidos Tod reden? »Wie machen die Männer das nur immer, dass sie sich so gut im Griff haben? Können sie ihre Gefühle tatsächlich so viel besser verbergen als wir Frauen? Oder ist die Art, wie Harry mit der Situation umgeht, einfach nur so etwas wie Selbstschutz, damit er nicht genauso zusammenbricht wie Anne, wobei er dem Spott der stärkeren Kollegen ausgesetzt wäre? Was ist denn schon dabei, wenn man Gefühle zeigt?« Wahrscheinlich wird sie nie so wirklich verstehen, wie die Männer ticken. Aber was soll es, sie kann im Moment einfach dankbar dafür sein, dass sie sich nur um einen Nervenzusammenbruch kümmern muss und nicht auch noch einen verstörten Tiertrainer an der Backe hat, schließlich hätte sie Psychologie studiert, wenn es ihr liegen würde, die Menschen zu therapieren. Darin ist sie, ehrlich gesagt, überhaupt nicht gut und sie selbst hat gerade erst einmal zu verdauen, dass es im Zoo tatsächlich zu einem Mord gekommen ist.

Jedenfalls ist sie inzwischen um einige Nuancen blasser um die Nase geworden und braucht jetzt erst einmal einen doppelten Espresso, mit Kaffee alleine ist ihr in der momentanen Situation nicht mehr geholfen. Anne, die sich durch ihr anhaltendes Schluchzen bisher nicht dazu äußern kann, was sie am liebsten trinken würde, bringt sie kurzerhand einen Tee vom Automaten mit. Tee beruhigt, wie jeder weiß, das kann nur gut für die junge Kollegin sein, die vollkommen durch den Wind zu sein scheint.

Julia ist zwar ebenfalls entsetzt darüber, dass ein Kollege von ihr ermordet worden ist und das auch noch ausgerechnet hier an seinem Arbeitsplatz, aber da sie die Leiche nicht gesehen hat, ist sie bei Weitem nicht so durcheinander wie Anne. Allerdings muss sie sich selbst eingestehen, dass es ihr nicht besser als ihrer jungen Kollegin gehen würde, wenn sie Guido tatsächlich in seinem jetzigen Zustand zu Gesicht bekommen hätte. Auch sie hat tatsächlich noch nie in ihrem Leben einen Toten gesehen und das möchte sie nach Möglichkeit auch gerne so weiter beibehalten. Wenn es nach ihr ginge, sogar für den Rest ihres Daseins, was sich aber wahrscheinlich nicht wirklich umsetzen lässt, wenn man bedenkt, dass sie zwar sehr rüstige Eltern hat, diese aber mit Sicherheit nicht mit einem ewigen Leben gesegnet sind. Darum ist sie trotz der prekären Lage, in der sich der Zoo nun seit Auffinden der Leiche befindet, gerade sehr froh darüber, dass sie auf Gleitzeitbasis arbeitet und heute nicht so gut aus dem Bett kam wie sonst. Daher ist sie mindestens eine halbe Stunde später dran als gewöhnlich, was ihr nun zugutekam und ihr den Anblick des toten Tierpflegers ersparte. Manchmal ist das Leben schon sonderbar, oder? Vorhin hat sie sich noch darüber geärgert, dass ihr Körper ihr am Morgen den gewohnten Dienst erst noch ein bisschen versagt hat, aber inzwischen denkt sie, dass das Schicksal es gut mit ihr gemeint hat.

Aber nun genug der eigenen Gedanken, schließlich sitzt vor ihr ein Häufchen Elend mit dem Namen Anne, um welches sich gekümmert werden muss. Der gute Harry hat längst die Flucht nach vorne ergriffen und hat sich gleich wieder klammheimlich aus dem Staub gemacht. Klar, warum sollte auch ein Mann mit einer solchen Situation umgehen können? Das würde ja schon an ein Wunder grenzen. Da Julia nicht so wirklich weiß, wie sie Anne in ihrer jetzigen Situation helfen kann, nimmt sie die Kollegin einfach kurzerhand in die Arme, um sie zu trösten. Aber anstatt beruhigend zu wirken, löst die Nähe erst einmal einen erneuten Heulkrampf bei Anne aus. Nach ein paar Minuten, in welchen Julia tapfer weiter, wie sie hofft, beruhigend über den Rücken von Anne gestrichen hat, wird die Kollegin aber tatsächlich etwas ruhiger. Glück gehabt, denkt Julia. Sie hätte sich sonst aber auch keinen Rat gewusst. Vorsichtshalber behält sie ihre Taktik noch etwas bei und ihr Plan scheint tatsächlich aufzugehen. Nach einer Weile befreit sich Anne von ihrer Kollegin und schaut sie aus verheulten Augen an. »Mensch, Julia, ich danke dir, dass du dich so um mich kümmerst. Ich war vorhin so entsetzt, dass ich tatsächlich gedacht habe, ich kippe einfach um, als ich Guido da so auf dem Boden liegen sah. Aber ich habe gedacht, dass es mir nichts ausmachen würde, eine Leiche zu sehen. Ich dachte, wie schlimm kann das schon sein? Nun bin ich etwas schlauer und werde mir das nach Möglichkeit so schnell nicht wieder antun. Jetzt ist es mir ein bisschen peinlich, dass ich so bescheuert reagiert habe, wo doch die starken Jungs mit dabei waren. Denen hat man natürlich so gut wie gar nichts angemerkt, während ich sofort in Tränen ausgebrochen bin und das große Zittern bekommen habe. Die denken jetzt bestimmt, dass ich so eine dumme Gans bin, die nichts verträgt, aber die Situation hat mich einfach zu unvorbereitet getroffen, als dass ich mich entsprechend hätte wappnen können. Warum muss ich mich aber auch so dumm anstellen?« Erneut rollen Tränen aus ihren Augen, aber eine weitere Weinattacke bleibt dieses Mal aus. Anscheinend ist das Schlimmste erst einmal überstanden.

Julia versichert ihr, dass es ihr genauso ergangen wäre, wenn sie den toten Guido hätte anschauen müssen. »So sind wir Mädels halt. Lass doch die Jungs denken, was sie wollen. Die sind mit Sicherheit auch nicht ganz so cool, wie es nach außen den Anschein hat. Schließlich sind wir hier alle so etwas wie eine große Familie. Da kann auch der stärkste Mann nicht so einfach weitermachen, als ob nichts passiert wäre. Du wirst es schon sehen, die leiden mit Sicherheit auch unter dem Verlust, auch wenn sie es nicht so offen zeigen wie wir Mädchen. Ich schlage vor, du trinkst jetzt erst einmal den Tee, den ich dir mitgebracht habe, und dann sehen wir weiter. Das wird schon wieder, mach dir da mal keinen Kopf.« Dankbar nimmt Anne das zum Glück immer noch heiße Getränk an sich, um vorsichtig ein paar Schlückchen zu trinken. Sie ist dankbar für die Unterstützung, die

die etwas ältere Kollegin ihr zukommen lässt, und auch dafür, dass sie hier nicht alleine sitzen muss, um ihr schreckliches Erlebnis zu verarbeiten. Die wenigen Sätze, die Julia zu ihr gesagt hat, haben tatsächlich ausgereicht, um sie wieder etwas zu beruhigen.

Ganz ohne ihr Zutun ist Julia stolz auf sich und dass sie die Situation so gut in den Griff bekommen hat. Sie hätte nicht damit gerechnet, dass Anne sich tatsächlich so schnell wieder beruhigen könnte. Das hat vorhin noch ganz anders ausgesehen. Vielleicht ist in ihr doch eine halbe Psychiaterin verborgen, wer weiß das schon so genau?

7

Harry, der sich schnellstens zurück zu den Jungs begeben hat, ist überaus froh darüber, dass Julia so passend in das Restaurant geschneit kam. Er hätte nicht gewusst, was er mit Anne hätte machen sollen, wenn sie sich nicht wieder beruhigt hätte. Da war es doch mehr als hilfreich, dass eine Frau hinzukam, die ihn, ohne es zu wissen, aus einer heiklen Situation gerettet hat. Wenn er ganz ehrlich ist, muss er nämlich zugeben, dass er heulende Weiber nicht ausstehen kann. Das aber nur, weil er sich dann hilflos wie ein Baby fühlt, da er nicht weiß, wie er sich ihnen gegenüber verhalten soll. Da ist es schon besser, wenn man ein flennendes Bündel einfach an einen anderen abgeben kann und dann nichts mehr damit zu tun hat.

Die anderen Jungs haben sich bereits besprochen, wie es nun weitergehen soll. Zuerst muss die Polizei informiert werden und dann gleich im Anschluss der Zoodirektor. Tom übernimmt das Telefonat mit der Polizei und ruft danach auch gleich Herrn Reuter an, der hier der Direktor ist. Diesen bittet er, schnellstmöglich in den Zoo zu kommen, am besten noch bevor die Polizei hier aufschlägt, das macht bestimmt ein besseres Bild. Aber Reuter lässt sich nicht hetzen, schon gar nicht so früh am Tag, was er seinem Angestellten auch gleich einmal zur Antwort gibt. Der ist schlau genug, nichts weiter zu sagen, und wiederholt einfach nur, dass er sich nach Möglichkeit einfach beeilen soll.

Manni, ganz der Tierpfleger, entschließt sich dazu, erst einmal alle seine

Lieblinge mit ihren Futterrationen zu versorgen. Damit ist er sowieso inzwischen bereits zeitlich im Rückstand. Normalerweise wäre er längst mit den vorbereiteten Portionen im Park unterwegs. Die Vierbeiner können schließlich am wenigsten für die Situation und sollen darunter auf keinen Fall leiden. Er macht sich auch sogleich beherzt auf den Weg zum Futterhaus, um seine durch Jogi so jäh unterbrochenen Vorbereitungen fertig zu stellen. Grinsend stellt er fest, dass er das Kaninchenbein vor lauter Aufregung einfach vergessen hat. Aber das haben die Raubkatzen inzwischen bestimmt verspeist, da ist er sich sicher. Die morgendliche Fütterung liebt er am meisten, denn da sind seine kleinen Lieblinge noch frisch ausgeschlafen und haben fast immer gute Laune und sind guter Dinge, ganz wie er selbst. Später kann es schon vorkommen, dass sie durch die vielen Menschen, die hier täglich durchlatschen, etwas genervt sind, was ein guter Tierpfleger natürlich sofort spürt und was sich manchmal sogar auf ihn selbst überträgt. Das passiert in der Regel dann, wenn gar zu seltsame Besucher im Park unterwegs sind. Die nerven dann nämlich nicht nur die Tiere, sondern quatschen auch oft die Angestellten mit irgendetwas Nebensächlichem blöd an. Dann kommt es schon vor, dass auch Manni während des Tages schlechte Laune bekommt. Aber zum Glück ist das eher die Ausnahme.

Für den übrig gebliebenen Harry bleibt erst einmal nichts weiter zu tun, als das Raubtiergehege großräumig mit Flatterband, welches im Zoo zwecks etwaiger Umbaumaßnahmen immer zur Hand ist, zu umspannen und es damit gegen alle Eindringlinge, die Spuren verwischen könnten, zu schützen. »Ja«, denkt er sich, »da weiß ich Bescheid, schließlich gehören Krimis so gut wie immer zu meinem Abendprogramm.« Auf die Idee, dass die kleine Angestelltentruppe selbst bereits einige wertvolle Spuren verwischt haben *könnte*, als sie gemeinsam in den Stall marschiert kam, um den Toten ganz aus der Nähe zu betrachten, kommt er gerade nicht. Vielmehr findet er sich im Moment richtig wichtig, weil er genau weiß, wie mit einem Tatort richtig zu verfahren ist. Wenn er nicht befürchten müsste, dass ein Kollege ihm dabei zusieht, würde er sich am liebsten selbst auf die Schulter klopfen, so gut wie er ist. Aber das lässt er dann doch.

8

Die Polizei lässt nicht lange auf sich warten. Die Ordnungshüter rauschen schon nach wenigen Minuten mit sage und schreibe drei Kraftfahrzeugen an, was vielleicht ein bisschen übertrieben ist, wenn man bedenkt, dass es sich beim Tatort um einen gut überschaubaren Zoo und nicht um einen tausend Quadratmeter großen Freizeitpark handelt. Eines der Autos lässt sich ohne Probleme als der Polizei zugehörig einordnen. Die beiden anderen könnten auch zu einem Bankchef oder einem Versicherungsvertreter gehören. Von Polizei ist da auf Anhieb so gar nichts zu erkennen, auch das typische Blaulicht auf dem Dach fehlt beiden gänzlich. Wahrscheinlich haben die Beamten das Teil in ihrem Handschuhfach verstaut. Die beiden uniformierten Männer, die in diesem Moment recht zackig aus ihrem grün-weißen Kraftfahrzeug springen, erklären den ganzen Zoo gleich einmal zum Sperrgebiet, welches niemand ohne ausdrückliche Genehmigung von ihnen betreten oder verlassen darf. Also sitzen die Angestellten hier erst einmal auf unbestimmte Zeit fest, was keinem so wirklich gut passt. Im Tierpark zu arbeiten ist eine Sache, aber zu wissen, dass man hier erst einmal eingesperrt ist, das ist schon gar nicht schön. Letztendlich passiert also alles genauso, wie Harry es von vorneherein durch seine Fernsehbildung vermutet hat. Er hat sogar fest damit gerechnet, dass die Kollegen und er nun erst einmal eine ganze Zeit lang hierbleiben müssen. Er ist schon gespannt, wie lange die Bullerei braucht, bis sie alles begutachtet und die Angestellten alle befragt hat. Er hat damit jedenfalls keine Probleme, schließlich hat der Arbeitstag ja gerade erst begonnen und bis zum Feierabend werden ja auch die Beamten nach Hause gehen wollen. Damit schätzt er die Chancen auf sein Feierabendbier, welches er sich gerne zu Hause genehmigt, als relativ hoch ein und lässt alles erst einmal in Ruhe auf sich zukommen.

Die drei Personen, die in den beiden anderen Kraftfahrzeugen sitzen, bewegen sich weit langsamer als ihre Kollegen. Schon in den ersten Momenten wird klar, wer von allen hier das Sagen hat. Die beiden Uniformierten zählen schon einmal nicht dazu. Eindeutig hat der Typ, der jetzt gemächlich seinen bequemen Fahrzeugsitz verlässt, hier das Zepter in der Hand. Es ist daher nicht verwunderlich, dass er sich bei Tom, der nach seinen beiden Telefonanrufen gleich hier zum Eingang marschiert ist, um auf die Herren der Polizei zu warten, als Kriminalhauptkommissar Roland Bauer vorstellt, der die Ermittlungen ab sofort leitet und zur Bestätigung gleich einmal seinen Dienstausweis zückt. Dieser Ausweis interessiert Tom aber nicht wirklich. Er wirft nur einen kurzen Blick auf das Stück Plastik. Vielmehr ist ihm daran gelegen, die Verantwortung für die ganze Sache so schnell wie möglich auf die Schultern abladen zu können, die für solche Fälle ausgebildet wurden. Er ist ganz glücklich darüber, dass der Mann vor ihm genau der Richtige dafür zu sein scheint.

Inzwischen sind auch die beiden anderen in Zivil gekleideten Kollegen von Herrn Reuter bei Tom angekommen. Bei ihnen handelt es sich um den Kriminalkommissar Moritz Schneider und die Kriminalkommissarin Ruth Meier. Die beiden scheinen den gleichen Rang innezuhaben, soweit das ein Laie überhaupt beurteilen kann. Sie machen sich jedenfalls nicht wie Reuter gleich einmal zum Affen, um ihrem Gegenüber die richtige Hierarchiefolge mitzuteilen, sie stellen sich einfach bei Tom als die vor, die sie sind, und scheinen ansonsten recht umgänglich zu sein, im Gegensatz zu ihrem Chef. Er stellt durch sein Verhalten von Anfang an klar, dass er hier der einzig wahre Ermittler ist und es sich bei den beiden Kollegen Schneider und Meier nur um seine Lakaien handelt. Als er Tom auch sogleich über diesen Sachverhalt aufklärt, verdrehen die beiden Neuankömmlinge hinter Reuters Rücken unisono die Augen und schauen dann verständnisvoll in das Gesicht ihres Gegenübers. Ihre Gesten wirken ganz so, als ob sie durch lange Übung inzwischen gut einstudiert sind. Das Verhalten ihres Chefs ist also für beide nichts Neues.

Inzwischen waren die beiden uniformierten Polizisten alles andere als untätig. Sie haben den Parkplatz, welcher sich direkt vor dem Zooeingang befindet, schon einmal komplett abgelaufen und sind sogar rechts und links jeweils ein Stück um den Zoo herumgegangen, um zu sehen, ob es vielleicht auch Sinn macht, die Seitenflanken entsprechend vor Eindringlingen zu schützen. Beide sind sich einig, dass das nur für das Gelände, das sich direkt hinter dem Raubtiergehege befindet, erforderlich ist, denn sie wissen bereits von Reuter, dass der Mord hinter der dortigen Tierparkmauer stattfand. So machen sie sich nun, bewaffnet mit einem Absperrband, auf den Weg, um alles fachgerecht gegen mögliche Eindringlinge von außen zu sichern. Solange niemand weiß, ob sich nicht auch vor dem Zoo Beweismaterial sicherstellen lässt, ist dies die beste Vorgehensweise, damit nichts verloren geht oder gar durch Fremde aus Unachtsamkeit verwischt wird. Das Gelände neben den Großkatzen muss natürlich auf jeden Fall entsprechend gesichert werden, denn es ist ja durchaus denkbar, dass der oder die Mörder sich Zutritt zum Zoo verschafft haben, indem sie einfach über die Mauer geklettert sind. Da diese nicht sehr hoch ist, wäre es für einen halbwegs fitten Menschen kein Problem, diese Art Hindernis ganz einfach zu überwinden. Aber es kann auch durchaus sein, dass sich die Täter bereits im Zoo befanden, schließlich gehen hier jeden Tag Fremde ein und aus, das ist ja gerade der Sinn und Zweck einer solchen Einrichtung. Wenn diese sich dann einfach irgendwo versteckt haben, bis es dunkel wurde, hätten sie noch nicht einmal irgendein Hindernis überwinden müssen, um zu ihrer Tat zu schreiten.

Natürlich ist die Polizei erst einmal vordergründig daran interessiert alle möglichen Details und Beweise zu sichern, bevor eventuelle Spuren oder Beweisstücke durch unachtsame Dritte versehentlich beseitigt werden oder im schlimmsten Fall gar als Müll entsorgt werden könnten. Das ist für jeden Polizisten am Tatort der absolute Supergau, daher lautet die Devise der Uniformierten: Lieber etwas mehr absperren, als tatsächlich erforderlich, das kann zumindest nicht schaden. Außerdem kann ihnen dann im Nachhinein kein Strick daraus gedreht werden, dass sie nicht sorgfältig genug vorgegangen wären. Man hat diesbezüglich ja schon viel gehört, daher will man selbst die Fehler der Kollegen auf keinen Fall wiederholen. Daher spannen die beiden erst einmal eine ganze Zeit lang fleißig ihr Absperrband um den Tierpark.

Jogi, der sich in weiser Voraussicht bereits vor dem Eintreffen der Ermittler auf seinem eigens für ihn gebastelten Stamm am Eingang des Zoos platziert hat, beobachtet das Geschehen der beiden inzwischen mit großem Interesse. Die Show, welche die Uniformierten draußen vor dem Zoo abliefern, lässt sein kleines Papageienherz vor Entzücken höherschlagen. Wenn er könnte, würde er inzwischen herzhaft über die beiden lachen. Aber da das mit seinem Papageienschnabel nicht möglich ist, bleibt ihm nichts anderes übrig, als seiner Belustigung mit ein paar Krächzern freien Lauf zu lassen, die bei einem Menschen keinesfalls als Lachen durchgehen würden. So enttarnen diese ihn auch nicht als belustigten Spanner, was ihm ja auch nur recht sein kann. Aber die beiden geben auch einfach ein zu schönes Bild ab, wie sie da draußen so hin und her rennen, das Absperrband hinter sich herflatternd, und sich mal hierhin und mal dorthin bewegen, irgendwie einfach so ganz ohne Sinn und Verstand, Hauptsache, es ist am Schluss alles mit weiß-rotem Band umwickelt. Das macht dem Vogel einen Heidenspaß. Jogi denkt sich: »Das ist doch endlich einmal eine gelungene Veranstaltung! Wer hätte gedacht, dass die Polizei einen Ara einmal derart erheitern kann? So etwas Lustiges habe ich hier ja schon lange nicht mehr gesehen.«

Aber trotz allem versteht er den Sinn dieses ganzen Treibens nicht wirklich. Nichts von dem, was die beiden da draußen machen, bringt den toten Tierpfleger wieder zurück. Was sollte es also bringen, alles wie wild zu umwickeln? Haben die Polizisten vielleicht Angst, dass Guido so einfach mir nichts, dir nichts aus dem Zoo marschieren könnte und ihr Fall sich somit in Luft auflöst? Gerade die Polizei müsste doch wissen, dass das auf jeden Fall ausgeschlossen sein dürfte. Warum machen sich die Jungs da draußen also solch eine Mühe? »Aber andererseits, was soll es, die Kumpels da draußen werden schon wissen, was sie tun, sie sind ja schließlich die Ordnungshüter und machen das mit Sicherheit nicht zum ersten Mal«, denkt sich Jogi und beobachtet sie weiterhin sehr amüsiert. Schon nach kurzer Zeit ist der Parkplatz derart mit Flatterband umspannt, dass man direkt denken könnte, man hätte hier für eine Party geschmückt. Darüber, wie die Menschen, die sich bereits im Tierpark befinden, am Ende des Tages wieder nach draußen kommen sollen, haben sich die beiden Uniformierten anscheinend überhaupt keine Sorgen gemacht. Zumal auch die Autos der Angestellten schon auf dem Parkplatz abgestellt sind. An diese müssen sie ja irgendwie gelangen, wenn sie wieder wie jeden Abend nach Hause fahren. Aber da sollen sich mal die großen Zweibeiner Gedanken darübermachen, er kann das ganze Flatterband ja einfach umfliegen, wenn er dort vor dem Zoo mal nach dem Rechten schauen will. Ihm kann es also ganz egal sein, wie die anderen später wieder herauskommen.

9

In der Zwischenzeit wird Tom von Kriminalhauptkommissar Bauer genötigt, ihn unverzüglich auf kürzester Strecke und ohne Umwege zum eigentlichen Ort des Geschehens, nämlich zum Tatort, zu bringen. Man dürfe jetzt keine Zeit verlieren, tönt der taffe Kommissar mit voller Stimme, schließlich gilt es so viele Spuren wie möglich zu sichern. Zu viel Zeit zu verlieren heißt gleichzeitig wertvolle Spuren zu vernichten. Also ist jetzt erst einmal Eile angesagt.

So angetrieben, stürmt Tom sofort los zum Raubtiergehege, dicht gefolgt von Bauer, Schneider und Meier, wobei die etwas kleinere Meier schon so ihre Probleme hat, mit den um einiges größeren Männern Schritt zu halten. Nichtsdestotrotz stapft sie tapfer hinter den Männern her. Es wäre ja gelacht, wenn sie sich so schnell geschlagen geben würde. Wenn sie eine so zarte Frau wäre, hätte sie es nie zu ihrer jetzigen Position geschafft. Im Polizeidienst muss man schon so einiges wegstecken können, um es nach einer sehr langen Durchhaltestrecke einmal bis zur Kommissarin zu schaffen, daher macht es ihr nichts aus, dass die Jungs mit ihren längeren Beinen beim Laufen eben einfach etwas schneller vorankommen als sie. Notfalls würde sie diesen hinterherjoggen, aber abhängen lassen würde sie sich auf keinen Fall. Da es gar nicht so weit bis zum Tatort ist, muss sie darüber aber gar nicht weiter nachdenken.

Unterwegs hängt der Tierpfleger ganz anderen Gedanken nach. »Mann, hoffentlich sind wir bald dort. Ich will so schnell wie möglich weit weg von der Leiche. Sehen will ich Guido auf keinen Fall mehr, das eine Mal hat mir völlig gereicht, schlecht ist es mir jetzt noch und ich kann noch nicht einmal mit einem der anderen darüber reden. Am Ende bezeichnen die mich noch als Memme und lachen mich aus, das brauche ich dann auch nicht. Sollen sich die drei Beamten den Toten anschauen und sich selbst ein Bild von der Lage verschaffen, Hauptsache, ich bin das alles wieder los, das ist ja wie in einem schlechten Film.« Je länger Tom darüber nachdenkt, umso besser gefällt es ihm, dass er nun gleich die Führung beenden und damit auch die Verantwortung abgeben kann. »Die Kommissare werden schon wissen, was als Nächstes zu tun ist. Ich weiß es auf jeden Fall nicht und möchte mich auch gar nicht damit befassen müssen. Das ist schließlich nicht mein Job.«

Als sie wenig später am Raubtiergehege ankommen, holt Bauer als Erstes die extra für den Tatort mitgeführten typischen durchsichtigen Plastikhandschuhe aus seiner Sakkotasche heraus. Die beiden anderen Kommissare tun es ihm sofort gleich. »Na, das ist doch wirklich professionell«, denkt Tom. Das Trio scheint ja tatsächlich genau zu wissen, was es tut. Beruhigt über das Verhalten der Polizisten, macht sich Tom dann auch gleich wieder auf den Weg, mit ins Innere wollte er auf keinen Fall mehr gehen. Als er sich eilig verabschiedet, hat er den Eindruck, dass Meier ihn mitfühlend ansieht, aber das ist ihm in diesem Moment auch egal, soll sie über ihn denken, was sie will. Andere Zivilisten haben bestimmt auch so ihre Probleme damit, wenn sie einen Toten sehen, noch dazu, wenn es sich dabei um einen guten Bekannten handelt.

Harry, der vor dem Gehege bereits auf die Ankömmlinge gewartet hat und natürlich mit ansieht, wie diese ihre Sicherheitsvorkehrungen treffen, ärgert sich, dass er heute Morgen nicht daran gedacht hat, selbst Handschuhe zu tragen. Wie hat er nur so dumm sein können? Es ist doch ganz klar, dass sie nichts hätten anfassen dürfen! Mann, das ist ja ein richtiger Anfängerfehler, den er sich hier geleistet hat. Er hofft inständig, dass durch seine Unachtsamkeit keine Fingerabdrücke verloren gegangen sind. Aber selbst wenn, ist das nun nicht mehr zu ändern. Auch nach längerem Nachdenken kann er sich einfach nicht daran erinnern, wer von den Kollegen etwas angefasst hat. Er weiß nicht einmal mehr, ob er außer dem Türgriff noch etwas angefasst hat. Aber wer könnte es ihm in dieser Situation auch verdenken, nicht alles berücksichtigt zu haben, was vielleicht nötig gewesen wäre? So ein Todesfall bringt also anscheinend auch die durchaus taffen Männer ganz schön aus dem Gleichgewicht, ob sie dies nun zugeben oder nicht.

Julia wäre froh über diese Information gewesen, welche sie wohl niemals erfahren wird. Dann wüsste sie zumindest, dass auch der ruppige Kollege heute nicht ganz der harte Kerl ist, den er sonst immer zur Schau stellt. Vielleicht sollten die beiden Geschlechter einfach öfter über solche durchaus heiklen Themen sprechen, denn dann wüsste das schwache Geschlecht längst, dass die Mädchen gar nicht so viel schwächer sind als die Jungs und es oft nur den Anschein hat, dass es so wäre. Aber ob sich die Männerwelt einmal derart outen wird, steht wohl in den Sternen. Sie lassen sich schon immer gerne als das starke Geschlecht bezeichnen, warum gerade jetzt damit aufräumen und das nur, weil man mal eine Leiche gesehen hat? Das kommt für die Jungs hier ja gar nicht in die Tüte.

Vollkommen unbeeindruckt von der Leiche, die sich unweit des Kommissars befindet, beginnt dieser mit seiner Inspektion des Tatortes. Die Tiere scheint er erst einmal gar nicht wahrzunehmen, zumindest schenkt er ihnen in den nächsten Minuten auch nicht einen Moment seiner Aufmerksamkeit.

Leo, der den besten Blick auf den soeben in seinem Reich erschienenen Hauptkommissar hat, denkt sich: »Das ist ja wie bei einer Fleischbeschau. So muss es auch aussehen, wenn wir wilden Tiere unsere erlegte Beute inspizieren und uns überlegen, welchen Teil wir als Erstes fressen wollen.« Leo findet den Polizisten gerade sehr kaltherzig und unmenschlich, wie er den Toten vor sich so völlig ohne Gefühlsregung betrachtet. Er ahnt nicht, dass dieser seinen Job gar nicht mehr ausüben könnte, wenn er zu viel Gefühl mit auf die Arbeit nähme. Bauer musste sich in seinem Berufsleben bereits so viele Leichen wie den toten Guido hier anschauen, dass er mit Sicherheit nachts nicht mehr schlafen könnte, wenn er das alles zu sehr an sich heranlassen würde. Er kann das alles nur deshalb nach Feierabend einigermaßen vernünftig ausblenden, weil er nichts von seiner Arbeit zu nahe an sich heranlässt und sich daher wie eine Auster vor allen persönlichen Eindrücken bestmöglich verschließt. Aber immer schafft auch er das nicht. Wenn es zum Beispiel um einen besonders brutalen Mord geht, passiert es auch dem langjährigen Kommissar, dass ihn der Fall auch zu Hause nicht kaltlässt und ihm auch nachts noch vieles durch den Kopf geht, das ihm den Schlaf raubt. Es kommt schon auch ab und zu vor, dass er sich eine Akte mitnimmt, um auf seiner Couch alles noch einmal in Ruhe durchgehen zu können. Aber einreißen lassen will er diese Vorgehensweise nicht, denn er weiß, dass er dann verloren wäre und sich mit Sicherheit bald in der Klapse wiederfinden würde. Das will er auf alle Fälle vermeiden, denn er möchte wie alle anderen Angestellten auch in einem möglichst gesunden geistigen und körperlichen Zustand seine Altersrente erreichen und diese dann auch noch ausgiebig genießen können. Auch er ist eben nur ein ganz normaler Berufstätiger.

Jetzt gerade schaut sich Bauer daher vollkommen emotionslos die vor ihm liegende Leiche an und lässt das Bild auf sich wirken. Danach geht er kurz durch den kleinen Vorraum, um auch alle anderen Eindrücke, die sich ihm hier bieten, einzusammeln. An die Tiere verschwendet er nach wie vor keine Aufmerksamkeit, was diese fast ein bisschen eingeschnappt registrieren. Wer von ihnen kam eigentlich auf die Idee, dass jemand sie für Mörder halten könnte? Vielmehr macht es jetzt gerade den Eindruck, dass es überhaupt keine Rolle spielt, ob sie nun in ihren Käfigen sitzen oder nicht. »Vielleicht mag der Kommissar ja keine Tiere«, geht es dem schlauen Panther Wildcat durch den Kopf. Mit dieser Überlegung hat er absolut ins Schwarze getroffen. Tatsächlich kann Herr Bauer nicht gut mit Tieren umgehen, da ist es für ihn am besten, diese einfach zu ignorieren. Aber wie kann dieser Kommissar das so einfach machen, schließlich sind doch alle hier anwesenden Tiere Tatzeugen, oder? Dass sie nichts gehört und gesehen haben, spielt doch erst einmal gar keine Rolle. Sie finden, dass sie wenigstens ein bisschen Beachtung verdient hätten, auch wenn der Zweibeiner vor ihnen sie nicht wirklich mag. Das ist bei den Menschen, die er vernehmen muss, doch bestimmt auch der Fall und er widmet sich ihnen trotzdem. Was für ein Lackaffe!

Nachdem der Hauptkommissar anscheinend alles gesehen hat, was ihn interessiert, erscheinen auch die beiden anderen zivilen Polizisten im Inneren des Stalles. Wie es sich für die Tiere sofort darstellt, handelt es sich bei den beiden eindeutig nur um Handlanger, der Chef der Bande hat schon längst alles inspiziert und nun dürfen die Untergebenen auch sehen, worum es geht. Denn kaum sind sie hier, blafft Bauer ihnen auch schon mehrere Befehle entgegen und behandelt sie wie seine Lakaien. Er scheucht sie durch die Gegend und lässt sie jeden Winkel auf dem Boden auf den Knien rutschend durchkämmen. Er fordert sie auf, mit ihrer Suche erst innezuhalten, wenn sie irgendetwas gefunden haben, das als Beweismittel zu gebrauchen ist. Sonst sollten sie ihm keinesfalls wieder unter die Augen treten und es ist ihm vollkommen egal, ob es hier vielleicht gar nichts Brauchbares zu finden gibt, diese Ausrede lässt er auf keinen Fall gelten. Es gibt immer irgendetwas am Tatort zu finden, man muss nur ordentlich genug danach suchen! Wenn das nicht deutlich ist, wissen die Tiere auch nicht mehr, was deutlich sein soll.

Jedenfalls finden es die Raubkatzen sehr amüsant, dass es anscheinend auch gut trainierte Menschen gibt, die genau das tun, was man ihnen sagt. Das ist doch einmal eine schöne Abwechslung für sie als Tiere, die sonst immer diejenigen sind, die die Befehle, die sie von Tom und Harry erhalten, ausführen müssen, wenn es darum geht, die Zoobesucher entsprechend in Verzückung zu versetzen oder auch einfach nur zu unterhalten. Wie oft haben sie schon Männchen gemacht oder sind brav hintereinander im Kreis hergelaufen oder sind über irgendein blödes Hindernis gesprungen. Da tut es den Tieren doch tatsächlich richtig gut zu sehen, dass sie als Befehlsempfänger keinesfalls alleine dastehen, sondern dieses Schicksal sogar mit erwachsenen Zweibeinern teilen. Wer hätte das gedacht! Man lernt im Leben eben nie aus.

Die Kommissare Meier und Schneider tüten jeden noch so kleinen Schnipsel, den sie auf dem Boden finden, sorgfältig ein. Selbst einen Kaugummi kratzen sie vom Beton, um ihn auf DNA-Spuren untersuchen zu können. Also dass sie nichts gefunden haben, kann Bauer ihnen nicht ankreiden. Die Frage ist nur, ob ihnen das, was sie gefunden haben, im Mordfall Guido Hart weiterhelfen wird. Die Raubtiere bezweifeln das ganz gewaltig. Kein Mörder wäre so doof, seinen durchgekauten Kaugummi hier direkt am Tatort auf den Boden zu spucken. Leo kann sich nicht vorstellen, dass die beiden Polizisten das auch nur im Entferntesten annehmen. Er glaubt, dass sie einfach den Befehl ihres Vorgesetzten ausführen und nicht mit leeren Händen zurückkommen wollen. Da ist es ihnen bestimmt vollkommen egal, was das Schicksal ihnen für Beweisstücke in die Hände spielt, Hauptsache, sie haben überhaupt etwas zum Vorzeigen. Der Löwe wäre sehr mit sich zufrieden, wenn er wüsste, dass Meier und Schneider genau dasselbe denken wie er.

Sobald sie mit den Beweismitteln auf dem Boden fertig sind, geht die Arbeit für die beiden auch schon weiter. Es gilt so viele Eindrücke vom Tatort mitzunehmen wie nur irgendwie möglich. Das kann später noch einmal sehr hilfreich sein, gerade wenn man eine Situation nachstellen möchte, helfen Tatortbilder unbestreitbar gut weiter. Dazu knipst Meier aus allen erdenklichen Lagen eine Unmenge Digitalfotos, welche auch als Beweise dazu dienen, die Lage und das Aussehen der Leiche belegen zu können. Noch kann man nicht sagen, ob nicht ein einziges dieser Bilder vielleicht bei der Aufklärung der Tat eine entscheidende Hilfe sein wird, daher ist es wichtig, wirklich aus allen Blickwinkeln Bilder zu machen. Dank des Digitalzeitalters ist das heute ja nicht mehr sehr kostspielig, daher macht Meier schon gerne mal ein paar Bilder mehr, nur so für sich als Sicherheit.

Währenddessen ist Schneider damit beschäftigt, die Blutspritzer, die sich rund um Guido auf dem Boden befinden, zu katalogisieren. Von jedem einzelnen Spritzer wird von ihm mit einem Wattestäbchen eine Probe genommen. Diese wiederum werden jeweils einzeln in kleine Plastikröhrchen gesteckt, danach verpackt und sofort ordentlich beschriftet. Auch das Blut auf dem Hemd des Toten wird der gleichen Behandlung unterzogen.

Meier wiederum obliegt es, die Lage der Leiche mit weißer Kreide auf dem Boden nachzuzeichnen. Gewissenhaft krabbelt sie dafür wieder auf den Knien um den Toten herum, um die exakte Position aller Gliedmaßen nachzustellen. »Also so ein paar Knieschützer wären für diese Berufsgruppe keine schlechte Anschaffung«, geht es dem schlauen Wildcat durch den Kopf. Da könnten sich die Beamten mit Sicherheit so manchen Hosenkauf sparen. Oft können diese Stoffstücke einer derartigen Behandlung wie jetzt gerade jedenfalls nicht standhalten, das weiß sogar so ein »nacktes« Raubtier.

Erst nachdem sie alle vorangegangenen Arbeiten pflichtbewusst und ordentlich abgeschlossen haben, kümmern sich die beiden Kommissare um das Messer. Meier hat bereits eine Plastiktüte gezückt, während Schneider das Teil mit aller Kraft aus der Brust des Toten zieht. Dabei ist ein widerliches schmatzendes Geräusch zu hören, welches allen Insassen einen kleinen Schauer über den Rücken rieseln lässt. Gleich darauf verschwindet das wichtigste Beweismittel in dem Plastikbeutel, welchen Meier sorgfältig versiegelt und natürlich wieder ebenso gewissenhaft beschriftet.

Es ist ausgerechnet Bauer, der an der Eingangstüre zum Gehege noch einen entscheidenden Hinweis findet. Gerade als er den Tatort verlassen will, sieht er etwas Buntes aufblitzen, das sofort seine gesamte Aufmerksamkeit erweckt. Bei näherer Betrachtung stellt er fest, dass es sich um ein Stück Stoff handelt. Dieses könnte durchaus dem Mörder gehören. Vielleicht ist er beim eiligen Verlassen des Geheges hier an der Tür hängen geblieben und hat ein Stück seiner Jacke eingebüßt. Das wäre ja zu schön, um wahr zu sein. Brüsk ruft er nach Meier, damit diese das Fundstück sofort eintütet. Natürlich verlässt er den Raum nicht, ohne die beiden noch dafür zu rügen, dass sie diesen wichtigen Beweis nicht gefunden haben und noch viel lernen müssten, bevor sie ihren ersten eigenen Mordfall übertragen bekommen. Als Kommissar muss man seine Augen einfach überall haben. Dieser kleine Stofffetzen könnte der entscheidende Hinweis dafür sein, den Täter zu überführen und ihn seine wohlverdiente Strafe verbüßen zu lassen. Man darf als Ermittler einfach niemals nachlassen oder gar unachtsam sein. Das müssen sich die beiden immer wieder vor Augen führen. Aber soweit waren Meier und Schneider noch gar nicht. Sie hatten bisher noch gar nicht die Chance, dieses Teil zu sehen, schließlich sind sie die ganze Zeit im Inneren des Stalles herumgekrochen. Aber sie wissen beide, dass es nichts bringt, wenn man diesem Chef widerspricht, und so sagen sie einfach gar nichts.

Nun, da Bauer wieder einmal eine Standpauke halten durfte, was er für sein Leben gerne tut, marschiert er mit hocherhobenem Kopf und durchaus zufriedener Miene endlich davon. Zurück bleiben die verärgerten beiden Kommissare, die trotz der ganzen Arbeit, die sie gerade wieder geleistet haben und immer noch leisten, eigentlich nur wieder die Deppen der Nation sind. Ärgerlich macht Schneider seinem Unmut Luft und grummelt: »Eines Tages werde ich den Bauer selbst erschießen, wenn es bis dahin noch kein anderer getan hat.« Das veranlasst seine Kollegin trotz aller Schmach zu einem Grinsen: »Mensch, Moritz, der ist es doch gar nicht wert, sich die Finger schmutzig zu machen. Du wirst schon sehen, eines Tages sind wir auch einmal so gut wie er und dann haben wir die Chance, alles noch besser zu machen. Das wird schon noch kommen, vertraue mir einfach. Also Kopf hoch und nicht weiter darüber nachdenken, da müssen wir einfach durch.« »Du hast ja recht«, grummelt jetzt wieder Moritz, »aber manchmal könnte ich ihn einfach erwürgen. Wie macht er das nur immer, dass er immer noch etwas findet, selbst wenn wir den Tatort bereits akribisch abgesucht haben? Das ist doch einfach nur frustrierend.« Da muss Ruth ihm allerdings Recht geben. Ganz so kalt, wie sie eben getan hat, lässt sie Bauers Verhalten näm-lich auch nicht. Irgendwie scheint der alte Haudegen ihnen immer einen kleinen, aber feinen Schritt voraus zu sein, was auch sie ganz schön ärgert. Aber sie ist auch fest entschlossen, es dem alten und erfahrenen Vorgesetz-ten zu zeigen und sich nicht unterkriegen zu lassen. Sie hat das bisherige Be-rufsleben nicht über sich ergehen lassen, um nun kurz vor dem Höhepunkt ihrer Karriere klein beizugeben. Obwohl sie mehr als einmal davorstand, alles hinzuwerfen, da sie dachte, sie schafft es einfach nicht mehr. Nein, sagt sie sich auch gerade jetzt wieder, sie wird es genauso weit wie Bauer schaffen, da ist sie sich ganz sicher und daran glaubt sie einfach ganz fest.

Den Tieren, die inzwischen einfach nur genervt von den um sie herumwuselnden Menschen sind, wird es nun zu bunt. Gemeinsam beschließen sie, nach draußen in ihr Freigehege zu gehen. Wenn sie heute schon um ihren Mittagsschlaf gebracht werden, können sie wenigstens zusammensitzen und sich, ohne ständig die doofen Gitterstäbe vor ihren Gesichtern zu haben, gemeinsam über alles Mögliche unterhalten. Da draußen ist es gerade irgendwie viel entspannter als in ihren eigenen vier Wänden, und zum Glück regnet es heute nicht. Gesagt, getan, alle Raubtiere verlassen nun gemeinsam die gemauerten Wände, um ein bisschen die Freiheit in ihrem Außengehege zu genießen.

Als auch die beiden Kommissare gerade den Tatort verlassen wollen, rauscht Bauer schon wieder durch die Eingangstüre herein. »Ach und damit Sie es mir ja nicht vergessen, hier muss noch alles nach Fingerabdrücken abgesucht werden. Es wäre ja nicht auszudenken, wenn wir auch nur einen davon übersehen würden, der uns eventuell zum Mörder führen könnte.« Kurz darauf war er auch schon wieder verschwunden.

Genervt stöhnen Schneider und Meier unisono auf, aber ändern können sie an ihrer misslichen Lage gerade einmal gar nichts. Bauer hat ja Recht. Sie können es sich nicht leisten, auch nur einen einzigen Fingerabdruck, den es hier zu finden gibt, nicht zu katalogisieren. Schließlich könnte einer davon tatsächlich zum Mörder gehören, das ist nicht einmal so abwegig, er müsste sich nur an einem der Stäbe festgehalten haben und dürfte natürlich keine Handschuhe getragen haben. Also bleibt ihnen nichts weiter übrig, als mit der stumpfsinnigen Arbeit zu beginnen.

Beide finden es durchaus hilfreich, dass sich die Raubtiere inzwischen nach draußen verzogen haben, denn ansonsten könnten sie hier nicht so ungestört herumwerkeln. Beide würden es sich nicht zutrauen, den großen Tieren so nahe zu kommen. Da würden sie lieber einen der Angestellten holen, damit dieser die Tiere woanders hinbringt. Zum Glück ist die Anwesenheit der Katzen gerade nicht ihr Problem und so machen sie sich daran, alles abzusuchen. Schon bald sind alle Gitterstäbe mit weißem Puder eingestäubt und unzählige Fingerabdrücke sind abgenommen. Beiden ist durchaus bewusst, dass die meisten Fingerabdrücke mit Sicherheit zu den Zooangestellten gehören. Aber darüber können sie sich später auch noch genügend Gedanken machen. Jetzt erledigen sie erst einmal sorgfältig ihre Arbeit, genauso wie sie es in ihrer Ausbildung gelernt haben.

10

Der findige Kriminalhauptkommissar macht sich inzwischen vor dem Raubtiergehege gerade sein eigenes Bild vom Tathergang. Zum Glück für die beiden drinnen hört Bauer nicht, was die sich zu sagen haben, nachdem er von dort verschwunden ist, denn dann würde es mit Sicherheit eine erneute Standpauke hageln. Dieses Mal darüber, Respekt vor seinem Vorgesetzten zu haben, und solche sinnigen Sprüche. Er ist ganz vertieft in seine eigenen Ermittlungen und blendet alles andere aus. Für ihn ist es inzwischen ziemlich klar, der Tierpfleger wurde beim Abschließen des Geheges überrascht. Wahrscheinlich war er auf seinem letzten Rundgang am Abend, als der Täter zugeschlagen hat. Für diese These spricht zum einen, dass einer der Angestellten ihm bereits davon berichtet hat, dass das Gehege heute Morgen nicht ordnungsgemäß abgeschlossen war, was sonst nie der Fall ist. Zum anderen wurde Guidos Schlüsselbund unweit des Geheges im Gras gefunden. Natürlich wird auch dieser zwecks Fingerabdrucksanalyse mit ins Präsidium genommen, vielleicht ist auf den Schlüsseln ja etwas Brauchbares zu finden, man kann nie wissen.

Irgendwie hat der Mörder Guido überrascht und ihn dann geradewegs ins Gehege dirigiert. Das dürfte nicht so schwierig gewesen sein. Mit Sicherheit hat der Pfleger nicht damit gerechnet, zu so später Stunde, als der Zoo seine Pforten bereits längst geschlossen hatte, noch auf eine weitere Person zu treffen. Entsprechend dürfte er ziemlich erschrocken gewesen sein und hat sich mit Sicherheit auch gar nicht gewehrt. Drinnen waren sie erst einmal unbeobachtet und haben sich wahrscheinlich sogar miteinander unterhalten, dann kam es irgendwie zu einem Kampf, der für den Tierpfleger tödlich endete. Es ist sogar wahrscheinlich, dass das Opfer den Täter gekannt hat, denn Guido scheint den anderen Typen ziemlich nahe an sich herangelassen zu haben. Das würde ein Mann nicht tun, wenn es sich um eine ganz fremde Person handelte, die hier noch dazu gar nichts zu suchen hat.

Interessant wäre es nun zu wissen, warum die beiden Kontrahenten sich so vehement gestritten hatten, dass es für den einen ein tödliches Ende nahm.

Bestimmt ging es um Geld oder um eine Frau. Beides zusammen sind hier in seiner Stadt die häufigsten Motive für einen Mord, der dann meistens im Affekt ausgeführt wird. Das wissen nur die wenigsten Zivilisten da draußen, was vielleicht auch ganz gut so ist. Schließlich will die Polizei ihre Bürger ja schützen und nicht auch noch in Angst und Schrecken versetzen. Schließlich kennt jeder mindestens ein Pärchen, bei dem es nicht mehr so gut läuft, weil einer von ihnen fremdgeht. Wenn die Mitmenschen dann davon ausgehen *müssen*, dass der gehörnte Partner oder auch die gehörnte Partnerin den Nebenbuhler einfach so mir nichts, dir nichts ermordet, wäre bald die ganze Stadt in Aufruhr. Das gilt es auf alle Fälle zu vermeiden und daher ist diese Statistik auch in keiner Zeitung zu lesen.

Bauer ist schon jetzt gespannt, ob er mit seinen Theorien Recht behält. Aber erst einmal wird er die beiden Lakaien Meier und Schneider noch etwas durch die Gegend jagen, damit sie etwas lernen. Schließlich wollen die beiden eines Tages einmal in seine Fußstapfen treten und bis dahin ist es für sie noch ein langer Weg. Nur gut, dass er immer da ist und stets ein Auge auf sie wirft. Wie sollten sie sonst zu Ruhm und Ehre gelangen?

Nachdem er noch einmal bei Schneider und Meier vorbeigeschaut und sich davon überzeugt hat, dass diese auch tatsächlich alles richtigmachen, wendet sich Kriminalhauptkommissar Bauer erst einmal der Befragung der Zooangestellten zu. Er ist schon richtiggehend neugierig, was dabei so alles herauskommen wird. Denn meistens erfährt man noch so einiges Privates von den betroffenen Kollegen, der trauernden Familie oder den Freunden des Opfers. Jeder von uns hat schließlich Dreck am Stecken oder Dinge am Laufen, die er dem Rest der Welt aus gutem Grund verschweigt. Beim einen ist es ein bisschen mehr und beim anderen ist es ein bisschen weniger. Aber letztendlich hat jeder so seine Geheimnisse und Bauer ist ein neugieriger Zeitgenosse, das hat sein Beruf im Laufe der Zeit einfach so mit sich gebracht. Er gibt nicht eher Ruhe, als bis er alles Wissenswerte aus der mit dem Mord in Zusammenhang stehenden Bevölkerung herausgeholt hat. Mit einem selbstgefälligen Grinsen macht er sich nun auf den Weg, um die Belegschaft zu suchen.

II

Nach den Angestellten muss er gar nicht lange Ausschau halten. Wie ihm sein Instinkt sagt, arbeitet von diesen heute wahrscheinlich sowieso so gut wie keiner mehr etwas. Also wo sollte man sich in einem Zoo dann besser aufhalten können als in dem dazugehörigen Restaurant, welches sich hier in diesem Tierparadies gleich neben dem Eingang befindet? Ohne große Schwierigkeiten findet er das Gebäude bereits nach etwa zehn Minuten strammer Wanderung, bei welcher er sich immer Richtung Ausgang hält. Dort angekommen, sind die auf dem Gelände anwesenden Kollegen tatsächlich alle im Gebäude versammelt und unterhalten sich über irgendwelche nebensächlichen Dinge. Klar, das brauchen die jetzt, um den Verlust ihres Kollegen zu verarbeiten und um sich von den heutigen Ereignissen irgendwie abzulenken.

Aber er wiederum kann diese Menschen nicht schonen. Er muss sie aus der Reserve locken und ihnen die richtigen Fragen stellen, um alles über den Verstorbenen zu erfahren. Wenn sie etwas über den Toten wissen, dann muss er es jetzt sofort aus ihnen herausbekommen, denn ansonsten erfährt er es höchstwahrscheinlich gar nicht. Zu schnell verblassen die Erinnerungen der Menschen an Ereignisse, die sie selbst erlebt haben. Vor allem dann, wenn dabei unangenehme Gefühle im Spiel sind. Im Verdrängen sind wir Menschen einfach Meister. Wir vergraben einfach alles, was uns nicht gefällt, tief in unserem Unterbewusstsein, damit wir die Welt weiterhin mit unserer rosaroten Brille betrachten können, und verbannen das Böse und Schlechte damit einfach, ganz so, als ob es auf der Welt gar nicht existieren würde, und das, obwohl wir wissen, dass es in der Realität nicht so ist.

Bauer versteht natürlich durchaus, dass es Menschen gibt, die einfach Ruhe und Frieden in ihrem eigenen Leben benötigen, um alles, was sie zu leisten haben, auch ohne Probleme erledigen zu können, schließlich ist er kein Unmensch. Für ihn hat das Schicksal diese Möglichkeit jedoch nicht vorgesehen. Er muss sich dem Bösen und den Abgründen der Menschheit stellen und keiner interessiert sich dafür, wie und ob er das alles verarbeiten kann. Gerade jetzt im Moment findet er, dass es wieder an der Zeit ist, auch andere spüren zu lassen, wie es ist, wenn man direkt in das Geschehen des

Bösen verwickelt ist. Er wird die Zooangestellten jetzt ein bisschen piesacken. Sie können ruhig auch einmal sehen, wie es ist, wenn man als Polizist im Dreck der anderen wühlen muss. Das ist nämlich selten eine angenehme Beschäftigung.

12

Im Restaurant eingetroffen, geht er direkt auf die hübsche Julia zu. Sie macht auf ihn den kompetentesten Eindruck der Truppe und bei ihr ist er, wie er im nächsten Moment feststellt, auch genau an der richtigen Adresse. Unbewusst hat er sich gleich die Dame ausgesucht, die für die Lohnbuchhaltung zuständig ist und daher über alle Adressen und sonstigen privaten Angaben aller Angestellten verfügt, die für ihn vielleicht von Interesse sein könnten. Als er sich ihr vorgestellt hat und sie gleich im Anschluss daran fragt, ob das alle Kollegen sind, die sich hier im Restaurant eingefunden haben, erfährt er, dass durchaus noch einige Mitarbeiter fehlen und dass auch gar nicht alle Kollegen jeden Tag auf die Arbeit kommen, so zum Beispiel die Restaurantfachkräfte, da viele von ihnen in Teilzeit arbeiten. Kurz entschlossen bittet Bauer sie, sofort alle fehlenden Kollegen zu kontaktieren und in den Zoo einzubestellen. Alle sollen so schnell wie möglich hier erscheinen. Sie soll am Telefon so wenig wie möglich über das Warum sagen, nur dass es dringend erforderlich sei, dass er oder sie, so schnell es irgendwie geht, am Arbeitsplatz erscheint.

Julia macht sich sofort auf den Weg in ihr Büro, welches ein Stockwerk über dem Restaurant liegt. Für sie hat der Polizist wie ein Oberbefehlshaber gesprochen, was sie, ehrlich gesagt, ein bisschen eingeschüchtert hat. Da ihr Chef noch nicht da ist, wird sie den Anweisungen der Obrigkeit erst einmal nachkommen. Sie ist davon überzeugt, dass ihr Chef, Herr Reuter, das ebenfalls so sieht.

Bauer, der mit seinem raschen Erfolg zufrieden ist, wendet sich bereits der restlichen Gruppe zu. Nun stellt er sich noch einmal in aller Förmlichkeit als Herr Kriminalhauptkommissar Roland Bauer vor, der die Ermittlungen im Mordfall Guido Hart leitet, falls dies einer der Truppe noch nicht mitbekommen haben sollte. Das trifft zumindest auf Herbert Fliege, den Koch, zu. Er ist nämlich tatsächlich gerade eben erst zu den Kollegen gestoßen und ist noch nicht gänzlich über alles im Bilde. Entsprechend überrascht reagiert er, dass sich hier im Zoo ein Kriminalhauptkommissar aufhält. Aber eigentlich ist es auch wieder klar, dass es so sein muss, schließlich ist ein Mord passiert, da kommt nun einmal die Kriminalpolizei, um die Ermittlungen zu übernehmen. Anscheinend ist auch er etwas erschüttert, seitdem er vom Tod eines Kollegen gehört hat. Das kommt zum Glück auch nicht alle Tage vor. Da kann man schon einmal erschrocken sein, dass man es mit den Bullen zu tun bekommt.

Bauer sucht sich bereits sein erstes Opfer aus, das er gleich im Anschluss in die Zange nehmen will. Die Wahl fällt auf den Tierpfleger Manni, der die Leiche ja auch als Erster entdeckt hat. Er bittet ihn, ihm in den kleinen Aufenthaltsraum des Personals, welcher sich gleich hinter der Küche in der Ecke befindet, zu folgen. Erschrocken springt Manni auf und stiefelt dem Beamten hinterher.

Manni erweist sich als sichtbar nervöser Zeuge. Bauer wird schnell klar, dass sich der vor ihm sitzende Herr Schwarz bisher kaum irgendwelchen Zeugenbefragungen stellen musste. Um das Eis zu brechen, lässt er ihn deshalb erst einmal etwas von seinen Aufgaben hier im Zoo berichten. Dabei erfährt er, dass Manni oft der Erste ist, der hier morgens erscheint. Mit dem Feierabend scheint er es auch nicht so genau zu nehmen. Jedenfalls erzählt der Angestellte ihm, dass er gerne noch einmal nach seinen Lieblingen schaut, wenn die Gäste den Park bereits längst verlassen haben. Er überzeugt sich dann davon, dass es allen gut geht und keiner der Besucher irgendeinen Schabernack getrieben hat, der den Tieren schaden könnte. Scheint ein ziemlich pflichtbewusster Tierpfleger zu sein, denkt Bauer bei sich. Rein äußerlich macht Herr Schwarz einen eher unauffälligen Gesamteindruck. Er wirkt vielleicht etwas traurig, aber ganz sicher ist sich Bauer da nicht. Es könnte auch damit zusammenhängen, dass er einfach nur nervös ist und deshalb nicht so gut drauf ist. Er wäre nicht der Erste, der mit der Polizei so seine Probleme hat, obwohl er sich selbst nie etwas hat zu Schulden kommen lassen. Bauer weiß sehr gut, dass die meisten Menschen die Obrigkeit einfach nicht mögen. Er bezeichnet das gerne als natürliche Abwehrhaltung.

Dann kommt der Kommissar langsam zum Thema. Als Erstes fragt er die

Personalien von Manni Schwarz ab. Er notiert sich, dass dieser fünfundfünfzig Jahre alt ist und bereits seit mehreren Jahren, genauer gesagt: seit fünf Jahren Witwer ist. Seine Frau kam bei einem Verkehrsunfall ums Leben. Der Schuldige beging Fahrerflucht und wurde bis heute nicht gestellt. Dieses Ereignis scheint sein Gegenüber inzwischen ganz gut verarbeitet zu haben, zumindest kann er den Sachverhalt ohne Groll oder belegte Stimme wiedergeben. Auch in seiner Freizeit kümmert sich Schwarz um verletzte oder herrenlose Tiere. Bauer wird von ihm sogar zu seinem Haus eingeladen, wo er ihm gerne seine Schützlinge zeigen würde. In der Regel päppelt er die verletzten Tiere wieder auf, um sie nach ihrer Genesung wieder in die Freiheit zu entlassen. Für die verwaisten Tiere ist er immer auf der Suche nach geeigneten neuen Herrchen. Bis diese gefunden sind, kümmert er sich selbst um die armen kleinen Wesen, die oft sehr verängstigt und verstört sind.

Auf die Frage, ob ihm heute Morgen etwas aufgefallen sei oder er etwas Merkwürdiges entdeckt habe, als er den Zoo betreten hat, kann der Befragte nur mit einem Nein antworten. Er hat, wie er ehrlich zugibt, auch gar nicht weiter auf etwas Besonderes geachtet, schließlich hat er ja nicht damit gerechnet, heute eine Leiche hier zu finden. Er macht sich selbst ein bisschen Vorwürfe, dass er nicht aufmerksamer durch den Zoo marschiert ist, und Bauer versichert ihm, dass das schon okay ist und er sich deswegen keine Gedanken zu machen braucht. Wenn es etwas Auffälliges gegeben hätte, hätte er es mit Sicherheit auch bemerkt, da ist sich der Kriminalhauptkommissar ziemlich sicher. Immerhin scheint das hier tatsächlich das zweite Zuhause des Mannes zu sein.

Zuletzt fragt Bauer sein Gegenüber noch nach dem Verhältnis zu dem Toten. Dazu hat Schwarz allerdings nicht allzu viel zu berichten. Sie sind halt Kollegen gewesen, mehr aber auch nicht. Er beschreibt Guido als harten Kerl, der vor Krawall nicht zurückschreckt oder besser gesagt:-schreckte. Er selbst wollte mit ihm nicht allzu viel zu tun haben, was seiner Meinung nach auf absoluter Gegenseitigkeit beruhte. Guido fand Manni einfach nur spießig, was er ihm auch mehr als einmal direkt ins Gesicht gesagt hat. Dafür fand Manni Guido nur unsympathisch und immer leicht erregbar, beides Eigenschaften, denen er gerne aus dem Weg geht, wann immer sich ihm dazu die Möglichkeit bietet. Er mag es gerne ruhig und gesittet und geht tagsüber am liebsten einfach seiner Arbeit nach, was man über Guido nicht gerade sagen kann. Wenn sich ihm eine Möglichkeit bot, einen anderen blöd anzumachen, hat er sie auch sofort ergriffen und sich dann entsprechend über sein Opfer ausgelassen. Was er so privat in seiner Freizeit getrieben hat, war Schwarz ziemlich egal und er wollte es auch gar nicht wirklich wissen. Er ist immer davon ausgegangen, dass Hart mit Sicherheit in Szenekneipen unterwegs war und irgendwelche anderen harten Jungs getroffen hat, um mit ihnen zu saufen und andere unschuldige Bürger von der Seite her anzupöbeln und blöd anzumachen, das würde genau zu ihm passen, wie Schwarz findet. Aber das ist so gar nicht sein Lebensstil und darum hat er seinen Kollegen auch nie nach dessen Privatleben gefragt. Er dachte immer: »Was ich nicht weiß, macht mich nicht heiß.« Wirklich Brauchbares hat er jedenfalls nicht über den Toten zu berichten.

Das war es auch schon fürs Erste, der Kriminalhauptkommissar hat genug gehört, um sagen zu können, dass Schwarz ihm nicht weiterhelfen kann. Alles in allem scheint Schwarz zu den Menschen zu gehören, mit denen jeder gut zurechtkommt, weil sie in der Regel keinen Ärger machen und einfach nur ihrer Arbeit und ihrem eigenen Leben nachgehen, ohne sich allzu sehr gegen die Gesetze und den Verhaltenskodex der Gesellschaft aufzulehnen.

Vorsichtshalber weist Bauer ihn noch darauf hin, dass durchaus die Möglichkeit besteht, ihn noch einmal befragen zu müssen, sollte es zum Beispiel um neue Erkenntnisse oder Beweise gehen, zu denen er vielleicht etwas wissen könnte und die für die Ermittlungen von Wert sein könnten. Schwarz nickt dazu nur zustimmend, ohne dass er noch etwas sagt. Für ihn scheint das Verhör bereits abgeschlossen zu sein, womit er ja auch nicht Unrecht hat.

Dann bittet Bauer ihn, im Laufe der nächsten Tage im Präsidium vorbeizukommen, um seine eben gemachte Aussage noch einmal durchzulesen und zu unterschreiben und um seine Fingerabdrücke für die Datenbank nehmen zu lassen. Diese Maßnahme, versichert er Schwarz, diene allerdings ausdrücklich nur dazu, um seine Abdrücke mit denen des Tatortes abgleichen zu können, um sie anschließend ausschließen zu können. Auch damit ist Schwarz einverstanden. Als Antwort auf seine Frage, wo denn das Präsidium zu finden sei, überreicht Bauer ihm noch seine Karte und begleitet ihn dann wieder hinaus zu den anderen, um sich gleich einen neuen Kandidaten zu schnappen.

13

Gerade als Bauer und Schwarz wieder bei den anderen Angestellten auftauchen, gesellt sich endlich auch der Chef der ganzen Truppe, nämlich kein Geringerer als Zoodirektor Niklas Reuter, zu seiner Mannschaft. Vollkommen abgehetzt kommt er bei seinen Angestellten im Restaurant an und stößt vor lauter Schwung im Schritt fast mit dem Kriminalhauptkommissar zusammen.

Seine Leute sitzen nach wie vor nur herum und unterhalten sich über alles Mögliche, Hauptsache, es lenkt von der schrecklichen Tat der letzten Nacht und von dem Verlust ihres Kollegen Guido ab. Aber das gelingt der Gruppe trotz aller Versuche nur mäßig. Da Bauer nun ständig um sie herumschwirrt, um sie alle einzeln zu befragen, werden sie immer wieder mit der Tatsache konfrontiert, dass auch alles Schwätzen nicht über ihr Entsetzen hinweghelfen kann. Sie müssen die unbestreitbare Wahrheit akzeptieren, einfach so einen Kollegen verloren zu haben. Außerdem empfinden sie es alle als nicht gerade angenehm, dass sie sich nun einem Verhör gegenübersehen, sie haben schließlich gar nichts verbrochen und wissen auch nicht, wie sie der Polizei helfen sollen, sie waren in der Nacht doch gar nicht an ihrem Arbeitsplatz, wie sollten sie da etwas wissen, was dem Polizisten weiterhelfen könnte? Die Gruppe wirkt inzwischen entsprechend nervös und jeder hofft, dass er nicht als Nächstes mit der Befragung an der Reihe ist. Da sind sie schon dankbar dafür, dass nun endlich ihr Chef aufgetaucht ist, der wird schon alles richten. Aber eigentlich müssten sie ihren Vorgesetzten besser kennen, Reuter richtet nämlich in der Regel gar nichts. Das überlässt er lieber seinen Angestellten, die wissen sowieso fast immer viel besser, was in welcher Situation genau das Richtige ist.

Kaum hat sich Reuter vom Beinahezusammenstoß mit dem Polizisten erholt, wird er von dem direkt vor ihm stehenden Bauer gebührend empfangen. Fast könnte man glauben, dass der Kriminalhauptkommissar dem Chef aufgelauert hat. Wie sonst hätte dieser ausgerechnet in dem Moment den Raum betreten können, in dem der Chef durch die Eingangstür kommt? Aber vielleicht gibt es ja auch tatsächlich Zufälle. Hier scheint jedenfalls gerade nichts unmöglich zu sein.

Reuter entschuldigt sich wild gestikulierend für seine Verspätung. Der Anruf am frühen Morgen von Tom Lustig, der ihm vom Ableben eines seiner Mitarbeiter berichtete, hat ihn erst einmal gehörig durcheinandergebracht. Er konnte sich gar nicht mehr einkriegen und konnte so unter Strom stehend unmöglich Auto fahren, das hätte mit Sicherheit mit einem Unfall geendet. Bauer hält das Verhalten des Vorgesetzten für reichlich übertrieben, nimmt Reuters Redeschwall aber erst einmal einfach so hin und hört ihm weiter zu. Als er dann ein kräftiges Frühstück, welches aus Eiern mit Speck bestand, zu sich genommen hatte, fühlte er sich dann endlich stark genug, um sich auf dem schnellsten Weg hierher zu begeben. Allerdings ist ihm dann der Verkehr in der Stadt in die Quere gekommen. Er hat einfach nicht damit gerechnet, dass so viel los sein würde, wenn er ausnahmsweise einmal ein bisschen später als sonst auf dem Weg zur Arbeit ist. Aber das war ein großer Irrtum, was ihn rückblickend richtig viel Zeit gekostet hat. Alle Straßen waren derart verstopft, dass er wahrscheinlich schneller hier gewesen wäre, wenn er sein Auto einfach irgendwo geparkt hätte und seinen Arbeitsweg zu Fuß bestritten hätte, was für ihn allerdings auch nicht nur eine Sekunde lang in Frage gekommen wäre. Er würde seinen geliebten schwarzen E-Klasse-Mercedes niemals an einer wildfremden Ecke der Stadt abstellen und dort dann alleine zurücklassen, nur weil auf den Straßen gerade ein bisschen viel los ist. Geht es hier um einen Gegenstand oder um sein eigenes Kind, denkt Bauer verwundert. Jedenfalls hat Reuter tapfer in seinem Wagen ausgeharrt und ist schließlich im Stop and Go nach einer gefühlten und tatsächlichen Ewigkeit endlich hier angekommen.

Aber auch vor dem Zooeingang hat es das Schicksal heute nicht gut mit ihm gemeint. Denn kaum ist er eiligen Schrittes auf den Eingang des Geländes zumarschiert, wurde er sogleich von zwei überaus eifrigen Polizisten in Uniform gestoppt. Diese befragten ihn erst einmal ausführlich, was er hier zu tun habe und warum er gerade jetzt hier vor dem Gelände auftauche. Er zeigte auf sein geparktes Auto und das vor diesem befindliche Schild, auf welchem mit dicken Lettern »Zoodirektor Niklas Reuter« aufgedruckt ist, und dachte, damit wäre alles gut. Das alleine genügte den Polizisten aber keinesfalls, um ihm den Zutritt in den Tierpark zu gewähren. Also erklärte er den Beamten schließlich mündlich, dass er der Direktor dieses Zoos ist und dass er jeden Tag hier aufschlägt. Diesen Sachverhalt unterstreicht er noch durch Zückung seiner Ausweispapiere und einer Visitenkarte, auf die in Gold mit schwarzer Schrift genau das aufgedruckt ist, was er eben schon einmal ausführlich erklärt hat. Die Prüfung der Papiere weist Niklas Reuter tatsächlich als den Zoodirektor aus, genauso wie er es schon die ganze Zeit beteuert. Nun haben die Beamten endlich Erbarmen mit ihm und er darf passieren. Also so etwas ist ihm ja noch nie passiert und das dann auch noch in seinem eigenen Zoo, das findet Reuter auch im Nachhinein noch ungeheuerlich.

Auch jetzt verkneift sich der Kriminalhauptkommissar eine Bemerkung. Der Zoodirektor kann sich ruhig etwas aufregen, das schadet ihm schon nicht.

Dieser ist dann so schnell wie möglich hierher in das Restaurant geeilt, um seinen Bediensteten mit Rat und Tat zur Seite zu stehen, was er nun auch gedenkt zu tun.

Vom Redefluss des Zoodirektors tatsächlich doch noch beeindruckt, stellt Bauer sich dem Chef der Truppe ausführlich vor und erklärt diesem sogleich, dass er gerade eine ausführliche Befragung der Mitarbeiter durchführt, die heute Morgen direkt von der Tat überrascht wurden und die Leiche zusammen aufgefunden haben. Weiterhin erklärt er Reuter, dass auch alle anderen noch zur Befragung benötigt werden und erst einmal keiner das Gelände verlassen darf, bis nicht alle Kollegen ihre Aussage zu Protokoll gegeben haben. Allerdings ist es vorrangig erst einmal das Wichtigste, die vier Angestellten, die als Erstes am Tatort waren, zu verhören. Alles andere kann und muss erst einmal warten. Das leuchtet dem Direktor natürlich ein. Er merkt sofort, dass er hier von Bauer zurzeit nicht wirklich erwünscht ist.

Daher fragt er den Beamten, ob er etwas dagegen habe, wenn er sich den Tatort selbst einmal anschauen würde. Dagegen hat Bauer tatsächlich nichts einzuwenden. Er weiß ja, dass seine beiden findigen Kommissare dort noch zugange sind und den Zoodirektor bei Bedarf in seine Schranken verweisen werden. Vielmehr bittet er Reuter, sich selbst ein Bild vom Tatort zu machen und sich alles genau anzuschauen. Vielleicht fällt ihm ja etwas auf, was allen anderen bisher entgangen ist.

Beherzt macht sich Reuter auch gleich auf den Weg zum Raubtiergehe, froh darüber, eine Beschäftigung gefunden zu haben und nicht tatenlos mit seinen Angestellten im Restaurant herumsitzen zu müssen. Denn dass er seinen Leuten zu Hilfe eilen wollte, wie er es vorhin so schön formuliert hat, das hat er nicht wirklich so gemeint. Er hatte sich eigentlich nur dazu gezwungen gesehen, etwas Entsprechendes zu sagen, schließlich ist er ja der Chef, der schlaue Dinge von sich geben muss. Die Angestellten erwarten so ein Verhalten einfach von ihm, da ist er sich ganz sicher, und deshalb sah er sich zu diesen Worten genötigt. Ob seine Angestellten dies tatsächlich denken, das erfragt er nicht. Er setzt einfach voraus, dass es so ist. Er ist eben ein absolut typischer Chef.

14

Als der Zoodirektor am Raubtiergehege ankommt, sind die beiden Kommissare Meier und Schneider endlich mit der Abnahme aller Fingerabdrücke fertig geworden. Es sind sehr viele verschiedene Abdrücke geworden, über die Folgearbeit, die sich daraus ergibt, denken beide lieber erst einmal nicht nach. Darüber, hier ihre Arbeit nun erst einmal erledigt zu haben, mehr als froh, packen sie gerade ihre Sachen zusammen, als Reuter durch die Eingangstür prescht.

Ruth Meier muss sich sogar einen kleinen Aufschrei verbeißen, der ihr gerade über die Lippen kommen wollte. Irgendwie hatte sie eben den irrigen Gedanken, dass nun doch eines der Raubtiere einen durchaus engeren Kontakt mit ihnen aufnehmen möchte, als das bisher der Fall gewesen ist. Klar hätte ihr bewusst sein müssen, dass eine dieser großen Katzen mit Sicherheit nicht durch die Vordertüre hereinmarschieren würde, schließlich sind diese vorhin alle gemeinsam in ihr Freigehege abgehauen, welches genau in der anderen Richtung liegt. Aber anscheinend hat sie der Anblick der vielen gefährlichen Großkatzen doch mehr beunruhigt, als sie sich selbst eingestehen möchte. Aber auch Schneider zuckt verdächtig zusammen, wie sie gerade aus dem Augenwinkel heraus sieht, als Reuter in ihr kleines Reich vordringt.

Ganz der selbstbewusste Chef, stellt Reuter sich den Polizisten vor und will dann sogleich von ihnen wissen, was die beiden hier so treiben und vor allem wo seine ganzen Raubtiere abgeblieben sind. Die Beantwortung der Fragen übernimmt der Kollege Schneider. Zur Kontrolle des soeben Gehörten, dass seine Tiere wirklich noch an Ort und Stelle weilen und auch gesund und munter sind, schaut Reuter kurz ins Freigehege und scheint mit dem, was er sieht, durchaus zufrieden zu sein, was sich in seinem Gesichtsausdruck gerade ziemlich gut widerspiegelt.

Als nun Ruth an der Reihe ist, sich dem Zoodirektor vorzustellen, schaut sie direkt in dessen stahlblaue Augen und scheint augenblicklich vom Blitz getroffen zu sein. Diese Augen faszinieren sie so sehr, dass sie die Welt um sich herum auf einmal total vergisst. Sie kann ihren Blick gar nicht mehr von dem herrlichen Blau, in welchem sie nur zu gerne versinken möchte, abwenden. Allerdings scheint es Reuter ähnlich zu gehen wie ihr. Auch er hat seinen Blick direkt auf sie gerichtet und scheint ganz verzückt zu sein. Nur schaut er in ein absolut schönes haselnussbraunes Augenpaar, welches ihn sofort ganz gehörig in den Bann zieht.

Zwischen Reuter und Meier knistert auf einmal die Luft. Das spüren selbst die Raubtiere draußen im Freien, die neugierig nachschauen, was da drinnen plötzlich los ist. Es ist, als wenn die beiden plötzlich elektrisch geladen wären und sich gegenseitig Energiestöße zuschicken würden. Auch die Hand des jeweils anderen halten die beiden nach wie vor gedrückt, als ob sie vergessen hätten, dass man das nur zur Begrüßung macht und die Hand des anderen dann wieder freigibt, es sei denn, man wäre ein Schraubstock, dann wäre ihr Verhalten vielleicht noch erklärbar. Erst als Schneider den Zoodirektor direkt anspricht, ist der Bann so plötzlich gebrochen, wie er über die beiden kam. Etwas verwirrt schaut Reuter zu dem Störenfried und wundert sich, was gerade eben mit ihm los war. Erst einmal muss er die fremde Hand in der seinen wieder loswerden, worum er sich auch sofort kümmert. Was Schneider zu ihm gesagt hat, weiß er allerdings schon gar nicht mehr.

Aber auch Ruth Meier muss erst einmal tief durchatmen, um wieder ganz die professionelle Beamtin abzugeben, die sie bis vor dem Eintreffen dieses stattlichen Mannes gewesen ist. So etwas hat sie bisher noch nie erlebt. Was ist nur in sie gefahren, dass sie an einem Tatort derart die Kontrolle über sich verloren hat? Das hätte ihr einfach nicht passieren dürfen, schließlich ist sie ein Profi. Wenn Bauer erfährt, was eben mit ihr los war, kann sie sich ganz gehörig etwas anhören, das ist ihr sofort klar. Der wartet doch nur auf eine Gelegenheit, seinen Untergebenen die nächste Standpauke zu halten. Sie kann nur hoffen, dass Schneider dichthält, sonst darf sie in den nächsten

Wochen nur noch die Drecksarbeit im Kommissariat machen. Darauf kann sie gut und gerne verzichten.

Kriminalkommissar Schneider spricht zwar mit dem Zoodirektor, dieser könnte aber beim besten Willen nicht sagen, was sein Gegenüber ihm gerade versucht zu berichten. Er kann sich einfach nicht auf den Mann vor ihm und dessen Worte konzentrieren. Seine Gedanken schweifen immer wieder zu der absolut gutaussehenden Kollegin ab, die sich keinen Meter von ihm entfernt befindet und deren Gegenwart ihm absolut bewusst ist, ja sogar unter die Haut geht. Er findet Frau Meier einfach nur heiß und sexy. Nur gut, dass ihr Kollege bei ihr ist, sonst würde er sie sofort an seine Brust drücken und knutschen. So schafft er es, sich entsprechend zusammenzureißen.

Auch wenn er bisher nicht an Liebe auf den ersten Blick geglaubt hat, welcher Mann tut das auch schon, so denkt er gerade in diesem Augenblick, dass ihn dieses Phänomen eben mit voller Wucht und völlig unvorbereitet getroffen hat. Nie zuvor hat eine Frau solche Gefühle und Empfindungen in ihm ausgelöst. Es hat ihn voll und ganz erwischt, das ist ihm sofort klar und das eiskalt und in einem Moment, in dem er am wenigsten damit gerechnet hätte. Wer hätte das gedacht? Das Schicksal geht manchmal schon sehr seltsame Wege.

Die beiden Raubtiere Tatze und Wildcat, die nach dem Rechten sehen, begreifen sofort, was sich dort drinnen abspielt. Die beiden Menschen haben sich auf den ersten Blick ineinander verliebt. Auch wenn sie es selbst vielleicht noch gar nicht glauben, die Tiere wissen es besser. Sie sind schon des Öfteren in den Genuss gekommen, turtelnde Menschen zu beobachten, und können die Zeichen richtig deuten.

Sie freuen sich für den Direktor, endlich hat es auch ihn einmal erwischt. Wenn sie so darüber nachdenken, haben sie ihn noch nie mit einer Frau zusammen gesehen. Kann es denn wirklich sein, dass erst die Beamtin Meier auftauchen musste, um dem Chef endlich die Augen und auch die Gefühle für das andere Geschlecht zu öffnen? Gerade jetzt sieht es jedenfalls genau danach aus.

Aber natürlich finden sie es auch sehr amüsant, den Direktor so hilflos vor ihnen stehen zu sehen. Er scheint tatsächlich einmal nicht zu wissen, was er tun soll. Sein Gesicht spricht jedenfalls Bände. Begeistert erzählen die beiden den anderen Katzen, was sie eben gesehen und erlebt haben, und alle finden es einfach nur lustig, dass Amors Pfeil den taffen Chef so unverhofft mitten ins Herz getroffen hat. Es ist das erste Mal, dass ihr Direktor so gar keine Ahnung hat, was da auf ihn zukommt, da sind sie sich alle ganz sicher. Sie sind schon jetzt gespannt, wie die Geschichte zwischen den beiden Menschen weitergeht, wünschen sich aber insgeheim ein Happy End für ihren Direktor, schließlich haben alle Katzen auch ein Stück weit ein weiches Herz und wollen lieben und geliebt werden. Das wünschen sie sich auch für ihre menschlichen Mitstreiter.

15

Währenddessen nimmt sich Kriminalhauptkommissar Bauer seinen zweiten Zeugen zur Befragung vor. Dieses Mal trifft es den Tiertrainer Harry Ruppert. Wenig begeistert und mit verkniffener Miene lässt dieser sich in das auserkorene Besprechungszimmer dirigieren. Um ihn zum Reden zu bringen, muss Bauer andere Geschütze auffahren, als das bei dem eher gutmütigen Schwarz der Fall gewesen ist. Harry Ruppert fragt er erst einmal direkt nach dem Verhältnis, das er zu dem verstorbenen Guido hatte. Mürrisch erwidert dieser: »Verhältnis? Welches Verhältnis denn? Ich bin doch nicht schwul!« Na, das fängt ja gut an. Diesem Herrn muss er wohl etwas härter auf den Zahn fühlen. »Das wollte ich ja auch gar nicht mit meiner Frage ausdrücken. Ich wollte wissen, wie Sie zu dem Toten gestanden haben, also ob Sie Freunde oder einfach nur Kollegen waren und solche Dinge. Also nun erzählen Sie schon.«

»Der hatte hier keine Freunde, da bin ich mir sicher. Mich hatte er schon gar nicht als Freund. Der hat sich ständig in meine Angelegenheiten eingemischt, bis ich ihm mal eine richtige gewischt habe, das hat ihm dann erst einmal eine Weile gereicht.« Sieht Bauer da ein schadenfrohes Grinsen im Gesicht seines Gegenübers? Also, das will er nun etwas genauer wissen. »Was heißt das, ‚ich habe ihm eine gewischt‘? Geht's auch etwas detaillierter?« Jetzt ist in Rupperts Gesicht tatsächlich ein Grinsen zu sehen. »Mit der Peitsche habe ich ihm eine gegeben. Davon ist die eine Narbe, die Sie in Guidos Visage bestimmt schon gefunden haben. Worum es bei dem Streit ging, kann ich heute nicht mehr sagen. Irgendwie hat er mich dauernd abgenervt, da kann er von Glück sagen, dass er nur einmal etwas abbekommen hat. Wenn es nach mir gegangen wäre, hätte er öfter mal eine Lektion erhalten sollen, aber irgendwie hat es sich dann leider nicht ergeben.« »Das hört sich ja geradeso an, als ob Sie auch noch stolz darauf sind, dass es zwischen Ihnen öfter mal gekracht hat. Wann hatten Sie denn Ihren letzten Streit?« »Da muss ich gar nicht lange nachdenken, das war ziemlich genau vor zwei Wochen, da ist er mir privat blöd gekommen, was ich gar nicht vertragen kann. Hier hat mir niemand privat zu kommen, mein Privatleben geht nur mich etwas an und damit basta.«

»Okay«, denkt sich Bauer, »das war mit Sicherheit noch nicht das letzte Gespräch mit diesem netten Erdenbürger. Da gibt es bestimmt noch so einiges zu erfahren.« Aber da er im Moment keinen direkten Zusammenhang zwischen dem Streit vor zwei Wochen und dem Mord letzte Nacht sieht, belässt er es heute erst einmal bei der Aussage seines Gegenübers.

Standardmäßig und eigentlich nur fürs Protokoll fragt er nun ab, ob Ruppert etwas Verdächtiges gesehen habe, als dieser heute Morgen zur Arbeit erschienen ist. Das verneint er mit knappen Worten. »War alles wie immer«, ist alles, was Bauer dazu von ihm erfährt. »Bis auf die Leiche«, kontert der schlagfertige Beamte. »Ja, aber die habe ich ja nur gesehen, weil Manni mich geholt hat. Er war der Erste, der am Tatort war. Ich kann dazu weiter nichts sagen.«

Schließlich wendet sich Bauer den Personalien zu und erfährt, dass Ruppert zwei sozusagen erwachsene Söhne hat, die immer noch zu Hause wohnen und es sich im Hotel Mama gutgehen lassen. Ruppert selbst ist fünfzig Jahre alt, seine Frau Maria ist 49. Bauer hofft für die Familie, dass der aufbrausende Familienvater die Peitsche nur hier im Zoo schwingt und sich zu Hause wenigstens einigermaßen gesittet benimmt. Aber das ist heute nicht das Thema, somit kommt er darauf auch nicht zu sprechen. Laut sagt er: »So, das war es fürs Erste. Ich bitte Sie, sich weiterhin zu unserer Verfügung zu halten und die Stadt nicht zu verlassen. Wenn wir weitere Fragen haben, werden wir uns bei Ihnen melden.« Darauf kommt von der anderen Seite nur ein undefinierbares Grunzen, das Bauer nicht weiter kommentiert. Dann erklärt er Ruppert, dass er seine Aussage noch einmal durchlesen und unterschreiben muss und deswegen und wegen der Abgabe seiner Fingerabdrücke sobald wie möglich im Präsidium vorbeikommen soll. Auch ihm händigt er seine Visitenkarte aus und lässt dabei noch die Bemerkung fallen, dass Ruppert sich bei ihm melden soll, wenn ihm noch etwas einfallen sollte, was für den Fall wichtig sein könnte. Allerdings weiß er ziemlich sicher, dass dieser mürrische Zeitgenosse sich mit Sicherheit nicht freiwillig bei der Polizei meldet, schon gar nicht, weil er dieser in irgendeiner Weise helfen möchte. Ruppert gehört eindeutig zu der Sorte, die man einbestellen muss, um noch einmal etwas von ihm zu hören oder zu sehen.

Er sei nun entlassen und solle bitte die Frau zu ihm hereinschicken, die mit von der Partie war, als die Leiche gemeinschaftlich betrachtet wurde. Er fragt Ruppert noch, wie die Kollegin heißt, und erhält nur die beiden Worte »Anne Müsig« als Erwiderung, aber das reicht ja auch als Antwort, mehr wollte er schließlich gar nicht wissen. Vor sich hin murrend nimmt Ruppert nun die Karte des Kommissars entgegen und schlurft eilig Richtung Ausgang davon. »Nicht dass der Typ mir noch irgendeine doofe Frage stellt«, denkt er sich gerade. So machen es doch diese Kripotypen nur zu gerne. Das Gegenüber denkt gerade: »Jetzt habe ich es geschafft« und schwupps, schnappt die Falle zu. Es wird noch so ganz nebenbei eine letzte Frage nachgeschoben und prompt hat man dem Bullen dabei zu viel verraten, weil man nicht mehr aufgepasst hat. Also nichts wie raus hier. Obwohl er gar nicht wüsste, wie er in diesem Fall zu viel erzählen könnte, schließlich weiß er ja gar nichts, was dem Kommissar weiterhelfen könnte, aber mehr reden will er auch auf keinen Fall, daher verschwindet er lieber so schnell wie möglich, ohne dass es so aussieht, als ob er gleich losrennen wollte.

Über Harry Ruppert muss sich Bauer erst einmal ein paar Notizen in sein schwarzes Büchlein machen, welches er stets in seiner Jackentasche stecken hat und überall dabei ist. Es sieht schon recht mitgenommen aus. Aber für Bauer ist es ein absolutes Muss, die leeren Seiten mit seinen Gedanken und Eindrücken zu befüllen. Sein kriminalistisches Gespür hat ihn dank dieser Aufzeichnungen schon oft auf die richtige Fährte geführt und damit zur Lösung von vielen seiner Fälle beigetragen. So kann er immer wieder nachvollziehen, was ihm bei einer bestimmten Person oder zu einem bestimmten Thema als Erstes durch den Kopf ging, denn das kann man sich in seinem Beruf so gut wie gar nicht merken. Dazu muss man mit zu vielen Individuen sprechen und hat einfach zu viele verschiedene Dinge im Kopf, die man zu ordnen hat. Da ist so ein Büchlein, in welchem man seine Gedanken aufzeichnen kann, einfach Gold wert. Dieses vergisst nie etwas, und anders als bei der modernen Technik ist hier auch keine Seite nach ein paar Wochen einfach gelöscht. Er hat schon oft die jüngeren Kollegen beobachtet, die nach einer Datei auf ihrem Handy gesucht haben, diese aber nie mehr gefunden haben. Das kann ihm mit seiner etwas altertümlichen Methode nicht passieren und deshalb macht es ihm auch gar nichts aus, wenn die Jungen meinen ihn deshalb belächeln zu müssen. Wenn es darauf ankommt, ist sein schwarzes Büchlein einfach nicht zu übertreffen, denn in diesem findet er immer genau den Eintrag, den er auch sucht.

Sich seine Notizen machen zu können ist auch der einzige Grund dafür, dass er Frau Müsig nicht selbst abholt. Die paar Minuten, bis sie bei ihm auftaucht, reichen mit Sicherheit aus, um seine Gedanken niederzuschreiben. Er macht sich ein paar große Ausrufezeichen hinter den Namen Ruppert und vermerkt dazu: »Kritisches soziales Verhalten«. Weiter notiert er sich: »Probleme zu Hause? Evtl. mit den Kindern?«, »Andere Kollegen nach ihm befragen«, »Verhält sich verdächtig«, »Hat vielleicht ein Motiv«, und als Letztes schreibt er: »Peitsche«. Der Eintrag soll ihn auch daran erinnern, später die anderen Zooangestellten über den mürrischen Kollegen zu befragen. Vielleicht weiß ja irgendeiner von ihnen etwas Privates über Ruppert zu berichten oder er erfährt mit etwas Glück sogar mehr über das Verhältnis zwischen Guido Hart und ihm. Beste Freunde scheinen sie ja auf gar keinen Fall gewesen zu sein. Da muss doch einer der anderen fast zwingend etwas mitbekommen haben. Das wäre doch gelacht, wenn er hier nicht mehr erfahren sollte. Jedenfalls hat er es im Urin, bei dem Ruppert steckt noch Potential drinnen. Da gibt es noch viel zu bohren und zu erfahren, das sagt ihm seine kriminalistische Spürnase gerade mit aller Deutlichkeit.

16

Im Raubtiergehege ist jetzt erst einmal wieder Ruhe eingekehrt. Inzwischen war Manni schon bei ihnen gewesen, um sie mit ihren geliebten Fleischhappen zu versorgen, welche sie auch sogleich mit Freude und gutem Appetit verschlungen haben. Auf die Aufregung hin hatten sie sogar mehr Hunger als sonst, gut, dass keiner von ihnen einen Reizmagen hat und sein Fressen wegen des Stresses nicht genießen konnte. So kommt es, dass heute auch nicht ein einziges Fitzelchen Fleisch übriggeblieben ist. Pech für die Elstern und alle anderen Piepmätze, die sich sonst regelmäßig so manche Leckerei bei den Katzen abholen. Zufrieden und gesättigt liegen nun alle zusammen draußen im Gras und freuen sich darüber, dass heute keine nervenden Besucher mit Steinchen nach ihnen werfen, nur um sie fauchen zu sehen, oder gar irgendwelche seltsamen Rufe ausstoßen, weil sie annehmen, dass das die Katzen in irgendeiner Form interessiert oder zu unüberlegten Handlungen, wie zum Beispiel Durch-das-Gehege-Rasen, anstiftet. Auch die Kleinsten unter den Zweibeinern können mehr als nervig sein. Entweder verlieren sie ihre bunten Plastikdinger, die sie sonst im Mund stecken haben und auf denen sie nur zu gerne herumkauen. Dann veranstalten sie erst einmal ein herzzerreißendes Schreikonzert, damit Mami ihnen sofort die gesamte Aufmerksamkeit schenkt, die sie natürlich stets auch verdient haben, das steht bei den Kleinen ganz außer Frage. Eine gute Mutter entdeckt dann auch sofort, dass ihrem geliebten kleinen Wesen der Schnuller abhandengekommen ist. Dieser wird dann augenblicklich ersetzt und dem Kind wird gut zugeredet, dass nun alles wieder gut und die Welt wieder in Ordnung sei. Dieses Prozedere können die Tiere das ganze Jahr über zuhauf beobachten. Bis der Vorgang schließlich soweit abgeschlossen ist, dass das Kleine wieder Ruhe gibt, muss sich eine Raubkatze schon ganz schön am Riemen reißen, um diesem überlauten Wesen nicht sofort an die Gurgel zu gehen. Dass die Menschen auch immer noch nicht geschnallt haben, dass Katzenohren sehr viel lauter hören und damit sehr viel empfindlicher sind, das will den Tieren nicht so wirklich in den Kopf. Wie lange dauert eigentlich so ein Lernprozess bei Zweibeinern?

Das zweite Verhalten, das die Kleinsten absolut gut draufhaben, ist, dass sie meinen, sie könnten ihre nassgesabberten Kekse ganz cool mit den Tieren teilen. Pfui, als ob man sich vor gar nichts ekeln würde! Meistens haben die kleinen Wesen den besagten Keks schon eine ganze Zeit lang in ihrem Mund, bis sie auf die glorreiche Idee kommen, ihn in ihre kleine Hand zu nehmen und diese dann Richtung Raubtiergehege zu strecken, damit eines der Tiere einfach nur noch zugreifen und sich bedienen muss. Bis die dazugehörigen Eltern bemerken, was ihr Kleines gerade tut, hätte eine große Katze lässig die Zeit, sich die ganze Hand zu schnappen. Zum Glück erhalten sie stets genug Futter, daher haben sie keinen Bedarf an Babyhand mit Sabberkeks. Aber das Schreikonzert veranstalten die Kleinen dann trotzdem ganz gerne, dieses Mal eben, weil sie auf Ablehnung gestoßen sind und ihr Gegenüber ihnen den Wunsch nach Futterteilung nicht erfüllt. Aber auch dieses Ereignis endet zum Glück recht bald mit dem bunten Schnuller, welcher sofort in den Mund des Kindes gesteckt wird, und schon ist wieder Ruhe eingekehrt.

Heute ist es ausgesprochen gemütlich und absolut ruhig hier im Park. Man kann sich tatsächlich einmal ganz gepflegt und ungestört miteinander unterhalten. Also, das würde den Tieren auch an mehreren Tagen in der Woche gefallen! Da könnten sie sich direkt daran gewöhnen. Aber ob es ihnen auch gefallen würde, wenn sie dann nur noch Minirationen Futter erhalten würden? Schließlich zahlen diese bösen Tierparkbesucher ja ihr Fresschen. Das scheinen die Raubkatzen bei ihrer ganzen Freude komplett vergessen zu haben.

Als am Eingang des Parks nichts mehr weiter Aufregendes passiert, beschließt Jogi, sich von seinem Stammplatz zu erheben, um das Gelände zu erkunden und schließlich wieder bei den Raubtieren zu landen und dort nach dem Rechten zu schauen. Jogis Stammplatz ist nichts anderes als ein umgebauter Baumstamm, mit noch vorhandenen Seitenästen, die passend bearbeitet wurden, um dem großen Ara als Sitzstangen zu dienen. Darauf sind je ein Wasser- und Futternapf mit Dach und eine Vogelschaukel angebracht, die Jogi nur zu gerne nutzt und auf der er auch allerlei Kunststückchen vollführt, was stets zur Freude der Besucher beiträgt. Der Ara ist sehr stolz auf seinen eigenen Stamm und sitzt sehr gerne hier, um alles im Park zu beobachten.

Jetzt dreht er erst einmal seine Runde und entdeckt dabei Flecki, die Giraffe, welche sich bereits den Kopf verrenkt, um etwas von dem weit entfernten Geschehen bei den Großkatzen mitzubekommen. Leider ist sie vom Tatort so weit entfernt, dass ihr auch ihre Größe und ihr durchaus dehnbarer Hals nicht wirklich dabei helfen, etwas Interessantes aufzuschnappen. So spürt sie nur die vorherrschende Erregung und Aufregung, die gerade alle Tiere im Park erfasst, lässt sich selbst davon mitreißen und kann es gar nicht abwarten, etwas über den Grund dieser Welle zu erfahren. Da kommt ihr Jogi gerade recht. Neugierig fragt sie ihn, ob er mitbekommen hat, was hier gerade abgeht. Und ob er das hat! Mit absoluter Begeisterung weiht er seine Freundin in alles ein, was er zurzeit weiß. Schnell und gründlich erzählt er Flecki, was sich hier gestern Nacht abgespielt hat und dass der gute Guido nun nicht mehr unter ihnen weilt. Je weiter er mit seiner Erzählung fortschreitet, umso größer werden die Augen der Giraffe, als ob sie nicht sowieso schon groß genug wären. Sie traut fast ihren Ohren nicht, so unglaublich kommt es ihr vor, dass hier im Zoo ein Mord verübt worden ist und das auch noch ganz in ihrer Nähe. Oh mein Gott! Als sie so darüber nachdenkt, läuft ihr direkt ein Schauer über den Rücken, den sie sich erst einmal kräftig abschütteln muss. Nur gut, dass es kein wehrloses Tier im Schlaf erwischt hat, denkt sie. Zu Jogi sagt sie, dass sie sich jetzt gleich daranmacht, alle Tiere in der afrikanischen Ecke über den Vorfall zu informieren. Das sei jetzt erst einmal das Wichtigste, Informationen verteilen und fragen, ob von den anderen einer etwas gesehen oder gehört hat. Ihr analytisches Denken beeindruckt Jogi, er hätte gedacht, dass Flecki erst einmal hysterisch wird, aber weit gefehlt, sie ist voll dabei und reagiert hellwach. Eigentlich hätte er selbst darauf kommen müssen, alle Tiere zu befragen, wobei er sich nicht vorstellen kann, dass hier in diesem Teil des Zoos auch nur einer etwas Sinnvolles beitragen kann. Dazu ist das Raubtiergehege viel zu weit weg. Flecki denkt bereits über die vergangene Nacht nach. Sie kann sich nicht daran erinnern, von einem ungewöhnlichen Geräusch geweckt worden zu sein. Das beruhigt sie gleich wieder ein wenig. Wenn sie nichts gehört hat, war der Mörder bestimmt auch nicht in ihrer Nähe! So einfach hakt eine Giraffe schlechte Gedanken ab und wendet sich dann auch schon ihren Mitbewohnern zu, um sie über die Neuigkeiten zu informieren.

Auch an Manni kommt Jogi bei seinem Rundflug vorbei. Dieser hat schon alle seine Lieblinge mit Frühstück versorgt und schaut nun noch einmal nach den süßen Erdmännchen, die, sobald die Sonne aufgeht, ständig in Bewegung sind und auch jetzt wieder durch ihr Gehege springen. Selbst Jogi kann sich einer gewissen Zuneigung zu den wuseligen Wesen nicht erwehren. Er versteht sehr gut, dass es Manni immer wieder zu dieser Familie am hinteren Rand des Geländes führt. Es macht einfach Spaß, dem bunten Treiben der Erdmännchenfamilie zuzusehen. Manni strahlt schon wieder über beide Backen. Diese Tiere sind für ihn die beste Medizin und bieten ihm die Möglichkeit, etwas abzuschalten und das schreckliche Erlebnis von heute Morgen wenigstens ein bisschen zu vergessen.

Als die Raubtiere schon eine ganze Zeit lang zwanglos beisammenliegen und über das Leben schwadronieren, gesellt sich ihr gefiederter Freund Jogi wieder zu ihnen. »Ja, ja, das war ja klar, dass wir schon ganz bald wieder Besuch bekommen. Zu viel Ruhe ist bestimmt einfach nur ungesund«, mault Ede, als er das bunte Etwas heranflattern sieht. Jogi tut jedoch ganz so, als habe er die soeben gefallenen Worte gar nicht gehört, und setzt sich auf die Zoomauer, welche direkt hinter dem Freigelände beginnt, und schon schnäbelt er los. Er will natürlich wissen, was es in seiner Abwesenheit alles zu beobachten gab, und freundlicherweise bringt ihn Wildcat tatsächlich nur zu gerne auf den neuesten Stand. Dass es so leicht wird, die Raubkatzen zum Reden zu bewegen, hat der Ara eigentlich nicht gedacht. Sonst sind diese schweren Jungs nicht so einfach dazu bereit, etwas preiszugeben. Aber er hütet sich, einen entsprechenden Kommentar zu machen. Seine Neugierde siegt über sein freches Mundwerk und so hört er nun mit offenen Ohren, was Wildcat alles zu berichten hat, und das ist jede Menge.

Als der schwarze Jaguar mit seinen Ausführungen fertig ist, fragt Jogi die anderen Tiere, was nun als Nächstes auf dem Plan steht. »Auf welchem Plan denn?«, fragt der genervte Ede, der den Papagei am liebsten verjagen würde, noch besser wäre es, ihn zu fressen, dann wäre er ein für alle Mal verschwunden und hier wäre es um einiges ruhiger. Die schrille Stimme des Vogels geht ihm einfach auf den Sack. Den anderen Kollegen scheint es jedoch nicht so zu gehen, denn jetzt ist es Leo, der dem Vogel erwidert: »Was meinst du denn, was wir nun machen sollen? Glaubst du, wir können uns hier einmischen, wo wir nicht einmal aus unserem Gehege herauskommen? Wenn hier etwas unternommen werden soll, musst schon du diesen Part übernehmen, Aufklärungsarbeit und Befragungen und so. Ich jedenfalls habe nicht die geringste Lust, hier irgendwelche Kunststückchen aufzuführen und gar noch über den Zaun oder die Mauer zu klettern, nur um mich vielleicht irgendwie nützlich machen zu können. Die anderen Tiere hier haben sowieso einen Riesenschiss vor uns, die würden davonrennen, bevor wir ihnen auch nur eine einzige Frage gestellt haben. Es sind bei Weitem nicht alle so zutraulich wie du, kleiner Kerl.«

Leos Ansprache lässt die Augen des Aras glänzen. Hat ihm Leo etwa gerade hochoffiziell einen Ermittlungsauftrag erteilt? Das wäre ja famos, wo er doch so gerne mehr über den Mord und die Hintergründe erfahren würde und nur darauf wartet, diesbezüglich etwas unternehmen zu können. Wenn die Raubtiere mit seinen »Ermittlungen« einverstanden wären, könnte er die anderen Tiere ja in ihrem Namen befragen, das würde doch gleich wichtig wirken und er würde sich den Respekt der anderen Zooinsassen sichern, denn soweit ihm bekannt ist, haben die Großkatzen noch nie ein anderes Tier um Hilfe gebeten. Er quakt auch sogleich aufgeregt los: »Ja klar, ich kann gerne herumfragen, ob einer der anderen gestern Nacht vielleicht etwas Verdächtiges gehört oder gesehen hat. Vielleicht finden wir ja noch einen weiteren Hinweis, der uns bei der Suche nach dem Mörder weiterhilft. Wärt ihr denn damit einverstanden, wenn ich meine Lauscher ausstrecke und die nötigen Informationen in eurem Namen beschaffe?« »Ich bin mit allem einverstanden, Hauptsache, du lässt uns hier in Ruhe dösen«, kommt die schlichte, aber ehrliche Antwort von Ede. Die anderen Raubtiere sehen sich an und scheinen irgendwie telepathisch zu kommunizieren. Einen Laut kann Jogi jedenfalls nicht vernehmen und doch beantwortet Tatze seine Frage nach einer kurzen Pause. »Ja, Jogi, es wäre uns ehrlich recht, wenn du in diesem Fall etwas Ermittlungsarbeit leisten würdest. Wir fühlen uns irgendwie etwas schuldig, weil die Tat in unserer unmittelbaren Gegenwart stattgefunden hat und wir nicht wirklich etwas zum Tathergang beitragen können. Wie sich inzwischen herausgestellt hat, haben Frederick und Pickeldi zwar nachts etwas gehört, aber das hilft uns bei den Ermittlungen nicht wirklich weiter. Pickeldi ist der Meinung, dass er Menschen hat schreien hören. Frederick denkt vielmehr, dass irgendein wildes Tier sich gestern Nacht hier bei uns herumgeschlichen hat. Das war es aber auch schon. Wie gesagt, das ist nicht wirklich eine Hilfe und wir können wahrscheinlich beide nicht als Zeugen zulassen, dazu sind ihre Aussagen viel zu widersprüchlich. Am Ende kommt noch dabei heraus, dass sie einfach beide nur geträumt haben, diese Blamage wollen wir uns dann doch ersparen. Es ist schon schlimm genug, dass wir inzwischen alle so tief und fest schlafen, dass wir um uns herum nichts mehr mitbekommen. Also früher wäre mir das im Leben nicht passiert. Das kannst du mir glauben!«

»Hey, Jungs, nun erst einmal keine Panik. Ich werde mich sofort auf meine zwei Schwingen machen und mit den anderen Kollegen sprechen. Es wäre doch gelacht, wenn nicht irgendwer etwas Verwertbares zu berichten hätte. Ihr wisst ja, dass unser Herr Reuter schon genug Stress mit unserem Zoo hat. Wenn nun durch den Mord auch noch die zahlenden Besucher ausbleiben, müssen wir uns vielleicht bald auf kleinere Essensportionen einstellen. Dazu habe ich ja mal so absolut gar keine Lust. Es wäre schon aus diesem Grunde gut für uns alle, wenn wir uns an der Mördersuche beteiligen würden. Also auf mich könnt ihr zählen! Ich fange jetzt mit meiner qualifizierten Befragung an, und wenn ich nähere Einzelheiten von einem der Tiere erfahren habe, erstatte ich euch sofort Bericht.«

Bevor Jogi sich aufmacht, bittet Wildcat ihn noch kurz mit in seinen Stall zu kommen. Dort hat er doch tatsächlich ein silbernes Kettchen mit einem Medaillon daran gefunden, das einfach so in seinem Zuhause auf dem Boden lag. Dieses ist den Kommissaren, aus welchem Grund auch immer, bei der Durchsuchung des Stalles nicht aufgefallen. Jogi ist sich sofort sicher, dass es sich bei dem glitzernden Etwas um ein Beweismittel im Mordfall handelt. Er bespricht sich kurz mit den anderen Raubkatzen. Keiner hat das Teil vorher schon einmal gesehen, es muss also in direktem Zusammenhang mit der verübten Tat stehen. Daher beschließen die Freunde gemeinsam, dass es das Beste sei, die Kette erst einmal in ein sicheres Versteck zu bringen um sie im richtigen Augenblick zurückzuholen und als Fährte für die Ermittler auslegen zu können. Der findige Papagei weiß auch schon gleich, wo er das gute Stück solange verstecken will. Dann ist es auch endlich soweit und das gelbe Etwas ist schon wieder hoch oben in der Luft und ist bald nicht mehr von den Raubtieren zu sehen.

»Endlich wieder Ruhe in unserem Reich! Ich habe schon geglaubt, wir kriegen diese Nervensäge gar nicht mehr los«, grummelt Ede in seiner Ecke. Wildcat und Leo können sich ein Schmunzeln nicht verkneifen. Sie geben Ede ja Recht, dass der Ara nervig sein kann, aber er ist auch ein guter Informant und für die meisten Tiere im Zoo ist er eigentlich so etwas wie ein guter Freund, auch wenn das nicht viele zugeben würden, wenn man sie dazu befragen würde. Über einen anderen zu schimpfen oder zu motzen ist einfach viel cooler, als über ihn Gutes zu berichten. Auch die beiden Raubkatzen halten sich mit ihrer Belobigung deshalb lieber entsprechend zurück. Sie wollen keines der anderen Tiere verärgern oder gar einen Streit vom Zaun brechen, dafür lieben sie ihr friedliches Leben hier in den festen vier Mauern des Zoos einfach viel zu sehr. Das ist ihnen ihr Informanten-Papagei dann doch nicht wert. Wenn es darauf ankommt, ist die Familie eben doch wichtiger als alles andere. Tiere verhalten sich da auch nicht anders als die Menschen und bekanntlich pickt eine Krähe der anderen kein Auge aus.

Als der Vogel verschwunden ist, können die Raubtiere doch tatsächlich noch einmal richtig schön relaxen. Sie schließen die Augen und gönnen sich ein paar wärmende Sonnenstrahlen auf ihrem Pelz. Von ihnen aus könnte das jetzt so bleiben, bis sie sich heute Abend zur Ruhe begeben. Vom Relaxen direkt zum Schlafen, das hört sich doch richtig gut an! Ob ihrer Gemeinschaft diese Ruhe wirklich vergönnt ist?

17

Zumindest den anderen Tieren im Zoo ist gerade einmal so gar keine Ruhe gegönnt. Flecki hat die Bewohner der afrikanischen Ecke tatsächlich sofort ausführlich über die Geschichte, die Jogi ihr mitgebracht hat, informiert. Die Tiere hatten bisher gar nicht mitbekommen, dass in ihrem Park etwas passiert ist, und sind natürlich entsprechend wissbegierig und wollen alles ganz genau wissen. Gleich nach dieser erschreckenden Berichterstattung herrscht in ihrer Ecke erst einmal viel Aufregung und Durcheinander. Alle sind von der Geschichte vollkommen überrumpelt und wissen nicht mit ihr umzugehen. Eigentlich braucht sich keine der afrikanischen Gattungen wirklich zu fürchten. Es handelt sich bei ihnen ja um recht große und stattliche Tiere. Weder Nashorn noch Elefant würde einen Mörder ungestraft seine Arbeit verrichten lassen, und auch bei den Zebras dürfte derjenige wenige Chancen haben, seine Tat auch wirklich auszuführen, ohne dass er mit heftiger Gegenwehr rechnen müsste. Trotzdem sind die Tiere erst einmal etwas mit der Situation überfordert und müssen das Gehörte nun irgendwie verdauen.

Natürlich bekommen die nebenan lebenden Greif- und Ziervögel das ganze Spektakel auch ganz hautnah mit. Sofort wollen sie wissen, was los ist und warum die Nachbarn auf einmal so aufgeregt sind. Selbst die Fledermäuse werden wach und fragen nach Einzelheiten, und für diese kleinen Burschen will es schon etwas heißen, wenn sie sich vor Anbruch der Dunkelheit im Freien blicken lassen. Aber auch bei ihnen siegt eben die Neugierde, und wie jeder weiß, lässt diese einen manchmal Dinge tun, die man eigentlich nie machen würde, würde man vernünftig handeln.

Die Tiere in der australischen Ecke wissen gar nicht, wohin sie sich schnell wenden sollen, um zu erfahren, warum im Park so eine seltsame Stimmung herrscht. Auf der einen Seite sind diese verrückten Erdmännchen, denen man eigentlich gar nicht so nahe kommen will, da sie einen mit ihrem Herumgerenne und Ständig-in-Bewegung-Sein total verrückt machen. Aber die Tiere auf der anderen Seite, bei welchen es sich um die afrikanischen Gattungen handelt, sind heute auch irgendwie außer Rand und Band und gar nicht wiederzuerkennen. Dass nun rundherum alles in Wallung zu sein scheint, ist man bei den Australiern gar nicht gewohnt. Also was tun? Schließlich halten es die Emus nicht mehr aus. Sie müssen wissen, was die anderen so in Aufregung versetzt hat, und fragen direkt bei den Nashörnern nach. Natürlich schwappt die erregte Stimmung dann innerhalb kürzester Zeit auch auf ihren Bereich über. Die Koalabären wollen von Mord und Totschlag so gar nichts wissen. Diese Tierart zieht es vor, sich sogleich so weit wie möglich nach oben in die Bäume zurückzuziehen. Dort oben in ihrem eigenen kleinen Reich kann sie so gut wie niemand erreichen und somit ist auch nicht damit zu rechnen, dass ihnen dort in luftiger Höhe *überhaupt* etwas passieren könnte. So abgeschottet fühlen sie sich sicher und geschützt und können erst einmal in Ruhe abwarten, was weiter passiert. Wirklich bei irgendetwas in Richtung Aufklärung mitwirken wollen sie auf keinen Fall, das ist einfach nicht ihr Metier. Sie wollen lieber Ruhe und Frieden haben und es wäre ihnen sogar am liebsten, wenn man sie in ihren Bäumen gar nicht mehr bemerkt und somit auch nicht weiter stört. Es wäre nicht das erste Mal, dass die süßen Kleinbären mit diesem Verhalten gut durchkommen und tatsächlich in Ruhe gelassen werden, weil man sie auf ihren hohen Bäumen tatsächlich einfach schlichtweg vergessen hat.

Die Kängurus reagieren sich erst einmal damit ab, dass sie in der ganzen Gruppe wie die Verrückten auf ihrem Rasen herumtollen. Dabei machen sie Sätze, die so manchen Weitspringer und vielleicht sogar Stabhochspringer vor Neid erblassen lassen würden. Das Hüpfen haben die putzigen Kerlchen einfach drauf. Als sie sich entsprechend verausgabt haben und über die Situation im Park nun erst einmal in Ruhe nachdenken, finden sie, dass sie gar nicht so schlecht dastehen, sollte sie tatsächlich einer angreifen wollen. Sie können sich nämlich recht gut verteidigen. Zum einen können sie mit ihren kräftigen Hinterläufen richtig heftige Fußtritte austeilen und zum anderen können sie ihre Vorderläufe dazu nutzen, Boxhiebe zu verteilen. Beides kann für den Gegner recht schmerzhaft sein. Das muss doch jeden Bösewicht in die Flucht schlagen, oder? Zumal sie natürlich als ganze Gruppe angreifen würden, da hat ein einzelner Mensch so gut wie gar keine Chance, selbst wenn er mit einem Messer anrücken sollte. Nachdem die Kängurus diese beruhigenden Gedanken zusammengefasst haben, sind sie wieder die Ruhe selbst. Bei ihnen heißt es schon bald nach der aufregenden Geschichte wieder einfach den Tag zu genießen.

Die Wombats haben da schon etwas mehr zu befürchten. Sie beschließen allerdings sofort, dass ihr Schlafhaus genau die richtige Unterbringung ist, um sich sinnvoll aus dem Staub zu machen und so dem Gegner erst gar nicht in die Arme zu laufen. Ob es im Ernstfall tatsächlich genügen würde, sich einfach nur zu verstecken, bleibt allerdings abzuwarten. So sind diese relativ kleinen Tiere nicht mehr ganz so entspannt, wie sie es vor den schlechten Neuigkeiten noch waren, und werden auch noch eine ganze Zeit lang mit Angstattacken zu kämpfen haben, wenn sie etwas Verdächtiges hören oder vielleicht sogar sehen. Es ist eben einfach Mist, wenn man ziemlich klein und relativ wehrlos ist. Da bleiben einem nicht viele Optionen zur Gegenwehr.

Auch die Loris sind in ihrem Gehege relativ aufgeregt. Sie könnten sich so gar nicht behaupten, wenn ihnen jemand etwas Böses tun will. Vor Schreck und Stress müssen sie alle ihren Darm ziemlich massiv und sogar mehrmals hintereinander entleeren, was ihre Unterkunft schon bald nicht mehr sehr wohnlich aussehen lässt. Da ist später der Manni gefragt, keine Frage, der muss alles wieder hübsch machen. Zumindest hoffen die Tiere, dass ihr Tierpfleger sie heute nicht im Stich lässt. Schon alleine seine Anwesenheit hätte eine beruhigende Wirkung auf sie.

Natürlich erfahren auch alle anderen Zooinsassen innerhalb kürzester Zeit, dass es einen Mord gegeben hat. Die Neuigkeit verbreitet sich im Park tatsächlich so rasant wie ein Lauffeuer. In der europäischen Ecke ist gleich darauf auch alles in Aufregung. Zum Glück ist man dort relativ nahe bei den Zooangestellten zu Hause, welche im Büro oder Restaurant arbeiten. So verspricht man sich im Ernstfall Hilfe von den Menschen. Wobei die Steinböcke der Meinung sind, dass sie sich schon selbst zu wehren wissen und absolut nicht auf menschliche Verteidigung angewiesen sind. Das sehen die anderen Tiere bei ihnen zwar auch so, aber was auf die Steinböcke zutrifft, passt noch lange nicht für die Lamas, die Waschbären oder das Damwild. Die Wassertiere wiederum beschließen, erst einmal in ihrem Teich zu bleiben. Da die Menschen in der Regel keine guten Schwimmer sind, gehen sie davon aus, dass sie in ihrem kühlen Nass sicher sind. Welcher Mörder würde sich schon die Mühe machen, erst einmal schwimmen zu gehen, um seine Tat begehen zu können? Davon haben die Tiere bisher noch nie etwas gehört, daher glauben sie, dass das einfach nicht passieren wird.

Keines der Tiere kann zu diesem Zeitpunkt oder auch später wissen, dass ihnen niemand nach dem Leben trachtet. Irgendwie ist es ja goldig, dass alle denken, sie könnten das nächste Opfer sein. Die Frage, die sich dabei stellt, ist aber die: Warum denken die Tiere nur, dass auch sie umgebracht werden sollen? Schließlich hat es hier im Zoo noch nie einen Mord gegeben, warum also damit rechnen, dass es schon bald einen nächsten geben wird? Das ist schon etwas seltsam und wäre für einen Tierpsychologen mit Sicherheit ein gefundenes Fressen. An diesem Thema könnte er sich so richtig auslassen.

Es hat durchaus einen Grund, warum es ausgerechnet Guido erwischt hat. Aber selbst wenn die Zooinsassen diesen Grund kennen würden, würde ihnen der Zusammenhang zur Tat trotzdem nicht ersichtlich werden. Sie hätten sich auf jeden Fall viel Aufregung ersparen können, wenn sie einfach davon ausgegangen wären, dass Menschen nur Menschen töten und die Tiere in diesem Zusammenhang gar keinen interessieren und daher auch nie in Gefahr waren.

Und wer ist schuld an dem ganzen Theater? Natürlich Flecki. Wäre sie nicht so neugierig gewesen, hätten zumindest die Tiere in den entfernten Ecken des Tierparkes wahrscheinlich erst einmal gar nicht erfahren, dass Gefahr im Verzug ist. Nein, das ist so auch nicht ganz richtig. Schuld an der ganzen Aufregung trägt ganz alleine der Mörder und sonst gar niemand. Flecki hat ja nur berichtet, was hier passiert ist, und kann ja für die eigentliche Tat gar nichts, genauso wenig wie alle anderen hier drinnen. Außerdem will man ja als Insasse des Parks schon ganz genau wissen, was hier so alles los ist, und die Giraffe hat es eigentlich nur gut gemeint, als sie über das Vorgehen berichtet hat und damit alle auf den neuesten Stand brachte. Egal wie, das längst Passierte kann man im Nachhinein sowieso nicht mehr verändern und alle Tiere müssen akzeptieren, dass es das Leben eben auch mit ihnen nicht immer nur gut meint.

Nun machen sich alle Tiergattungen darüber Gedanken, ob sie in der Nacht etwas gehört oder vielleicht sogar gesehen haben, was zur Lösung des Falles beitragen könnte und woran sie bisher nur nicht gedacht haben. Sie setzen ihr ganzes Hirnschmalz dazu ein, damit sie auch ja nichts übersehen, was vielleicht weiterhelfen könnte. Aber so wirklich viel Interessantes kommt dabei nicht zu Tage.

18

Nun sitzt Frau Anne Müsig dem Kriminalhauptkommissar gegenüber. Sie hat immer noch recht verquollene Augen. Auch wenn sie sich jetzt wieder gefasst hat und zumindest ihre Heulattacke wieder vollkommen im Griff hat, sieht sie gerade ziemlich fertig und abgespannt aus. Ihr Gesicht ist kalkweiß und von ihrem Make-up, welches sie heute Morgen wie immer gewissenhaft aufgelegt hat, ist so gut wie nichts mehr übrig geblieben.

Schüchtern scheint die junge Dame schon einmal nicht zu sein, denn sie hat sich, ohne zu fragen oder gar sich vorzustellen, gleich auf dem Stuhl direkt gegenüber dem Beamten niedergelassen und sieht ihn jetzt aus ihren großen grünen Augen an und das fast etwas herausfordernd, wie Bauer findet. So ist die Jugend halt heute, denkt er. Die Jungen haben weder das Taktgefühl, dass sie sich von selbst einem Fremden vorstellen, noch haben sie überhaupt noch Achtung vor anderen Menschen. Nein, sie meinen, dass sich die Welt alleine um sie dreht und sich alle anderen einfach nach ihnen und ihren Bedürfnissen zu richten haben; dass sie sich auch einmal nach den Befindlichkeiten der anderen zu richten hätten, das kommt denen erst gar nicht in den Sinn. Dass die Jüngeren den Älteren mit einem gewissen Respekt begegnen, davon ist heute sowieso schon absolut keine

Rede mehr. Aufmüpfigkeit und Selbstbewusstsein scheint diese junge Generation schon mit der Muttermilch aufgesogen zu haben. Wie sehr sich doch die Welt inzwischen verändert hat. Früher hätte es für dieses Verhalten direkt eine Backpfeife gesetzt, das weiß Bauer sogar noch aus eigener Erfahrung. Aber das ist längst Schnee von gestern. Heute ist das alles ganz anders geworden.

Aber wehe, wenn den Jugendlichen etwas passiert, was ihnen nicht in den Kram passt, da brauchen sie die Erwachsenen dann doch und das meistens sogar ganz schnell und dringend. Das hat ja auch das ihm gegenübersitzende Mädel heute Morgen ganz eindrucksvoll bewiesen. Schließlich hatte Julia Kern allem Anschein nach die rühmliche Aufgabe, das junge Ding unter ihre Fittiche zu nehmen und zu trösten, damit es nicht vollkommen durchdreht. Da war es für kurze Zeit vorbei mit der ach so abgebrühten jungen Erwachsenen, die alles stemmt und alles selbst regelt, was sie betrifft und was es ihr wert ist zu kämpfen. Als er in das Restaurant kam, hat Frau Kern jedenfalls noch immer bei ihr gesessen und ihr gut zugeredet. Sein geschultes Auge hat die Teetasse und das Päckchen Tempos auf dem Tisch durchaus bemerkt und hat die Zeichen auch gleich richtig gedeutet.

Aber was soll er sich über solche Sachen Gedanken machen? Das ist nun eben so, wie es ist, und er alleine kann die Jugend nicht dazu bringen, sich plötzlich respektvoll gegenüber den Mitmenschen zu verhalten. Schließlich hat er selbst in seiner Kindheit und Jugendzeit genau das nachgemacht, was ihm seine Eltern vorgelebt haben. Wenn man die Patchworkfamilien von heute so anschaut, muss eigentlich jedem klar sein, dass sich die jungen Erwachsenen viel um sich selbst kümmern müssen und nicht selten sogar sich selbst überlassen sind. Da kann ein Mädchen schon zur Löwin und ein Junge zum Tiger werden, wenn es um die eigenen Interessen geht, für die man dann bereits ganz früh lernt selbst kämpfen zu müssen. Er wird zwar nie verstehen, warum die Eltern ihren Kindern diese oft sehr unschönen Verhältnisse aufzwingen, aber er muss eben mit der Menschheit so zurechtkommen, wie sie ist, da bleibt ihm gar keine Wahl. Er ist schließlich nicht Gott, auch wenn er es sich bei besonders schlimmen Fällen schon manchmal wünschen würde. Aber nun ist Schluss mit diesen grüblerischen Gedanken. Hier geht es um einen Mord und da muss er professionell und effizient sein, ohne zu vielen negativen Gedanken nachzuhängen. Über Gott und die Welt nachdenken kann er ein anderes Mal wieder. Er packt sein Notizbuch wieder gewissenhaft in seine Jackentasche und wendet sich nun erst einmal der jungen Frau zu.

Wie er schnell erfährt, handelt es sich bei Frau Müsig um die Kassiererin, die täglich vorne an der Kasse sitzt. Sie ist fünfundzwanzig Jahre alt und Single, was ihr anscheinend nicht so angenehm ist, da sie die entsprechende von ihm gestellte Frage so schnell wie möglich abhaken will. Weiter erfährt er von ihr, dass sie abends immer sehr gestresst ist und es kaum erwarten kann, dass der Zoo endlich schließt und ihre Arbeit für diesen Tag erledigt ist. Auf die Frage, warum dies denn so sei, sagt sie, dass sie zwar einerseits mit ihrem Job sehr unzufrieden ist, aber dass sie sich auch nicht dazu aufraffen kann, nach etwas anderem Ausschau zu halten oder gar eine Weiterbildung in der Abendschule in Betracht zu ziehen, das ist ihr alles viel zu viel. Ihr ist es am liebsten, wenn sie erst einmal von der Arbeit nach Hause kann und dort ihre Ruhe hat. Sie muss sich dann erst einmal etwas hinlegen, um sich zu entspannen. Das findet Bauer bei einem so jungen Ding doch etwas seltsam. Er weiß, dass die jungen Menschen in England zum Beispiel nach der Arbeit erst einmal etwas trinken gehen und sich dafür in den angesagten Pubs der Stadt fast gegenseitig plattdrücken, da dort immer entsprechend viel los ist. Klar, die Jugendlichen in Deutschland machen das nicht so, aber so langweilig und weltfremd hat er sie dann doch nicht eingeschätzt.

Er lässt dieses Thema deshalb auch nicht auf sich beruhen und fragt Müsig gezielt, was sie denn jeden Tag so fertigmacht, dass sie abends so gar nichts mehr unternehmen will. Nachdem sie erst etwas herumgedruckst hat, erfährt er, dass ein Problem der jungen Frau darin besteht, dass ihr an vielen Abenden die Kasse nicht stimmt. Es sind zwar keine hohen Beträge, um die ihr Abschluss nicht stimmt, aber es passiert halt immer wieder, dass ihr einige Euros am Abend fehlen. Sie würde diese Verantwortung gerne abgeben, aber dann würde sie sich natürlich selbst um ihren Job bringen. Damit ist sie in einer recht aussichtslosen Situation, was ihr offenbar so gar nicht gefällt. Dass sie ihre Differenzen dann auch noch jedes Mal der absolut korrekten Julia Kern melden muss, macht die ganze Situation nicht besser. Aber Kern ist nun einmal die Person, die die Fehlbeträge am Ende des Tages buchen muss, und so muss Müsig eben immer in den sauren Apfel beißen, wenn ihr wieder etwas Bargeld fehlt, und es der älteren Kollegin beichten.

Es ärgert sie, dass sie Kern keine Fehler nachweisen kann, es umgekehrt aber sehr wohl immer wieder der Fall ist. Allerdings erfährt der Kriminalhauptkommissar auch, dass Kern der jüngeren Kollegin bisher nie Vorwürfe gemacht hat. Trotzdem hat diese Angst, dass es eines Tages ihr Chef sein wird, der sie auf ihre Verstöße aufmerksam macht und sie dann vielleicht sogar aufgrund dessen entlässt. Schließlich ist es jedes Mal sein Geld, das abends bei ihrer Abrechnung fehlt.

Ansonsten ist Frau Müsig einfach eine recht farblose Person mit wenigen Interessen, wie er als erfahrener Polizist schnell herausfindet. Sie kann sich für nichts so wirklich begeistern und ist weder in einem Fitnessstudio noch in einem Sportverein Mitglied. In einer festen Beziehung lebt sie zurzeit auch nicht, weshalb sie vielleicht etwas mürrisch bei den anderen ankommt. Das hat sie sich jedenfalls schon des Öfteren sagen lassen müssen. So Sätze wie »Wenn du einen Typ hast, bist du einfach viel ausgeglichener« sind da noch die unspektakulärsten, die sie sich immer wieder in ihrem Bekanntenkreis anhören muss. Bauer kann sich schon denken, mit welchen ganz anderen Sprüchen ihr so mancher Bekannter mit Sicherheit kommt. Und da ist bestimmt auch etwas dran, denkt er, als er die Müsig noch einmal eingehend betrachtet.

Auf die Frage, ob sie Erfahrungen mit Drogen hat, schüttelt sie sehr vehement den Kopf. Das Zeug komme für sie überhaupt nicht in Frage. Sie gibt zwar zu, dass sie einmal mit ein paar Freundinnen gemeinsam Ecstasy eingeworfen hat, um eine Nacht in der Disco durchtanzen zu können. Aber am nächsten Tag sei es ihr so schlecht gegangen, dass sie das nie wieder wiederholen will. Außerdem hatte sie noch Tage später Schlafprobleme, das ist ihr das bisschen Aufputschen nicht wert. Sie schläft nämlich sehr gerne und viel. Allerdings raucht sie in Gesellschaft sehr viel. Es kann schon vorkommen, dass sie in einer einzigen Nacht ein ganzes Päckchen Zigaretten verqualmt. Gut, das ist zwar nicht gerade gut für ihre Gesundheit, aber auch nicht viel anders als bei anderen jungen Leuten. Das hat Bauer in seinen Befragungen schon oft zu hören bekommen.

Zu dem Toten kann sie nicht wirklich viel sagen. Er war eben ein älterer Kollege, der ihr nicht sehr sympathisch war und dem sie daher auch geflissentlich aus dem Weg gegangen ist, was wohl auch recht gut funktioniert hat. Denn wenn Guido erst einmal in der Anlage war, hat er sich so gut wie nie noch einmal vorne am Eingang blicken lassen. Damit hatte Müsig vor ihm in der Regel ihre Ruhe. Wenn sie sich dann doch einmal auf dem Gelände begegnet sind, hat Guido sie gerne mit irgendetwas Doofem aufgezogen. Oft war sie einfach nur abgenervt von ihm und hat ihm das auch sehr deutlich gesagt. Ernst nahm er ihre Worte wohl nicht, denn er hat es nicht sein lassen, sie immer, wenn er sie sah, dumm anzumachen. Aber so sind die alten Männer halt, meint sie dazu. Er hätte sie bestimmt gerne flachgelegt und war nur ärgerlich, weil sie ihn nicht an sich herangelassen hat. Na, da ist sie wieder, die wohlbekannte Selbstsicherheit. An Selbstbewusstsein hapert es bei dieser jungen Frau schon einmal auf keinen Fall. Warum die jungen Dinger immer glauben, dass die ganze Welt sie haben will, ist Bauer ein Rätsel. Er findet das Mädel vor ihm nicht wirklich toll und möchte es auf keinen Fall flachlegen. Er könnte sich auch vorstellen, dass es dem toten Pfleger, der immerhin über vierzig Jahre alt war, ebenso ergangen ist. Was will ein harter Bursche schon mit so einem »kleinen« Mädchen, der hatte bestimmt ein ganz anderes Beuteschema! Wahrscheinlich wollte Hart die Müsig einfach nur ärgern und schauen, wie sie auf seine Sprüche reagiert. Das erscheint Bauer sehr viel plausibler.

Der Kriminalhauptkommissar beschließt, die Befragung von Müsig für heute gut sein zu lassen, und begleitet sie mit nach draußen, um sich erst einmal eine kleine Pause zu gönnen. Klar soll auch sie aufs Präsidium kommen, darüber klärt er sie noch auf, bevor er sich von ihr verabschiedet.

Wie er gleich darauf feststellt, sind seine beiden Lakaien inzwischen mit ihrer Arbeit im Raubtiergehege fertig und kommen soeben mit ihrer Ausrüstung im Restaurant an. Ganz den Chef hervorkehrend, blafft er sie sofort an, ob sie auch wirklich alle Fingerabdrücke gesichert hätten, was Schneider etwas genervt mit einem deutlichen Ja bestätigt. Nachdem er ihnen eine Kaffeepause von zirka fünfzehn Minuten genehmigt hat, während denen er mit ihnen am Tisch sitzt und sie instruiert, was sie als Nächstes zu tun haben, schickt er sie auch schon wieder an die Arbeit.

Meier mault draußen: »Also, von wegen Pause, der spinnt wohl. Die ganze Zeit über hat er uns zugetextet. Wie kann man das eine Arbeitspause nennen? Ich konnte nicht einmal meine eigenen Gedanken sortieren.« Schneider sieht die Situation etwas gelassener und erwidert ihr: »Sieh es doch so. Der wichtige Bauer ist hier noch mit seinen Vernehmungen beschäftigt, für die wir anscheinend zu dumm sind. Somit hat er noch jede Menge Arbeit vor sich, die ihn noch eine ganze Weile hier festhält und ihn so schnell nicht zu uns aufs Präsidium kommen lässt. Wieso sollten wir uns da auf unserem Weg ins Büro nicht noch eine richtige Pause mit einem guten Essen gönnen? Wenn er etwas von uns will, sind wir ja per Handy erreichbar. Der bekommt es doch gar nicht mit, wenn wir nicht sofort zurück ins Büro fahren.« Das findet Meier eine richtig gute Idee und es zaubert ihr sogar ein Lächeln in ihr ohnehin schon hübsches Gesicht. Es freut sie, dem stets unzufriedenen Vorgesetzten eins auswischen zu können. Daher ist sie mit einer richtigen Pause und einem guten Essen sofort einverstanden. Sie schlägt sogar ein Restaurant vor, welches, wie sie sicher weiß, direkt auf ihrem Rückweg liegt.

19

Kaum haben die großen Katzen den gefiederten Jogi wieder los, da werden sie auch schon erneut in ihrem Dahinschwelgen unterbrochen. Ein lautes Geräusch lässt sie alle erschrocken aufspringen und in das Innere ihres Geheges flüchten. Dort fühlen sie sich sicherer als in ihrem Freigehege, in welchem ihnen von drei Seiten aus irgendwelche Gefahren drohen könnten. Ob die Tiere durch ihr friedliches Leben im Zoo doch schon etwas verweichlicht sind? Also, gerade erwecken sie jedenfalls genau diesen Eindruck! Auch wenn niemand dieses Thema offen ansprechen würde. Wer möchte schon eine Raubkatze unnötig verärgern!

Da die Eingangstüre vorne nach wie vor offensteht, können sie drinnen und in eingebildeter Sicherheit sofort einen rechteckigen schwarzen Kasten auf vier Rädern vor ihrem Gehege ausmachen, welcher direkt auf sie zuzukommen scheint. So etwas Seltsames haben sie ja noch nie gesehen. Was es damit wohl auf sich hat? Das komische Ding macht diese seltsamen ratternden und knatternden Geräusche, deretwegen sie sich eben alle so erschreckt haben, erkennen die Tiere untrüglich, und schon kommt das Teil auch schon mit einem Knirschen und kurzen Ruckeln direkt vor ihrem Gehege zum Stehen. Das wiederum finden sie nun gar nicht lustig. Was hat es nur mit diesem schwarzen Monstrum auf sich?

Erstaunt sehen sie schon im nächsten Moment zwei in Schwarz gekleidete Männer behände aus dem Ungetüm aussteigen, nachdem sich zuvor wie von Geisterhand rechts und links je eine Tür, die sie vorher gar nicht dort gesehen haben, aufgetan hat. Aber das ist noch längst nicht alles. Im Rücken hat dieses schwarze, Furcht einflößende Etwas noch eine weitere Tür zu bieten. Diese zieht nun einer der Menschen auf, bis eine Art Klappe direkt in den Himmel zeigt und ihnen den Blick in einen weiträumigen Innenraum freigibt, der seltsamerweise komplett in Weiß gehalten ist. Es sieht ganz so aus, als ob im Vehikel alles mit einer Art weißem Stoff ausgelegt worden wäre, was fast die Idylle von einem lauschigen Ruheplätzchen vermittelt.

Dort drinnen befindet sich noch eine weitere, wenn auch viel kleinere Kiste, stellen die Tiere überrascht fest. Diese ist auch bei weitem nicht so dunkel wie das große Ungetüm, in dessen Bauch sie transportiert wurde. Vielmehr handelt es sich dabei um ein hölzernes rechteckiges Ding, welches nach einer weiteren Betrachtung den Begriff rechteckig nicht wirklich verdient hat. Auf einer der beiden längeren Seiten wird es nämlich um einiges schmäler. Das alles haben die Raubkatzen bisher jedenfalls noch nie gesehen und kurz beschleicht sie doch tatsächlich ein bisschen Angst, dass es nun auch ihnen an den Kragen gehen könnte und sie ihr Leben lassen müssen, weil sie zufällig des Nachts am Tatort waren und ihren Schönheitsschlaf gehalten haben. Kampflos wird das allerdings nicht vonstattengehen, da können sich diese schwarzen Männer schon einmal darauf einstellen. Nicht umsonst bekommen sie es hier mit gefährlichen Raubtieren zu tun. So einfach werden sie sich das Leben nicht nehmen lassen! Oh nein! Sie werden kämpfen bis zum letzten Mann, meldet sich nun ihr ausgesprochen starker Überlebenswille zu Wort.

Zum Glück ist das allerdings gar nicht erforderlich. Sie stellen schon sehr bald fest, dass die beiden Menschen gar nichts von ihnen wollen und sie eigentlich auch gar nicht weiter beachten. Die Menschen verhalten sich ihnen gegenüber einfach genauso, wie es die Beamten vorhin schon getan haben, und tun dabei ganz so, als ob die Tiere gar nicht da wären. Vielmehr schleppen sie den kleineren Kasten nun unter Ächzen und Stöhnen ins Innere des Raubtierstalles und stellen ihn dann direkt neben dem toten Guido ab. Öffnen lässt sich dieses seltsame Ding auch, und als der Deckel nach kurzer Zeit komplett abgenommen ist, sehen die Tiere, dass das Innere ebenfalls komplett mit hellem Stoff ausgelegt ist. Es muss sich dabei um so etwas wie weiße Seide handeln, wie sie anerkennend feststellen. Das Teil sieht ja feudal aus, denken Frederick und Pickeldi sofort. Das wäre doch genau etwas für unseren gepflegten Mittagsschlaf. Da drinnen ist es bestimmt schön kuschelig und warm, genauso wie Katzen es mögen. Neidisch schauen sie weiter auf das Teil und wünschen sich sehnsüchtig, auch so ein schönes Bett zu bekommen.

Nun heben die beiden Männer den toten Guido an und legen ihn direkt in den weißen Traum hinein. »Komm, lass uns den Sarg schnell zumachen, damit wir hier wieder wegkommen. Ich finde es hier ein bisschen unheimlich, mit den vielen Augen, die uns meiner Meinung nach recht argwöhnisch betrachten«, meldet sich nun erstmals einer der Männer zu Wort. Bisher hatte keiner der beiden Typen auch nur ein Ton gesagt. Sarg? Was ist das denn? Keines der Tiere kann sich erinnern, dieses Wort vorher schon einmal gehört zu haben. Ratlos schauen sie den Menschen weiterhin zu. Viel zu sehen gibt es allerdings nicht mehr. Die beiden Männer schleppen die inzwischen wieder verschlossene braune Kiste nun wieder hinaus in das mit offenem Maul wartende schwarze Etwas. Dieses Mal von noch lauterem Stöhnen begleitet, was in Anbetracht des jetzigen Inhaltes selbst den Raubtieren verständlich ist, und schon hieven sie die Kiste wieder in den offenen Rückraum des schwarzen Vehikels. Die Klappe wird zugeworfen, und als die beiden wieder eingestiegen sind, erwacht das schwarze Ungetüm kurze Zeit später mit einem Röhren, welches die Tiere zusammenzucken lässt, wieder zum Leben. Keine fünf Minuten später ist der Spuk auch schon vorbei. Das Ding ist aus ihrem Blickwinkel verschwunden und die etwas ratlosen Raubtiere sind wieder sich selbst überlassen. Und dieses Mal sind sie auch noch die Leiche losgeworden, wofür sie alle recht dankbar sind. Sie wollen sich zwar nicht beschweren, aber der Kerl vor ihnen hat schon angefangen zu muffeln. Das ist den Menschen wahrscheinlich noch gar nicht aufgefallen, aber den empfindlichen Katzennasen ist das natürlich nicht entgangen. Es hätte nicht mehr lange gedauert und der Verwesungsgeruch hätte sich in alle Poren ihres Stalles gesetzt. Das hätte keinem der Tiere gepasst, denn schließlich ist das hier drinnen ihr Schlaf- und Essensraum, den sie nach wie vor genießen möchten. So ist Guido gerade noch rechtzeitig abgeholt worden, ohne den Raubtieren ernsthaften Schaden zuzufügen und ihr Wohlbefinden zu stören.

20

Jogi hat unterdessen die wichtigste Aufgabe seines bisherigen Vogellebens in Angriff genommen. Er beginnt mit der Befragung der umliegenden Tierverbände. Sein Weg führt ihn erst einmal zu den rechts von den Raubtieren wohnenden Flamingos. Allerdings ist er doch sehr skeptisch, ob das tatsächlich etwas bringt. Bei den Flamingos handelt es sich nämlich seiner Meinung nach um sehr dumme Geschöpfe. Sie sehen zwar mit ihrem rosa Federkleid und ihren schönen langen Beinen recht hübsch aus, aber dafür hat es der liebe Gott ansonsten, gerade in Bezug auf das Gehirn, nicht gerade gut mit ihnen gemeint. Für ihre Größe verfügen sie nämlich nur über ein sehr bescheidenes Hirn, welches die Tiere dann auch noch sehr gerne mit solchen Fragen wie »Sitzen meine Federn heute perfekt?« oder »Warum habe ich einen schwarzen Fleck auf meinem rechten Bein?« völlig falsch beschäftigen. Aber er will natürlich so professionell wie möglich vorgehen und vermeidet es daher, seine eigenen Vorurteile die Oberhand über seine gerade so wichtigen Ermittlungen gewinnen zu lassen. Er würde es unverzeihlich finden, wenn er diese etwas doofen Zeitgenossen nicht ausführlich befragte, sie aber etwas Wichtiges gesehen oder gehört haben könnten, was sie irgendwann einem völlig Unbeteiligten einfach so erzählen und diesem dann auch gleichzeitig mitteilen, dass man sie nur hätte fragen müssen und somit alles schon viel früher erfahren hätte. Wie würde er dabei aussehen? Das geht schon einmal gar nicht. Also presst er seinen Papageienschnabel einmal fest zusammen, eine Angewohnheit, mit der er sich selbst Mut zuspricht, und begibt sich im Anschluss daran auf direktem Wege zu den schönen langbeinigen Vögeln.

Diese haben gerade nichts Wichtigeres zu tun, als sich im rosa Pulk zusammenstehend um ihre Gefiederpflege zu kümmern. Umso besser, denkt sich Jogi, dann kann ich die Meute ja schon gleich auf einmal befragen und muss meine ganzen Ausführungen nicht mehrmals zum Besten geben. Beherzt begibt er sich zu seinen Artgenossen und legt auch schon gleich los.

Als Erstes will er erst einmal ihr Interesse wecken. Neugierig sind diese Vögel dann nämlich doch. »Hallo, ihr Lieben, habt ihr heute schon das Neueste gehört?« Die Tiere sind es gewohnt, dass der vorlaute Papagei sie mit irgendetwas Belanglosem belästigt, daher hält sich ihre Euphorie, nun den absolut neuesten Klatsch zu erfahren, sehr stark in Grenzen. Schließlich ist es Sweety, die Jogi etwas genervt fragt, was er nun schon wieder Tolles zu berichten hätte. Dieser erklärt ihnen dann lang und breit, was sich hier in letzter Zeit so zugetragen hat, und das auch noch direkt neben ihrem eigenen Gehege. Waren die Tiere erst noch durchaus desinteressiert und nach wie vor mit ihrer Gefiederpflege zu Gange, haben sie davon dann doch relativ schnell abgelassen und lauschen stattdessen den Ausführungen des Papageis. Wie Jogi unterdessen durchaus zufrieden feststellt, sind bald alle Flamingoaugenpaare nur noch auf ihn gerichtet und diese schauen ihn nun mit wachsendem Interesse und Erstaunen an.

Als er ihnen eine Pause gönnt, um das soeben Gehörte zu verdauen, schnattern einige von ihnen auch schon drauflos. »Was, neben unserem Stall hat es einen Mord gegeben?« »Mann, warum habe ich das nicht mitbekommen?« »Hey, will der kleine Scheißer hier uns verarschen? Es wäre ja nicht das erste Mal, dass er sich auf unsere Kosten amüsiert.« »Mein Gott, wie schrecklich! Wie kann es denn in unserem Zoo nur so weit kommen?«

Jogi hört dem Geflenne noch eine Weile zu und unterbricht die Tiere dann mit einem lauten Pfiff. Erschrocken stellen diese tatsächlich augenblicklich ihr Geschnatter ein. Ein Flamingo, dieses Mal ist es Langschnabel, ruft empört: »Blödmann, musst du uns mit deinem Pfiff derart erschrecken? Schließlich ist es deine Geschichte und somit auch alleine deine Schuld, dass wir in eine solche Aufregung geraten sind. Wie du vielleicht vorhin bemerkt hast, waren wir mehr als friedlich, bevor du uns gestört hast. Du solltest dich mal ein bisschen benehmen.« Dieser Ausbruch beeindruckt den findigen Papagei jedoch überhaupt nicht. Er ist hier schließlich in einer absolut wichtigen Mission unterwegs, in welcher es darum geht, Licht ins Dunkel eines Mordes zu bringen. Es geht schließlich um einen brutalen Killer, der sich an einem ihnen allen bekannten Menschen abreagiert hat. Da können die doofen Flamingos ruhig ein bisschen zicken, das macht überhaupt nichts, die beruhigen sich auch wieder.

Also fährt er nun völlig ungerührt fort und beginnt mit seiner Befragung. »Soll das heißen, dass keiner von euch gestern Nacht etwas gehört oder gesehen hat?« Das bejahen die immer noch etwas pikierten Tiere. »Ist euch vielleicht heute Morgen, als ihr eure erste Runde in eurem Gehege gemacht habt, etwas Interessantes aufgefallen?« »Ja«, meldet sich nun Mylady nach kurzer Überlegung zu Wort, »ich habe einen besonders dicken Wurm aus dem Gras gezogen und habe mir gedacht, dass das Leben einfach wunderbar ist. Da wacht man morgens völlig ahnungslos auf und wird schon gleich darauf mit einem so tollen Frühstück belohnt.« Genervt verdreht Jogi seine Augen. Er hätte sich denken können, dass diese rosa Vögel ihm keine Hilfe sein werden, aber er gibt noch nicht auf. Schließlich ist er ein schlauer Papagei und diese Art Vögel hat etwas mehr Durchhaltevermögen zu bieten.

Er reißt sich zusammen und fragt mit ruhiger Stimme: »Und sonst ist niemandem etwas aufgefallen?« Darüber denkt die Meute nun tatsächlich noch einmal gründlich nach, wie es den Eindruck macht. Dann meldet sich Fischschnuddel zu Wort. »Also, Jogi, wenn du mich so gezielt fragst, fällt mir tatsächlich etwas ein. Als ich heute Morgen da hinten an der Zoomauer meine langen Beine gestreckt und gedehnt habe, habe ich Abdrücke im Gras gesehen. Es hatte den Anschein, dass dort auf jeden Fall ein Mensch gestanden sein muss, es handelte sich nämlich um zwei Schuhabdrücke. Aber ich habe dem Ganzen keine weitere Beachtung beigemessen. Wer sollte schon in der Nacht in unserem Gehege herumstiefeln, schließlich gibt es bei uns nichts zu holen. Ich hatte den Vorfall schon längst wieder vergessen; da du aber so explizit gefragt hast, ist es mir gerade wieder eingefallen.«

Diese Geschichte lässt den Papagei aufhorchen. Schnell ist ihm klar, dass er soeben das erste Puzzleteil seines Falles erhalten hat. Nun selbst etwas aufgeregt, fragt er Fischschnuddel: »Kannst du die Abdrücke näher beschreiben? Gibt es vielleicht Besonderheiten in den Rillen oder waren es besonders große Abdrücke, die du da im Gras gesehen hast?« Fischschnuddel grübelt eine ganze Weile und Jogi hat schon die Befürchtung, dass er den rosa Kollegen nun hoffnungslos überfordert hätte, als dieser endlich erwidert: »Also, die Füße müssen in etwa so groß wie die von unserem Manni sein und es muss sich um Männerschuhe gehandelt haben, denn es waren deutliche Riefen in den Sohlen auszumachen, die auf Arbeitsschuhe hinweisen, wie sie unsere Männer hier im Zoo eben alle tragen.«

Nun ist der gelbe Vogel kurz sprachlos. Aber er ist einfach von den Ausführungen des Kollegen beeindruckt. Er hätte diesen Flamingos gar nicht zugetraut, so gute Beobachter zu sein. So kann man sich täuschen! Jetzt ist er tatsächlich froh, diese chaotischen Freunde befragt zu haben. Das hat sich nun auf jeden Fall schon einmal gelohnt. Laut sagt er: »Aha, das ist ja in der Tat sehr interessant. Dann muss der Mörder ja bei euch über die Mauer geklettert sein und das gestern Nacht wahrscheinlich gleich zwei Mal, nämlich als Erstes, um in den Zoo zu kommen, und dann das zweite Mal, als er ihn wieder verlassen hat.

Diese Erkenntnis sickert nun so langsam in die Köpfe und das darin befindliche Hirn der Flamingos. Als die Informationen endlich bei allen angekommen sind, ist der komplette Haufen sofort wieder in heller Aufregung. Was, wenn es sie statt des Pflegers erwischt hätte? Sie hätten des Nachts ihr Leben ausgehaucht und keiner wäre ihnen zu Hilfe geeilt. Sie selbst hätten sich ja gar nicht verteidigen können! Alle sind jetzt mehr oder weniger in Panik. Aber das interessiert Jogi nun nicht mehr wirklich. Er hat erfahren, was er wissen wollte, und da dieses aufgewühlte Volk vor ihm jetzt erst einmal nichts weiter berichten kann, dafür sind sie nämlich alle viel zu aufgewühlt, macht er sich erst einmal vom Acker und überlässt die Flamingos ihrem Chaos, das sich hoffentlich bald wieder von selbst legt. Er ist ja schließlich nicht deren Psychologe und kann ihnen somit auch nicht helfen. Nun, das stimmt so nicht ganz. Er hätte schon noch ein paar beruhigende Sätze sprechen können, aber dazu hat er absolut keine Lust. Aber vielleicht hätte das in der jetzigen Situation auch tatsächlich gar nichts genützt, denn die Tiere scheinen ziemlich durch den Wind zu sein, als der Papagei sie endgültig verlässt.

21

Nachdem Kriminalhauptkommissar Bauer seine beiden Kollegen wieder aufs Präsidium geschickt hat, um dort schon einmal mit der Registrierung der Fingerabdrücke zu beginnen, gönnt er selbst sich erst einmal eine richtige Pause. Die hat er sich schließlich auch redlich verdient. Es passt ihm gut in den Kram, dass Julia Kern, gerade als er sich mit einem Kaffee versorgt hat, wieder von ihrem Büro herunterkommt und sich gleich zu ihm gesellt. Sie hat inzwischen alle Angestellten telefonisch erreicht und mit ihnen darüber gesprochen, dass sie umgehend im Tierpark erwartet werden. Alle haben Zeit und haben sich auch sofort bereit erklärt, innerhalb der nächsten Stunde zu ihrem Arbeitsplatz zu kommen. Sie habe tatsächlich gar nicht groß etwas erklären müssen, fügt sie etwas überrascht hinzu. Dass es so einfach wird, alle Mitarbeiter in den Zoo zu dirigieren, hätte sie gar nicht gedacht. Auch das hat Bauer schon öfters erlebt. Wenn die Angestellten von ihrem Betrieb aus zu Hause angerufen werden, kommen sie oft ohne großes Federlesen direkt zu ihrem Arbeitgeber. Woran das genau liegt, weiß er allerdings nicht zu sagen. Manche haben bestimmt ein schlechtes Gewissen, dass sie ihre Arbeit nicht richtiggemacht haben könnten. Andere denken vielleicht, dass sie durch ihre Arbeit jemandem einen Schaden zugefügt haben. Die meisten reagieren jedenfalls mit ihrem sofortigen Erscheinen, warum auch immer. Ihm kann das nur recht sein. So muss er nun nur noch auf die fröhliche Schar warten und kann dann alle gemeinsam instruieren und über das weitere Vorgehen informieren.

Außerdem hat die gute Frau Kern auch gleich eine Mitarbeiterliste für ihn ausgedruckt. In dieser sind alle Angestellten in alphabetischer Reihenfolge mit ihren persönlichen Daten, wie Geburtstag und Adresse, aufgeführt. Das erleichtert dem Polizisten natürlich seine Arbeit. Mit einem Lob gibt er seine Dankbarkeit auch schon gleich kund. Für Kern ist es selbstverständlich, dass die Polizei diese Angaben benötigt, auch sie scheint kein Krimiverächter zu sein, wenn sie so genau weiß, wie das Prozedere bei einem Mordfall ist, denn selbst war sie noch nie in eine Ermittlung verwickelt, erklärt sie Bauer gerade ganz offen. Beide plaudern noch eine Weile ungezwungen miteinander und da sie vorhin nicht bei der Ersterkundungsgruppe dabei war und den Toten gar nicht gesehen hat, ist eine Einzelbefragung nicht nötig. Vielmehr bittet der Kommissar sie, sich hier bei den anderen aufzuhalten, bis alle Angestellten eingetroffen sind. Er richtet das Wort dann noch einmal an alle, was aber mit Sicherheit nicht sehr lange dauern wird, und dann sind sie ihn erst einmal wieder los. Kern grinst ihn bei diesen Worten an, verkneift sich aber einen entsprechenden Kommentar. Nun, Bauer ist Polizist genug, um zu wissen, dass selbst diese aufgeschlossene Person, die ihm gerade gegenübersitzt, am Ende froh ist, wenn sie ihn den Tierpark verlassen sieht. Das bringt sein Job einfach mit sich und daran hat er sich längst gewöhnt.

Er wiederum wendet sich nun noch dem letzten Augenzeugen zu, bei welchem es sich um den zweiten Tiertrainer, Tom Lustig, handelt. Lustig ist ein absolut smarter Schönling, wenn er das als Mann über einen anderen Kerl einfach mal so sagen darf. Man muss ja heutzutage aufpassen, was man sagt. Schnell wird man als Schwuler verurteilt, wenn man als Mann zu weich ist oder einfach auch mal etwas Nettes über ein anderes männliches Wesen bekundet. Aber eigentlich ist ihm ziemlich egal, was die anderen Leute über ihn sagen oder denken. Er weiß, dass er schon alleine seines Berufes wegen nicht wirklich viele Freunde hat. Die Handvoll, die auch nach Abschluss seiner Ausbildungen zum Polizisten, was übrigens sein absoluter Traumberuf war, noch zu ihm gehalten haben oder ihn überhaupt noch freundlich grüßen, kann er locker an einer Hand abzählen. Wenn er schon damals gewusst hätte, dass seine Berufswahl ihn so einsam machen wird, hätte er vielleicht doch nach einer anderen Karriere Ausschau gehalten. Auch wenn ihm seine Arbeit sehr viel Spaß macht und er in seinem Beruf vollkommen aufgeht, sehnt er sich manchmal, wie jeder andere Mensch, nach körperlicher und seelischer Nähe. Wie oft hätte er sich nach einem anstrengenden Arbeitstag, an welchem er wieder viel Bösartiges gesehen und gehört hat, gerne an eine liebe Person gewandt, der er sich anvertrauen kann und die ihm einfach nur Kraft und neue Energie gibt oder ihm schon hilft, nur weil sie für ihn da ist. Leider scheint das für sein privates Leben nicht vorgesehen zu sein. Er hat nie geheiratet und lebte auch nicht länger als einmal zwei Jahre in einer festen Beziehung. So ist es ihm bisweilen nur vergönnt, ab und an eine kurze Affäre zu genießen, bei der er sich auch sexuell etwas austoben kann, was er zwischendurch schon mal braucht, wenn er ehrlich ist, aber er ist ja auch kein Eunuch. Sobald seine neue Herzdame dann erst einmal herausbekommt, was es heißt, mit einem Vollblutermittler zusammen zu sein, ist sie auch schon fast wieder aus seinem Leben verschwunden. Er hat es nie geschafft, die Richtige zu finden, die sich ein Leben mit einem Kriminalbeamten vorstellen kann und die dann auch noch genügend positive Aspekte an ihm findet, um seine vielen Arbeitsstunden zu akzeptieren und das Beste daraus zu machen. Irgendwie scheint ihm da ein Gen zu fehlen, so ganz verstehen kann er es selbst nicht. Oder hatte er bisher tatsächlich einfach nur Pech und es war nur noch nicht die Richtige dabei? Er weiß es einfach nicht. Da ist es schon einfacher, alles auf den Job zu schieben und nicht länger darüber nachzudenken. Dass es mit zunehmendem Alter nicht einfacher wird, die eine richtige Partnerin zu finden, weiß er sehr gut und das nagt zuweilen schon ganz schön an ihm.

Als er sich nun Tom Lustig zuwendet, ist er davon überzeugt, dass dieser Typ mit Sicherheit keine Probleme damit hat, irgendwelche Weiber aufzureißen. Wahrscheinlich hat er an jeder Hand fünf absolut hübsche Frauen hängen und er muss sich nur noch dafür entscheiden, welche es für die heutige Nacht sein soll. Das Leben ist eben doch ungerecht. Als Lustig sich nun vorstellt, stellt Bauer fest, dass auch seine Stimme absolut männlich ist und mit Sicherheit gut bei den Damen ankommt. Sie werden ihm wahrscheinlich schmachtend lauschen, egal was er gerade von sich gibt. »Irgendwie hat er etwas von einem Wäschemodell«, geht es Bauer durch den Kopf. Aber dann wird ihm das eigene Grübeln zu bunt und er herrscht sein Gegenüber mit etwas barscher Stimme an: »So, Herr Lustig, nun erzählen Sie einmal, was Sie heute Morgen gesehen haben.«

Brav berichtet ihm der Tiertrainer von seinem schrecklichen Erlebnis und Bauer merkt gleich, dass es auch für Lustig das erste Mal war, dass er einer Leiche gegenüberstand. Etwas wirklich Neues kommt bei der Befragung allerdings nicht zu Tage. Bauer stellt Lustig noch zwei weitere Fragen, die dieser ihm äußerst pflichtbewusst und mit entwaffnender Ehrlichkeit beantwortet. Der Kriminalhauptkommissar erkennt, dass es keinen Sinn macht, hier tiefer zu bohren. Der Mann hat seiner Meinung nach eine absolut reine Weste. Nicht das Geringste scheint an ihm nicht zu passen, außer vielleicht seine schicken Designerklamotten, mit denen er hier im Zoo schon ein bisschen overdressed erscheint. Aber vielleicht gibt es ja eine reiche Familie hinter dem Jungen, die die ausgefallene Kleidung ganz einfach erklären würde. Weiter denkt sich der Kriminalhauptkommissar nichts bei der Befragung, welche er bereits kurze Zeit später für beendet erklärt.

22

So langsam merkt Bauer, dass bei ihm die Luft für heute heraus ist und er anfängt müde zu werden. Da macht es nicht mehr wirklich viel Sinn, jeden der inzwischen tatsächlich vollzählig versammelten Angestellten einzeln zu befragen. Er glaubt sowieso nicht, dass das überhaupt nötig sein wird. Wie könnten die Angestellten, die bisher gar nicht hier waren, wissen, wie sich der Mord zugetragen hat? Es ist wahrscheinlich Zeitverschwendung, mit jedem Anwesenden eine Befragung durchzuführen. Das kann er ja im Einzelfall immer noch machen, wenn er feststellen sollte, dass bei manchen Personen eine Aussage durchaus wichtig oder nötig ist.

Daher entschließt er sich dazu, nur noch ein paar Anmerkungen und Fragen an die Gruppe zu richten, ihnen ein bisschen zuzuhören, was sie sich so untereinander zu sagen haben, und sie anschließend noch zu instruieren, wie es nun weitergeht.

Erst einmal stellt er sich allen Neuankömmlingen noch einmal ausführlich und in seiner ganzen stattlichen Größe vor. Er ist der Kriminalhauptkommissar Roland Bauer, der in diesem Fall die Ermittlungen leitet und alles in Bezug auf den Mordfall entsprechend koordiniert. Bei seinen Worten blickt er aufmerksam in die Runde, um sich davon zu überzeugen, dass er bei allen Anwesenden den nötigen Respekt in den Gesichtern erkennen kann und sie sich seiner Position und deren Bedeutung durchaus bewusst sind. Das ist auch tatsächlich bei allen der Fall, wie er zufrieden feststellt. Damit hat er seinem immer mit anwesenden Geltungsdrang erst einmal Genüge getan.

Als Nächstes bedankt er sich bei allen Personen, die heute extra auf seinen Wunsch hin hergekommen sind. Wie er an den Gesichtern unschwer erkennt, haben alle längst erfahren, warum das nötig war, und so erspart er es sich, alles noch einmal haarklein darzulegen. Das können sich die Kollegen untereinander später viel besser alles ganz genau berichten. Er erklärt den Angestellten, dass alles, was es in diesem Fall zu berichten gibt, ausschließlich an ihn weitergegeben werden soll. Er verdichtet die Informationen dann erst einmal und entscheidet, wie mit den neu gewonnenen Erkenntnissen weiter vorzugehen ist. Dagegen hat keiner der Anwesenden Einwände. Vielmehr hat es den Eindruck, dass sie alle ganz froh darüber sind, dass sie sich nicht den Kopf darüber zerbrechen müssen, wer für den Mord verantwortlich sein könnte. Sollte jemand etwas wissen, was er für wichtig oder berichtenswert hält, kann er das gerne jederzeit tun. Keiner in der Gruppe soll sich scheuen, ihn auch wegen einer gedachten Nichtigkeit zu kontaktieren. Schließlich könnte genau diese Kleinigkeit zur Aufklärung des Falles beitragen. Deshalb will er alle ausdrücklich dazu ermuntern, sich nicht zu genieren ihm alles mitzuteilen, was ihnen zu dem Kollegen Hart einfällt. Für alle Fälle, damit ihn auch tatsächlich jeder erreichen kann, der es möchte, lässt er noch ein paar Visitenkarten auf einem der Tische liegen.

Natürlich müssen sich alle Angestellten auch weiterhin zur Verfügung halten, da es durchaus möglich ist, dass noch einige von ihnen ins Polizeipräsidium gebeten werden. Darüber sollen sie sich aber nicht allzu viele Gedanken machen. Erst einmal gilt keiner von ihnen als potentieller Verdächtiger. Aber es ist bei einer Ermittlung immer mal wieder nötig, dass man mit Personen spricht, die das Opfer vielleicht doch etwas besser gekannt haben und die, ohne dass es ihnen selbst bewusst ist, wertvolle Informationen besitzen, die der Polizei letztendlich einen großen Schritt weiterhelfen. Sollte das der Fall sein, werden die Betroffenen von den Beamten informiert und erhalten einen Termin, zu welchem sie im Präsidium erscheinen sollen. Da es sich um einen Mord am eigenen Arbeitsplatz handelt, dürfte es auch Zoodirektor Reuter nur recht sein, wenn seine Angestellten zur Aufklärung der Tat beitragen können. Daher wird es mit Sicherheit nicht zu Problemen kommen, wenn der eine oder andere seinen Arbeitsplatz eine Zeit lang verlassen muss, um bei der Polizei vorstellig zu werden.

Weiterhin lässt er es sich nicht nehmen, die Anwesenden noch einmal ausdrücklich darauf hinzuweisen, dass jedes auch noch so kleine Detail an ihn herangetragen wird. Alles kann bei einer Mordermittlung wichtig sein! Keiner soll sich schämen, ihn mit Informationen zu füttern, selbst wenn sie sich noch so doof oder unscheinbar anhören. Da Laien sich meistens nicht vorstellen können, dass ihr Wissen eine Ermittlung oft entscheidend weiterbringt, schweigen sie gerne, was nicht sehr hilfreich für die Polizeiarbeit ist. Für diese kann tatsächlich das kleinste Fitzelchen zu einem durchschlagenden Erfolg führen. Da ihm dieses Thema sehr wichtig ist, lässt er es gerne zwei Mal in seine Rede an die Beteiligten einfließen, so auch heute. Aber er will einfach sicherstellen, dass er alles erfährt, was es zu diesem Fall zu erfahren gibt. Er weiß, dass er den Menschen die Angst nehmen muss, sich an die Beamten zu wenden. Es passiert immer wieder, dass Betroffene lieber schweigen, aus Angst, sich später wie Verräter zu fühlen, wenn sie etwas ausgeplaudert haben, was einer anderen Person vielleicht schwerwiegende Probleme bescheren könnte. Außerdem kümmert man sich in der Gesellschaft einfach nur um sich selbst und will nicht als Tratschtante dastehen oder gar als neugierig gelten.

Dass einer ihrer Kollegen den Mord begangen haben könnte, scheint keiner der hier Anwesenden zu glauben. Zwar scheinen sie über ihre Arbeit hinaus alle nicht wirklich viel Kontakt in ihrem Privatleben zu haben, aber so viel Menschenkenntnis trauen sie sich durchaus zu. Also, wenn die wüssten, denkt sich Bauer. Wie viele Kriminelle er schon in dem unscheinbaren Nachbarn oder dem netten Kollegen als Täter entlarvt und schließlich verhaftet hat, weiß er gar nicht mehr zu sagen. Aber er weiß, dass es gerade die Unscheinbaren unter uns sind, über die wir uns Sorgen machen sollten, und nicht die, die schon irgendwie schräg rüberkommen und das vielleicht gleich beim ersten Aufeinandertreffen. Die zweite Gruppe ist fast immer die harmlosere. Aber das verrät er den hier Anwesenden lieber nicht.

Auch wenn er die Antwort eigentlich schon vor der Frage weiß, will er nun wissen, ob auch nur einer in diesem Raum in privatem Kontakt zu dem Kollegen stand. Dies wird sofort einheitlich verneint. Keiner kennt den Toten allzu genau. Dazu war er auch viel zu ruppig und hat niemanden an sich herangelassen. Er gehört eindeutig zu den Typen, um die man eben gerne einen Bogen macht. Damit geht man Ärger und Scherereien in der Regel ganz einfach aus dem Weg.

Wie sich nach kurzen Unterhaltungen herausstellt, weiß auch sonst niemand so wirklich viel über das Privatleben von Guido zu berichten. Ja gut, er fährt Motorrad, das wissen sie, weil es ja auch heute, wie sonst immer, draußen auf dem Angestelltenparkplatz steht. Dies ist allerdings eine neue Information für den Kommissar. Das Motorrad wird er sich auf jeden Fall noch anschauen, bevor er das Gelände später verlässt.

Von den Restaurantfachkräften kommt noch die Information, dass er mit zwei weiteren Männern in einer WG lebt beziehungsweise gelebt hat und dass er in so einer schlimmen Motorradgang war. In welcher, wissen die Kollegen allerdings nicht zu sagen.

Etwas später, als es nichts mehr Interessantes zu erfahren gibt, verabschiedet sich Bauer dann auch schon von der Gruppe und macht sich auf den Weg zu dem Motorrad von Guido Hart.

23

Kriminalhauptkommissar Bauer verlässt gerade das Parkgelände. Vor dem Zoo sieht er rechts den Personalparkplatz, auf welchen er nun mit großen Schritten zuschreitet. Gleich als Erstes findet er dort den Mercedes vom Chef. Das goldene Schild mit den dicken Lettern, welches vor dem Parkplatz im Boden steckt, hätte es dazu gar nicht gebraucht. Das Fahrzeug zeigt ihm unmissverständlich, zu welcher Person es gehört. Das Schild davor findet er einfach nur ulkig und er muss sogar unvermittelt herzhaft darüber lachen. Es kommt ihm wie ein Scherz der Angestellten vor. Er selbst hätte gar nicht gedacht, dass es Reuter nötig hätte, so zu protzen, aber auch ein Kriminalhauptkommissar kann sich eben einmal täuschen. Dann ist es ihm schon lieber, dass er sich in einer solchen Kleinigkeit irrt, als dass es ihm bei seinen eigentlichen Ermittlungen passiert.

Aha, da steht auch schon das besagte Motorrad. Da es auf dem gesamten Parkplatz nur eines davon gibt, muss es dem toten Hart gehören. Aber auch sonst hätte Bauer keine Probleme gehabt, es zu identifizieren. Es handelt sich natürlich, wie es sich für einen richtigen Rocker gehört, um eine Harley Davidson. Das war ja eigentlich sonnenklar. Auch der an der Maschine hängende Helm passt hervorragend zu diesem Typ Mensch. Dabei handelt es sich nämlich um einen alten Wehrmachtshelm aus dem Zweiten Weltkrieg, der einfach nur schwarz lackiert wurde und sogar im Sonnenlicht glänzt. Man könnte fast den Eindruck gewinnen, dass dieses Teil des Öfteren poliert wird, aber vielleicht wurde auch einfach nur so ein Speziallack verwendet, der genau das bezwecken soll. Hart gehörte bestimmt nicht zu den Typen, die an einem Putzfimmel leiden. An beiden Lenkern hängen mehrere schwarze Lederbändchen herab, die im Wind hin und her flattern. Ansonsten ist das gute Stück vollkommen unpersönlich und könnte genauso gut jedem anderen Rocker in einer Gang gehören. Die Biker und ihre Maschinen sehen doch sowieso alle gleich aus. Auch wenn diese das ganz anders sehen und solche Sprüche bestimmt nicht sehr gerne hören. Ein bisschen enttäuscht, dass das Bike so unspektakulär hier steht, ist Bauer dann doch. Aber eines fällt ihm dann noch auf. Es steht ordentlich geparkt auf dem Angestelltenparkplatz. Nach allem, was Bauer bisher von Hart gehört hat, hätte er nicht gedacht, dass dieser die Regeln so brav befolgt. Er hätte vielmehr vermutet, dass der Biker sein Fahrzeug dort abstellt, wo es ihm passt. Aber vielleicht ist der Personalparkplatz ja auch genau der richtige Ort gewesen. Schließlich kennen die Angestellten sich untereinander alle und es ist nicht davon auszugehen, dass einer dieses Teil auch nur mit einer kleinsten Schramme verunstalten würde. Auf dem Parkplatz der Massen, gleich auf der anderen Seite des Geländes, könnte man sich da nicht so sicher sein. Da nehmen es die Menschen nicht so genau mit dem Eigentum der anderen. Da die Besucher alle längst verschwunden sind, bis es auch für die Angestellten Zeit ist zu gehen, hätte sich Hart im Nachgang nur noch darüber ärgern können, wenn er zum Feierabend eine Verunstaltung an seinem tollen Motorrad vorgefunden hätte. Es wäre für ihn so gut wie unmöglich gewesen, den Schuldigen zu finden. Dazu ist die Fluktuation an einem öffentlichen Ort wie diesem einfach zu groß. Also gut, wahrscheinlich hat Hart sein Bike also ganz bewusst hier auf dieser Parkplatzseite abgestellt. Aber bringt ihn diese Information irgendwie weiter? Leider überhaupt nicht, wie er sich eingestehen muss. Auch ansonsten hilft es ihm nicht weiter, dass er das Fahrzeug des Toten gefunden hat. Schade, aber man kann ja auch nicht immer Glück haben.

Nun macht er sich endgültig auf den Weg ins Präsidium. Er ist schon jetzt gespannt, was seine beiden jüngeren Kollegen in der Zwischenzeit herausgefunden haben.

24

Für Jogi ist es an der Zeit, die findigen und stets aktiven Erdmännchen zu befragen. Er ist heilfroh darüber, dass er die doofen Flamingos so schnell wieder verlassen konnte. Viel länger hätte er es bei ihnen nicht ausgehalten, ohne vor lauter Verzweiflung selbst sein markerschütterndes Geschrei anzustimmen. Mann, wie können Vögel nur so doof sein? Er wird es jedenfalls nie verstehen, schließlich gehört er auch zu dieser Gattung und hat, wie er findet, so gar nichts mit den Flamingos gemeinsam, nicht einmal das gleiche Futter. Aber immerhin haben diese rosa Vögel ihm eine durchaus brauchbare Information gegeben. Er sollte also nicht ganz so undankbar sein. Aber egal, nun freut er sich darüber, dass die Gattung, die er jetzt vor sich hat, so ganz anders drauf ist. Bei den Erdhörnchen zu sein macht immer Spaß und es gibt mit ihnen zusammen stets etwas zu lachen.

So ist es auch heute wieder eine Wohltat für den Vogel, die Großfamilie erst einmal ausgiebig zu betrachten. Wie Manni findet auch Jogi die kleinen wuseligen Tiere einfach nur süß. Als Erstes entdeckt ihn natürlich Aufpasser. Wie sein Name schon vermuten lässt, ist er derjenige, der die anderen vor fremden oder gar gefährlichen Einflüssen warnt und so dafür sorgt, dass alle schnell in den Bau rennen können, sollte tatsächlich eine Gefahr drohen. Aufpasser grüßt den großen Vogel wohlgesinnt und freut sich anscheinend über dessen Besuch. Als Jogi ihm erzählt, dass es wichtige Neuigkeiten gibt, die er gerne der ganzen Gruppe berichten würde, lässt Aufpasser einen schrillen Pfiff verlauten, der seine Artgenossen sogleich um Jogi und ihn herum versammelt. Erdmännchen sind durchaus neugierige Tiere. Sie erfahren gerne Neuigkeiten und sind stets wissbegierig, wenn es etwas Klatsch zu berichten gibt. So ist es durchaus verständlich, dass sie, als sie den Papagei gesehen und gleich im Anschluss den Ruf ihres Kollegen vernommen haben, sofort vollzählig erschienen sind. Denn es ist Jogi, der ihnen all die schönen Geschichten aus dem Zoo mitbringt und sie alle stets gut unterhält. Seine Anekdoten will keiner von ihnen verpassen.

Der Vogel ist auch schon gleich in seinem Element und berichtet den kleinen Wesen über die neuesten Geschehnisse. Die Erdmännchen wussten längst, dass im Zoo etwas nicht stimmt, da sie die allgemeine Aufregung durchaus vernommen haben. Dass es sich dabei allerdings gleich um einen Mord handelt, erschreckt sie dann doch etwas. Zum Glück schlafen sie alle in ihren gebuddelten Höhlen und bewachen auch stets ihren Nachwuchs gut, so dass sie sich über ihr eigenes Ableben nicht wirklich viele Gedanken machen, als sie vom Tod des Tierpflegers erfahren. Aber betroffen darüber, dass es einen Zweibeiner aus dem Zoo erwischt hat, sind sie dann doch.

Leider können die lustigen Tiere so gar nichts zur Lösung des Falles beitragen. Sie haben weder etwas gehört noch etwas gesehen, was natürlich in Anbetracht der Tatsache, dass diese Tiere ihre Nächte in ihren selbst gebauten Höhlen verbringen, durchaus verständlich ist. Aber dass sie auch am heutigen Morgen so gar nichts Auffälliges bemerkt haben, enttäuscht Jogi dann doch etwas. Er ist sich sicher, dass gerade diese Gattung und im Einzelnen die Tiere mit den schönen Namen »Jäger und Sammler« und »Allesfresser«, aber natürlich auch Aufpasser sich mit Sicherheit daran erinnern würden, wenn es heute Morgen etwas Wichtiges zu sehen gegeben hätte. Gut, da kann man nichts machen, denkt Jogi. Als er schon im Begriff ist, die Erdmännchen wieder zu verlassen, hat Babysitter eine tolle Idee.

»Mensch, Jogi, wenn du sagst, dass es gestern Nacht zu diesem Vorfall kam, dann wirst du von uns Tieren im Zoo mit Sicherheit nichts Gescheites erfahren. Wir schlafen alle sehr fest und friedlich, wie du ja selbst weißt. Aber die freien Tiere vor unserer Mauer, die sind doch nachtaktiv, die können dir mit Sicherheit weiterhelfen. Ich denke dabei an die Eule Elsa und den Mäuseclan. Die sind doch nachts immer hier zugange und wissen bestimmt auf jeden Fall mehr.«

»Mann, das ist ja tatsächlich eine ausgezeichnete Idee«, freut sich Jogi. »Daran habe ich ja noch gar nicht gedacht. Wie blöd aber auch, natürlich hast du völlig Recht, Babysitter. Die sehen doch nachts mindestens so gut wie wir am Tage, die müssen einfach etwas wissen.« Da die Flamingos bereits die Fußabdrücke gefunden haben, die darauf hindeuten, dass der Täter über die Zoomauer geklettert ist, glaubt er durch den Tipp der Erdhörnchen nun auf der richtigen Fährte zu sein. Eilig bedankt er sich bei den Tieren für ihre Hilfe und wünscht ihnen noch einen wunderschönen Tag. Er vergisst auch nicht, Höhlenbauer viel Spaß beim Buddeln zu wünschen, was dieser mit einem zufriedenen Gesichtsausdruck quittiert. Bespringer und Frauenschwarm behelligt er aus lauter Eile heute nicht mit einem dummen Spruch. Das nehmen ihm diese beiden Erdmännchen aber auch nicht wirklich übel. Denn seine kleinen Seitenhiebe sind nicht immer gut verdauliche Kost und die Kleinsten unter ihnen müssen ja nicht verdorbener werden, als sie es durch die Gruppe ohnehin schon sind.

25

Meier und Schneider haben unterdessen ein gutes warmes Mittagessen beim Lieblingsitaliener von Meier zu sich genommen. Dieses Lokal liegt zufälligerweise in der Nähe des Zoos und sie hätten so oder so die gleiche Strecke nehmen müssen, um zurück ins Präsidium zu fahren. Warum also nicht einen kleinen Abstecher machen und sich wenigstens einmal in der Woche eine warme Mahlzeit am Tag gönnen? Da sie weniger als eine Stunde Pause gemacht haben, hält sich ihr schlechtes Gewissen in Grenzen, dafür kann es heute Abend durchaus auch wieder später werden, bis sie in ihren wohlverdienten Feierabend verschwinden können. Die Schuld daran trägt kein Geringerer als ihr Chef, da nie ausgeschlossen ist, dass Bauer noch etwas Superwichtiges einfällt, das dann auch sofort und gleich von seinen beiden Helfern erledigt werden muss. Auch wenn beide wissen, dass viele von den wichtigen Aufgaben, die sie abends schon für ihren Vorgesetzten erledigt haben, durchaus auch noch da gewesen wären, wenn sie am nächsten Morgen wieder ausgeruht zur Arbeit erschienen wären, beschweren sie sich nicht. Beider Privatleben hält sich in Grenzen. Die meiste Zeit wartet niemand zu Hause auf sie. Auf Meier nicht, da sie zurzeit wieder einmal Single ist, und auf Schneider sehr oft nicht, da seine Lebensgefährtin in einer sehr angesagten Musikband spielt und damit oft auf Tourneen im Ausland weilt und daher ihr trautes Heim oft verwaist zurücklässt. Wenn Susi nicht da ist, zieht es Schneider nicht wirklich nach Hause. Das Haus erscheint ihm immer leer und trostlos, wenn seine quirlige Partnerin draußen in der großen weiten Welt unterwegs ist.

Als der Kriminalhauptkommissar am späten Nachmittag ins Präsidium zurückkommt, stellt er fest, dass seine beiden Untergebenen beide emsig arbeiten, was ihn sehr zufrieden stimmt. Alles in allem war der Tag heute durchaus erfolgreich, auch wenn sie es nicht gleich zu richtig Verdächtigen oder gar zu einer Verhaftung geschafft hatten. So haben sie heute doch bereits viel in Erfahrung bringen können, worauf sie nun aufbauen können, um ihre Ermittlungen fortzusetzen. Bauer ist sich sicher, dass sie schon bald etwas herausfinden, was ihnen weiterhelfen wird.

Er fragt Meier und Schneider, wie weit sie mit der Katalogisierung der

Fingerabdrücke sind, und erfährt, dass sie bereits einen Großteil erfasst haben. Noch ein paar wenige und diese Arbeit sei erst einmal geschafft. Darüber ist nicht nur Bauer froh. Auch die beiden Auswerter freuen sich schon darauf, diese kniffelige und doch ermüdende Tätigkeit schon bald beenden zu können. Fingerabdrücke einscannen und katalogisieren ist nicht gerade die schönste Beschäftigung, die ein Kriminaler hat, aber einer muss sich eben auch um dieses Thema kümmern. Zumal es sich ja um durchaus verwertbare Daten handelt und man diese kleinen schwarzen Flecke ganz leicht einer Person zuordnen kann, wenn man entsprechende Vergleichsdaten vorliegen hat. Da die Zooangestellten bereits gebeten wurden, hier zwecks Abgabe ihrer Abdrücke vorbeizukommen, dürfte es ein Leichtes sein, deren Spuren aus den gesicherten Daten herauszufiltern. So bleiben mit Sicherheit nur wenige Fingerabdrücke übrig, über die sie sich weiterhin Gedanken machen müssen und für die sie die richtigen Personen schon bald aufspüren sollten.

Tatsächlich fertig werden Meier und Schneider, als es gerade siebzehn Uhr geworden ist. Auch Bauer hat im Moment keine weiteren Dinge im Zusammenhang mit dem Fall zu klären. Alle drei besprechen sich noch kurz, wobei Bauer festlegt, dass sie den in der WG verbliebenen beiden Jungs morgen gemeinsam einen Überraschungsbesuch abstatten werden. Dann machen sie alle drei für heute Feierabend.

Meier freut sich, dass sie heute recht früh zu Hause ist. Da es noch hell ist, beschließt sie, sich gleich umzuziehen und noch eine ausgiebige Runde laufen zu gehen. Das tut nicht nur ihrer Figur gut, sondern sorgt auch dafür, dass sie einen freien Kopf bekommt und richtig gut abschalten kann und die Arbeit Arbeit sein lässt.

Schneider kauft noch ein paar Kleinigkeiten ein, um sich ein herzhaftes, wenn auch kaltes Abendessen zu gönnen, und Bauer geht in seine Stammkneipe, um sich dort von der Wirtin Inge bekochen zu lassen und dazu ein kühles Helles zu genießen.

26

Noch bevor es ganz dunkel wird, macht sich Jogi auf den Weg, um hinter der Zoomauer zu schauen, ob er eventuell Tiere antrifft, die gestern Nacht vielleicht ebenfalls hier waren und die vielleicht etwas gesehen haben könnten, was die Tierermittlungen weiterbringt. Auf die schwarze Nacht zu warten, hielt er einfach nicht mehr aus, dazu ist er im Moment einfach zu aufgedreht. Tatsächlich wird er bereits nach kurzer Zeit fündig. Es sind die Mäuse, welche schon draußen im Gras zugange sind. Diese kleinen Nager sind anscheinend auch eher nachtaktiv, es ist immerhin bereits später Abend, als er auf sie trifft. Aber das ist ihm heute nur recht, nachts schlafende Tiere gibt es ja schließlich drinnen genug und diese können ihm bekanntlich so gar nicht weiterhelfen. Bei den drei kleinen Kerlen, auf die er gestoßen ist, handelt es sich um keine Geringeren als um die Clanführer der ganzen großen Mäusefamilie, die hier in der Umgebung des Zoos ihre Heimat gefunden hat. Diesen Tieren gehört sozusagen das ganze Land, das sich an der Zoomauer entlang befindet. Es beginnt hinten in der Ecke vor dem Erdmännchen-Gehege, zieht sich entlang des Raubtiergeheges und endet schließlich, nachdem es die Flamingowiesen und den dazugehörigen Teich ebenfalls noch mit vereinnahmt hat, an den Parklätzen der Zoobesucher. Diesen Bereich ganz vorne, wo die vielen großen Fahrzeuge stehen, meiden die kleinen Tiere ganz gerne. Es ist einfach zu gefährlich für sie, sich dort herumzutreiben. Mehr als ein Kamerad ist von solch einem Trip schon nicht mehr nach Hause gekommen und wurde später von anderen Tieren tot aufgefunden. Natürlich ist er unter die großen Räder gekommen. Da halten sich die Mäuse lieber an der Zoomauer entlang auf, wohl wissend, dass ihnen dort kein Schaden zugefügt wird, sieht man einmal von der Eule Elsa ab. Aber dieser treue Vogel hat schon Jahre keine Maus aus ihrer Großfamilie mehr gefressen, dazu verstehen sich die Tiere inzwischen viel zu gut. Elsa sucht sich lieber etwas anderes für ihren Magen, als dass sie versehentlich ein Kind der liebgewonnenen Mäuse in ihren Schlund würgen würde. Auch unter den Tieren gibt es nämlich durchaus Freundschaften und gerade Elsa und der Mäuseclan sind sich in vielen langen und dunkeln Nächten so nahe gekommen, dass sie sich mittlerweile stets unterstützen und gegenseitig helfen. Unter ihnen muss niemand Angst haben, dass ihm etwas Böses zustößt. Man passt hier gerne gegenseitig aufeinander auf.

Nun befindet sich der Papagei in der Gesellschaft von Randy, Rolf und Rudolf. Diese drei Brüder führen den Clan nun bereits seit zwei Jahren an. Jeder von ihnen hat einen Namen, der mit dem Buchstaben R beginnt, da sie alle vom gleichen Wurf abstammen. So halten das die Mäuse schon seit Ewigkeiten. Dadurch ist es für alle einfach festzustellen, wer gleich alt ist und somit das Gleiche zu sagen hat, was dabei hilft, Unstimmigkeiten bereits im Voraus zu vermeiden. Bei den drei Anführern ist es ebenfalls sehr gut, dass sie gleich alt sind, denn damit haben sie bereits von vornherein die gleichen Stimmrechte, was sich schon bei so mancher Entscheidung als hilfreich erwiesen hat.

Den alten Patriarchen haben sie in ihrer Bande längst abgeschafft. Viel lieber lassen sich alle von drei einzelnen, jeweils sehr starken Persönlichkeiten führen. Diese stammen natürlich immer noch vom einstigen Herrschergeschlecht ab. Dieses Hervorstellungsmerkmal ist dann doch noch nicht ganz aus der Mäusewelt verschwunden. Aber alle scheinen mit dieser Vorgehensweise durchaus zufrieden zu sein. Niemand kann sich daran erinnern, dass es unter den kleinen Nagern diesbezüglich schon einmal zu einem Aufstand gekommen ist. Mit drei Anführern geht es auch bei den Mäusen schon längst sehr demokratisch zu und Jogi kann dazu nur sagen, dass dieses Verfahren dem ganzen Clan sehr gut bekommt.

Randy, Rolf und Rudolf sind schon gespannt, was der lustige Papagei heute für eine Geschichte für sie mitgebracht hat. Er bietet ihnen immer jede Menge Unterhaltung und seine Geschichten erzählen sie meistens nur zu gerne ihren Jugendlichen, wenn sie alle gemeinsam beisammensitzen und sich unterhalten. Wie sie allerdings schon gleich feststellen, ist die Miene des Aras heute eher nachdenklich als fröhlich und spaßig wie sonst immer. Ob das etwas Schlechtes bedeutet?

Schon gleich erfahren sie, warum Jogi heute nicht zu seinen üblichen Scherzen aufgelegt ist. Natürlich wissen die kleinen Nager längst, dass es im Zoo eine Leiche gegeben hat. Sie haben nicht umsonst überall hinter den Mauern und damit im Inneren des Tierparks Spione postiert. Da entgeht ihnen nicht die geringste Kleinigkeit und sie sind über die Geschehnisse im Zoo immer bestens informiert. Sie hätten sich eigentlich denken können, dass ihnen zum wahrscheinlichen Täter noch Fragen von einem der Tiere gestellt werden. Aber als sie den Vogel sahen, haben sie daran erst einmal noch gar keinen Gedanken verschwendet. Für sie ist es nicht weiter dramatisch, dass im Zoo ein Mensch gestorben ist. Mit Menschen haben die Nagetiere nicht viel am Hut und so interessiert es sie nicht wirklich, wie diese sterben.

Fast ist es ihnen ein bisschen peinlich, aber wirklich viel können sie Jogi als Personenbeschreibung, was den Täter betrifft, nicht anbieten. Dazu waren sie gestern Nacht alle viel zu beschäftigt, was natürlich wie immer mit Futter und Fressen zu tun hatte. Mäuse sind einfach immer hungrig und bei ihrem großen Clan ist es immer wichtig, dass jedes Tier genug Futter abbekommt. Was es letztendlich zu fressen gibt, ist einer Maus dabei so ziemlich egal, da ist man nicht wählerisch. Genau dieses Thema ist aber dafür verantwortlich, dass der ganze Tierverband gestern derart vom Mörder abgelenkt war, dass sie heute nicht viel zu berichten haben. Mehrere Mäuse saßen gerade friedlich unter Elsas Baum zusammen, als von diesem plötzlich einfach so ein Meisenknödel heruntergefallen ist, sozusagen direkt vor ihre kleinen Füßchen. Da war alles andere um sie herum erst einmal egal. Sie waren alle so mit dem Knödel beschäftigt, der nebenbei auch noch ganz ausgezeichnet gemundet hat, dass sie die Person, die da bei den Flamingos über die Mauer gestiegen ist, schon gleich, nachdem sie sie gesehen hatten, auch schon wieder vergessen hatten. Ja, so ist das halt, wenn Mäuse Hunger haben und ihnen die Tagesration genau vor die Nase fällt. Da ist alles andere erst einmal unwichtig. Etwas beschämt erklärt Rolf dem verblüfften Papagei, dass sie nur sagen können, dass es sich um eine dunkel gekleidete Person gehandelt hat, die mit Sicherheit ein Mann war, denn als er nicht gleich auf die Mauer hinaufgekommen ist, hat er sehr unflätig und durchaus sehr männlich geflucht. Er hat dabei Worte benutzt, die ein Mädchen niemals in den Mund nehmen würde, ohne sich diesen dann hinterher ewig mit Seifenwasser auswaschen zu müssen. Aber schon die tiefe Stimme hat ihnen untrüglich verraten, dass sie einen Mann vor sich hatten.

Auch als Jogi noch einmal nachbohrt, ob es nicht doch etwas gibt, was die Tiere gesehen haben und was es wert wäre erwähnt zu werden, schütteln die drei Clanführer nur ihre kleinen Köpfe und schauen ihn mit ihren Knopfaugen entschuldigend und etwas zerknirscht an. Da wird selbst Jogi weich und er kann ihnen auch gar nicht böse sein. Auch er würde für eine gute Nuss so manches Gesehene einfach vergessen. Tier bleibt eben Tier und fressen ist für ein solches Individuum eben schlicht und ergreifend ein Hochgenuss.

Aber Rudolf hat noch eine Idee, wie der Ara durchaus an eine gute Personenbeschreibung kommen könnte. Er denkt dabei an Elsa. Die Eule hat wie jede Nacht oben in ihrem Baum gesessen und hatte somit einen direkten Blick auf die Mauer vor dem Flamingogehege. Sie muss den Täter gut gesehen haben, und da sie ja nachts sowieso ganz ausgezeichnet sieht, muss sie den Typen auch richtig gut beschreiben können. Bei Elsa hat Jogi mit Sicherheit Erfolg, dieser Meinung schließen sich nun auch die beiden anderen Mäuse an.

Gerade als sich Jogi wieder auf den Weg macht, ruft Randy den Papagei noch einmal zurück. Ihm ist nämlich noch etwas Interessantes eingefallen, was es durchaus wert ist, erwähnt zu werden. Auch wenn er dem Kerl keine wirkliche Beachtung geschenkt hat, seinen Geruch kann er jetzt noch genau beschreiben. Er erzählt dem Ara, dass der Mensch ganz seltsam süßlich gerochen hat, was Randys Nase so schnell nicht mehr vergessen wird. Es war nämlich ein Geruch, den er nicht richtig zuordnen kann und den er auch von anderen Zweibeinern nicht kennt. Irgendwie hat der Typ fast nach Räucherstäbchen gerochen, wenn Randy so richtig darüber nachdenkt. Ja, irgendwie hat es ihn an Weihnachten und dunkle Winterabende erinnert. Diese Aussage können auch die anderen nur bejahen. Wie konnten sie das schon wieder vergessen haben! Der Geruch war wirklich mehr als merkwürdig. Jogi ist zwar froh, dass die Mäuse ihm überhaupt etwas berichten konnten, aber was er mit der Information nun anfangen soll und ob sie ihm in irgendeiner Weise weiterhelfen wird, das kann er im Moment noch nicht beurteilen. Allerdings bezweifelt er das ziemlich stark. Da sind die Raubkatzen gefragt. Die riechen doch alles und auf jeden Fall um einiges besser als seine Spezies. Vielleicht können sie mit dieser Information etwas anfangen, wenn er ihnen davon berichtet. Jedenfalls hofft und wünscht sich dies der Vogel, der sich nun wieder auf den Weg zu seiner Sitzstange macht, um sich etwas auszuruhen, schließlich hat er heute Nacht noch eine Mission zu erledigen. Wenn er auf Elsa trifft, will er hellwach und topfit sein. Von ihr verspricht er sich inzwischen tatsächlich die meisten Informationen zum Täter.

27

Nun ist es endlich richtig dunkel. Jogi ist sich sicher, dass die Eule Elsa inzwischen bereits auf ihrem Baum sitzt und Wache hält. Sie freut sich bestimmt, wenn er ihr einen Besuch abstattet. Elsa ist eine wachsame, bereits ältere Dame, die gerne Komplimente gemacht bekommt und die es sehr zu schätzen weiß, wenn man ihren Rat benötigt, und vor allem, wenn man sich ihn dann auch zu Herzen nimmt und entsprechend umsetzt. Um sie zum Reden zu bringen, ist der Ara genau der Richtige. Er weiß, was sie gerne hört, und spart deshalb auch nicht mit betreffenden Komplimenten. Wenn er will, kann er nämlich auch ein richtiger Gentleman sein. Wenn er ehrlich ist, muss er zugeben, dass er dieses Verhalten erst einmal lernen musste. Als er nämlich schon einmal die Hilfe der Eule benötigt hat, ist er einfach mit der Tür ins Haus gefallen, was Elsa eindeutig gar nicht gefallen hat und was sie ihm auch sogleich ziemlich deutlich gezeigt hat. Sie hat sich sehr über den gelben Grünschnabel geärgert und ihm erst einmal gar keine Informationen geliefert. Den Rat der schlauen Mäuse befolgend, hat er es dann mit ein paar Komplimenten bei der Dame versucht und siehe da, sie ist einfach so dahingeschmolzen und hat ihm anschließend genau die Dinge erzählt, die er so dringend benötigt hat. Diese Erfahrung und die Lehre, die er daraus gezogen hat, wird ihm auch heute Nacht helfen, die richtigen Worte zu finden, um sein Gegenüber gesprächig werden zu lassen.

Genauso kommt es dann auch. Nachdem Jogi ein bisschen Konversation mit Elsa betrieben hat und ihre scharfen Augen, ihre Ausdauer, ihr jugendliches Aussehen und ihr hübsches Gesicht entsprechend gewürdigt hat, ist die Eule schon nach kurzer Zeit ganz die Seine. Nun kann er es wagen, sie nach dem Mann in der letzten Nacht zu fragen. Diese Befragung wird zum absoluten Erfolg. Denn Elsa kann sich genau an alle Einzelheiten des Kerls erinnern. Er hat eine schwarze Lederhose getragen, was sie an sich schon einmal verwunderlich fand. Mit so einer Hose über eine Mauer zu klettern ist gar nicht so einfach. Das hat ihr der Mann dann auch gleich demonstriert, wie sie Jogi amüsiert berichtet. Die Hose gab nämlich kein bisschen nach. Da der Typ auch noch recht steif war, hat es eine ganze Weile gedauert, bis er das besagte Hindernis tatsächlich *überw*unden hat. Diese Zeit nutzte die schlaue Eule, sich den Mann in aller Ruhe zu betrachten.

Elsa erzählt, dass der Kerl eine schwarze Jacke getragen hat, auf welcher hinten auf der Rückseite das Symbol zweier in sich verschlungener Schlangen abgebildet war. Des Weiteren hat sie ein Messer darunter herauslugen sehen, welches er in einer Art Gürtel um seine Hüfte getragen hat. Dann beschreibt sie ein unrasiertes Gesicht und schwarze Haare, welche sich der Typ einfach nach hinten gestrichen hat, so dass seine breite Stirn voll zur Geltung kam. Auch den seltsamen Geruch, den vorher bereits die Mäuse beschrieben haben, lässt sie nicht unerwähnt. Sie sagt dazu, dass es im Sommer, wenn Gras verbrannt wird, manchmal auch so riecht. Handelt es sich bei dem Menschen vielleicht um einen Bauern, fragen sich die beiden Vögel. Denkbar wäre es schon, denn hier in der Umgebung gibt es schon ein paar Aussiedlerhöfe. Vielleicht arbeitet der Typ ja dort und er roch deshalb so stark nach verbranntem Gras.

Alles in allem kam der Mensch der guten Elsa schon sehr sonderbar vor. Die schwarze Kleidung, das ungepflegte Aussehen und dann noch die Tatsache, dass er den Zoo heimlich des Nachts über eine Mauer betritt, wo er doch jeden Tag einfach durch den Vordereingang marschieren könnte, um die Tiere dann in Ruhe zu betrachten, das versteht sie schon einmal gar nicht. Vor allem, da doch die meisten Tiere im Zoo nachts sowieso schlafen und er dann ja gar nicht wirklich viel zu sehen bekommt, wundert sie sich entsprechend. Sie jedenfalls kann nicht verstehen, warum man sich die Mühe macht, in einen Zoo einzusteigen, wenn man dann dort drinnen gar nichts zu sehen bekommt. Das ergibt doch einfach gar keinen Sinn.

Aber als Jogi sie darüber informiert, dass es sich bei dem Menschen wahrscheinlich um den Mörder des Tierpflegers Guido Hart handelt, wird auch der Eule alles klar und ihre großen runden Augen werden noch ein gutes Stück größer und runder. Da sie heute noch nicht lange wach ist, hat sie zwar schon von den Mäusen erzählt bekommen, dass es einen Toten im Zoo gab, die näheren Einzelheiten wusste sie bis zu Jogis Eintreffen jedoch noch nicht, da die Mäuse aufgrund eines weiteren Futterfundes keine Zeit hatten, ihre Freundin näher aufzuklären. Das hatten ihr die Tiere für später versprochen. Aber klar ist nun auch, dass Elsa nicht auf die Mäuse warten will, dafür ist auch sie zu neugierig und giert inzwischen nach näheren Schilderungen.

Somit ist es nun die Aufgabe des Papageis, Elsa von allen Ereignissen im Zoo ins Bild zu setzen. Das macht er natürlich nur zu gerne. Als er der älteren Dame alles Wissenswerte berichtet hat, fürchtet sie sich im Nachgang nun doch noch einmal etwas. Wie unbekümmert sie doch gestern Nacht gewesen ist, krächzt sie jetzt. Mein Gott, der Typ hätte locker auch sie erledigen können! Hat sie doch einfach so ganz unbedacht wie immer auf ihrem Baum gesessen und diesen bösen Menschen auch noch ausführlich beäugt. Wenn der das bemerkt hätte! Dann hätte sie ihr Leben bestimmt ebenso ausgehaucht wie der Tierpfleger. Mein Gott, daran darf sie ja gar nicht denken! Sie beschließt, ab sofort wieder wachsamer zu sein und besser auf sich aufzupassen. Das kann zwar nicht schaden, aber Jogi bezweifelt, dass sich so schnell wieder ein Mörder in den Zoo wagen wird. Das wäre ja dann doch ein bisschen zu viel des Guten. Diese Gedanken teilt er allerdings nicht mit der Eule, da er sie nicht in ihrer Ehre verletzen will. Ihr dankt er stattdessen für ihre Hilfe und wünscht ihr noch eine gute Jagdnacht und fette Beute, worüber Elsa sich entsprechend freut. Er selbst ist inzwischen doch recht müde geworden. Für ihn war es heute ein sehr anstrengender und durchaus sehr langer Tag. Das ist er so gar nicht gewohnt, schließlich gehört er nicht zu den Nachtschwärmern. Froh, dass seine Mission für heute beendet ist und er nun endlich etwas Schlaf finden wird, fliegt er, so schnell ihn seine Schwingen tragen, wieder auf seine Sitzstange zurück, die ihm wie immer als Schlafplatz dient.

Bevor er in seine Papageienträume abdriftet, denkt er noch eine Weile zufrieden darüber nach, was er den Raubtieren morgen alles berichten kann. Die werden Augen machen! Dann schläft er schon sehr bald und ganz mit sich im Reinen friedlich ein, um von wilden Verfolgungsjagden und fiesen Mördern zu träumen.

28

Bereits relativ früh am nächsten Morgen machen sich die drei Kommissare auf, um die Wohnung von Guido Hart aufzusuchen und im Anschluss auch gleich das Zimmer des Toten zu durchsuchen. Sie haben sich absichtlich nicht in der Wohngemeinschaft angemeldet, da sie natürlich den Überraschungseffekt nutzen wollen und sich so gleich einmal ein Bild von den beiden Mitbewohnern machen können, indem sie erfahren, wie diese sind, wenn sie sich in ihren eigenen vier Wänden befinden und nicht wissen, dass sie gleich unangenehmen Besuch bekommen. Außerdem vermeiden sie mit diesem Blitzbesuch, dass die beiden Männer noch schnell ein paar Sachen beiseiteschaffen, die für die Polizisten durchaus von Interesse sein könnten. Einfach wo aufzutauchen ist noch immer die beste Methode, wenn es darum geht, richtige Polizeiarbeit zu verrichten und Dinge gut einschätzen zu können. Das bringt einem Ermittler nicht selten den einen oder anderen wertvollen Hinweis. Sei es, dass etwas Interessantes auf einem Tisch oder einem Schränkchen liegt oder einfach schon der Allgemeinzustand einer Wohnung genügt, um die richtigen Schlüsse über die Verhältnisse und die Einstellung der Bewohner zu ziehen.

Heute gehen die Beamten erst einmal davon aus, dass die Mitbewohner vielleicht noch gar nicht wissen, dass mit ihrem Freund etwas Schlimmes passiert sein könnte. Bestimmt kommt es immer einmal vor, dass einer von ihnen die Nacht woanders verbringt. Es handelt sich schließlich um Männer, die so ihre Bedürfnisse haben und nicht um Eunuchen.

Ihr Überraschungsbesuch ist jedenfalls schon einmal ein voller Erfolg. Nachdem sie mehrfach haben klingeln müssen, bis jemand sich die Mühe machte, ihnen die Tür aufzumachen, steht jetzt ein ziemlich kaputter Typ vor ihnen. Dieser ist nur mit einem Leopardentanga bekleidet und scheint gerade erst aus dem Bett gestiegen zu sein. Er steht jedenfalls recht ratlos in der nun offenen Tür und kapiert gar nicht, wen er da vor sich hat. Man könnte ihm natürlich zugutehalten, dass die Kommissare in Zivil aufgetaucht sind, aber trotzdem scheint er nicht gerade der hellste Stern der Menschheit zu sein. Auch als sie sich offiziell ausgewiesen haben, dauert es noch eine ganze Weile, bis in seinem Gesicht eine Regung zu sehen ist. Es ist immer wieder dasselbe, amüsiert sich Meier. Man sieht die Gedanken seines Gegenübers geradezu im Oberstübchen rattern, wenn dieses erst einmal erkannt hat, wer da an der Tür geklingelt hat. Was ist in einer solchen Situation das Beste? Einfach abhauen oder cool bleiben und erst einmal den Ahnungslosen spielen? Oder vielleicht etwas ganz Unerwartetes tun?

Warum glauben Kriminelle nur immer, dass sie so viel schlauer sind als die Polizisten, die sie irgendwann dann doch immer schnappen? Irgendwie lernen die es einfach nie. In unserer heutigen Zeit wird es für einen schlimmen Jungen sowieso immer schwerer, sich der Festnahme auf Dauer zu entziehen. Wir haben inzwischen einfach zu viel Technik entwickelt und können damit die meisten Straftaten viel zu schnell und meistens ganz eindeutig dem richtigen Täter zuordnen. Außerdem arbeitet die Polizei inzwischen gut vernetzt und international zusammen. Das ermöglicht einem Verbrecher kaum noch die Flucht ins Ausland, um dort irgendwo unterzutauchen. Diese Zeiten sind längst vorbei. Viele Lücken gibt es im System nicht mehr, durch die ein Krimineller schlüpfen könnte. Ob die bösen Jungs das auch irgendwann einmal kapieren? Wahrscheinlich nicht! Wenn doch, müsste sich Meier ja auch einen neuen Job suchen, was ihr gar nicht gefallen würde.

Schneider kann es unterdessen nicht lassen. Er grinst seine Kollegin anzüglich an und meint: »Na, Ruth, wenn das nicht das Sahnestückchen deines heutigen Tages ist, dann weiß ich auch nicht weiter.« Meier macht sich erst gar nicht die Mühe einer Antwort. Sie packt den so gut wie nackten Mann am Arm und zwingt ihn damit zurück in die Wohnung. Bei drei Polizisten hätte er sowieso keine Chance zum Türmen gehabt. Dazu war die Eingangstür viel zu zugestellt. Das sieht wohl auch der verpennte Typ ein, denn er setzt sich jetzt erst einmal an den Küchentisch und trinkt etwas aus einer Tasse, das zumindest dem Geruch nach Kaffee sein könnte. Ganz sicher sind sich die Beamten da aber im Moment nicht.

Der Kriminalhauptkommissar übernimmt nun wie immer die Führung. Schnell ist klar, dass es sich bei ihrem Gegenüber um einen der Bewohner dieser Bleibe handelt, nämlich um Jonny Reiland oder besser gesagt Johann Reiland. Jonny gefällt ihm einfach besser und so will er genannt werden, fügt er etwas trotzig hinzu. Irgendwie macht der Typ auf die Beamten den Eindruck eines kleinen Kindes. Aber sie wissen, auch ohne nähere Fragen stellen zu müssen, warum genau das der Fall ist. Reiland scheint sich gerne wegzuschießen, was mit Sicherheit auch gestern Nacht der Fall gewesen ist. Es sind die fahrigen Bewegungen, die kleinen Augen und das langsame Oberstübchen, was es den erfahrenen Beamten leichtmacht, ihn als typischen Abhängigen zu entlarven. Schade, denkt Schneider, wieder einer, der sich lieber kaputt macht, als sich dem Leben zu stellen. Ändern kann man die anderen Menschen aber in der Regel nur sehr selten und die Beamten haben sich längst damit abgefunden, bei ihren Ermittlungen immer wieder auf solch kaputte Typen zu stoßen, daran können sie nun einmal nichts machen.

Zumindest die Frage nach Guido Hart kann Reiland ihnen beantworten und sie erfahren, dass jeder der Jungs ein eigenes Zimmer hat und sie sich Küche, Bad und Wohnzimmer teilen. Mürrisch erhebt er sich, als er von Bauer aufgefordert wird, ihm das Zimmer von Guido zu zeigen. Was das soll, fragt er erst einmal mit halbherzigem Ehrgeiz, und ob sie das überhaupt dürften. Aber das bügelt der Kriminalhauptkommissar einfach ab und Reiland lässt es sich gefallen.

Dann stehen die drei Beamten auch schon im Zimmer des Toten. Reiland hat es vorgezogen, sich wieder auf seinen Stuhl in die Küche zurückzuziehen. Die ganze Sache scheint ihn nicht wirklich zu interessieren. Umso besser, wie die Polizisten finden, dann kommt er ihnen schon nicht in die Quere. Was sie zu sehen bekommen, stellt erst einmal keine Überraschung für sie dar. Der Raum ist eher spärlich eingerichtet. An einer Wand steht ein französisches Bett, direkt gegenüber befindet sich ein Kleiderschrank und dazwischen gibt es einen absolut mit Klamotten zugemüllten Stuhl und unter dem Fenster eine kleine Kommode, die ihre besten Tage schon längst hinter sich gelassen zu haben scheint. Allzu viel Eigentum scheint Hart nicht besessen zu haben. Schnell streifen sich Meier und Schneider Handschuhe über und durchsuchen den Saustall effizient und gründlich. Meier findet eine kleine Menge Koks und etwas Gras, was aber auf jeden Fall beides als Eigenbedarf durchgeht. Die Mengen wären nicht ausreichend, um jemanden dafür einzubuchten. Mehr scheint das Zimmer nicht herzugeben. Es ist schließlich Schneider, der einen größeren Fund vermelden kann. Als er sich zwischen Bett und Kommode bewegt, spürt er, dass eine der Bodendielen bei der Belastung durch sein Körpergewicht etwas nachgibt. Er bückt sich, um zu schauen, was es damit auf sich hat, und bingo, es gibt tatsächlich ein Brett, das nur sehr locker im Dielenverbund liegt und sich ganz leicht hochheben lässt. Unter diesem wird Schneider auch gleich fündig. Beherzt zieht er ein dickes Bündel Geld aus dem Holzboden heraus. Die Beamten stellen gleich auf den ersten Blick fest, dass es sich bei den 100-Euro-Scheinen um eine Summe von mindestens 100.000,00 Euro handeln muss, so dick wie das Bündel ist. Bauer pfeift anerkennend durch die Zähne. Wer hätte gedacht, dass sie so etwas Interessantes finden würden? Zudem stellen sie noch einen

Laptop sicher, der augenscheinlich Guido gehört hat, da er sich mitten in dessen Bett befand. Diesen nehmen sie zur Sichtung der darauf befindlichen Dateien mit ins Präsidium.

Als sie sich wieder in die Küche begeben, öffnet sich gerade eine andere Tür, die wohl ins Badezimmer führt. Aus dieser spaziert ein weiterer Typ, der wohl gerade seine morgendliche Körperpflege hinter sich gebracht hat, seine Haare sind jedenfalls noch ganz feucht. Wenigstens ist er bereits komplett angezogen, wie Meier erleichtert feststellt. Mit weit aufgerissenen Augen schaut dieser nun von einem Beamten zum anderen und sieht dann das Geldbündel in Schneiders und den Laptop in Meiers Händen. Er ist sehr viel pfiffiger als sein immer noch am Küchentisch sitzender Freund. In seinem Gesicht sieht man nämlich, dass er sofort kapiert hat, wen er da vor sich hat, und dass er das keineswegs gut findet. Ihm ist schnell klar, dass Flitzen gerade so gar nicht in Frage kommt, schließlich weiß die Obrigkeit ja schon, wo er zu Hause ist. Resigniert nimmt er sein Schicksal an und setzt sich mit an den Tisch zu Reiland.

Bei ihm spüren die Beamten sofort, dass er ein gefährlicher Zeitgenosse ist, der sein Gehirn keineswegs dazu missbraucht, es täglich wegzupusten. Vielmehr glauben die Beamten, dass er sein Oberstübchen für die verschiedensten Aktivitäten und Pläne nutzt und mit Sicherheit der Anführer dieser WG ist. Wie sie erfahren, handelt es sich bei ihm um Matze Sommer, der eigentlich Matthias mit richtigem Vornamen heißt, aber, wie jeder weiß, mögen Gauner einfach einen Spitznamen und sind selten mit ihren bürgerlichen Vornamen in der Szene unterwegs. Diese Information ist kostenlos und geht aufs Haus, wie er mit einem Grinsen im Gesicht berichtet. Für Bauer macht er sich damit sofort unsympathisch. Er erinnert ihn irgendwie an eine Ratte, die mit ihren kleinen fiesen Augen genau beobachtet, wie gefährlich die Situation ist, in der sie sich gerade befindet, und die ihr Gegenüber genau taxiert. Dieser Sommer scheint sich gerade sehr sicher zu sein, dass die Situation für ihn überhaupt nicht gefährlich ist. Dazu ist er viel zu abgebrüht und kennt seine Rechte viel zu gut. Das ärgert den Beamten gehörig. Er ist sich nämlich sicher, dass sein Gegenüber Dreck am Stecken hat, aber es ist natürlich die Polizei, die ihm das in mühsamer Kleinarbeit nachweisen muss, um ihn hinter Gitter bringen zu können. Dass er da auf jeden Fall hingehört, das stellt Bauer gar nicht erst in Frage, das weiß er einfach, wenn er Sommer ins Gesicht schaut.

Auf ihre Fragen erhalten die Beamten nicht wirklich tolle Antworten. Das Bündel Geld haben sie natürlich vorher noch nie gesehen und mit dem Laptop können sie angeblich auch nicht wirklich etwas anfangen. Sie wussten zwar, dass ihr Kumpel so ein Teil besitzt, aber ansonsten auch nur, dass er damit oft im Netz surft, nicht, was er sonst damit noch gemacht macht.

Als die Beamten ihnen den Grund ihres Hierseins eröffnen, reagieren die beiden Mitbewohner vollkommen unterschiedlich. Reiland reißt entsetzt die Augen auf und kann es gar nicht fassen, dass Guido tot sein soll. Sein Gehirn kann diese Information fast gar nicht verarbeiten und so guckt er die Polizisten nur blöde an. Sommer hingegen zuckt noch nicht einmal mit einer Wimper. Er verhält sich ganz so, als ob ihn das alles gar nichts anginge und er den Toten nicht einmal gekannt hätte. Niemand würde vermuten, dass Hart hier mit ihm zusammen in einer Wohnung gelebt hat, wenn er Sommer, so wie er sich jetzt gerade gibt, sehen könnte.

Auf die Frage, was sie sich gedacht haben, als ihr Freund nicht nach Hause kam, erklärt Sommer, sie seien davon ausgegangen, dass er eine Tussi aufgerissen und mit ihr eine wilde Nacht verbracht hätte. Das sei nicht selten der Fall gewesen. Auch Reiland und er seien nicht jede Nacht in der gemeinsamen Wohnung vorzufinden. Das klingt sogar recht plausibel, schließlich haben die Beamten keine kleinen Buben vor sich, und harte Jungs mögen nun mal auch ab und an weibliche Gesellschaft in ihren Betten.

Das war es erst einmal. Beide werden von Bauer ermahnt, die Stadt nicht zu verlassen, und sollen sich darauf einstellen, dass sie mit Sicherheit noch aufs Präsidium gebeten werden. Da man erst am Beginn der Ermittlungen steht, kann durchaus noch etwas Zeit vergehen, bis sie diese Aufforderung erhalten. Nichtsdestotrotz erwartet die Polizei die vollständige Kooperation von ihnen. Es kann ihnen selbst schließlich nur daran gelegen sein, den Fall so schnell wie möglich aufgeklärt zu sehen, oder? Eine Antwort erhalten die Beamten allerdings auf diese Frage nicht. Aber wirklich damit gerechnet hatten sie auch gar nicht. Damit begeben sich die Polizisten mit ihrer Beute wieder zurück ins Präsidium und überlassen damit die beiden Kumpels ihren jeweiligen Überlegungen, wo immer diese auch hinführen werden.

29

Wieder zurück in ihrem Büro, kümmert sich Meier sofort um die Daten auf dem Laptop. Sie arbeitet mit diesen elektronischen Dingern absolut intuitiv. Damit gelingt es ihr meist sehr viel schneller als den beiden doch sehr pragmatisch veranlagten Kollegen, diesem Computerteil entsprechend viele Informationen zu entlocken. Bauer würde es zwar nie und nimmer zugeben, aber er ist immer wieder von der Effizienz seiner Kollegin beeindruckt, wenn es darum geht, irgendwelche Codes zu knacken oder die richtigen Schlüsse aus teilweise geheimen Dateien abzuleiten. Das muss auf jeden Fall etwas mit weiblicher Intuition zu tun haben, anders kann er es sich jedenfalls nicht erklären, dass Meier so gut wie immer alles Nötige aus den Rechnern fremder Leute herausholt. Meier wiederum freut sich immer diebisch darüber, wenn sie es dem starken Geschlecht wieder einmal zeigen kann, dass dieses durchaus nicht alles kann. Sie liebt es, wenn sie einem PC Informationen entlocken kann, die andere erst gar nicht auf dessen Festplatte finden. Für sie ist es wie ein Spiel und eine willkommene Herausforderung in ihrer täglichen Arbeit, die oft sehr trist ist und viel Ausdauer und Geduld fordert, da ein Polizist leider auch sehr viel langweilige Recherchearbeit erledigen muss, die natürlich durchaus wichtig, aber eben nicht gerade abwechslungsreich ist. Es ist selten so, wie die restliche Welt außerhalb des Präsidiums es glaubt. Polizeiarbeit ist nicht nur aufregend und wild. Sie ist oft auch langweilig und teilweise auch ganz schön traurig. Sie selbst war schon oft genug bei Familien, in denen es tagtäglich häusliche Gewalt gibt. Das will von den Zivilisten keiner so wirklich wissen und oft auch gar nicht wahrhaben. Schon gar nicht, wenn diese Dinge in ihrer direkten Nachbarschaft passieren. Nicht selten hat sie da schon so Sätze wie »Was, der nette Herr Müller?« oder »Aber nein, doch nicht Günter, das kann doch gar nicht sein« gehört. Wenn es zu unangenehm wird, verschließen die braven Bürger schon gerne einmal die Augen, um der Wahrheit nicht ins Gesicht sehen zu müssen. Aber dieses Verhalten verurteilt sie auch gar nicht. Wahrscheinlich würde sie genauso reagieren, wenn sie sich nicht für die Beamtenlaufbahn entschieden und damit den Weg zur Kriminalkommissarin gegangen wäre. Durch ihren Beruf kann sie diese unschönen Seiten des menschlichen Zusammenlebens nicht einfach ausblenden, denn sie ist viel zu oft mit genau diesen Schwächen unserer Gesellschaft konfrontiert und muss sich dem Niederträchtigen und Bösen in den Weg stellen, um es aufzuhalten.

Jetzt gerade macht es ihr jedenfalls Spaß, dass sie eine Polizistin geworden ist. Sie konzentriert sich ganz auf den Laptop, der bereits aufgeklappt vor ihr liegt. In den vergangenen Jahren hat sie einige Seminare besucht, die intern von ihren IT-Kollegen angeboten wurden. Diese hat sie stets mit großem Interesse verfolgt und daher hat sie sich inzwischen auch einen reichen Erfahrungsschatz angesammelt. Durch diese Kurse und das damit verbundene Wissen fällt es ihr leicht, den vor ihr liegenden Rechner zu knacken und ihm sein Wissen zu entlocken. Schließlich war Hart kein Genie, das seinen Rechner in einen Hochsicherheitstrakt verwandelt hat. Er hielt es mit dem Datenschutz eher einfach, so wie die meisten Menschen es tun.

Schon bald nachdem sie das Passwort erraten hat, wird sie fündig. Hart hat sich anscheinend viel mit seinem Rechner befasst, mit Sicherheit mehr, als seine beiden Kumpels auch nur geahnt haben. Er war jedenfalls sehr aktiv im Netz unterwegs, was Meier anhand der elektronischen Spuren und Protokolle problemlos nachvollziehen kann. Außerdem hat er sehr gerne Mails geschrieben. Sein Postfach ist voll von unzähligen Antworten, die er alle erst in den letzten vier Wochen erhalten hat. Anscheinend hat er sich nie die Mühe gemacht, auch nur ein Mail zu löschen. Das hielt er wohl nicht für nötig. Für Meier ist das Postfach aber eine wahre Fundgrube an Informationen. Somit vertieft sie sich nun erst einmal in seinen Schriftverkehr und hofft, dadurch neue Erkenntnisse zu erhalten, die sie in dem Fall weiterbringen.

Schneider hat sich währenddessen zur Aufgabe gemacht, mehr über den Anhänger an Harts Schlüsselbund herauszufinden. Da es sich um ein durchaus auffälliges Motiv handelt, erhofft er sich von seiner Recherche genauso wie Meier, wertvolle Informationen zu erhalten, zum Beispiel zu erfahren, zu welcher Vereinigung oder Gruppe dieses Zeichen gehört.

Als Bauer seine Kollegen so schwer arbeiten sieht, denkt er sich, dass es nichts schaden könnte, wenn er seinen Kumpels beim Betrugs- und Rauschgiftdezernat einmal wieder einen Besuch abstatten würde. Vielleicht können die ihm ja weiterhelfen, was es mit dem Geld auf sich haben könnte, schließlich passiert es nicht selten, dass alle drei Stellen in einen einzigen

Fall verstrickt sind. Oft können sie sich gegenseitig helfen, um den oder die Täter dingfest zu machen. Wer sagt, dass das bei diesem Fall nicht auch der Fall sein wird? Er informiert Meier und Schneider entsprechend und macht sich sogleich auf den Weg zu Schulz.

Es dauert eine Weile, bis Meier alle Mails gelesen hat, aber danach ist ihr klar, dass Hart irgendein Ding am Laufen hatte und sich anschließend irgendwohin absetzen wollte. Er scheint etwas Großes geplant zu haben, das kann sie den Mails ziemlich unzweifelhaft entnehmen. Seine beiden WG-Kumpels kommen bei seinem Schriftverkehr nicht sehr gut weg. Er bezeichnet sie als doof und völlig unnütz, wenn es um die Vermarktung eines neuen Produktes geht. Auch den Vertrieb traut er ihnen nicht wirklich zu. Daher wäre es am besten, wenn er alles selbst in die Hand nehmen würde, liest Meier in einem seiner Mails an einen für sie Fremden. Während sie seine Post nach und nach liest, setzt sich bei der Kriminalkommissarin der Verdacht fest, dass sich Hart auf etwas eingelassen hat, das er am Ende nicht mehr händeln konnte und definitiv eine Nummer zu groß für ihn war. Ob er deshalb umgebracht wurde, kann sie dem Schriftverkehr jedoch nicht entnehmen. Sie ist sich aber inzwischen sicher, dass nicht nur der skurrile Matze Sommer eventuell sein eigenes Ding durchziehen wollte, sondern durchaus auch Guido Hart einen Weg in diese Richtung eingeschlagen hat. Wie gut ist es doch, Freunde zu haben, auch wenn sie einen am Ende verraten, denkt Meier wieder einmal ziemlich desillusioniert.

Auch Schneider erhält mit seinen Recherchen die Informationen, nach denen er im Netz sucht. Nachdem er einige Berichte gefunden hat, die nicht zu der WG-Gruppe passen, stößt er bald darauf auf eine Motorradgang, die seiner Meinung nach sehr gut zu dem Toten gepasst hätte. Es handelt sich um eine Bande, die den Namen »Wild Riders« trägt. Schon daraus kann man ablesen, dass es sich um wilde Motorradfahrer handelt, wobei das »wild« auch als Synonym für ganz andere Taten stehen könnte, für die sich die Polizei mit Sicherheit interessiert. Er findet sogar eine eigene Homepage, die er nun mit großem Interesse öffnet.

Als Erstes öffnet sich ein Fenster mit lauter kleinen Bildern der Biker. Als er die dazugehörige Datei anklickt, sieht er, dass sich die Rocker durchaus für ein eigenes Bild in Pose gerückt haben. Jeder einzelne von ihnen sitzt stolz auf seinem Bike und grinst mehr oder weniger offen in die Kamera. Bei allen Männern handelt es sich um die absolut typischen Gangmitglieder. Einer hat ein rotes Stirnband um den Kopf gebunden, während ein anderer eine schwarze Sonnenbrille trägt, die ihn etwas anonymer macht. Am besten findet Schneider den Typen, der sich sogar Ohrringe hat stechen lassen. Das Motiv, wie könnte es anders sein, sind kleine Motorräder, welche ihm fast grotesk rechts und links in seine Backen baumeln. Viele Typen sind tätowiert oder gepierct, ganz Gang eben. Nicht zu vergessen, dass alle die stadtbekannte schwarze Lederkluft anhaben. Bei manchen sieht man sogar die auf dem Rücken befindlichen ineinander verschlungenen Schlangen richtig gut. Fast amüsiert sich Schneider über diese armseligen Gestalten, wie sie da für die Kamera posieren und einen auf harten Mann machen.

Was er im Anschluss daran auf der Seite findet, gefällt ihm allerdings gar nicht. Da brüsten sich diese Rocker doch tatsächlich mit ihren Gewalttaten und haben sogar Bilder von ihren Einbrüchen im Netz. Ja geht's noch? Warum unterbindet das denn niemand? Vielleicht ist bisher noch niemand von seinem Verein auf diese Seite aufmerksam geworden, geht es Schneider durch den Kopf. Er selbst hätte ja auch nicht gedacht, tatsächlich eine Homepage zu diesen schrägen Typen im Netz zu finden. Aber immerhin haben sie ja jetzt zwei Jungs, die sie dazu näher in die Mangel nehmen können. Er ist schon jetzt gespannt, was Sommer und Reiland zu dieser Seite zu sagen haben. Auch Meier ist entsprechend überrascht, als er ihr von seinem Fund berichtet und ihr auch die dazugehörige Homepage zeigt. Was in Deutschland mittlerweile so alles geht, ohne dass irgendjemand einschreitet, wundert sie sich. Weiß Gott, was man noch so alles im Netz finden würde, wenn man einen ganzen Tag lang darin graben würde. Aber so wirklich wissen will sie es eigentlich gar nicht. Ihr reicht durchaus, was sie tagtäglich da draußen auf den Straßen so alles erlebt. Da muss sie sich nicht auch noch mit dem Schmutz im Netz beschäftigen.

Später bringt sie, was Harts Laptop betrifft, den Kollegen Schneider noch auf den neuesten Stand und bald darauf trifft auch ihr Chef wieder bei ihnen im Büro ein.

Bauer hat nichts Interessantes bei den Kollegen erfahren. Es gibt zurzeit offenbar keinen Fall im Betrugsdezernat, bei dem es um eine solche Summe wie die von ihnen gefundene gehen könnte. Sie schlagen sich gerade mit mehreren kleinen Delikten herum. Auch die Kollegen im Rauschgiftdezernat konnten ihn nicht mit Informationen versorgen. Auch sie haben im Moment nur kleine Fische an der Angel.

Er hat die Kollegen nun zumindest über ihren aktuellen Fall informiert und diese haben ihm versprochen, die Augen offenzuhalten. Wenn sie etwas mitbekommen, werden sie sein Kommissariat auf jeden Fall entsprechend informieren. Das ist ja schon einmal nicht schlecht. Je mehr Beamte ihre Augen und Ohren aufhalten, umso einfacher hört auch einer etwas, was ihnen weiterhilft.

Bauer wiederum hört den Berichten seiner beiden Kommissare mit großem Interesse zu. Er hatte schon gleich so etwas wie Drogen im Sinn, als er das viele Geld in Harts Zimmer gesehen hat. Was sonst könnte so viel Zaster abwerfen? Da sie nun diese Gang »Wild Riders« aufgetan haben und Schneider ihm die dazugehörige Homepage gezeigt hat, ist er sich sicher, dass diese Jungs auf alle Fälle auch im Drogengeschäft unterwegs sind. Da hat ihn sein Gespür schon einmal nicht getäuscht. Er muss ja auch nur an den kaputten Reiland denken, um zu wissen, dass in dieser illustren Gemeinschaft so allerlei geraucht und eingeworfen wird. Selbst bei dem Toten haben sie ja schließlich das Zeug gefunden, wenn auch nur in kleinen Mengen.

Nachdem sie auch über die Mails von Hart gesprochen haben, ist sich Bauer definitiv sicher, dass der Fall sie mit Sicherheit ins Drogenmilieu führen wird. Auch Schneider und Meier sehen die Zusammenhänge ganz deutlich.

Inzwischen erinnert sich Bauer auch daran, schon einmal mit der Rockergang in Berührung gekommen zu sein. Auch damals ging es um eine große Menge Drogen und er weiß noch ganz genau, dass sie damals eng mit dem Drogendezernat zusammengearbeitet haben, um am Ende alle Kriminellen wegsperren zu können. Gut, das muss ihnen auch dieses Mal wieder gelingen. Nun gilt es, den Kampf wieder aufzunehmen und nicht nachzulassen, bis der oder die Täter gefasst sind.

30

Im Zoo geht derweil das Leben weiter. Da Manni die Arbeit des Toten unmöglich kompensieren kann, hat sich Zoodirektor Reuter dazu entschlossen, erst einmal eine Zeitarbeitskraft einzustellen. Er hat gleich verstanden, dass bei dieser Personalentscheidung erst einmal Eile geboten ist. Denn *für ihn* ist es natürlich mindestens genauso wichtig wie für Manni, die Tiere alle richtig versorgt, gepflegt und betreut zu wissen. Reuter weiß, dass sein jetziger Tierpfleger dies unmöglich alleine bewältigen kann. Dazu ist der Tierpark einfach zu groß. Da kam es ihm gerade recht, dass er jemanden in einer Arbeitervermittlungsagentur in der Stadt kennt, der ihm auch schnell und unbürokratisch weitergeholfen hat.

So kommt es, dass bereits einen Tag nach dem Ableben von Guido Hart eine neue Kraft im Zoo, wenn auch erst einmal befristet, eingestellt wird. Es handelt sich um eine Frau, die ebenso wie Manni schon fünfundfünfzig Jahre alt ist. Sie ist bereits Witwe und müsste eigentlich gar nicht mehr arbeiten gehen, da sie ihr Mann durchaus gut versorgt zurückgelassen hat. Aber ihr ist es alleine zu Hause einfach viel zu langweilig, daher hat sie sich bei der Vermittlungsagentur für »ein Mädchen für alles« eintragen lassen. Es ist ihr tatsächlich egal gewesen, für welche Arbeit sie vermittelt wird, Hauptsache, sie kommt wieder unter Leute, kann sich mit anderen austauschen und wird gebraucht. Dass es so schnell geklappt hat und dann auch noch im städtischen Zoo, findet sie so richtig gut.

Die erste Überraschung steht ihr allerdings bereits bevor, als sie dem Kollegen vorgestellt wird, mit welchem sie zukünftig eng zusammenarbeiten wird. Auch Manni ist absolut überrascht, plötzlich seiner einstigen Schulkollegin Marta Schön gegenüberzustehen. Er war als Jugendlicher sogar einmal richtig scharf auf sie gewesen. Als er sie heute, nach einer gefühlten Ewigkeit, wiedersieht, muss er sich eingestehen, dass sie immer noch toll aussieht. »Das kann ja heiter werden«, denkt er sich. »Hoffentlich kommen meine jugendlichen Schwärmereien nicht hoch, wenn ich jetzt so eng mit ihr zusammenarbeite.« Aber andererseits freut er sich auch, Marta nach so langer Zeit wiederzusehen. Vielleicht wird es ja auch ganz lustig, mit ihr gemeinsam nach den Tieren zu schauen. Bald wird er dazu mehr sagen können, schließt er sein Kopfkino für heute ab und ist wieder ganz der gelassene ältere Kollege, den jeder hier zu schätzen weiß.

Marta jedenfalls freut sich gehörig darüber, dass ausgerechnet Manni der Kollege ist, mit dem sie zukünftig arbeiten wird. Er war ihr schon früher durchaus sympathisch. Mit ihm hätte sie sich als Jugendliche ohne Bedenken eingelassen, wenn er nicht so schüchtern gewesen wäre, sondern es geschafft hätte, sie einfach um ein Date zu bitten. »Er sieht immer noch richtig gut aus«, befindet sie nun, als sie ihn näher in Augenschein nimmt. Das ist auch nicht weiter verwunderlich. Durch seine tägliche Arbeit im Freien und seine körperliche Betätigung ist er tatsächlich ein attraktiver Bursche, wenn auch eher für die älteren Damen dieser Welt. Aber sie ist ja schließlich auch kein junger Hüpfer mehr.

Für Zoodirektor Reuter ist es natürlich durchaus sehr angenehm festzustellen, dass sich die beiden bereits kennen. Das erleichtert die ganze Sache doch erheblich. Gerade als er Herrn Schwarz darum bitten wollte, die neue Kollegin entsprechend ins Zooleben einzuweisen, nimmt dieser auch schon alles selbst in die Hand.

Wie ein kleiner Junge grinsend, nimmt Manni sich der neuen Kollegin an und bittet sie gleich einmal, ihn auf seiner heutigen Tagestour zu begleiten. Wie immer beginnt diese damit, das Futter für die verschiedenen Gattungen zu richten und im Anschluss mit einem Karren auszufahren. Freudig erregt begleitet ihn Marta. Sie ist schon sehr gespannt, was es hier alles zu tun gibt, und würde am liebsten schon gleich selbst mit anpacken, was Manni aber erst einmal nicht zulässt. »Das kommt noch früh genug«, meint er guter Dinge und lässt sich seine Arbeit heute erst einmal nicht aus der Hand nehmen.

31

Kriminalhauptkommissar Bauer erinnert sich gerade daran, dass er von der netten Frau Kern die Angestelltenliste erhalten hat. Als er diese nun ausgiebig studiert, fällt ihm auf, dass der Zoo sogar einen Nachtwächter beschäftigt. Er ärgert sich, dass er nicht früher über diese Information gestolpert ist, das ist ja schon fast ein Fauxpas, das hätte ihm nicht passieren dürfen. Eilig wird dieser Angestellte nun sogleich ins Präsidium gebeten. Bereits eine Stunde später sitzen die drei Kommissare mit dem Nachtwächter im Büro, um ihn ausführlich über die Mordnacht zu befragen.

Meier ist etwas überrascht, als sie sich Dieter Lutz näher ansieht. Dieser scheint seine besten Jahre bereits längst hinter sich gelassen zu haben. Wie sie wenig später erfährt, hat sie mit dieser Einschätzung tatsächlich ins Schwarze getroffen. Der Nachtwächter ist nämlich bereits siebenundsechzig Jahre alt und längst schon Rentner. Da er allerdings nicht ganz so viel Rente erhält, wie er zum Leben benötigt, hat er sich schon gleich zu Beginn seines Rentnerdaseins im Zoo als Nachtwächter beworben und die Stelle auch auf Anhieb bekommen. Es haben sich wohl damals nicht viele Personen gemeldet, die Interesse an diesem Job hatten. Das liegt bestimmt daran, dass es bei diesem Job nicht allzu viel zu verdienen gibt und es sich außerdem um nicht gerade ideale Arbeitszeiten handelt. Lutz fand die Bezahlung schon damals ganz angemessen. Er will mit dieser Arbeit ja auch nur seine Pension etwas aufstocken, mehr nicht. Freilich, zum Leben würde ihm das Geld, das er hier verdient, nicht reichen. Zum Glück muss es das ja auch nicht.

Als der Kriminalhauptkommissar schließlich relativ zügig zum Grund seines momentanen Aufenthaltes im Kommissariat kommt, wird Lutz ganz schnell sehr kleinlich und erst einmal regelrecht wortkarg. Mehr als »Ich habe nichts gesehen und gehört« kam erst einmal nicht aus seinem Mund. Erst als Bauer etwas eindringlicher mit dem alten Herrn ins Gericht ging, kam dessen verblüffender Bericht schließlich ans Tageslicht.

Wie sich nämlich schon bald darauf herauskristallisiert, handelt es sich bei dem Rentner um einen ganz ausgebufften Zeitgenossen. Er wurde zwar bereits seit nunmehr fast drei Jahren für den Job als Nachtwächter bezahlt, getan hat er dafür aber so gut wie nichts. Er berichtet den überraschten Beamten, dass er zwar zu Beginn seiner Tätigkeit hier im Zoo noch regelmäßig Kontrollrunden gelaufen ist, er dies aber schon bald hat sein lassen. Schließlich ist der Zoo von einer durchaus dicken Mauer umgeben und der Eingang wird nachts mit einem Stahltor fest verschlossen. Für seine Begriffe ist es somit fast unmöglich, nachts auf das Gelände zu kommen. Außerdem hält er das auch gar nicht für nötig. Denn jeder Mensch kann ja tagsüber einfach so in den Zoo marschieren. Was hätte es da schon für einen Sinn, extra auf die Nacht zu warten? Schließlich gibt es im Tierpark nichts, was sich zu stehlen gelohnt hätte.

So ist er schon bald nach seiner Einstellung dazu übergegangen, es sich in der afrikanischen Ecke bei den Elefanten gemütlich zu machen. Die beiden Tiere bewohnen einen schönen aus Holz gefertigten Unterstand, der passenderweise über einen Spitzboden verfügt, der nicht genutzt wird. In diesem hat er es sich dann einfach wohnlich gemacht. Inzwischen hat er sogar sein Bettzeug dort oben ausgebreitet.

Die Beamten müssen unisono grinsen, als sie die Geschichte von Dieter Lutz hören. Alle drei können sich sehr gut denken, was nun noch weiter ans Tageslicht kommt, und schon erzählt ihnen der Rentner auch den Rest seiner Geschichte.

Es kam, wie es kommen musste. Lutz hatte jede Nacht von 23 Uhr bis morgens um fünf Uhr Dienst und ist nie auch nur einer Menschenseele im Zoo begegnet und das trotz seiner anfänglich sehr ausgedehnten Kontrollgänge. So hat er schließlich damit begonnen, nachts über den Elefanten zu schlafen. Natürlich hat er das auch in der besagten Nacht getan. Da das Elefantenhaus ziemlich genau am anderen Ende des Geländes liegt, glauben ihm die Beamten sogar, dass er nichts gehört oder gar gesehen hat. Wie könnte er auch, wenn er tief und fest auf seiner Anhöhe im selbst gebauten Bett wie ein Murmeltier geschlafen hat.

Er ist bis heute fest davon überzeugt, dass die Tiere ihn schon aufwecken würden, wenn etwas Schlimmes in ihrem Gehege passieren würde. Dann könnte er schnell aufstehen und nach dem Rechten sehen. Für ihn macht es keinen Sinn, sich die sechs Stunden zwanghaft wach zu halten, wenn er doch genügend lebende Alarmsysteme um sich herumhat. Außerdem hat er ja auch noch ein Leben außerhalb der Zoomauern. Wenn er nachts so lange wach bleiben müsste, würde er ja schließlich den halben Tag verschlafen, das kann er sich gar nicht erlauben, bei seinen vielen Hobbys, welchen er mit Freunden nachgeht.

Dass es sich bei seinem Verhalten um Betrug gegenüber seinem Arbeitgeber handelt, scheint ihm noch nie in den Sinn gekommen zu sein. Als Bauer ihn darauf anspricht, meint er jedenfalls nur: »Warum, ich schade doch niemandem und ich halte mich immerhin innerhalb der Parkmauern auf, wer kann da schon von Betrug sprechen?« Gut, das kann man sehen, wie man will, und ist momentan auch nicht das Problem der hier anwesenden Polizisten.

Was den Rentner dann doch etwas unruhig werden lässt, ist die Überlegung, ob die Polizei nun den Zoodirektor über sein Verhalten informieren wird. Das würde ihn ja dann seinen schönen Job kosten. Da muss Meier dann doch kichern und erwidert ihm: »Ja also, mit einer fristlosen Entlassung müssen Sie schon rechnen. Sie können sogar froh sein, wenn Herr Reuter keine rechtlichen Schritte gegen Sie in die Wege leitet. Bedenken Sie einmal, um wie viel Geld Sie ihn erleichtert haben, ohne dass dieser dafür eine Gegenleistung erhalten hätte. Sie können froh sein, dass es bisher niemandem in den Sinn gekommen ist, Sie zu kontrollieren. Dann wären Sie Ihren Job schon längst los.«

Auch Bauer und Schneider können sich bei dem eben Gehörten ein Grinsen bis über beide Backen nicht verkneifen. Auch wenn es absolut ärgerlich ist, dass der Nachtwächter gar nichts bezüglich des Mordes mitbekommen hat, so finden die beiden Beamten sein Geständnis trotz allem doch sehr lustig.

Auch auf Bitten des Rentners können ihm die Beamten nicht hundertprozentig versprechen, dass sein Verhalten nicht ans Tageslicht kommt. Wenn sie auf ihn angesprochen werden, werden sie jedenfalls nicht für ihn lügen, sondern natürlich geradeheraus erzählen, was sie bei ihren Recherchen herausgefunden haben. Damit muss Lutz sich dann wohl oder übel einverstanden erklären. Was bleibt ihm auch anderes übrig? Ihm ist natürlich klar, dass die Polizei nicht für ihn lügt. So hofft er jetzt einfach, dass die Fragen nach ihm einfach erst gar nicht gestellt werden. Dann wäre weiterhin alles in Butter.

Die Aussage von Dieter Lutz wird, wie alle anderen Aussagen auch, gewissenhaft zu Protokoll genommen und er muss die mitgeschriebenen Worte natürlich auf ihre Richtigkeit kontrollieren und zum Schluss noch unterschreiben. Bald darauf verlässt ein ziemlich geknickter Nachtwächter die Behörde und lässt drei ziemlich vergnügte Beamte an ihren Arbeitsplätzen zurück. Meier kommentiert den Fall noch mit »Was es nicht alles gibt« und muss noch einmal herzhaft über den alten Mann und dessen Raffinesse lachen.

32

Noch am gleichen Tag befragen die Kriminalkommissare die Motorradgang. Das wird eine nicht gerade angenehme Angelegenheit, wie sie aus ihrem Erfahrungsschatz heraus bereits im Voraus mit Sicherheit sagen können. Um möglichst viele der harten Jungs zu erwischen, fahren sie direkt zu deren Clubhaus. Allerdings weiß man bei so einer Gruppe nie, auf was man trifft, wenn man ihr einen Besuch abstattet. So könnte es selbst für drei Polizisten durchaus gefährlich werden, diese Kerle zu sehr zu reizen. Vorsichtshalber hat Schneider die uniformierten Kollegen darüber informiert, was sie heute vorhaben, damit diese nach spätestens zwei Stunden eingreifen können, sollten die drei bis dahin nicht längst wieder zurückgekommen sein. Diese Vorsichtsmaßnahme ist das Mindeste, was sie für sich selbst tun können, wenn sie im Begriff sind, in ein Wespennest zu stechen. Was in den zwei Stunden Wartezeit alles passieren kann, daran dürfen sie jetzt einfach nicht denken. Egal wie, sie dürfen trotz allem auf gar keinen Fall Angst haben, denn das würde die Gruppe sofort spüren und natürlich entsprechend für sich nutzen. So ist es für jeden einzelnen Beamten wichtig, sich irgendwie von schlechten Gedanken oder gar Misserfolgen abzulenken, damit sie ihren Job professionell ausführen können. Knickt einer der Polizisten ein, sind auch die anderen sofort in potentieller Gefahr. Zum Glück verfügen sie alle drei über genügend Erfahrung, sich in der nun anstehenden Situation richtig zu verhalten.

Die Rocker *könnten*, auch wenn es noch früh am Tag ist, bereits alle betrunken oder bekifft sein. Es ist auch nicht auszuschließen, dass sie sich vielleicht schon gegenseitig in die Haare gekommen sind und man in einen handfesten Streit gerät, sobald man an die Tür geklopft hat. Die Polizisten gehen daher bei solchen Befragungen immer mit sehr gemischten Gefühlen ans Werk. Eine Türklingel finden sie an dem besagten Clubhaus schon einmal nicht. Dafür aber einen Klopfer, der passenderweise aus einem Totenkopf besteht. Meier hätte es auch nicht gewundert, die ineinander verschlungenen Schlangen bereits an der Eingangstüre zu sehen. Was sie stattdessen über dem Eingang entdecken, ist ein schickes Holzschild mit der Aufschrift »Wild Riders«.

Energisch betätigt ihr Chef nun den Türklopfer und bereits kurze Zeit später wird das Tor zur Hölle auch schon von einem durchaus mies aussehenden Typen geöffnet. Um schon von vornherein Missverständnisse zu vermeiden, zücken die drei Beamten sofort ihre Dienstausweise, die der Rocker erst einmal misstrauisch beäugt. Da dieser bereits ziemlich betrunken zu sein scheint, ist nicht davon auszugehen, dass er auf ihren Lappen überhaupt etwas lesen konnte. Ihr Auftreten veranlasst den Typen aber trotzdem, ihnen den Weg ins Innere des Hauses freizugeben. Drinnen befinden sich tatsächlich relativ viele Mitglieder der Gang versammelt und das an einem ganz normalen Mittwochnachmittag. Die Jungs scheinen alle nichts Besseres zu tun zu haben und haben anscheinend keine Jobs, geht es Meier durch den Kopf. Oder sind sie etwa alle auf Behörden beschäftigt, die mittwochnachmittags bekanntlich geschlossen haben? Diese Vorstellung lässt sie schmunzeln. Schon gleich fühlt sie sich in der gerade vorherrschenden Situation etwas besser. Als Frau fällt es Meier nicht gerade leicht, sich freiwillig, wenn auch von zwei weiteren Kollegen umgeben, in so eine Höhle zu begeben. Man weiß nie, was einem dort so alles passieren kann. Aber darüber will sie sich jetzt auf keinen Fall Gedanken machen und muss es auch gar nicht, denn gerade übernimmt wie immer ihr Chef das Reden, was sie genügend ablenkt, um nicht weiter über etwaige Gefahren nachzudenken.

Kurz und bündig und stets der effiziente Kriminalhauptkommissar, informiert dieser die Gruppe über das Ableben ihres Kumpels Guido Hart, was alle mit Gemurre und Gemurmel aufnehmen. Einer ruft: »Klar, da befragt man als Bulle natürlich gleich einmal die Gangkollegen. Schließlich sind das alles Verbrecher. Da wird sich schon ein Schuldiger finden. Oder, so denkt ihr doch?« Weder Bauer noch die beiden anderen Beamten lassen sich jedoch von diesem Ausruf aus der Ruhe bringen. »Nein«, erklärt ihnen Bauer, »wir sind hier, um Sie alle zu fragen, ob Sie uns irgendetwas zu dem Kollegen sagen können. Hat es in letzter Zeit Probleme mit ihm gegeben? Haben Sie etwas mitbekommen, dass es Streit mit anderen gab, oder wissen Sie sonst etwas, was uns auf die richtige Spur, die letztendlich zum Mörder führt, bringen könnte?« »Soweit käme es noch, dass wir jetzt eure Bullenarbeit erledigen«, kräht ein ziemlich betrunkenes Gangmitglied weiter hinten. »Eure Arbeit müsst ihr schon selbst erledigen. Wir hauen hier keinen in die Pfanne«, ergänzt er seinen Ausbruch noch.

Dieser Spruch veranlasst Bauer dann dazu, die Jungs ein bisschen zu belehren. Er erklärt ihnen, dass es doch bestimmt auch in ihrem Interesse sei, den Mörder eines ihrer Kumpels zu fassen. Wenn dann die Ergreifung dadurch gelingt, dass sie der Polizei geholfen haben, lässt das doch schließlich ihre ganze Gruppe in einem guten Licht dastehen. Er lässt auch nicht unerwähnt, dass es immer hilfreich sein kann, wenn man die Polizei nicht gerade zum Feind hat, und sagt im Anschluss, dass er auch alle Kumpels gerne einzeln aufs Präsidium zitiert, um deren Aussagen aufzunehmen. Es läge ganz an ihnen, wie das Ganze hier für sie alle weiterginge. Ihm sei das so ziemlich egal, denn er habe alle Zeit der Welt, um jeden von ihnen einzeln zu vernehmen. Diese kleine Ansprache zeigt die erhoffte Wirkung. Einige der Jungs scheinen vom Tod des Kollegen auch tatsächlich betroffen zu sein, wie man ihren Mienen sehr wohl entnehmen kann, wenn man es gewohnt ist, in Gesichtern zu lesen, was die anwesenden Beamten durchaus sind. Wenn ein Mensch eine Tatsache ungeschminkt und direkt ins Gesicht gesagt bekommt, muss man sich schon sehr gut im Griff haben, um keine Gefühlsregung zu zeigen. Das scheint den meisten Rockern hier jedenfalls nicht so perfekt zu gelingen.

Nach und nach berichten diese nun den Beamten, was sie über Hart wissen. Viel kommt dabei jedoch nicht heraus. Ja, es ist wahr, dass die Gang immer mal etwas unternimmt und Guido, Jonny und Matze sind hier im Clubhaus auch oft mit ihnen zusammen, aber viel mehr wissen die Jungs dann auch nicht zu sagen. Dass die drei in einer WG gelebt haben, ist ihnen bekannt. Diese Tatsache hat auch schon zu allerlei Sticheleien geführt, obwohl sich die Rocker sicher sind, dass keiner der drei vom anderen Ufer ist. Dafür sind sie den Weibern viel zu viel hinterher, wie die Beamten erfahren. Aber trotzdem wurden die Jungs oft von den anderen damit aufgezogen, dass sie zusammenleben, ganz nach dem Motto »Ein bisschen Bi schadet nie«. Das dürfte den drei Männern wahrscheinlich nicht so gut gefallen haben, aber das ist hier und heute nicht das Thema.

Einer der Jungs meint noch, dass die drei sich in den letzten Tagen etwas merkwürdig verhalten hätten, ganz so, als ob sie etwas zu verbergen hätten. Aber es gebe nichts, was diesen Eindruck dann letztendlich verhärtet oder bestätigt hätte. Vielleicht hat er sich auch einfach nur getäuscht. Aber irgendwie hatte er den Verdacht, dass sie sich auch nicht mehr so gut verstanden haben wie früher, davon lässt er sich auf keinen Fall abbringen.

Jedenfalls kommt nichts ans Tageslicht, was auch nur andeutungsweise dazu beitragen würde, einen Mord zu rechtfertigen, und so verlassen die Beamten die Gang bald wieder, ohne große Erkenntnisse aus ihren Befragungen gewonnen zu haben. Trotz allem sind sie alle drei erleichtert, als sie schon kurze Zeit später wieder im Freien stehen und erst einmal ein paar tiefe Atemzüge frische Luft tanken. Dort drinnen hat es nicht gerade gut gerochen, was ihnen erst im Freien so richtig bewusst wird.

33

Manni geht ganz darin auf, seiner neuen Kollegin den Zoo näher zu bringen. Diese findet ihren frisch gefundenen Job einfach nur gut. Sie hätte gar nicht gedacht, dass es in einem Tierpark so viel zu tun gibt und dass es sich dabei auch noch um so viele und vielfältige Aufgaben handelt, erzählt sie Manni im Plauderton. Der ist natürlich entsprechend stolz auf sich und seine Arbeit, die er immerhin schon ewig macht und die ihn ganz und gar ausfüllt. Er könnte sich nicht vorstellen, beruflich etwas anderes zu machen. Für ihn ist der Tierpark sein Leben und das vor allem, seit seine Frau nicht mehr lebt.

Schon bald entdecken sie, dass sie beide Tiere sehr gern haben. Bei Manni erwartet man das ja einfach, aber dass auch Marta sich in ihrem neuen Wirkungskreis so wohl fühlt, das konnte man nicht einfach so voraussetzen. Das macht die ganze Sache für Manni aber noch besser, als sie ohnehin schon ist. Damit ist die Brücke zwischen ihnen auch ganz schnell und gleich ziemlich fest geschlagen, auch wenn sie das selbst erst einmal gar nicht merken. Die anderen Kollegen dagegen spüren schon gleich zu Beginn dieser neuen Bekanntschaft, dass es zwischen den beiden bereits gefunkt hat. Oft wissen es ja die Mitmenschen im engeren Kreis viel früher als man selbst, dass man einen neuen Seelengefährten gefunden hat. Schließlich kennen die Kollegen Manni schon recht lange und daher auch entsprechend gut. Sie können die Zeichen einfach gleich richtig deuten. Alle freuen sich für den einsamen Mann, der ja eigentlich keine Frau mehr in sein Leben lassen wollte. Sie finden, dass Marta richtig gut zu ihm passt und dass sie ihm auf jeden Fall guttut. Selbst wenn die beiden kein Paar werden sollten, was die Frauen der Gruppe allerdings so gar nicht glauben wollen, scheint Manni viel aufgeweckter und fröhlicher als bisher zu sein. Das alleine ist es schon wert, die neue Kollegin freundlich willkommen zu heißen und sie als gleichwertige Person in ihren werten Kreis aufzunehmen. Diesen Part übernehmen natürlich auch wieder die Mädels, wie das halt so ist in einer gemischten Gruppe. Männer tun sich ja damit, offen Sympathie oder gar Zuneigung zu zeigen, bekanntlich etwas schwerer, da bilden auch die Zookollegen keine Ausnahme. Marta scheint sich in der neu gefundenen Gemeinschaft wohl zu fühlen und trägt auch gleich das ihre zu einer guten Zusammenarbeit bei. Sie bringt an ihrem zweiten Arbeitstag zwei Bleche Kuchen zum Einstand mit. Damit fliegen ihr schon gleich alle Herzen zu. Wer mag es nicht, ein gutes Stückchen selbstgebackenen Kuchen zu futtern? Schon weil das heute gar nicht mehr übliche Praxis ist, dass man zu Hause backt. Außerdem sind hier alle ziemlich große Zuckermäulchen. Damit hat die Neue mit ihrem Essen schon einmal genau ins Schwarze getroffen.

Marta, die inzwischen alle Ecken und Enden des Zoos kennt, hat auch schon sehr schnell ihren Lieblingsort im Tierpark gefunden. Das ist eindeutig die australische Ecke. Die Tiere, die dort leben, findet sie einfach zu putzig. Vor allem kommt man mit diesen im normalen Leben eigentlich auch gar nicht in Berührung. Zum einen gibt es dort Wombats, die sie einfach nur zum Knuddeln findet. Diese süßen kleinen Tiere, die sie irgendwie an einen Minibären, aber auch gleichzeitig an ein behaartes Hausschwein erinnern, haben es ihr sofort angetan. Diese Wesen hat sie in ihrem ganzen Leben noch nicht gesehen und sie daher schon gleich an ihrem ersten Arbeitstag gebührend bestaunt. Sie ist der Meinung, dass diese Tiere immer ein Grinsen im Gesicht haben. Damit scheint sie aber auch alleine zu stehen, denn Manni hat ihr diesen Eindruck schon einmal nicht bestätigt. Aber egal, die Wombats sind einfach putzig, dabei hat sie noch nicht einmal Jungtiere zu sehen bekommen. Sie kann es schon jetzt kaum erwarten, den ersten Wurf zu sichten, sollte es denn hier im Zoo einmal so weit sein. Manni grinst vor sich hin. Für eine nur vorübergehend eingestellte Kraft denkt Marta schon in ganz schön langen Zeitabschnitten. Aber das ist ihm nur recht, von ihm aus kann sie gerne bis zur Rente hier mit ihm zusammenarbeiten.

Dann gibt es in einer Voliere die buntesten Vögel, die sie bisher kennt. Sie hat die Loris schon gleich entdeckt und amüsiert sich über ihr lustiges Verhalten und ihre kecke Art. Dass sie ganz schön dünn in ihre Voliere kacken, stört sie anscheinend gar nicht. Als Manni sie darauf hinweist, meint sie nur: »Das ist nichts, was ein bisschen Wasser nicht richten kann«, und damit ist das unangenehme Thema auch schon erledigt. Sie erfreut sich viel lieber an den kräftigen Farben, die zu diesen Tieren gehören. Ihre Brust strahlt in einem hellen Orange und wird zur Seite hin gelblich. Der Kopf leuchtet in einem satten Blau, während die Flügel und die komplette Rückseite der Vögel in verschiedenen Grüntönen schimmern. Der rote Schnabel und der ebenfalls rote Kreis um die Augen der Tiere runden das Bild dieser perfekten kleinen Kerle ab. Wenn sie nicht so ängstlich wäre und ständig denken müsste, dass die Vögel sie mit ihren kräftigen Schnäbeln gleich einmal in den Finger beißen könnten, hätte sie sie schon längst über ihr schönes Federkleid hinweg gestreichelt. Aber selbst Manni ist der Meinung, dass sie den Tieren noch etwas Zeit lassen soll, damit sie sich an sie gewöhnen können und sie die Chance haben sie ein bisschen kennenzulernen. Dann ist es für die Tiere mit Sicherheit auch vollkommen okay, von ihr angefasst zu werden. Aber zu diesem frühen Zeitpunkt sollte sie es erst einmal nicht riskieren, denn die Loris sind sehr flink und können tatsächlich erstaunlich fest zubeißen.

Die Ecke, die sie mindestens genauso entzückend findet wie die der Wombats, ist jene, in der die Koalabären zu Hause sind. Gerade jetzt gibt es im Gehege drei Familien, die mit Nachwuchs gesegnet sind. Die Kleinen hängen den Eltern den ganzen Tag auf dem Rücken und lassen sich herumtragen. Wenn sie auf einem Baum sitzen, passiert es sogar oft, dass mehrere Tiere dicht gedrängt hintereinander sitzen und dabei auch noch alle auf die gleiche Seite schauen. Dieses Schauspiel findet sie einfach nur faszinierend und es entlockt der begeisterten Marta ein fröhliches Glucksen, welches Manni wieder an seine Jugend erinnert. Damals hat Marta oft so fröhliche Laute von sich gegeben. Manche Dinge ändern sich wohl nie.

Die einzigen Tiere, die Marta in der australischen Ecke nicht so gut findet, sind die Emus. Gut, zugegeben, diese Laufvögel mit ihren großen Augen, den langen Beinen und dem Federkleid, welches eher an ein Hausdach als an eine Körperbedeckung erinnert, gehören vielleicht nicht zu den schönsten Tierarten der Welt, aber auch ihnen kann man etwas abgewinnen, wenn man nur die Augen offenhält und die Tiere beobachtet. Manchmal sieht man die Emus mit großen Sätzen durch den Park rennen, da könnte sich mancher Mensch eine Scheibe davon abschneiden. Die Tiere sind nämlich unheimlich schnell und wendig. Es kommt auch vor, dass sie im Boden etwas Interessantes entdeckt haben, das es dann ausführlich zu erkunden gibt. Dann stecken sie manchmal tatsächlich bis zum Hals im lockeren Boden und graben mit ihren Schnäbeln darin herum. Aber auch, wenn die Emus Junge haben, geben sie ein schönes Bild ab. Die Kleinen erinnern erst einmal an Frischlinge, da ihr Federkleid ebenso gestreift ist, wie es bei jungen Wildschweinen der Fall ist. Wenn es zum Familienausflug geht, sieht man die erwachsenen Tiere dann mit vor Stolz gereckter Brust neben ihren Zöglingen hermarschieren, was immer schön anzusehen ist. Aber all das begeistert Marta bei Weitem nicht so sehr wie der Rest der Australier.

Dafür entdeckt sie aber noch eine andere Tierart, welche sie auch sofort in ihr anscheinend sehr großes Herz schließt. Der Zoo beherbergt nämlich auch eine Bande Kängurus. Diese possierlichen Tiere haben es schon so manchem Besucher angetan. Bei ihnen ist immer etwas los und viele von ihnen springen mit ihren beiden langen Beinen, auf denen sie sich hauptsächlich bewegen, ständig hin und her, was den Besucher unwillkürlich an Pingpong-Bälle erinnert. Man könnte fast den Eindruck gewinnen, dass sie miteinander Fangen spielen. Aber wer weiß, vielleicht tun sie das ja auch. Dann entdeckt Marta eine Mutter mit einem Jungen, welches sie in ihrem Brustbeutel mit sich herumträgt. Bei dem Kleinen schaut erst einmal nur eine Pfote heraus. Etwas später ringt es sich dann dazu durch, den warmen und flauschigen Platz zu verlassen, und purzelt direkt vor der entzückten Tierpflegerin auf den Boden. Da ist Marta plötzlich ganz aufgeregt und will sich das Kleine auf jeden Fall ganz genau anschauen.

Spontan beschließt sie, für das Kleine eine Tierpatenschaft zu übernehmen. So schnell wird man zur Mutter! Aber darüber freuen sich natürlich auch die anderen Kollegen im Zoo. Alle haben bereits eine oder mehrere Patenschaften übernommen. Jeder für die Gattung, die er am putzigsten oder schönsten findet. Nun gehört Marta definitiv zu ihnen, erklären sie ihr bereits wenig später. Wenn man schon freiwillig und ohne auch nur einen kleinen Anstoß zu erhalten, ein Tierpate wird, dann gehört man einfach zu einer eingeschworenen Zoogemeinschaft dazu. Harry und Tom können es nicht lassen, gleich eine Wette abzuschließen, auf wie viele Patenschaften es die rührige Lady wohl innerhalb von sechs Monaten bringt. Harry wettet, dass es drei Stück werden, während Tom von mindestens fünf ausgeht. Lassen wir uns überraschen, wie viele es am Ende ihres Arbeitsvertrages tatsächlich sind. Auf jeden Fall ist ihnen damit schon einmal ein Gönner mehr sicher. Die Tierpatenschaften bringen nämlich etwas Geld in die Kasse und die Paten kommen natürlich auch öfter in den Zoo, um nach ihren Schützlingen zu sehen. Daher sind Menschen, die diese Patenschaften übernehmen, bei den Zooangestellten durchaus sehr gerne gesehen. Wie sich zweifelsfrei auch jeder denken kann. Der Zoo veranstaltet für die Paten sogar einmal im Jahr eine Art Party, damit die Bindung besser erhalten bleibt und man mit den Paten auch einmal in Ruhe reden kann. Auf dieser werden gerne alle Jungtiere gezeigt, die natürlich auch nichts gegen einen zahlenden Paten hätten, und so passiert es nicht selten, dass eine Person einfach mehrere Patenschaften übernimmt, spätestens dann wenn er die süßen Kleinen erblickt. So sind die Tierliebhaber eben. Einmal Tierfreund, immer Tierfreund und das ist auch gut so.

34

Bauer, Schneider und Meier werden von der Rechtsmedizinerin Ilse Weber in ihre heiligen Hallen gebeten. Da sich die Pathologie immer im Keller eines Präsidiums befindet, müssen die drei erst einmal zwei Stockwerke nach unten stapfen, um zu ihr zu gelangen. Die Kellerräume sind absolut typisch für eine Obduktionshalle. Alle Wände und der Boden sind mit weißen Fliesen gekachelt und im ganzen Stockwerk hängt der Geruch nach Tod und Verwesung, aber auch nach Desinfektionsmitteln und anderen scharfen Reinigern in der Luft. Alles zusammen ergibt eine sehr seltsame Mischung, die alleine schon dafür sorgen kann, dass einem die Magenwände flattern, und das, obwohl man noch gar keine Leiche zu Gesicht bekommen hat. Zu Beginn des Polizistendaseins muss jeder Kollege starke Nerven beweisen, wenn er die ersten Male in die Räume der Rechtsmedizinerin zitiert wird. Aber irgendwann ist man über die beklemmenden Gefühle hinweg und macht sich nichts mehr daraus, hier den unangenehmen Geruch einzuatmen und

Toten zu begegnen, die nicht selten Opfer von Gewaltverbrechen geworden sind. Auch dass die Menschen in der Regel splitterfasernackt auf den polierten Edelstahltischen liegen, stört die drei Beamten inzwischen überhaupt nicht mehr. Obwohl die Leichen oft ein groteskes Bild abgeben. Es ist schon verwunderlich, woran sich ein Mensch so alles gewöhnen kann. Meier hat manchmal nur dann noch mit einem Brechreiz und plötzlichem heftigen Unwohlsein zu kämpfen, wenn es sich um stark deformierte Körper handelt, wie es zum Beispiel bei Autounfällen oft der Fall ist. Bei dem heutigen Leichnam haben sie jedoch in diese Richtung nichts zu befürchten. Wie sie ja bereits wissen, hat der tote Guido Hart wahrscheinlich nur eine große Wunde im Brustbereich vorzuweisen, dort wo das Messer in der Nähe des Herzens gesteckt hat. Genau das bekommen sie dann auch zu sehen.

Zuerst erklärt die professionelle Pathologin ihnen, dass die Todesursache, wie bereits richtig vermutet, der mit großer Wucht ausgeführte Messerstich direkt ins Herz war. Vermutlich war Hart sofort, als die Messerklinge das Herz durchstoßen hat, tot. Frau Weber schließt gleich im Anschluss daran aus, dass diese Tat von einer Frau begangen worden sein könnte. Dafür hätte ihre Kraft auf keinen Fall gereicht. Das Messer hat so tief im Körper des Toten gesteckt, dass dazu schon ein kräftiger Mann mit einem entsprechend starken Bizeps zum Zuge gekommen sein muss. Sie geht sogar so weit zu sagen, dass der Täter mit Sicherheit Nahkampferfahrung hat, wenn er nicht sogar geboxt hat. Ein Messer mit solcher Wucht in einen Körper zu rammen, das traut Frau Weber jedenfalls nicht vielen Personen zu. Sie selbst hätte jedenfalls enorme Probleme damit, das Tatwerkzeug wieder aus dem Toten heraus zu bekommen wenn sich darum nicht schon der Kollege Schneider gekümmert hätte. Außerdem zeigt sie den Kollegen die Abdrücke, die der Klingenschaft in der inzwischen blassen Haut hinterlassen hat. Das bekräftigt die Aussage, dass es sich um einen starken Täter gehandelt haben muss. Denn selbst die Kommissare können die dunklen Flecken ohne Probleme erkennen. Bauer denkt bei den Ausführungen der Pathologin sofort wieder an die Rockergang. Meier überlegt, ob sie diese Kraft Matze Sommer zutrauen würde. Der bereits mehr tot als lebendige Jonny Reiland kann damit wohl aus dem Kreise der Verdächtigen ausgeschlossen werden. Ihm traut keiner der drei Beamten zu, einen solchen Stoß ausführen zu können. Selbst wenn dieser ausnahmsweise einmal klar gewesen wäre, spricht seine schmächtige Gestalt dafür, dass ihm keinesfalls die Kraft, die zu dieser Tat nötig wäre, gereicht hätte. Aber es gibt ja nicht nur gutgebaute Rocker. Gut trainierte Jungs findet man heute auch in jedem Fitnessstudio, und wie Frau Weber bereits bemerkt hat, könnte es sich beim Täter durchaus auch um einen Boxer oder Nahkämpfer handeln.

Frau Weber unterbricht die Überlegungen der Beamten, indem sie mit ihrem Bericht fortfährt. Der Tote hat wohl immer mal ein Tütchen Gras geraucht, wie sie zweifelsfrei nachweisen konnte, auch kurz vor seinem Ableben. Spuren, die auf härtere Drogen hinweisen, konnte sie in seinem Körper jedoch nicht finden. Auch sonst sei Hart in einer guten körperlichen Verfassung gewesen, was ebenfalls nicht auf vermehrten Drogenmissbrauch schließen lässt. Er war ein durchaus gesunder und kräftiger Mann in den besten Jahren.

Frau Weber hat in seinen Sachen ein Päckchen scharfer Pfefferminzbonbons gefunden. Diese hat er mit Sicherheit, nachdem er sich sein Tütchen gegönnt hatte, gerne gelutscht. Da die Bonbons sehr stark sind, konnte sie anhand des Zungenbelages sehen, dass er diese Dinger öfter zu sich genommen hat, als es für seine Zunge gut gewesen wäre.

Des Weiteren hat sie zwar ein paar Hämatome an seinem Körper gefunden, die waren allerdings schon fast wieder verheilt und stehen daher mit Sicherheit nicht in direkten Zusammenhang mit seinem Ableben. Was sie mehr verwundert, ist die Tatsache, dass sich keine Abwehrverletzungen oder Schürfwunden an seinen Fingerknöcheln finden. Auch unter seinen Fingernägeln konnte sie keine menschliche DNA nachweisen. Somit ist davon auszugehen, dass Hart sich überhaupt nicht gewehrt hat. Er ist also entweder vom Täter überrascht worden oder er hat seinen Mörder gekannt und hat diesem die Tat fälschlicherweise nicht zugetraut. Für Letzteres spricht, dass ihm das Messer direkt von vorne in die Brust gerammt wurde. Das schließt eine Überraschungstat dann eigentlich schon aus, da Hart seinen Angreifer direkt angesehen haben muss, als dieser auf ihn zukam und auf ihn eingestochen hat.

Damit ist tatsächlich davon auszugehen, dass er seinen Mörder gekannt hat, befindet nun Bauer. Er meint, wenn Hart seinem Bekannten mehr Kaltblütigkeit zugetraut hätte, wäre er vielleicht noch am Leben. Dass diese Kriminellen aber auch immer denken, dass nur sie alleine gut sind. Es wäre nicht das erste Mal, dass das einem harten Kerl durchaus zum Verhängnis wird. Manchmal muss man sich schon wundern, dass die Menschen ihre Mitmenschen nicht besser kennen und damit eben auch richtig einschätzen können. Unserem toten Hart hier hätte das jedenfalls durchaus gutgetan.

Als die Polizisten schon glauben, dass alles Wichtige gesagt sei, enthüllt die Rechtsmedizinerin noch eine wichtige Information. Am Messer wurde Rost gefunden. Was aber noch viel besser ist, ist die Tatsache, dass in diesem Rost Rauschgiftrückstände vorhanden sind. Nun gibt es aber noch einen Haken. Klar, denkt Schneider, den muss es natürlich geben. Es könnte ja auch einmal ein Fall einfach sein. Dann kommt Frau Weber auch schon mit dem Knüller. Bei dem Rauschgift handelt es sich nämlich um einen Mix, dem sie bisher noch nie begegnet ist. Es muss eine neue Droge sein, die entweder erst ganz kurz auf dem Markt ist oder aber draußen noch gar nicht verkauft wird. Die Pathologin geht davon aus, dass ihre zweite Theorie die wahrscheinlichere ist. Sie hätte sonst mit Sicherheit schon Wind davon bekommen, dass eine neue Substanz draußen zu haben ist. Denn gerade wenn eine neue Droge im Umlauf ist, erfährt sie es in der Regel meistens mit als Erste. Leider passieren mit neuen Substanzen viel zu oft Fehler in der Dossierung, was immer erst einmal mehrere Tote durch eine Überdosis nach sich zieht, bis das richtige Maß dann die Runde gemacht hat.

Da sie bisher diesen Mix noch nicht zu Gesicht bekommen hat, liegt tatsächlich die Vermutung nahe, dass das Zeug hier noch der Prototyp ist, der bisher nicht zur Verteilung kam. Allerdings kann das heute vielleicht schon nicht mehr stimmen, weiß die Rechtsmedizinerin aus ihrem reichhaltigen Erfahrungsschatz zu berichten. Das Zeug könnte inzwischen schon längst verteilt sein, schließlich sind nun schon zwei Tage seit dem Mord vergangen.

Die Leichen zu einer neuen Droge werden oft erst Tage später zu ihr gebracht. Irgendwer muss diese ja erst einmal finden und deren Tod entsprechend an die Behörden melden, damit die Maschinerie in Gang gesetzt wird. Das ist in dieser Szene nicht gerade häufig der Fall und daher sind es meistens völlig unbeteiligte Dritte, die einen Drogentoten melden, oft weil sie gerade zufällig an der Leiche vorbeigekommen sind.

Damit ist klar, dass es den Beamten nicht hilft, wenn sie jetzt in Aufregung und Hektik verfallen, um die Verteilung des Zeugs eventuell noch zu stoppen. Zum einen weiß niemand von ihnen, wie viele kriminelle Personen beteiligt sind, die neue Droge in Umlauf zu bringen, und zum anderen dürfen die Polizisten auf keinen Fall einen Fehler machen. Einen Mörder wollen sie auf jeden Fall hinter Schloss und Riegel bringen. Es wäre unverzeihlich, wenn dieser wieder auf freien Fuß käme, weil man den Kommissaren einen Verfahrensfehler nachweisen könnte oder der Täter nur wegen Drogenhandels dran wäre, nicht aber wegen Mord. Daher hat es für die Öffentlichkeit oft den Eindruck, dass die Polizei viel zu wenig macht und für ihre Arbeit immer viel zu lange Zeit benötigt. Aber das hat tatsächlich nur den Anschein, denn was hinter den Kulissen passiert, erfährt die Öffentlichkeit oft gar nicht.

35

Für den leidenschaftlichen Koch Herbert Fliege ist es ohne zahlende Gäste, die ein Mittagessen oder einen Nachmittagsimbiss zu sich nehmen wollen und somit seine Kochkünste genießen könnten, einfach zu langweilig. Da er ein sehr großer Tierliebhaber ist und ihm seine tierischen Zookollegen alle ans Herz gewachsen sind, hat er schon immer einmal eine Tiergruppe mit seinen Leckereien, extra für diese Tierart, versteht sich, verwöhnt, indem er den kleinen Kerlen ein gutes Essen gezaubert hat. Um sich in den nächsten Tagen beschäftigen zu können, hat er heute erst einmal einige neue Tiermenüs kreiert, die er nun für seine Lieblinge kochen will. Wenn die Tiere schon Stress wegen einer Leiche in ihrem Zoo haben, sollen sie wenigstens eine richtig gute Mahlzeit erhalten, damit sie es nicht noch an den Nerven bekommen und extra ein Psychologe kommen muss. Essen ist in Stresssituationen immer gut, befindet der Koch fachmännisch. Damit hält Herbert es bei den Tieren genauso, wie er es mit gestressten Menschen immer tut. Auch zu Hause muss er schon einmal in die Essenstrickkiste greifen, um seine Familie wieder von der Palme herunterzubringen, auf welche sie zuweilen sehr hoch steigen kann. Meistens geht es um Kleinigkeiten, die einzelne Familienmitglieder so in Wallung versetzen. Sein gutes Essen kann in der Regel immer dafür sorgen, dass alle sich schon bald wieder beruhigen, um dann mit gut gefülltem Magen festzustellen, dass die Situation gar nicht so schlimm ist, wie ursprünglich gedacht. Wofür Kohlenhydrate und Zucker nicht alles gut sind!

Die Rezepte, die er heute nachkochen will, sind nicht allzu schwierig und er benötigt auch keine ausgefallenen Sachen dafür. Eigentlich geht er davon aus, dass er alle nötigen Zutaten entweder hier in seiner Küche findet oder draußen beim Futterlager oder bei Manni, der ihm mit Sicherheit hilft, die richtigen Zutaten zu finden. Also ist es überhaupt kein Problem, heute die Tiere zu bekochen, womit er auch schon gleich starten will.

Für ihn ist klar, dass die Raubtiere in diesen unruhigen Tagen am meisten unter dem Mord-Stress gelitten haben, und so beschließt er, für diese armen Kerle gleich einmal zwei verschiedene Leckereien herzustellen. Als Erstes macht er eine Thunfischpastete. Wie der Name schon sagt, benötigt er dazu erst einmal einen schönen großen Thunfisch, den er fachmännisch anbrät und anschließend gleich in kleine Stückchen bröckelt. Diese verfeinert er mit etwas Tomatenmark, geriebenem Käse, ein bisschen Milch und ganz wenig Salz und Pfeffer. Er rührt alles fest zusammen, damit sich der Thunfisch mit den anderen Essensbestandteilen gut verbinden kann. Danach formt er mit zwei Esslöffeln kleine maulgerechte Bällchen, die er den Tieren auf einer flachen Styroporschale hübsch drapiert serviert. Bereits dieses erste Mahl zu erstellen füllt ihn aus und er freut sich schon jetzt auf die Aufregung der Katzen, wenn diese riechen, dass es heute wieder einmal an der Zeit ist, sich vom Küchenchef persönlich verwöhnen zu lassen.

Aber wie gesagt, den Raubtieren möchte er gerne noch etwas Gutes kochen. Daher entschließt er sich dazu, dass es für sie heute auch noch das Putenfeinschmeckerli geben soll. Auch dieses Essen stellt für den professionellen Koch keine große Herausforderung dar und schon macht er sich an die Arbeit. Er brät ein paar Stücke Putenfleisch an und lässt dieses köcheln, bis er sicher sein kann, dass alles richtig durchgebraten ist. Dann schneidet er auch dieses in maulgerechte Stücke und verfeinert sie mit etwas Schmand und Sahne. Die fertigen Stücke legt er in einen Teller aus Styropor und garniert das Ganze noch mit etwas Petersilie. Ihm ist klar, dass die Großkatzen nicht zu oft Schmand und Sahne im Essen vertragen, da sie dann schnell fett werden. Zumal sie sich ja hier im Tierpark relativ wenig bewegen. Aber bei der Aufregung, die diese Tiere gerade hinter sich gebracht haben, kann er es durchaus vertreten, die wilden Kerle heute ein bisschen zu verwöhnen. Dabei kommt es auf ein paar Kalorien mehr oder weniger nicht an.

Mit beiden Speisen bewaffnet, macht er sich dann erst einmal auf zu den Raubtieren. Diese haben sich wieder alle zusammen hinten auf der Rasenfläche versammelt. »Wenn ich es nicht besser wüsste«, denkt Herbert, »würde ich sagen, dass die Tiere sich hier, wie wir Menschen es auch tun, zum Schwätzchen zusammengefunden haben, um sich in Ruhe auszutauschen.« Herbert würde sich wundern, wenn die Raubtiere ihm plötzlich erzählen könnten, dass sie genau das in der Regel auch draußen auf ihrer Wiese tun. Die Großkatzen riechen seine Leckereien natürlich bereits von weitem und wissen aus langjähriger Erfahrung, dass der Koch sie heute mit etwas extra Gutem verwöhnen will. Nach und nach springen sie auf ihre Pfoten und kommen eilig zu der Tür gelaufen, welche sich in ihrem Freigehege befindet. Einige schnurren sogar vor lauter Vorfreude laut vor sich hin. Herbert, der keine Angst vor den großen Tieren hat, öffnet die Tür, die ihn von den Raubtieren trennt, und stellt die beiden Platten direkt vor diese auf den Boden. Sogleich machen sich alle Tiere über das Fresschen her. Schon alleine der Anblick dieser fressenden Meute reicht aus, dass sich der Koch, nachdem er den Tieren eine Weile zugeschaut hat, gutgelaunt auf den Weg zurück in sein Reich macht, um auch anderen Zooinsassen eine Freude zu bereiten. Dass die großen Katzen auch noch beim Essen geschnurrt haben, freut ihn ganz besonders, denn das zeigt ihm, dass er genau das Richtige getan hat, um die Tiere von den aufregenden Erlebnissen abzulenken. Eine Katze schnurrt nämlich nur dann, wenn sie sich wohl fühlt. Dass das heute gelungen zu sein scheint, macht ihn richtig froh.

Als er überlegt, welche Tiere er noch mit etwas Gutem beglücken kann, fällt ihm der überdrehte Ara Jogi ein. Er hat den grellgelben Kerl in letzter Zeit bereits des Öfteren hektisch hin- und herfliegen sehen. Herbert geht davon aus, dass auch Jogi viel von der Aufregung im Zoo mit- und abbekommen hat. Also beschließt er, dass er für seine nächste gute Tat genau der Richtige ist. Um ihm aber etwas Gutes zaubern zu können, benötigt er erst einmal eine Tasse Papageienfutter, welches aus festen Körnern wie Sonnenblumen und Nüssen besteht. Er macht sich sofort auf zum Futterlager und findet schnell, was sein Herz gerade begehrt. Dazu musste er nicht einmal Manni bemühen. Mit seiner Beute zurück in der Küche, backt er für den Ara Papageienplätzchen. Diese sollen den Vogel beschäftigen und nach Möglichkeit auch ein bisschen beruhigen. Er mischt etwas Mehl mit Butter und Ei und fügt für einen besonders guten Geschmack noch einen extra Löffel Waldhonig hinzu. Dann mengt er das Vogelfutter unter die Masse und formt daraus plattgedrückte ovale Stückchen. Diese legt er dann auf ein Backblech und backt sie im Ofen, bis sie schön fest sind und sich damit für Jogis Schnabel bestens zum Bearbeiten und Fressen eignen. Mit diesen Plätzchen ist der Papagei mit Sicherheit eine Weile beschäftigt, was auch ihn von den negativen Ereignissen des Zoos ablenken dürfte, sodass er sich dabei tatsächlich etwas entspannen kann.

Auch damit marschiert er dann erst einmal zu seinem auserkorenen Tier und findet den Papagei wie so oft auf seiner Sitzstange in der Nähe des Haupteingangs. Jogi begrüßt den Koch überschwänglich und sieht schon gleich, dass dieser ihm etwas Leckeres in einer Plastikschüssel mitgebracht hat. Blitzschnell ist er zu seinem Futternapf geklettert und erwartet das erste Häppchen bereits sehnsüchtig, als Herbert endlich bei ihm angelangt ist. Mit viel Tamtam macht er sich sogleich über die guten Honigteilchen her und mampft gleich einmal drei Stück auf einmal in seinen Papageienbauch. Als der mit seiner Arbeit zufriedene Herbert sich aufmacht, ihn wieder zu verlassen, pfeift der Vogel ihm fröhlich hinterher, wohlwissend, dass alle Teilchen nur ausschließlich für ihn gebacken wurden und es niemanden gibt, der ihm diese Futterration streitig macht. Jogi denkt gerade, dass das Leben einfach schön ist, und er vergisst dabei sogar ganz, dass er eigentlich einen wichtigen und schwierigen Kriminalfall zu lösen hat. Damit ist Herberts Mission auf jeden Fall geglückt und kann als voller Erfolg gewertet werden. Genau das wollte er ja mit seiner Aktion erreichen, dass der Ara sich wieder etwas beruhigt und an die schönen Dinge des Lebens denkt.

Herbert räumt nun erst einmal seine Küche auf und reinigt alle Behältnisse und wie immer auch seinen Herd und alles Geschirr. Gut gelaunt beschließt er, morgen auch andere Tiere mit seinem Können zu beglücken, wenn dann vielleicht wieder keine zahlenden Gäste zu ihm ins Restaurant kommen sollten. So hat er nicht nur die Tiere glücklich gemacht, sondern ist selbst äußerst zufrieden mit seinem heutigen Tageswerk und macht sich später wohlgelaunt auf den Nachhauseweg.

36

Heute kommen nun die Angestellten des Zoos, die bereits durch Bauer befragt wurden, aufs Präsidium, um sich die Fingerabdrücke nehmen zu lassen und bei dieser Gelegenheit auch gleich ihr Aussageprotokoll zu unterschreiben. Sie haben sich bei den Beamten angemeldet und diese darüber informiert, dass sie alle zur gleichen Zeit da sein werden, da sie alle gemeinsam vom Zoo zum Präsidium fahren und so auch wieder zurück an ihren Arbeitsplatz kommen wollen. Dagegen gibt es von Seiten der Polizisten keine Einwände. Sie finden es im Gegenteil sogar gut, dass die Kollegen sich zusammentun.

Bauer instruiert seine beiden Untergebenen, wie diese im Einzelnen vorzugehen haben, und lässt sie dann wie immer die Hauptarbeit machen. Wenn sie nur einmal etwas so tun könnte, wie es ihr beliebt, denkt Meier ziemlich ärgerlich. Immer muss der Alte aber auch seinen Senf zu allem dazugeben. Was kann man schon groß dabei falsch machen, wenn eine Person vorbeikommt, um ihre Aussage zu unterschreiben? Auch bei den Fingerabdrücken gibt es so gut wie keine Fehlerquellen. Man drückt jeden Finger einzeln in ein Stempelkissen, um dann den Abdruck auf dem Papier zu produzieren. Wenn ein Abdruck nichts wird, wiederholt man die ganze Prozedur einfach. Das hat Meier inzwischen schon gefühlte tausend Mal gemacht und stellt sie vor keine großen Herausforderungen. Aber sie lässt sich ihren Unmut nicht anmerken und fügt sich heute erneut, wie schon viele Male zuvor, ihrem Schicksal. Auch von Schneider kommt kein schnippischer Kommentar. Anscheinend hat auch er sich damit abgefunden, dass sie von ihrem Vorgesetzten noch immer wie kleine Kinder behandelt werden. Aber irgendwann einmal wird das vorbei sein. Das hoffen beide Jungkommissare ganz innig. Wenn sie selbst dann einmal Vorgesetzte sind, dann machen sie alles viel besser! Bleibt nur zu hoffen, dass das dann auch tatsächlich der Fall sein wird und sie nicht die gleichen Fehler machen wie Bauer.

Den Fingerabdrücken der männlichen Befragten messen sie eine höhere Trefferquote zu als denen der einzigen Frau. Schließlich arbeiten sowohl Manni Schwarz und Tom Lustig als auch Harry Ruppert viel mit den Tieren zusammen, daher ist die Wahrscheinlichkeit hoch, gerade deren Fingerabdrücke zuhauf auf den Gitterstäben der Raubtiere zu finden. Bei Anne Müsig dürfte das eher nicht der Fall sein. Da sie den ganzen Tag vorne an der Kasse sitzt und ihre Mittagspause meistens im Restaurant verbringt, gehen sie nicht davon aus, ihre Abdrücke überhaupt hinten bei den Tieren zu finden und schon gar nicht auf den Gitterstäben des Schlafplatzes der Raubtiere, denn dahin wird sie so gut wie nie kommen.

Die beiden Beamten machen sich gleich ans Werk. Während Meier die Abdrücke nimmt, spricht Schneider im Anschluss daran mit jedem Angestellten einzeln das bereits getippte und ausgedruckte Protokoll durch und klärt, ob es korrekt formuliert ist und ob der Aussage noch etwas hinzugefügt werden oder die komplette Aussage vielleicht sogar noch einmal geändert werden sollte. Wie sich im Laufe der Gespräche herausstellt, ist dies bei keinem der Fall. Damit hat Schneider aber auch gerechnet. Viele Informationen konnten die Leute sowieso nicht zu der Tat beitragen. Sie waren ja nicht einmal vor Ort, als der Mord geschah.

Allerdings lässt es sich Schneider nicht nehmen, die Zooangestellten so ganz nebenbei ausführlich über ihre Meinung zu Drogen zu befragen. Wenn es anhand der entsprechenden Antworten erforderlich werden sollte, gezieltere Fragen zu stellen, zum Beispiel dazu, ob eine der Personen schon einmal Drogen genommen hat beziehungsweise in irgendeiner Weise mit diesem Zeug in Berührung kam, wird er die Gespräche in die entsprechende Richtung lenken, um mehr dazu zu erfahren. Allerdings weiß er im Anschluss an alle Unterhaltungen zu berichten, dass auch nicht einer der anwesenden Angestellten je mit Rauschmitteln in Berührung kam. Dass Frau Müsig gerne viel raucht, wenn sie in ihrer Freizeit unterwegs ist, wussten sie ja bereits. Dies hat sie heute auch noch einmal wiederholt. Außerdem hat er erfahren, dass jeder der Zoomitarbeiter schon mehr als einmal zu tief ins Glas geschaut hat und bei diversen Gelegenheiten schon einmal einen über den Durst getrunken hat. Aber das macht auch keinen der Menschen verdächtig. Hätten sie nicht zugegeben, ab und an einmal etwas zu trinken, wäre das schon interessanter für den Beamten gewesen. Denn dann läge die Vermutung nahe, dass der oder die Betreffende mehr als nur manchmal ein Gläschen zu viel trinkt. So ist das für Schneider alles ganz normal und unauffällig, weil die Menschen von sich aus offen darüber gesprochen haben. Eigentlich hatte er auch gar nichts anderes erwartet. Wenn er sich die

Kandidaten Müsig, Schwarz, Ruppert und Lustig so ansieht, hätte er auch schon vorab sagen können, dass keiner von ihnen Drogen nimmt. Irgendwie entwickelt man im Laufe seiner Polizeilaufbahn eben doch ein Gespür dafür, was man dem Gegenüber so zutrauen kann und was nicht.

Schließlich haben sich alle vier Kandidaten ihre Abdrücke nehmen lassen und alle Protokolle ohne weitere Änderungen unterschrieben. Etwas Neues hat sich aus den geführten Gesprächen leider nicht ergeben. Als sich Meier und Schneider im Anschluss an ihre gerade getane Arbeit über die Zooangestellten unterhalten, sind sich beide einig, dass es sich bei ihnen um ziemlich unbescholtene Bürger handelt. Nur bei Ruppert könnte noch etwas ans Tageslicht kommen, was sie bisher noch nicht wissen und was durchaus interessant sein könnte. Er ist nach wie vor der seltsame Vogel der Truppe und mit seiner ruppigen und verschlossenen Art irgendwie anders als der Rest. Meier findet, dass er sich selbst von den anderen ausgrenzt. Sie kann sich aber nicht erklären, warum das der Fall sein sollte. Aber einen Mord trauen sie ihm trotzdem nicht zu und dass er mit Drogen handeln könnte, passt auch so gar nicht zu seiner Erscheinung. Daher sind sie auch nach dem Besuch der Angestellten genauso weit wie vorher. Sie bleiben bei ihrer Meinung, dass die Mitarbeiter des Zoos nichts mit dem Mord zu tun haben. Um eine Verhaftung vornehmen zu können, müssen sie sich schon nach einem anderen Täter umschauen.

37

Heute ist es bereits fünf Tage her, dass der Mord im Zoo geschah. Natürlich konnte jeder Bürger in der Stadt ausführlich über diese Straftat in seiner Heimatzeitung lesen, denn die findigen Reporter, die stets auf eine gute Story hoffen, haben es nicht versäumt, jeden Tag darüber zu berichten. Darüber darf man sich nicht groß wundern, denn in der durchaus kleinen Stadt passiert relativ wenig, was sich als Aufhänger für eine Tageszeitung gut machen würde. Da passt es der Presse natürlich genau in den Kram, dass nun endlich einmal etwas los ist, über das es sich zu schreiben lohnt. Auch wenn nicht alles so stimmt, wie es die Tageszeitung schreibt. Für eine tägliche Story ist der Mord im Zoo allemal gut. Wen interessiert es schon groß, dass ein Reporter bei manchen Ausführungen ein bisschen flunkert? Das Volk will schließlich unterhalten werden.

Dem Tierpark bekommt das Geschmiere dieser Pressefritzen allerdings gar nicht gut. Die braven Bürger der Stadt sind durch die ständigen Berichte und Vermutungen der Reporter ganz verunsichert und fürchten vielleicht sogar um ihr eigenes Leben, sollten sie dem Zoo gerade in der jetzigen Zeit einen Besuch abstatten. Verdenken kann man es ihnen nicht, denn der eine Stadtreporter hat seine Berichterstattung so reißerisch ausformuliert, dass man geradezu denken könnte, dass die chinesischen Triaden sich nun im Zoo breitgemacht hätten und nur darauf warten, dass sie den nächsten Bürger einfach so kaltmachen können. Was natürlich ausgesprochener Blödsinn ist. Reuter hat längst versucht der Zeitung Einhalt zu gebieten, aber mehr als ein abfälliges Schnauben des Herausgebers hat er dafür nicht erhalten. Schließlich lebe man in einem Land, in welchem Pressefreiheit herrscht. Da müsse man es schon dem jeweiligen Blatt überlassen, wie viel es über einen Mord in der eigenen Stadt berichten möchte. Reuter hat sich schier die Zähne am Herausgeber der Zeitung ausgebissen. Als er am Ende zum Wohle der Tiere um ein Ende der Berichterstattung gebeten hat, hat ihn der Zeitungsmensch doch glatt auch noch ausgelacht. Eine Person, die mit Tieren nichts anfangen kann, kann man eben auch nicht davon überzeugen, dass es für einen Zoo gut wäre, weniger Blutrünstiges über diesen im Tagesblatt zu finden. Mit hochrotem Kopf sitzt Reuter nach diesem Telefonat erst einmal sprachlos und ziemlich wütend in seinem Büro. Allerdings ist er dann auch schon mit seinem Latein am Ende und weiß sich keinen weiteren Rat.

Da er im Laufe des Gespräches ziemlich laut wurde, konnten es die Büroangestellten Kern und Süß nicht vermeiden, dass sie den Großteil des Telefonates mitangehört haben. Beide wissen, dass es um den Zoo finanziell nicht gerade rosig bestellt ist, und ihnen ist klar, dass diese Situation mit jedem Tag, an dem die zahlenden Gäste ausbleiben, schlimmer wird. Daher gilt es nun schnellstens etwas zu unternehmen, um dem Chef und allen anderen hier hilfreich unter die Arme zu greifen.

Das muss man der findigen Marketingassistentin Süß nicht zwei Mal sagen. Beherzt macht sie sich sofort daran, einen Schlachtplan zur Rettung des Tierparks ins Leben zu rufen. Es wäre doch gelacht, wenn das für eine ausgebildete Fachkraft für Marketing und Vertrieb ein großes Problem darstellen sollte. Schon bald ist sie so in ihre Arbeit vertieft, dass sie prompt vergisst in die Mittagspause zu gehen. Aber was sie sich ausdenkt, kann sich hinterher auch sehr gut sehen lassen.

Bereits am nächsten Tag bittet sie den Chef um einen Termin, damit dieser sich selbst von ihren genialen Ideen überzeugen kann. Süß hat alle Vorhaben und Maßnahmen auf einem Flipchart zusammengefasst, welches sie nun schnellen Schrittes ins Büro ihres Vorgesetzten trägt. Die darauf aufgeführten Ideen verblüffen Reuter durch ihre Genialität und er ist wieder einmal mehr als froh darüber, dass er sich vor gar nicht allzu langer Zeit dazu durchgerungen hat, Frau Süß einzustellen. Sie war und ist ihr Geld auf jeden Fall bis auf den letzten Cent wert. Schon gleich zu Beginn ihrer Tätigkeit hat sie nicht nur die Tierpark-Flyer auf den neuesten Stand gebracht, sondern hat auch gleich dafür gesorgt, dass diese als Einlage in der Tageszeitung zu jedem einzelnen Haushalt gebracht wurden. Des Weiteren hat sie sich um eine professionelle Webseite gekümmert, die es bisher für den Park gar nicht gab, und die macht richtig viel her. Reuter hat sich diese inzwischen bereits mehr als einmal genüsslich und durchaus ausführlich angeschaut und findet sie immer wieder aufs Neue gut. Alleine durch diese Werbung im Netz haben sie schon jede Menge neue Tierpaten gewinnen können. Auch die Besucherzahlen sind in letzter Zeit, bis vor dem Mord, leicht nach oben gegangen, wenn sie auch nicht gleich durch die Decke gebrochen sind, aber selbst Reuter hat gespürt, dass die neuen Ideen seiner Mitarbeiterin auf jeden Fall schon jetzt etwas gebracht haben.

Süß überrascht ihren Chef auch heute wieder mit ihren findigen Ideen und schon bald ist tatsächlich ein richtiger Werbeschlachtplan entworfen. So wird erst einmal eine Werbekampagne in genau der Tageszeitung gestartet, die meint, jeden Tag etwas über den Mord im Zoo berichten zu müssen. Frau Süß preist die Feier eines Kindergeburtstags im Tierpark an, bei welchem allerlei Überraschungen auf die kleinen Gäste warten, auf die diese sich schon jetzt freuen können. So gibt es für das Geburtstagskind zum Beispiel einen extra ausgefallenen und natürlich selbstgebackenen Kuchen. Für die mitfeiernden kleinen Gäste ist auch für jedes Kind für eine Überraschung gesorgt. Diese wird allerdings jetzt noch nicht verraten, damit das Angebot verlockend bleibt.

Dann besteht ab sofort das Angebot, dass es bei fünf Kindern, die den Tierpark gemeinsam besuchen, für jedes Kind einen leckeren Eisbecher im Restaurant gibt. Außerdem soll es für einen aus dieser Gruppe noch zusätzlich eine Disney-Figur aus Plüsch zu gewinnen geben.

Weiter wird ab jetzt jeden Tag eine Führung durch die Abteilung der neugeborenen Zoobewohner durchgeführt, die in der Aufzuchtstation großgezogen werden, wenn die Aufzucht durch die eigenen Eltern nicht klappt. Das findet auf jeden Fall bei jeder Altersklasse, egal ob groß oder klein, großen Anklang.

Dann sollen ab sofort noch verschiedene Events auf dem Kinderspielplatz durchgeführt werden, wie zum Beispiel Gesichter-Bemalen oder Wollsträhnen- in-die-Haare-Flechten.

Unabhängig davon will Süß alle Tierpaten mit einem schicken Brief zu einem Zoobesuch einladen. Sie sollen nur die Hälfte des Eintrittspreises bezahlen genauso wie alle Freunde und Bekannten, die sie mitbringen. Sie selbst will sich dann persönlich um die Paten kümmern, um ihnen deutlich zu machen, wie wichtig sie für den Zoo sind und wie nötig man ihre Unterstützung braucht. Wenn die Paten dann auch noch Freunde und Bekannte mitbringen, ist die Wahrscheinlichkeit hoch, dass einige von ihnen die eine oder andere Patenschaft übernehmen. Auch diesen Personen will sie eine Führung in der Neugeborenenabteilung ermöglichen. Jeder, der Tiere gernhat, lässt sich dadurch mit Sicherheit davon überzeugen, eine Patenschaft zu übernehmen.

Absolut begeistert von allem, stimmt Reuter den Ideen sofort zu und bittet Süß darum, alle Informationen so schnell wie möglich in die Zeitung zu bringen und die nötigen Vorkehrungen zu treffen, damit der Tierpark gewappnet ist, wenn die Werbekampagne auf Erfolgskurs geht. Davon ist er aber inzwischen genauso überzeugt wie seine Angestellte, von deren Euphorie er sich hat mitreißen lassen. Das muss einfach funktionieren.

38

Was für den Tierpark im Allgemeinen schlecht ist, ist für dessen tierische Bewohner nur gut. Denn da Herbert auch heute wieder aufgrund der ausbleibenden Besucher keine beziehungsweise nur wenig Arbeit in seinem Restaurant hat, beschließt er spontan, nachdem er ganze drei Würstchen mit Pommes verkauft hat, eben wieder für die Tiere zu kochen. Wann hat er sonst schon groß Zeit dafür, meistens stellt er für die Zooinsassen nämlich nur schnell nebenbei etwas her. So kann er es auch heute wieder genießen, einfach einmal mehr Zeit für das Fressen seiner Schützlinge zu haben.

Erst einmal ersinnt er nun ein kleines Menü für die Kängurus. Da diese gerne Blätter und Rinde fressen, besorgt er sich im Tierpark diese Zutaten bei den nahestehenden Buchen. Nachdem er die Blätter als Unterlage auf mehrere Styroporteller verteilt hat, benutzt er die Rinde kleingehackt als leckere Beigabe für seine Kreation. Dann rührt er Mandelsplitter, etwas Zucker, Honig und Eiweiß zusammen und formt daraus kleine Kugeln, welche er mit zu der gehackten Rinde auf die Blätter verteilt. Schon ist die Leckerei für die possierlichen Tiere fertig. Stolz auf seine gute Idee, fährt Herbert die Teller mit einem kleinen Servierwägelchen zu den Kängurus, welche ihn bereits von weitem neugierig beäugen. Der Koch wird doch nicht etwa etwas Gutes für sie zubereitet haben? Doch, genau das hat er getan! Er hat ihnen tatsächlich etwas Gutes mitgebracht. Völlig begeistert machen sich die Tiere sofort über das Futter her. Sie quittieren mit lautem Schmatzen, dass es ihnen durchaus sehr gut mundet.

Dann bedenkt Herbert die Flamingos mit einem leckeren Mahl. Dieses stellt er aus Muscheln, die er mit Tomatensoße verfeinert hat, und Meeresalgen, die etwas gesalzen wurden, zusammen. Das Ganze bringt er direkt ans Wasser zu den Tieren, welche in erfreutes Geschnatter ausbrechen, als sie sehen, dass Herbert es heute wieder einmal gut mit ihnen meint.

Schließlich backt er noch Knabberriegel für den Streichelzoo, welcher hier im Tierpark aus Schweinen, Ziegen, Meerschweinchen, Hühnern, Ponys und Hasen besteht. Somit hat er mit dieser Aktion gleich mehrere Tiere auf einmal beglückt.

Durchaus mit sich zufrieden, macht er dann für heute Schluss mit der Arbeit und geht einmal mehr gut gelaunt nach Hause.

39

In froher Erwartung, dass Manni und Marta gleich mit dem Essen um die Ecke biegen, marschieren die Raubtiere beherzt in ihre Schlafgemächer, in welchen immer auch die Futterrationen bereitgestellt werden. Kaum haben sie ihre bevorzugten Plätze bezogen, hören sie auch schon, dass sich jemand an der Eingangstür zu ihrem gemauerten Zuhause zu schaffen macht. Erwartungsvoll richten sich alle Katzenaugen dorthin, um gleich auszumachen, was die beiden Tierpfleger heute Leckeres für sie dabeihaben.

Zu ihrer Überraschung erscheint am Eingang allerdings weder Marta noch Manni. Stattdessen steht plötzlich ein wildfremder Mann im Vorraum und sieht sich vorsichtig um. Er bewegt sich ganz so wie ein Raubtier, welches auf der Jagd ist und nicht entdeckt werden will. Die Tiere können seine Angespanntheit sozusagen geradezu körperlich spüren. Diese bewegt sich in Wellen durch den ganzen Raum und geht den Raubkatzen durch Mark und Bein. Nun ist es an den Tieren, ebenfalls nervös zu werden. Was will denn ein fremder Kerl hier in ihren Schlafunterkünften? Einfache Zoobesucher haben hier drinnen nichts verloren. Das steht auch auf dem Schild, welches beim Eingang hängt, sehr deutlich geschrieben und mit einem extra Hinweis darauf, dass im Inneren des Gebäudes durchaus Lebensgefahr besteht. Aufmerksam beobachten sie den Typ, bereit, sofort zuzuschlagen, sollte er so dumm sein und einem der Gehege zu nahe zu kommen oder es sogar zu öffnen.

Schon alleine sein Aussehen lässt die Tiere unruhig werden. Wenn sie es nicht besser wüssten, würden sie den Kerl direkt als den Bösewicht in einem Thriller identifizieren. Nur blöd, dass sie sich gerade nicht mit Fernsehen beschäftigen, sondern dass das hier das echte Leben ist und ihr eigenes durch den Eindringling gerade massiv bedroht zu sein scheint. Der Kerl sieht nicht nur finster aus, sondern macht auch einen absolut finsteren Gesichtsausdruck, ganz so, als ob ihm gerade eine ziemlich fette Laus über die Leber gelaufen ist. Bekleidet ist er mit komplett schwarzen Sachen, also schwarzen engen Jeans, einem schwarzen Shirt und einer schwarzen Motorradjacke. Diese Jacke ist aber durchaus interessant. Auf dem Rücken befinden sich nämlich zwei ineinander verschlungene Schlangen, die sich zu küssen scheinen. So sieht es jedenfalls für die Raubtiere aus, als sie diese Tiere näher betrachten. Durch die Bewegungen des Menschen scheinen die Schlangen fast lebendig zu sein, nur dass das dreidimensionale Bild dazu fehlt. Ansonsten könnte man fast glauben, dass die Tiere gleich hier durch die Gehege schlängeln. Durch die schwarzen Springerstiefel, die der Mann trägt, wird das Bild eines Schlägers oder brutalen Rockers noch verstärkt. Die Tiere können sich gut vorstellen, dass der Typ vor ihnen durchaus ein Alphatier sein könnte, der seine Mannschaft gut im Griff hat. Wahrscheinlich ist es aber nur der Aufzug, der den Tieren dies suggeriert, sehr selbstbewusst ist der Mann nämlich nicht. Aber wie so oft im Leben machen Kleider eben Leute, so ist das auch jetzt gerade der Fall.

Der Mann scheint an den Tieren allerdings gar nicht interessiert zu sein. Er wendet sich nämlich gleich der Mauer rechts neben dem Eingang zu und beschäftigt sich dort mit den Steinen. »Wie doof ist der denn?«, denkt Leo. »Ist der etwa nur hier eingedrungen, um ein paar lose Mauersteine zu klauen? Das kann doch nicht wahr sein. Die gibt es draußen doch bestimmt haufenweise und ganz billig zu kaufen. Deshalb müsste er hier nicht wie ein Dieb herumschleichen. Wo bleiben nur Manni und Marta? Müssten die nicht schon längst hier sein?« Aber dann fragt er sich sogleich, ob es so gut wäre, wenn die beiden netten Pfleger einfach so unvermittelt mit diesem Mann konfrontiert werden. Die beiden wissen ja nicht, dass sich hier bereits ein Mensch aufhält. Womöglich ist der Kerl vor ihm böse und verletzt die beiden anderen Menschen, wenn diese ihn hier überraschen. Das brauchen die Tiere nicht schon wieder. Das ist ja schon einmal mehr als schlecht ausgegangen. Was also tun? Aber was soll man schon machen, wenn man hinter Gitterstäben sitzt?

Dann fällt es ihm ein. Natürlich, warum ist er nur nicht schon gleich darauf gekommen? Sie können hier gemeinsam ein Brüllkonzert veranstalten. Das wäre bestimmt im ganzen Zoo zu hören und würde mit Sicherheit einige Angestellte schnellstens hierherlocken. Sogleich ruft er seinen Kollegen zu: »Hört mal her. Wir müssen die anderen Menschen auf diesen Typen hier bei uns aufmerksam machen. Der dürfte eigentlich gar nicht hier sein, und so, wie er sich verhält, scheint er irgendetwas Böses im Schilde zu führen. Ein Mord in unserem Gehege ist Aufregung genug, einen weiteren möchte ich gerne verhindern. Lasst uns in gemeinsames Brüllen verfallen, damit wir auf uns aufmerksam machen und Hilfe erhalten.«

Das muss man den anderen Tieren nicht zweimal sagen. Sie sind sowieso schon längst der Meinung, dass es hier viel zu wenig zum Brüllen gibt. Fast vermissen sie ihre eigenen Rufe schon. Daher stimmen sie sofort alle in ein atemberaubendes Konzert ein. Tatze, Wildcat, Ede, Frederick, Pickeldi und schließlich auch Leo reißen ihre Mäuler, soweit es geht, auf und geben die schönsten Knurr-, Schrei- und Brülllaute von sich, die sie so auf Lager haben. Wenn sie auch gedacht hätten, dass das die Angestellten rund um ihr Gehege in Aufregung versetzt, und dieser Plan erst einmal nicht aufzugehen scheint, so sind sie letztendlich mit dem Ausgang ihres Vorhabens trotzdem zufrieden. Sie erschrecken den fremden Kerl mit ihrem Gebrüll nämlich so sehr, dass der, ohne groß zu überlegen, absolut panisch durch die Eingangstüre verschwindet. Durch ihren Erfolg beflügelt, können sie es nicht lassen, noch etwas weiterzubrüllen. Jetzt, wo es gerade so gut läuft! Und vor allem, wo es auch noch so viel Spaß macht.

Endlich stellt sich das Ereignis ein, mit dem sie ursprünglich gerechnet haben. Die beiden Tierpfleger Manni und Marta stehen plötzlich völlig außer Atem an der Eingangstür. »Mein Gott, ihr wilden Katzen«, schreit Manni durch den Lärm. »Jetzt macht doch nicht gleich so ein Theater, nur weil wir mal zehn Minuten später mit eurem Futter da sind als sonst. Man meint ja, ihr seid am Verhungern, was doch gar nicht sein kann.« Das lässt die Tiere sofort einheitlich verstummen. So war das doch gar nicht gemeint. »Wir hatten bösen Besuch, das müsst ihr doch gesehen haben! Und außerdem, riecht ihr denn gar nichts?« Tatsächlich riecht es in ihren Schlafgemächern wirklich gerade recht merkwürdig. Die Tiere kennen den Geruch. Aber woher nur? Schließlich fällt Ede ein, woher er diesen Menschenduft kennt. Es ist genau der gleiche, den der tote Guido immer mal wieder verströmt hat. Nur hat dieser, wenn er so seltsam gerochen hat, sich gleich so weiße Dinger in seinen Mund gestopft. Daraufhin hat er immer etwas nach Pfefferminze geduftet, den empfindlichen Tiernasen ist der andere, etwas süßliche Geruch jedoch trotzdem nicht verborgen geblieben. Er konnte mit diesen Pastillen nur die Menschen täuschen. Jetzt ist auch Tatze ganz aufgeregt. »Ja, Ede, du hast absolut recht. Der Typ hat genauso gerochen wie unser früherer Pfleger. Was die wohl machen, dass sie so riechen? Ich kenne das von den anderen Menschen gar nicht. Die versuchen immer nach Veilchen oder Orchideen zu riechen. Aber die beiden Typen riechen, wie wenn man eine ganze Wiese abbrennt, oder?«

Auch die anderen Raubtiere stimmen den beiden zu. Tatsächlich erkennen auch sie diesen speziellen Duft wieder. Also der Mensch, den erkennen sie jetzt auf alle Fälle schon einmal jederzeit wieder. Zum einen, weil sie ihn gerade ganz genau gesehen haben und sich ziemlich gut Details merken können, und zum anderen, weil sie ihn an seiner Duftmarke sofort von allen anderen Menschen herausfiltern können.

Inzwischen ist Marta aufgefallen, dass die Eingangstür zum Gehege heute gar nicht verschlossen war. Sie fragt Manni: »Sag mal, mein Lieber, hatten wir heute Morgen diese Türe nicht fest verschlossen? Ich hätte schwören können, dass ich die Klinke in der Hand hatte und die Türe zugemacht habe. Was sagst du?« »Ja«, erwidert nun Manni, »du hast Recht. Die Tür war auf jeden Fall verschlossen, wie wir den Stall verlassen haben. Das ist aber merkwürdig. Aber sag mal, riechst du das hier? Hier riecht es doch so, wie wenn jemand hier ein Tütchen Gras geraucht hätte, oder?« Beide kommen nun näher in den Raum herein und auf einmal ist ihnen etwas mulmig zumute. Erst ist hier ein Mord passiert und jetzt spüren sie beide ganz deutlich, dass hier bis vor kurzem noch jemand war, der hier definitiv nicht hingehört. »Vielleicht haben die Tiere auch deshalb angeschlagen, weil sie uns auf den Fremden, der hier ganz offensichtlich eingedrungen ist, aufmerksam machen wollten. Die Raubtiere sind ja schlaue Kerle. Die hätten bestimmt nicht gleich zu brüllen begonnen, nur weil wir mit ihrem Futter etwas zu spät dran waren. Dass sie so Alarm schlagen wollten, scheint mir da auf jeden Fall viel wahrscheinlicher zu sein.« Dieser Meinung schließt sich auch Manni an, zumal er sich nicht daran erinnern kann, dass die Tiere schon einmal wegen einer verspäteten Fütterung solch einen Radau gemacht hätten. Irgendjemand muss tatsächlich hier gewesen sein. Die beiden Pfleger schauen sich nun aufmerksam im ganzen Raum um, können aber nichts weiter entdecken. Wildcat findet es zu schade, dass der Fremde noch keinen Stein aus der Wand gebrochen hat, denn dann hätten sie einen tollen Beweis vorzeigen können. So bleiben nur die offene Tür und der Geruch, der noch immer hier drinnen hängt. Aber zum Glück hat das ja bereits ausgereicht, um die Pfleger entsprechend misstrauisch und aufmerksam zu machen.

Da Manni und Marta nichts Außergewöhnliches finden können, beschließen die beiden erst einmal ihre Fütterung fortzusetzen. Danach wollen sie auf jeden Fall noch einmal hierherkommen, um nach dem Rechten zu schauen.

Natürlich blieben die Schreie der Großkatzen auch bei den anderen Zooinsassen nicht ohne Wirkung. Die ganzen Tiere sind in Aufregung. Ist denn schon wieder etwas im Raubtiergehege passiert? Sind auch sie in Gefahr? Wie kann man sich selbst schützen? Die Erdmännchen, deretwegen Marta und Manni sich heute verspätet haben, da sie so süß mit ihren Jungen gespielt haben und sich die beiden Menschen einfach nicht von ihrem Anblick losreißen konnten, rennen alle zusammen in ihre vielen Höhlen, die sich auf dem Gelände befinden. Dort fühlen sie sich absolut sicher. Die anderen Tiere haben es da nicht so einfach. Sie müssen den Dingen, die da kommen, mutig gegenüberstehen und einfach in ihren Gehegen ausharren, in der Hoffnung, dass alles gleich wieder gut sein wird. Zum Glück für alle passiert aber erst einmal gar nichts weiter. Die Aufregung hätte man sich also getrost sparen können und schon bald widmen sie sich wieder ihren Lieblingsbeschäftigungen, ohne weiter über das Brüllen der Raubtiere nachzudenken.

Der neugierige Jogi allerdings fliegt direkt zu den Großkatzen, um diese eingehend zu ihrem Gebrüll zu befragen. Was er da erfährt, lässt ihm seine schönen gelben Kopffedern direkt zu Berge stehen. Der Mörder ist zurückgekommen. Denn für ihn kann es nur genau der gewesen sein. Das macht ja auch durchaus Sinn. Erst wird Guido bei den Raubtieren umgebracht und keine Woche später taucht ein Fremder genau an dem Ort auf, an dem die Tat geschah. Da auch Tiere nicht an Zufälle glauben, stimmen schließlich auch die Raubtiere dieser Theorie zu. Jogi hat absolut Recht. Soviel Zufall gibt es einfach nicht. Vielleicht hat der Mörder dem Toten ja etwas gestohlen und anschließend hier im Stall versteckt, um es später zu holen. Das klingt doch durch und durch logisch. Nur so kann es gewesen sein. »Aber«, stellt Pickeldi erschrocken fest, »dann kommt der Typ ja auf jeden Fall noch einmal zurück. Oder hat jemand von euch gesehen, dass er etwas mitgenommen hat?« Nein, das hat tatsächlich keines der anderen Tiere beobachtet. Betroffen stellen sie fest, dass sie den Täter mit ihrem Gebrüll so schnell verjagt haben, dass er keine Zeit mehr hatte, seine Beute aus seinem Versteck zu holen. Da haben sie ja einen schönen Schlamassel angerichtet. Nun kommt der Kerl also noch einmal vorbei. Irgendwie sind die Tiere gerade der Meinung, dass sie sich selbst ein Bein gestellt haben.

Das sieht Jogi aber ganz anders. »Aber Jungs, es ist doch gut, dass der Mörder noch einmal wiederkommen muss. Das ist doch unsere Chance, ihn zu schnappen. Wenn er seine Beute heute schon mitgenommen hätte, würden wir ihn mit Sicherheit nie wiedersehen. So scheint es sich um etwas Wichtiges zu handeln, das er hier zurückgelassen hat, denn es hat den Menschen dazu veranlasst, noch einmal hierherzukommen, was ja durchaus nicht ungefährlich für ihn ist. Bei seinem nächsten Versuch, die Beute zu holen, müssen wir ihn auf jeden Fall schnappen. Jetzt lenken wir erst einmal die Menschen auf die richtige Fährte. Dazu hole ich nun die Kette mit dem Anhänger aus dem Versteck. Ihr habt doch gerade erzählt, dass Manni und Marta noch einmal zurückkommen. Dann lege ich sie hier vor die Wand, damit die beiden die Kette auf jeden Fall auch gleich finden.« Schon fliegt der schlaue Vogel davon, um die sichergestellte Kette aus ihrem Versteck zu holen. Tatze bemerkt mit Anerkennung in seiner Stimme: »Also, ihr könnt ja sagen, was ihr wollt, aber der verrückte Papagei hat es wirklich drauf. Der weiß, wie man Kriminalfälle löst.« Das können die anderen nur bestätigen. Obwohl sie selbst ganz schön schlau sind, schafft es der Vogel immer wieder, die Raubtiere mit seinen geschickten und ausgefallenen Denkweisen zu überraschen.

Es dauert nicht lange, bis Jogi mit der Kette zurückkommt und diese so platziert, dass die Menschen sie auf jeden Fall finden. So kommt es dann auch. Als Manni und Marta ihre Fütterungsrunde beendet haben, kommen sie, wie versprochen, ins Raubtiergehege zurück, um noch einmal nach dem Rechten zu sehen, und sofort findet Marta die Kette vor sich auf dem Boden. Obwohl sich beide Menschen sicher sind, dass diese vorher nicht dort gelegen hat – schließlich haben sie ja schon alles ausführlich abgesucht –, sind sie doch so vorsichtig, sie nicht anzufassen und erst einmal so liegen zu lassen. Sie beschließen, sich professionelle Hilfe zu holen, und rufen keine Geringeren als die Beamten, die sie bereits kennengelernt haben. Diese sollen sich der gefundenen Kette annehmen. Sie werden schon wissen, was damit zu tun ist.

40

Schon bald tauchen die Kommissare Schneider und Meier im Raubtiergehege auf. Bauer hat wohl Wichtigeres zu tun und schickt daher seine beiden Lakaien, um den ach so großen Fund einzutüten und aufs Revier zu bringen. Zum Glück waren die beiden Tierpfleger Manni Schwarz und die Neue im Bunde Marta Schön so umsichtig, keine Spuren zu verwischen und das Teil nicht anzufassen. Sobald sie vorhin ihren Fund gesichtet hatten, sind sie nach draußen gegangen und haben die Polizei angerufen. Genau dieses vorbildliche Verhalten wünschen sich die beiden Kriminalkommissare an jedem Tatort. Beide wissen jedoch genau, dass es immer nur bei diesem Wunsch bleiben wird, denn sehr vielen umsichtigen Menschen begegnet man an einem Tatort in der Regel nicht. Das Eintüten des Fundstückes bleibt hier nun den beiden ausgebildeten Beamten vorbehalten, was ihnen mehr als recht ist. Dadurch können sie schon einmal sicher sein, dass sich weder die DNS von Schwarz noch von Schön auf der Kette befindet, was den beiden ihre Arbeit schon leichter macht.

Da die Eingangstür tagsüber nur fest verschlossen, aber nicht abgeschlossen wird – das passiert nur beim letzten Gang abends –, können sie leider auch keine Einbruchsspuren sicherstellen. Diese hätten ihnen vielleicht Hinweise zum Täter liefern können, denn jeder Einbrecher hat seinen eigenen Stil. Auch sonst gibt es außer der auf dem Boden liegenden Kette nichts Außergewöhnliches zu entdecken, wenn man nicht schon alleine die vielen Großkatzen als außergewöhnlich bezeichnen würde. Diese sitzen übrigens, wie es scheint, alle ziemlich interessiert vor ihren Gitterstäben und schauen zu, was sich in ihrem Vorraum gerade so abspielt. Etwas unheimlich, wie alle Augen sie aufmerksam beobachten, findet Meier. Zu Schneider sagt sie:»Mir kommt es fast so vor, als ob die Tiere genau schauen, was wir hier machen. Ob die den Täter auch so gut beobachtet haben? Dann könnten sie uns bestimmt eine gute Beschreibung liefern. Zu schade, dass diese Mietzen hier nicht reden können.« Schneider grinst nur. Er scheint sich nicht so sicher zu sein, dass die Tiere etwas Interessantes zu erzählen hätten. Na, wenn der wüsste!

Sowohl Meier wie auch Schneider sind aber von ihrem Fund, auch wenn dieser nicht gerade groß ausgefallen ist, durchaus begeistert. Sie sind sich nach der Befragung der beiden Tierpfleger sehr sicher, dass diese Kette mit ihrem seltsamen Anhänger in Zusammenhang mit dem verübten Mord steht. Denn auch Beamte glauben nicht an Zufälle. Schon gar nicht, wenn es sich um einen Bereich im Zoo handelt, der in der Regel immer fest verschlossen ist und das aus gutem Grund. Genau dort sollte nun zufällig jemand, der da gar nicht hätte sein dürfen, eine Kette mit einem seltsamen Anhänger verloren haben? Nein, solche Zufälle gibt es ganz bestimmt nicht. Tatze, Leo und die anderen Gefährten würden zwar den Zooangestellten, an welche sie gewöhnt sind, nichts tun; was sie aber mit Fremden anstellen würden, wenn sie es irgendwie schaffen könnten, aus ihrem Gehege auszubrechen, das kann niemand mit Sicherheit vorhersagen. Daher dient die Eingangstür zum Stallinneren als zweite Sicherheitsbarriere nach den Gitterstabkäfigen, um den Tieren den Ausbruch nicht ganz so leicht zu machen. Es wäre schon mehr als seltsam, wenn innerhalb so kurzer Zeit sonst noch jemand Interesse an dem Raubtierstall zeigen würde. Bei dem Menschen, der die Kette verloren hat, muss es sich also einfach um den Täter handeln, sonst gibt es dafür keine andere Erklärung. Wie ihnen die Zooangestellten versichert haben, hat diese Kette niemand von ihnen verloren, das wissen sie auf jeden Fall ganz bestimmt.

Schneider ist sich sicher, dass sich Bauer über alle Maßen ärgert, wenn er erkennt, dass er hier durchaus hätte punkten können. Wenn er geahnt hätte, dass es hier etwas Interessantes zu finden gibt, wäre er mit Sicherheit selbst hergekommen, anstatt seine beiden Kommissare nach dem Rechten sehen zu lassen. Bauer ist nämlich der Meinung, dass die Zooangestellten nun langsam durchdrehen und Gespenster sehen und die Beamten wegen einer Nichtigkeit angefordert wurden. Das scheint nun plötzlich so gar nicht mehr der Fall zu sein, obwohl Meier und Schneider diesen Verdacht sowieso nicht mit ihrem Chef geteilt haben. Vielmehr scheint es um ein wichtiges Beweismittel zu gehen und die Angestellten drehen durchaus nicht durch, sondern gehen sehr besonnen und mit Bedacht vor. Ansonsten wäre die Kette vielleicht erst sehr viel später oder vielleicht auch gar nicht gefunden worden. Schneider zieht die schon bekannten durchsichtigen Handschuhe an und packt im Anschluss die Kette samt Anhänger in ein wie immer mitgebrachtes Beweistütchen. Sorgfältig vermerkt er noch den Fundort in seinem eigenen kleinen Büchlein, welches im Gegensatz zu dem von Bauer in einem grellen Orange glänzt. Des Weiteren machen die Beamten noch ein Kreidekreuz auf den Boden, um die richtige Stelle gleich wieder vor Augen zu haben, wenn sie den Raum das nächste Mal betreten. Manni hat ihnen versprochen, dass das erst einmal dortbleiben wird, ohne dass jemand den Boden versehentlich abschrubbt, womit man in einem Tierpark schon immer rechnen muss.

Das war es dann erst einmal für die beiden Beamten. Sie bedanken sich bei Schwarz und Schön und bitten sie gleichzeitig darum, nach wie vor aufmerksam zu sein und sie auf jeden Fall wieder zu kontaktieren, wenn sie noch etwas finden sollten oder ihnen auch nur irgendetwas merkwürdig erscheint. Dass sich die Tiere vorhin so ungewöhnlich verhalten haben, ist auf jeden Fall seltsam genug, um die Polizei wieder anzufordern. Sie sollen keine falsche Scheu haben. Lieber kommen sie einmal zu oft, als dass sie im wichtigsten Augenblick gar nicht gerufen werden. Dann verabschieden sich die zwei und begeben sich Richtung Ausgang.

Jogi sieht die beiden Beamten schon von weitem und freut sich, dass er mit seinem Handeln die Polizisten tatsächlich auf den Plan gerufen hat. Vielleicht bringen die Kette und der dazugehörige Anhänger die Kommissare ja auf eine heiße Spur bei der Suche nach dem Mörder, das wäre doch einfach klasse. Zufrieden sitzt er wie so oft auf seiner Vogelstange am Eingang des Tierparkes und beobachtet die Beamten, wie diese sich wieder auf ihren Rückweg zu ihrem Fahrzeug machen. Er selbst fühlt sich vollkommen wohl, da er hier auf jeden Fall der Chef von allen ist. Außerdem, so clever wie er ist hier schon gar keiner. Das Selbstbewusstsein dieses Vogels müsste man eben haben! Oder leidet er vielleicht an absoluter Selbstüberschätzung? Wer kann das schon so genau sagen!

41

Weiter als bis kurz vor den Ausgang kommen die Beamten allerdings nicht. Kaum hat nämlich Zoodirektor Reuter vom Besuch seiner neuen Angebeteten erfahren, hat er sich krampfhaft überlegt, wie er es machen könnte, sie, ohne dass es wie ein Überfall aussieht, und natürlich völlig zwanglos wiederzusehen.

Dann kam ihm seine Angestellte Julia Kern völlig unerwartet zu Hilfe. Sie wollte nämlich heute früher nach Hause gehen und dürfte eigentlich schon gar nicht mehr im Park sein. Als sie schon fast bei ihrem Fahrzeug war, ist ihr dann jedoch ein Mann begegnet, bei welchem sich ihr die feinen Nackenhärchen aufgestellt haben. Ohne dass sie es näher definieren konnte, fühlte sie sich plötzlich bedroht. Sie hat sich den Kerl so genau angesehen, wie es ihr möglich war. Dieser hat es ihr allerdings sofort gleichgetan, so dass auch er jetzt ganz genau weiß, wer ihn da so genau gemustert hat. Sein Verhalten war zwar nicht unbedingt auffällig, für Julias feine Antennen hat es jedoch vollkommen dazu ausgereicht, dass sie ihrem Chef sofort von dem soeben Erlebten berichtete und seinen Rat dazu hörte.

So kommt es, dass auf Meier und Schneider nun die inzwischen ziemlich aufgeregte Julia Kern sowie ihr Chef Zoodirektor Reuter warten. Reuter begrüßt die beiden Polizisten sehr überschwänglich, wobei er die Hand von Meier wieder deutlich länger hält, als stattlich gewesen wäre. Schneider und Kern können sich beide ein Grinsen nicht verkneifen und trotz allem Schrecken denkt Kern sehnsüchtig: »Muss Liebe schön sein!« Denn dass ihr Chef sich in die Beamtin verliebt hat, sieht ihrer Meinung nach jeder, der Augen im Kopf hat. Jedenfalls hat es der Kollege Schneider auch längst bemerkt und das will schon etwas heißen, schließlich ist er ein Mann und Männer brauchen ja bekanntlich etwas länger dafür, zwischenmenschliche Gefühle in die richtige Schublade einzusortieren. Er zwinkert Kern jetzt gerade verschwörerisch zu. Aber sie würde auch so nichts sagen, damit sich ihr Chef nicht bloßgestellt fühlt. Denn eigentlich ist sie sogar ganz froh darüber, dass ihr Vorgesetzter sich verknallt hat. Das kann ihm nur guttun und allen anderen natürlich auch!

Nachdem der Zoodirektor den Beamten erklärt hat, warum sie hier schon auf die beiden gewartet haben, berichtet Kern ihnen ausführlich über ihr Erlebnis draußen auf dem Parkplatz. Sofort ist den Beamten klar, dass Kern auf jeden Fall den Täter gesehen hat. Alles passt zeitlich genau zusammen und hat sich vor maximal einer Stunde abgespielt. Sie befragen sie nach den Einzelheiten, an die sie sich noch erinnern kann. Dabei erfahren sie, dass der Mann ganz in Schwarz gekleidet war, und kommen wieder mit dem Schlangenlogo in Kontakt, da Kern dieses Zeichen ganz deutlich beschreiben kann. Sie hat es in allen Einzelheiten gesehen, als der Kerl sich schließlich von ihr weggedreht und sich stattdessen seinem Fahrzeug zugewandt hat. Obwohl sie sagt, dass sie den Mann ganz genau sehen konnte, kann sie nun keine gute Personenbeschreibung abgeben. Das ist aber gar nicht selten genau so der Fall. Wie die erfahrenen Kommissare wissen, sind Laien oft nicht in der Lage, jemanden gut zu beschreiben. Für dieses Syndrom sind der Stress, dem man plötzlich ausgesetzt ist, und die Gefahr, in der man sich plötzlich vollkommen bewusst befindet, verantwortlich. Man versucht, alles so gut wie möglich zu machen, und macht dabei so gut wie alles falsch. Zurück bleibt dann nur ein undefinierbarer Nebel aus verschiedenen Eindrücken, den man beim besten Willen nicht mehr entwirren kann. Kern ärgert sich gerade gewaltig über sich selbst. Sie hätte nicht gedacht, dass sie die Fragen, die die beiden Polizisten ihr zu dem Kerl stellen, so schlecht und ungenau beantworten kann. Dass sie nicht alles voll und ganz im Griff hat, ist sie von sich selbst gar nicht gewohnt und bringt sie ganz schön in Wallung. Schneider und Meier machen ihr aber keine Vorwürfe und versuchen sie zu beruhigen. Alles andere würde auch nichts bringen.

Das Erinnerungsvermögen des Täters wird allerdings von ganz anderem Kaliber sein. Da er es gewohnt sein dürfte, in brenzlige Situationen zu kommen, hat er bestimmt auch gelernt, damit umzugehen und sein Gehirn entsprechend zu fokussieren, damit ihm das Wesentliche, das er zu Gesicht bekommt, als Erinnerung erhalten bleibt. Meier und Schneider sind sich sicher, dass er Kern auf jeden Fall wiedererkennt, wenn er es darauf anlegt. Da er bestimmt kein Risiko eingehen will, wird er versuchen, sich die Zeugin schnell vom Hals zu schaffen. Was das bei einem Kriminellen bedeutet, das können sich die Beamten ganz gut vorstellen. Kern darf nun erst einmal auf gar keinen Fall alleine gelassen werden. Die Beamten beschließen, sie mit aufs Präsidium zu nehmen, um mit Bauer über ihren sofortigen Personenschutz zu sprechen. Der ist auf jeden Fall nötig, da der Kerl, der sie so genau gesehen hat, ja nicht wissen kann, dass sie ihn auf keinen Fall wiedererkennen würde. Naja, es sei denn, er hätte seine auffällige Gangjacke weiterhin an, dann bestünde vielleicht eine Chance. Er würde es wahrscheinlich erst gar nicht darauf ankommen lassen, sondern sich ihrer lieber gleich entledigen.

Frau Kern reagiert entsprechend entsetzt, als sie letztendlich begreift, wie kurz sie bereits davorstand, dass ihr etwas Schlimmes passiert. Sie hatte ganz schönes Glück, dass der Typ erst einmal verschwunden ist und sie nicht sofort an Ort und Stelle kaltgemacht hat. Diese Erkenntnis macht sie dann doch ganz schön fertig. Einige Nuancen blasser, muss sie sich daraufhin erst einmal setzen. Erst als Meier ihr verspricht, dass sie ab sofort unter polizeilichem Schutz steht, wird es ihr allmählich wieder etwas besser. Obwohl, so richtig gut findet sie es nicht, dass sie nun auf Schritt und Tritt jemanden bei sich hat. Aber es ist eine gute Alternative zur Angst, die sie zweifellos nun ständig hätte, wenn sie alleine zu Hause wäre. Schließlich ist sie Single und hat hier in der Stadt auch niemanden, bei dem sie eine Zeit lang unterkommen könnte. Da nimmt sie dann doch lieber einen Personenschützer in Kauf, als dass sie sich alleine auf den Weg macht.

Auch Zoodirektor Reuter ist überrascht, als er begreift, dass sie durchaus alle in Gefahr schweben. Bisher ist es noch gar nicht so richtig bei den Angestellten angekommen, dass die Gefahr für alle noch lange nicht vorbei ist. Aber eigentlich ist es auch ganz gut so. Sonst könnten sie ja alle gar nicht mehr arbeiten und das dürfen sie schon alleine den Tieren auf keinen Fall zumuten. Daher ist es vielleicht besser, wenn so wenig wie möglich vom Personenschutz für Kern zu den anderen durchdringt. Schneider bemerkt aber sehr treffend, dass es sich nicht vermeiden lässt, dass die Beamten auch mit in den Zoo kommen werden. Schließlich weiß der Kerl, wo er Julia Kern finden kann. Das stimmt natürlich auch wieder.

Bei all der Aufregung konnte sich Reuter gar keine Gedanken darübermachen, wie er es fertigbringen könnte, die Polizistin nach dem Feierabend auf einen Drink einzuladen. Da er schon lange kein Date mehr hatte, kann er auf keinen Fall etwas aus dem Stegreif zaubern. Deshalb beschließt er, es lieber ganz zu lassen. Das ist immer noch besser, als sich vielleicht bis auf die Knochen zu blamieren, darauf hat er dann nämlich doch keine Lust. So lässt er seine neue Traumfrau mit ihrem Kollegen und Frau Kern dann einfach ziehen und hofft, dass sich bald eine bessere Möglichkeit findet, sie um ein Date zu bitten.

Im Präsidium angekommen, ist Bauer sofort ganz Ohr. Es ist nur eine Sache von Minuten, bis der sofortige Polizeischutz für Frau Kern organisiert ist. Einer der dafür angeforderten Beamten bringt sie dann auch schon gleich nach Hause, um bis zu seinem Schichtwechsel dort mit ihr zu verbleiben.

42

Leider ist es den Raubtieren in diesen Tagen einfach nicht vergönnt, zur Ruhe zu kommen. Anscheinend haben sie gerade einen schlechten Lauf erwischt, das soll ja bekanntlich vorkommen. Jedenfalls können sie sich gar nicht daran erinnern, dass in ihren vier Wänden schon einmal so viel in so kurzer Zeit passiert ist. Heute kommt die Aufregung jedoch aus ihren eigenen Reihen und alle leiden irgendwie mit ihrem Kollegen mit, was ihnen ganz schön an die Nerven geht, da sie ganz genau wissen, was es bedeutet, krank zu sein. Schon als Manni am Morgen ins Gehege kommt, um den Tieren ihr Futter zu bringen, bemerkt er, dass nur Frederick vorne am Futterplatz erscheint. Pickeldi bleibt im hinteren Teil des Käfigs zurück und hat absolut kein Interesse daran, sich seine Fleischportion zu holen. Das ist sehr ungewöhnlich für ihn. Denn sonst hat er immer Hunger. Man könnte ihn sogar durchaus als verfressen bezeichnen. Manni kann sich gar nicht daran erinnern, dass Pickeldi sein Futter auch nur einmal nicht gefressen hätte. Vielmehr weiß er, dass er die Reste von Frederick grundsätzlich auch noch verputzt, wenn dieser nicht alles packt. Er hat wohl eher den Magen einer Sau als eines Raubtieres. In diesen geht jedenfalls immer noch etwas hinein, vor allem wenn es so etwas Gutes ist wie das portionierte Fleisch, das sie hier täglich angeboten bekommen.

Das heutige Verhalten des Tieres beunruhigt Manni. Er holt Marta ins Gehege und erklärt ihr die Lage. Nachdem die beiden alle Fleischrationen ausgeteilt haben und dadurch die restlichen Großkatzen erst einmal von ihrem kranken Gefährten abgelenkt haben, sehen sie dann auch gleich nach ihrem Sorgenkind, welches sich nach wie vor etwas apathisch im hinteren Bereich des Stalles aufhält. Kaum sieht Manni die Großkatze aus der Nähe, weiß er auch schon, was mit ihr nicht stimmt. Pickeldi hat eine dicke Backe und sein Maul steht ein Stückchen offen. Aus diesem läuft immer wieder unkontrolliert etwas Speichel heraus, um dann vor dem Tier auf den Boden zu tropfen und inzwischen schon eine kleine Pfütze zu bilden. Außerdem röchelt die Katze seltsam.

Der langjährige, erfahrene Tierpfleger erklärt Marta sogleich, welche Beobachtungen er soeben gemacht hat und was es mit diesen auf sich hat.

Pickeldi hat allem Anschein nach Zahnschmerzen. Vorsichtig, um das Tier nicht an seiner sowieso schon empfindlichen Schnauze zu berühren, fühlt er nach dessen Körpertemperatur. Diese ist leicht erhöht, was die Vermutung, die er hat, auch prompt bestätigt. Die Katze scheint sich eine Zahnentzündung eingefangen zu haben. Mühsam schaut Pickeldi den Pfleger aus etwas trüben Augen an. Manni kommt es so vor, als ob er ihn mit diesem Blick um Hilfe bitten wollte. Das veranlasst ihn, beruhigend auf seinen großen Freund einzureden und ihm zu versprechen, dass er sich darauf verlassen kann, dass so schnell wie möglich Hilfe kommt. Pickeldi schaut Manni in die Augen und es sieht so aus, als ob er mit seinem Kopf nicken würde. Hat er den Menschen tatsächlich verstanden? Oder kann das Tier anhand der beruhigenden Art des Mannes festmachen, dass Manni ihm auf jeden Fall helfen wird? So ganz wird diese Frage wohl nicht geklärt werden können. Nur eines weiß Manni ganz gewiss: Tiere sind sehr viel schlauer, als die meisten Menschen auch nur ansatzweise denken. Viele wären überrascht, wenn sie wüssten, was ein Tier so alles zustande bringt, würden sie sich nur die Mühe machen, den Tieren genügend Aufmerksamkeit zu schenken.

Heute ist bei den Raubtieren jedenfalls erst einmal ein Tierarzt gefragt. Ohne weitere Verzögerungen ruft Manni in der Praxis, welche die Tiere des Zoos schon seit Jahren betreut, an. Der Tierarzt hat sogar gerade Zeit und verspricht, schon in einer halben Stunde vor Ort zu sein, um sich den kranken Pickeldi näher anzuschauen, um ihn anschließend entsprechend behandeln zu können.

Nach ziemlich genau einer halben Stunde ist dieser tatsächlich bereits bei Manni angekommen. Er hat heute sogar eine Verstärkung dabei. Wie sich herausstellt, macht bei Dr. Udo Wahl gerade ein Student ein Praktikum. Der junge Mike Sommer muss nur noch ein Semester studieren, um dann seinen Abschluss zum Tierarzt angehen zu können. Da er ohne das Praxissemester keine Prüfung machen kann, ist er heilfroh, dass ihn der bereits etwas ältere Arzt unter seine Fittiche genommen hat. Die beiden scheinen gut miteinander auszukommen, was wahrscheinlich schon alleine damit zu erklären ist, dass sie eine gemeinsame Leidenschaft haben, nämlich Tiere. Außerdem hat Dr. Wahl schon ziemlich schnell festgestellt, dass Mike ein sehr angenehmer Mitarbeiter ist. Er ist zuvorkommend und hilfsbereit, kümmert sich rührend um die Schützlinge, welche sie nicht selten über mehrere Tage betreuen, oft sogar zwecks Beobachtung in der Tierarztpraxis behalten, und ist ein offener und sympathischer Typ, der so ziemlich das Gegenteil von so manch anderem Jugendlichen ist, die oft genug nicht einmal wissen, was sie später einmal beruflich machen wollen. Außerdem scheint er vor nichts, was mit Tieren zusammenhängt, Angst zu haben. Weder vor den sehr großen Exemplaren in der Tierwelt noch vor den absolut exotischen Geschöpfen schreckt er zurück. Das macht es für alle Beteiligten leicht, sich ganz schnell für den jungen Mann zu erwärmen und ihm seine kranken Schützlinge ohne Bedenken anzuvertrauen.

Mike wiederum weiß schon jetzt, dass er mit seiner Ausbildung genau die richtige Wahl getroffen hat. Die Arbeit mit den Tieren macht ihm sehr viel Spaß und er fühlt sich in der Praxis wie auch bei Außeneinsätzen sehr wohl in seiner Haut. Dass er an der Seite eines so erfahrenen Tierarztes wie Dr. Wahl sein theoretisches Wissen vertiefen kann, macht das Ganze erst recht zu einer runden Sache. Er hätte es gar nicht besser treffen können. Auch dass der Tierarzt gerade den städtischen Zoo betreut, findet der junge Mann absolut toll. Dadurch kann er noch sehr viel mehr lernen als in einer gewöhnlichen Praxis, in welche die Städter hauptsächlich ihre kranken Haustiere bringen. Als er vorhin erfahren hat, dass es heute zu einer offensichtlich kranken Großkatze in den Zoo geht, hat er sich richtig gefreut. Natürlich hat er mit dem kranken Tier Mitleid, aber er freut sich einfach darüber, ihm helfen zu dürfen, und hofft, dass das Raubtier dank Dr. Wahl und ihm bald wieder ganz der alte Haudegen ist.

Pickeldi kennt Dr. Wahl inzwischen gut und weiß, dass von ihm keine Gefahr ausgeht. Er ist mit Sicherheit nur da, um ihn aus seiner misslichen Lage zu befreien. Das hat die Raubkatze in den letzten Jahren schon öfters beobachtet; wenn es bisher auch noch nie ihn selbst betroffen hat, so kennt er die Berichte der anderen Tiere gut, die durchweg nur absolut positiv ausfallen. Dass der gute Doktor heute einen Kollegen dabeihat, findet Pickeldi zwar nicht ganz so toll, aber er beschließt, die beiden an sich heranzulassen, ohne gleich auf böses Tier zu machen. Wenn er merkt, dass sie etwas Schlechtes im Schilde führen, kann er sich ja immer noch zur Wehr setzen. Das ist eine durchaus kluge Entscheidung, wie sich schon bald herausstellen soll.

Nun darf sich der angehende Tierarzt das kranke Tier als Erstes ansehen, damit er Dr. Wahl seine Diagnose mitteilen kann. Auch das ist eine sehr gute

Eigenschaft des erfahrenen Arztes. Er gibt dem jungen Kollegen mit seinem Verhalten immer die Chance, selbst Einschätzungen über mögliche Krankheiten des vor ihm befindlichen Schützlings abzugeben und seine Sicht der Dinge zu erläutern. Im Anschluss prüfen die beiden dann gemeinsam, ob er richtiglag und mit seiner Erkenntnis dann auch die richtigen Maßnahmen zur Genesung einleiten würde. So kann Mike zum einen seine eigenen Schlussfolgerungen ziehen, muss aber zum anderen nicht fürchten, dass er einen Fehler begeht, wenn er sich falsch entschieden haben sollte, da Dr. Wahl ihm immer helfend zur Seite steht. Das findet Sommer absolut super.

Als er nun die dicke Backe der Großkatze mit dem putzigen Namen Pickeldi sieht, denkt er sofort, dass das Tier unter einer Zahnentzündung leidet. Das könnte seiner Meinung nach selbst ein Laie sehen. Die Augen des Tieres sind etwas getrübt und sein Atem ist heiß und riecht schlecht. Außerdem wirkt Pickeldi etwas apathisch, was nahelegt, dass die Katze mindestens leichtes Fieber hat. Als er Dr. Wahl seine Einschätzung mitteilt, nickt dieser und bestätigt, dass er die Lage genauso beurteilt, wie Mike sie gerade geschildert hat. Um dem kranken Tier bestmöglich helfen zu können, beschließen sie, Pickeldi erst einmal ein Schlafmittel zu spritzen. Mit dieser Maßnahme können sie ihn in aller Ruhe und ohne Zeitnot behandeln und das Tier hat vor allem keine Schmerzen, wenn sie sich an dessen Gebiss zu schaffen machen.

Dr. Wahl schätzt das Gewicht des gut genährten Gepards auf circa fünfundfünfzig Kilogramm, was Manni ihm anerkennend bestätigt. Mike Sommer bereitet daraufhin die Spritze mit dem Schlafmittel in der richtigen Dosierung vor, und während der Tierpfleger die Aufmerksamkeit des Raubtieres auf sich lenkt, spritzt der angehende Tierarzt das Mittel schnell und effizient in eine Flanke von Pickeldi. Dieser schaut den frechen Menschen noch verdutzt an, hat aber dann nicht mehr die Chance, ihn für den Stich zu strafen, denn schon werden seine Augen müde und sein stattlicher Körper erschlafft, während ihn drei Menschenaugenpaare dabei sehr genau beobachten. Vorsichtshalber warten die Mediziner noch weitere fünf Minuten ab, bevor sie sich tatsächlich an das Maul des schlafenden Tieres wagen. Die Sorgen, die sich die Menschen machen, sind aber völlig unbegründet. Die Katze ist längst im Reich der Träume angekommen und wird sie mit Sicherheit nicht bei ihrer nun beginnenden Arbeit stören.

Da der angehende Arzt heute zum ersten Mal in ein Raubtiergebiss schauen kann, lässt es sich Dr. Wahl nicht nehmen, ihm die zu beachtenden Einzelheiten genau zu erklären. Allerdings ist bei der Behandlung eines so großen und stattlichen Tieres trotz allem immer etwas Vorsicht geboten. Zwar ist davon auszugehen, dass die Raubkatze auch noch schläft, wenn die Ärzte längst mit ihrer Arbeit fertig sind, aber so ganz genau kann man das nie wissen. Besser ist es auf jeden Fall für alle Beteiligten, wenn das Tier während der Behandlung nicht wach wird. Aber es kann natürlich auch schon einmal vorkommen, dass der Patient bereits so aufgeregt war, dass das Adrenalin im Körper dafür sorgt, dass das Betäubungsmittel nicht so wirkt, wie es sollte. Dr. Wahl erklärt dem angehenden Arzt, dass er den Zustand des betäubten Tieres immer wieder kontrollieren muss, wenn er nicht Gefahr laufen will, selbst verletzt zu werden. Heute steht ihnen dafür Manni hilfreich zur Seite. Er kennt seinen Schützling sehr gut und kann den Ärzten sofort berichten, wenn Gefahr im Verzug ist.

Die eigentliche Behandlung dauert dann gar nicht wirklich lange. Schnell ist der Bösewicht im Gebiss des Raubtieres gefunden. Es handelt sich tatsächlich um einen vereiterten Zahn, der ohne große Probleme entfernt werden kann. Während das Tier ruhig und friedlich schläft, untersucht Dr. Wahl bei der sich ihm bietenden Gelegenheit auch gleich noch das restliche Gebiss, um sicherzustellen, dass es keine weiteren Problemzonen im Maul der Großkatze gibt, die ihm schon bald neuen Ärger bescheren könnten. Mit seinem Ergebnis zufrieden, lässt er seinen neuen Kollegen dann noch Antibiotika und entzündungshemmende Mittel in die vereiterte Seite des Mauls spritzen und schon ist erst einmal alles ohne weitere Vorkommnisse und zur Zufriedenheit aller Beteiligten überstanden.

Schnell und effizient räumen die beiden Ärzte ihre mitgebrachten Utensilien wieder in den für sie so typischen Arztkoffer und erklären Manni, worauf er nun eine Zeit lang bei Pickeldi achten muss. Des Weiteren erklärt Dr. Wahl dem Tierpfleger, dass Herr Sommer in spätestens zwei Tagen noch einmal vorbeikommt, um sich selbst von der Genesung der Raubkatze zu überzeugen und, falls notwendig, dem Tier noch weitere Medikamente zu verabreichen. Nichtsdestotrotz soll sich Manni aber auf jeden Fall in der Praxis melden, wenn er der Meinung ist, dass mit der Katze nach wie vor etwas nicht stimmt.

Dann händigt Dr. Wahl dem Pfleger noch ein Medikament aus, welches Manni seinem Pickeldi ins Essen streuen soll, welches die nächsten drei bis vier Tage aus Hackfleisch bestehen sollte. Damit will der Tierarzt vermeiden, dass das Raubtier gleich wieder viel zubeißen muss, es soll aber trotzdem satt werden. Es ist für die Genesung auf jeden Fall wichtig, dass Pickeldi schon bald wieder etwas frisst, denn wenn die Raubkatze durch zu wenig Nahrung geschwächt ist, verlängert sich auch der Heilungsprozess.

Manni verspricht dem Tierarzt, gut auf seinen Schützling aufzupassen und sich sofort bei ihm zu melden, wenn etwas nicht stimmen sollte. Dann lädt er die beiden noch zu einem schnellen Kaffee in das Restaurant ein, was diese gerne annehmen.

43

Zurück im Präsidium, zeigen die Kommissare ihrem Chef ihren neuesten Fund. Was bleibt ihnen auch weiter übrig, schließlich kann genau diese Kette eventuell zur Lösung des Falles beitragen, wer weiß das schon? Bauer bekommt erst einmal große Augen, als er die Kette und den daran befindlichen Anhänger sieht. Dann wird sein Kopf gefährlich rot und Schneider sieht schon den Dampf aus beiden Ohren kommen wie bei einer alten Dampflok. Das passiert natürlich nicht wirklich, aber Schneider würde es auch nicht wundern, wenn er sich dieses Bild nicht nur eingebildet hätte, sondern er irgendwann einmal mit genau dieser Situation konfrontiert würde. Bauer mag es nun einmal gar nicht, wenn er bei wichtigen Funden nicht vor Ort dabei war. »Selbst schuld«, denkt der Beamte, »er hätte ja auch fahren können und hätte uns unsere Arbeit hier im Büro machen lassen können.« Fast muss Schneider über seinen Chef lachen, was die Situation allerdings ganz schnell sehr unangenehm gemacht hätte, also verkneift er es sich und schaut erst einmal in eine andere Richtung, um sich entsprechend abzulenken. Dieses Vorhaben funktioniert zum Glück, und die Dampflok-Gefahr, wenn auch nur als bildliche Vorstellung, ist aus Schneiders Kopf verbannt.

Inzwischen berichtet Meier dem Kriminalhauptkommissar, was sie Neues im Tierpark erfahren haben. Als Bauer alles erfahren hat, geht auch er davon aus, dass der Mörder zum Tatort zurückgekommen ist. Die Frage ist nur, warum? Was hat er dort gesucht? Natürlich haben seine Beamten noch einmal alles gründlich überprüft, das glaubt er ihnen sofort, denn sie sind beide durchaus fähige Polizisten, wie er weiß, aber ihnen gegenüber nicht wirklich zugeben würde. Mit Komplimenten hat es der gute Kriminalhauptkommissar nicht so wirklich. Leider haben sie aber trotz ihrer intensiven Suche nichts weiter gefunden, naja, bis auf die vor ihm liegende Kette natürlich, welche einen durchaus interessanten Anhänger im Schlepptau hat.

Bei diesem handelt es sich um ein silbernes, kreisrundes Medaillon, auf welchem sich die Abbilder von Hammer und Sichel wiederfinden. Außerdem finden die Beamten noch einen Stern auf dem Anhänger, der in diesem Medaillon allerdings rechts unten angebracht ist und vollflächig ausgefüllt ist. Damit ist das so entstehende Wappen ein anderes als das der ehemaligen Sowjetunion, auch wenn es die Kriminalkommissare sofort an dieses erinnert, was die Symbole wahrscheinlich auch genau bezwecken sollen.

Alle drei Gegenstände sind sehr diffizil aus dem Material herausgearbeitet worden, was mit absoluter Sicherheit in Handarbeit geschehen ist. Alles in allem eine sehr gute handwerkliche Leistung, das erkennen die drei auf den ersten Blick. Das Medaillon sieht richtig edel und wertvoll aus und hat mit Sicherheit eine Stange Geld gekostet. Vielleicht handelt es sich auch gar nicht um Silber, sondern um Weißgold, geht es Meier gerade durch den Kopf. Schade nur, dass die Symbole darauf so unschwer einer eindeutigen politischen Richtung zuzuordnen sind. Es ist auf jeden Fall nicht davon auszugehen, dass jemand freiwillig oder ohne zu wissen, was die Symbole bedeuten, ein solches Medaillon um seinen Hals trägt.

Schneider scannt das Beweisstück bereits ein und lässt den Computer nach möglichen Zusammenhängen suchen. Das kann durchaus eine Zeit lang dauern, wie sie alle aus bereits verlebten qualvollen Stunden wissen, und Bauer überlegt gerade, ob er sich die Wartezeit mit einer Tasse Kaffee und einem Stück Kuchen aus der Cafeteria versüßen soll, als auch schon ein lautes Bing aus dem Rechner ertönt, welches nur bedeuten kann, dass sie schon einen Suchtreffer gelandet haben. Tatsächlich leuchtet im Bildschirm vor ihnen nun genau das Abbild des Anhängers auf. Das ging ja tatsächlich einmal rasend schnell, fast beängstigend schnell sogar.

Als die Beamten den Bildschirm nach oben scrollen, bestätigt sich, was sie sowieso bereits wussten, als sie den Anhänger das erste Mal genauer angeschaut haben. Das Wappen gehört zu einer russischen Gruppe mit dem treffenden Namen »roter Falke«. Bei dieser Gruppe handelt es sich um eine sehr gefährliche Vereinigung, die in viele illegale Geschäfte verstrickt ist. Der Wermutstropfen dabei ist allerdings, dass bisher noch nie auch nur eine einzige Person der roten Falken definitiv einer Straftat überführt werden konnte. Somit ist es für die Polizei auch nicht einfach so möglich, eine Razzia für deren Unterkünfte anzuordnen. Dazu ist der Anführer der roten Falken auch noch sehr intelligent und kennt sich sehr gut mit den deutschen Gesetzen aus und weiß daher genau, wie er seine Mannschaft schützen kann. Er führt die Polizei sozusagen immer wieder an der Nase herum und diese kann so gar nichts dagegen machen.

Gegen die roten Falken wirkt die Motorradgang Wild Riders geradezu wie eine Kindergartengruppe. Wie Schneider bereits weiter recherchiert, stehen die roten Falken im Verdacht, sich in der Vergangenheit bereits an zahlreichen Straftaten beteiligt zu haben. Auch selbst sollen sie immer wieder Brüche und illegale Aktionen verüben. Da findet sich ein bunter Strauß von Möglichkeiten an Verdächtigungen. Es soll um Zigarettenhandel, Waffenschiebereien, Drogenhandel und Alkoholschmuggel im großen Stil gehen. Wie gesagt, das sind alles nur Vermutungen, da man nie eindeutige Beweise gefunden hat, die die Gruppe tatsächlich in Schwierigkeiten bringen könnten. Aber schon alleine die Anschuldigungen reichen aus, um den drei Beamten klarzumachen, dass sie es hier mit echten Kriminellen zu tun bekommen, die mit Sicherheit nicht einfach so einen Mord zugeben würden und die sich offensichtlich so gut gegenseitig schützen, dass es bisher anscheinend nie erforderlich wurde, auch nur einen ihrer Kameraden zu verraten. Das hört sich nach einer super durchorganisierten kriminellen Vereinigung an, mit der mit Sicherheit nicht zu spaßen ist.

Meier wünscht sich gerade, dass diese Typen nichts mit ihrem Mordfall zu tun haben, weiß aber, dass der im Zoo gefundene Anhänger eine ganz andere Sprache spricht. So ein Pech aber auch. Wenn sich die Gruppe so gut schützen kann, ist nicht davon auszugehen, dass sie ihren Mord jemals aufklären, sollte sich der Täter tatsächlich unter diesen Kerlen befinden. »Die können sich so gut tarnen, dass wir mit Sicherheit keine weiteren Beweise finden werden.« Kurz flammt in ihr ein Hoffnungsschimmer auf: Was, wenn sie Spuren auf dem Anhänger finden? Wenn sie einen Fingerabdruck oder DNA-Spuren nachweisen könnten? Dann hätten sie zumindest dieses Mal handfeste Beweise, die auf jeden Fall erst einmal eine Verhaftung ermöglichen. Alles Weitere wird sich dann schon ergeben.

Beherzt und guter Dinge macht sie sich sogleich an die Analyse der gefundenen Gegenstände. Aber schon bald ist ihre Euphorie auch schon wieder komplett verflogen. Sie findet nämlich weder einen Fingerabdruck noch auch nur das kleinste Hautpartikel auf den Beweisstücken. Der Träger muss das Teil in einer Hemd- oder Hosentasche mit sich herumgetragen haben, um den Hals wurde diese Kette jedenfalls in letzter Zeit nicht getragen, sonst müssten sich definitiv Spuren darauf finden. Leider findet sich absolut überhaupt nichts, was sie in ihrem Fall weiterbringen würde. Das war wohl ein Schuss in den Ofen, denkt sie bekümmert.

Ihr Chef lässt allerdings nicht so leicht locker. Er hat gerade den verrückten Entschluss gefasst, sich die Gruppe ganz alleine anschauen zu wollen. Auch wenn Schneider und Meier durchaus versuchen Bauer von seinem irrsinnigen Plan abzubringen, er lässt sich nicht beirren, sondern will der Gemeinschaft »rote Falke« auf jeden Fall einen Besuch abstatten. »Was denkt der sich nur?«, fragt sich Schneider. »Wen will er denn mit dieser Aktion beeindrucken, doch wohl mit Sicherheit nicht Meier und mich? Oder glaubt er vielleicht, er könnte so ausgebuffte und abgebrühte Verbrecher mit einem Klopfen an ihrer Tür aus der Reserve locken? Das haben schon ganz andere gestandene Polizisten versucht und sind dabei kläglich gescheitert. Bleibt nur zu hoffen, dass er sich nicht den Kopf wegpusten lässt«, beendet Schneider sein Zwiegespräch und widmet sich stattdessen wieder seinem Rechner, um seinem Chef gegenüber keinen blöden Spruch abzulassen, den er mit Sicherheit eines Tages bereuen würde.

So lassen Meier und Schneider den gerade absolut von sich überzeugten Bauer ziehen und hoffen, ihn lebendig und in einem Stück wiederzusehen.

Genau diese roten Falken unterhalten sich gerade über die drei ziemlich vertrottelten Männer Matze Sommer, Guido Hart und Jonny Reiland. Obwohl sie diesen Typen so gar nichts zutrauen, haben sie eine neue Droge entwickelt, die sie Hellhunting nennen. Diese sprengt alles, was es bisher auf dem Markt zu finden gibt. Dass es ausgerechnet diesen drei Spinnern gelungen sein soll, etwas so Wertvolles zu entwickeln, kann sich die

Gruppe zwar nicht erklären, aber das ist inzwischen auch egal. Sie haben nämlich von dem Doofsten der Gruppe, keinem Geringeren als Jonny Reiland, erfahren, dass es sich um eine echte Superdroge handeln muss, die verschiedene Wirkungen von anderen einzelnen Drogen miteinander verbindet. Hellhunting soll die negativen Trips komplett umschiffen und für absolut tolle Erlebnisse im Rausch sorgen. Wie Jonny abends ziemlich besoffen in einer Kneipe ausplappert, haben die drei ihn dazu ausgewählt, ihre neue Wunderdroge im Selbstversuch zu erproben, und er ist von der Genialität und der Wirkung ihrer Erfindung inzwischen absolut überzeugt, wie er in den hellsten Tönen herumprahlt. Sie wollen nun den Markt damit füttern und schon bald die Herrschaft in der Drogenwelt übernehmen. Wer hätte das gedacht, drei so kleine Scheißer legen sich doch tatsächlich mit einer Gang wie den roten Falken und einigen anderen Verbindungen an. Natürlich lassen diese es sich auf keinen Fall gefallen, einfach so aus einem gut funktionierenden System gedrängt zu werden, und sind längst dazu bereit, alles Nötige zu tun, um Entsprechendes effizient zu verhindern.

Gerade als sie dabei sind, einen Schlachtplan zu entwickeln, wie sie am besten an die neue Droge herankommen und die drei blöden Typen dazu bringen, ihnen ihre Mixtur zu verraten, notfalls eben auch mit Folter, klingelt es an der Tür zu ihrem sogenannten Clubhaus. Davor steht inzwischen kein Geringerer als Kriminalhauptkommissar Bauer. Er hätte sich absolut keinen schlechteren Zeitpunkt für sein Erscheinen aussuchen können. Der Anführer der Gruppe, ein ziemlich mieser Typ mit dem Namen Alexej, beschließt, selbst nachzuschauen, wer es wagt, ihn hier in seinen heiligen Hallen ohne Ankündigung zu belästigen. An der Eingangstür angekommen, öffnet er eine Klappe auf Gesichtshöhe und fragt sein Gegenüber ziemlich rüde, was es hier zu suchen hat. Etwas überrascht stellt er dann auch schon gleich fest, dass die Polizei es wagt, ihn zu stören. Dass nur ein einzelner in Zivil gekleideter Mann vor der Tür steht, der ihm seine Dienstmarke vor die Nase hält, macht die Sache etwas bizarr. Alexej denkt sich: »Also entweder weiß er nicht, wer wir sind, und meint, dass er dem katholischen Samariterbund gerade seine Aufwartung macht, oder der Typ ist einfach nur bescheuert, dass er sich hier alleine blicken lässt.« Alexej hat schon für weit weniger getötet als für eine Unterbrechung seiner wichtigen strategischen

Überlegungen und die Gedanken, bei denen er gerade eben unterbrochen wurde, waren durchaus sehr wichtig.

Erst einmal reißt er sich jedoch zusammen und fragt den Beamten so höflich wie möglich, wie er ihm denn weiterhelfen könne. Als Bauer fragt, wie es wäre, ihn erst einmal hereinzubitten, bröckelt seine Fassade dann jedoch doch etwas. Der Kerl ist ja wirklich dreist! Soweit käme es noch, dass er einen Beamten in ihre Unterkunft lassen würde. Er ringt sich erst gar nicht zu einer Antwort durch. Damit hat Bauer auch gar nicht gerechnet. Vielmehr fragt er sein Gegenüber direkt, ob er einen gewissen Guido Hart gekannt habe. Obwohl der Mann sofort verneint, diesen Namen schon einmal gehört zu haben, meint Bauer doch ganz kurz ein Flackern in dessen Blick bemerkt zu haben. Das reicht ihm auch bereits aus. Bauer ist davon überzeugt, dass der Typ den Toten auf jeden Fall gekannt hat. Tatsächlich rattern bei Alexej gerade alle Rädchen in seinem Kopf. Ihm ist natürlich nicht verborgen geblieben, dass der Kommissar von Guido in der Vergangenheitsform gesprochen hat. Da er von der Mordkommission ist, wie er vorhin bereits erwähnt hat, lässt das eigentlich nur einen Schluss zu, nämlich dass jemand Hart um die Ecke gebracht hat und das ausgerechnet jetzt. Oder vielleicht gerade deswegen jetzt, weil auch andere hinter der neuen Erfindung her sind? »So ein Mist«, denkt sich der Russe, »es wäre doch später, wenn wir den neuen Stoff erst einmal in den Händen gehabt hätten, immer noch genug Zeit gewesen, die drei doofen Typen zu beseitigen. Warum muss das ausgerechnet jetzt passieren?«

Auch wenn es sich Alexej nicht gerne eingesteht, muss er doch zugeben, dass ihn der Beamte tatsächlich für einen Moment aus dem Gleichgewicht gebracht hat. Schuld daran ist der Zeitpunkt, zu dem der Typ einfach so vor seiner Tür auftaucht. Wäre er nur eine halbe Stunde später gekommen, hätten sie bereits einen gemeinsamen Plan für das Beschaffen der Droge und der Rezeptur gehabt und dieser Besucher hätte ihn nicht weiter gestört. So aber hat ihn Bauer gerade in einer unbedachten Minute erwischt, als er mit seinem Kopf nicht hundertprozentig bei der Sache war. Mist, Mist, Mist.

Der findige Kriminalhauptkommissar ist zwar durchaus sehr ärgerlich darüber, dass er es nicht einmal schafft, ins Haus dieser Bande zu kommen, aber er ist auch zufrieden mit sich selbst und seiner Entscheidung. Er ist sich durch seinen kurzen Besuch sicher, dass für diesen Typ hier vor ihm der

Tote auf jeden Fall kein Unbekannter war. Das alleine verbucht er bereits als einen Ermittlungserfolg. Allerdings glaubt er auch zu spüren, dass die Gruppe nichts mit dem Mord zu tun hat. Das kann er zwar nicht mit absoluter Sicherheit sagen und er würde die Ermittlungen auch nicht ganz von der Vereinigung fernhalten, aber irgendetwas sagt ihm, dass sein Gegenüber überrascht davon war, dass er über Hart in der Vergangenheit gesprochen hat. Hätte dieser bereits gewusst, dass er tot ist, hätte er viel cooler reagiert und hätte vielleicht einen passenden Spruch abgelassen. So spricht sein Schweigen schon Bände.

Zufrieden zieht Bauer nun wieder von dannen. Meier und Schneider sind tatsächlich direkt froh, ihn bereits wenig später schon wiederzusehen. Beide sind überrascht, dass es Bauer tatsächlich geschafft hat, mit einem der Männer zu reden. Das hätten sie gar nicht vermutet, vielmehr haben sie gedacht, dass diese lieber ihre Knarren sprechen lassen, wenn sich ein einzelner Beamter so unvernünftig verhält und sich so nahe an sie heranwagt. Manchmal haben eben auch sturköpfige Polizisten durchaus Glück mit ihren gewagten Handlungen. Dass die Gruppe nichts mit dem Mord zu tun hat, wollen beide aber erst einmal nicht zu hundert Prozent glauben. Schließlich haben sie im Zoo das Medaillon gefunden. Vielleicht wusste nur der eine Mann nichts davon, dass andere innerhalb der Gruppe Hart ausgeschaltet haben. Klar, Bauer muss zugeben, dass dies durchaus eine mögliche Variante sein könnte, aber trotzdem sagt ihm sein Bauchgefühl etwas anderes.

Allerdings ist den drei Beamten nun eines klargeworden. Wenn die roten Falken da in irgendeiner Weise mit drinnen hängen, geht es auf alle Fälle um eine große Sache. Dagegen ist das bisschen Gras, das sie in Guidos Bude gefunden haben, geradezu lächerlich. Die Geldmenge, die in seinem Zimmer versteckt war, passt da schon viel besser ins Bild. Vielleicht hat Guido ja mit beiden Gangs Geschäfte gemacht und hat bereits im Voraus abkassiert. Dann kam heraus, dass er ein doppeltes Spiel treibt, und damit hat er sein eigenes Todesurteil gesprochen und musste schließlich sterben. Das klingt für die Kommissare recht logisch. Die Frage ist nur, um welche Ware handelt es sich hier? Wie kam ausgerechnet ein Tierpfleger dazu, sich mit zwei Gangs einzulassen und diese dann auch noch zu betrügen? Hart muss doch gemerkt haben, dass beide Gruppen so gar nicht blöd sind und durchaus die Möglichkeit dazu haben, ihm ganz schnell auf die Schliche zu kommen.

Sie müssen frustriert zugeben, dass die Kette mit dem Anhänger eigentlich nur für noch mehr Verwirrung gesorgt hat. Mit dem neu hinzugekommenen Wissen können sie den Fall leider auch nicht lösen. Dass Bauers Bauchgefühl auch noch besagt, dass die roten Falken den Tierpfleger nicht um die Ecke gebracht haben, macht die Sache nicht gerade besser. Denn dieses Bauchgefühl ist sehr verlässlich und hat ihnen schon oft geholfen, tatsächlich auf die richtige Spur zu kommen. Aber was hat es mit diesem Anhänger dann auf sich? Alle drei sehen im Moment nur Fragezeichen, und eine Lösung des Falles scheint nicht in Sicht zu sein.

Die Gefährten der roten Falken sehen den Besuch, der gerade stattgefunden hat, gar nicht locker. Vor allem ist er deshalb nicht gut, da er ihren Handlungsspielraum gerade enorm eingeschränkt hat. Dieser blöde Kommissar hat, ohne es zu wissen, gerade eine Aktion der roten Falken zunichtegemacht. Alexej beschließt mit seinen Anhängern nun nämlich erst einmal die Füße still zu halten. Sie wollen weder mit den drei Drogenbastlern noch mit dem Mord in Verbindung gebracht werden. Daher ist es wohl das Beste, erst einmal alles auf sich beruhen zu lassen.

Da einer der drei Tüftler umgebracht wurde, ist vielleicht den beiden anderen der Arsch auch erst einmal auf Grundeis gegangen und diese warten nun ebenfalls erst einmal ab, was weiter passiert. Alexej ärgert sich, dass es der Polizei überhaupt möglich war, im Zusammenhang mit dem Mord eine Spur zu den roten Falken zu knüpfen. Zu blöd, dass er den Beamten nicht gefragt hat, wie er dazu kommt, dass er den toten Typen gekannt haben könnte. Dieser Bauer hat ihn heute wirklich eiskalt erwischt. Das darf ihm kein zweites Mal passieren.

44

Für Mike Sommer könnte der heutige Tag gar nicht besser beginnen. Denn heute ist es zwei Tage her, dass sie dem Geparden Pickeldi im Zoo einen Zahn gezogen haben. Das heißt, dass jetzt ein Kontrolltermin angesagt ist. Wie es ihm Dr. Wahl versprochen hat, darf er diesen alleine wahrnehmen. Dr. Wahl ist der Meinung, dass er als angehender Tierarzt sehr wohl entscheiden kann, ob es dem Tier wieder so gut wie vor dem vereiterten Zahn geht. Außerdem hat er sich bereits ein Bild vom Können des jungen Mannes gemacht. Dieses hat ihn davon überzeugt, dass Mike soweit ist, um auf eigenen Füßen stehen zu können, zumindest was die Krankheit von Tieren betrifft.

Schon alleine der Zoobesuch wäre ein Highlight für Mike, aber es kommt noch viel besser. Der ältere Kollege bietet ihm gleich morgens eine fantastische Berufsaussicht an. Er fragt ihn nämlich, ob er als Juniorpartner zu ihm in die Praxis kommen möchte, wenn er seinen Abschluss in der Tasche hat. Das muss sich Mike nicht lange überlegen. Natürlich möchte er, gar keine Frage! Schnell sind sich die beiden Kollegen einig und Dr. Wahl verspricht, schon bald einen Vertrag vorzubereiten, um alles schriftlich festzulegen.

Durch diesen positiven Start fährt Mike dann noch beschwingter, als er ohnehin schon immer ist, zum Zoo. Anders als beim letzten Mal sitzt heute eine junge Frau an der Kasse. Mike kann sich daran erinnern, dass sie bei ihrem ersten Besuch von einer gewissen Marta einfach so durchgelassen wurden, an dem Kassenhäuschen müssen sie dabei direkt vorbeigelaufen sein. Diesem hatte der angehende Arzt damals anscheinend gar keine Beachtung geschenkt. Das war ein Fehler, wie er heute sofort bemerkt. Die junge Frau, die sich im Inneren dieses Kastens aufhält, ist nämlich durchaus attraktiv. Auch Anne schaut den forschen Kerl, der geradewegs auf sie zumarschiert, sehr interessiert an und denkt: »Der ist ja ein richtiges Sahneschnittchen. Gut, dass ich mich heute Morgen hübsch gemacht habe.« Schnell schaut sie an sich herunter, um zu prüfen, welche Klamotten sie anhat. Mit dem, was sie sieht, ist sie aber durchaus zufrieden. Jeans und ein hübscher weißer Strickpulli, das sieht immer gut aus.

Schon ist Mike bei ihr angekommen. Als er Anne den Grund seines Hierseins erläutert, ist sie plötzlich noch viel interessierter an dem jungen Mann. Ein angehender Tierarzt also und dabei noch so schnuckelig, ob der wohl eine Freundin hat? Ihre Gedanken lassen sie ihm gegenüber plötzlich schüchtern werden, was schon eine ziemliche Seltenheit darstellt. Ansonsten ist sie durchaus nicht auf den Mund gefallen und hat auch schon des Öfteren schnippische Antworten verteilt, wenn ihr einer blöd kam. Aber jetzt und hier fällt ihr irgendwie gar nichts Passendes ein. Mike schaut sie immer noch erwartungsvoll an und fragt sich gerade, was er tun muss, um hier eingelassen zu werden, als Anne sich besinnt, den Türöffner zu drücken. »So ein Mist, das passiert mir doch sonst nicht«, denkt sie sich. »Immer wenn es wichtig ist, verhalte ich mich wie ein dummes Kind, wie kann man nur so unprofessionell sein?«, schimpft sie mit sich selbst. Aber daran ist nun auch nichts mehr zu ändern. Ärgerlich dreht sie sich noch einmal um, um sogleich festzustellen, dass die Rückansicht des Herrn Sommer auch nicht zu verachten ist. »Mann, den Typ würde ich nicht von meiner Bettkante stoßen«, denkt sie und wendet sich mit einem leisen Seufzen wieder dem Eingangsbereich zu.

Mike ist ganz angetan von der Kassiererin. Wie süß sie war, und schüchtern ist sie auch, das findet er sehr erfrischend. Er hatte inzwischen genügend Dates mit jungen Frauen, um zu wissen, dass diese alles andere als schüchtern ans Werk gehen. Im Gegenteil, die Frauen von heute sagen einem ziemlich genau, was sie wollen und wie sie es wollen. Daher hat er sich bisher bei einem Date immer so schnell wie möglich wieder aus dem Staub gemacht. Sollte er sein Glück einmal mit der Dame im Kassenhäuschen versuchen? Völlig in seine Gedanken versunken, rennt er fast in Harry hinein. Dieser brummt ihn entsprechend ärgerlich an und fragt ihn, wo er denn hinwolle. Tatsächlich bemerkt Mike erst da, dass er gar nicht auf dem Weg zu den Raubtieren ist, sondern ganz offensichtlich in die falsche Richtung losgelaufen ist. Hat ihn das junge Ding tatsächlich so abgelenkt? Es scheint jedenfalls so. Eilig entschuldigt er sich bei dem Zooangestellten und fragt ihn anschließend, wo es denn zu den Großkatzen geht. Damit er sich nicht weiter verirrt, bringt Harry ihn auf kürzestem Weg dorthin und geht dann wieder seiner eigenen Arbeit nach, bei welcher ihn der angehende Tierarzt gerade unterbrochen hat.

Vor dem Eingang zu den Raubtieren reißt Mike sich erst einmal zusammen und ordnet seine Gedanken. Mit Tagträumen kann er sich bei diesen Jägern auf keinen Fall blicken lassen, das würden diese ihm sofort als Schwäche auslegen. Nicht auszudenken, wenn ihm hier etwas passieren würde. Vorsichtshalber sucht er dann auch erst einmal den Tierpfleger Manni, welchen er um die Ecke herum auch gleich findet. Dieser ist nämlich gerade wieder bei seinen Lieblingstieren, den Erdmännchen, hängengeblieben. Liebevoll verfolgt er diese, wie sie durch ihr Gehege hopsen. Auch Mike findet die kleinen Kerle süß und so unterhalten sich die beiden Männer zuerst etwas, bevor sie dann gemeinsam zu Pickeldi aufbrechen. Manni ist froh, dass der junge Mann ihn dazugeholt hat, denn ihn kennen die Tiere lange genug, um zu wissen, dass sie keine Angst zu haben brauchen. Herrn Sommer haben sie dagegen gerade einmal gesehen, da ist noch nicht wirklich viel Vertrauen vorhanden. Vor allem, weil er Pickeldi ja die Injektion verpasst hat. Das könnte die Raubkatze durchaus noch wissen. Gut, dass der angehende Tierarzt daran gedacht hat, sich Unterstützung zu holen, bevor er die heiligen Hallen der Großkatzen betreten hat.

Wie Mike gleich schon sieht, geht es Pickeldi inzwischen wieder richtig gut. Das kann Manni nur bestätigen. Das Tier hat sich schnell erholt und frisst inzwischen auch wieder kräftig. Wie Mike zufrieden feststellt, hat der Tierpfleger tatsächlich, wie empfohlen, Hackfleisch aus der Futterration von Pickeldi gemacht, welches dieser anscheinend ohne Probleme annimmt. Wie ihm Manni mitteilt, hat die Katze auch immer die ganze Portion gefuttert, was gut ist, da er die Medikamente, die sie vor zwei Tagen hiergelassen hatten, wie empfohlen unter die Fleischmasse gemischt hat und sie inzwischen komplett mitgefressen wurden.

Das edle Tier schaut Mike und Manni gerade aus großen schwarzen Augen an, ganz so, als ob es überlege, was es mit den beiden Menschen am besten anstellen kann. Mike freut sich, dass es dem Gepard schon wieder so gut geht. Selbst die Backe des Tieres ist nicht mehr angeschwollen. Sein Maul ist wieder komplett geschlossen und alles scheint wieder gut zu sein. Das ist auch die Meinung von Manni. Er hat Pickeldi schon wieder mit den anderen draußen gesehen und findet, dass die Raubkatze wieder ganz die alte ist.

Zufrieden, dass die Zahnoperation so gut verlaufen ist und es Pickeldi schon wieder so gut geht, verabschiedet sich Mike schon bald von dem Tierpfleger, um sich wieder auf den Weg in die Praxis zu machen. Natürlich muss er dabei auch wieder an der süßen Lady vorbei. Wie bringt er es nur fertig, sie um ein Date zu bitten? Allerdings hätte er sich darüber gar keine Gedanken machen müssen, denn inzwischen hat sich Anne etwas Unverfängliches einfallen lassen. Als Mike Sommer wieder am Eingang ankommt, spricht sie ihn auch gleich an. »Ach übrigens, meine Nichte hat ein Meerschweinchen, das irgendwie krank aussieht. Können wir damit vielleicht heute Abend bei Ihnen in der Praxis vorbeikommen?« Etwas verwundert darüber, dass die junge Frau anscheinend doch nicht ganz so schüchtern ist, wie er gedacht hat, aber auch durchaus froh, dass sie es ihm so leicht macht, sie wiederzusehen, erwidert er fröhlich: »Ja klar, ihr könnt heute zwischen siebzehn und neunzehn Uhr einfach in die offene Sprechstunde kommen, dann schaue ich mir den Kleinen einmal an.« Anne strahlt ihn daraufhin an und errötet dabei leicht. Mit einem »Bis später dann« verabschiedet sich Mike und macht sich schnell auf den Weg zu seinem Auto, damit sie nicht sieht, dass er gerade wie ein Honigkuchenpferd über beide Backen grinst. Die erste Hürde wäre schon einmal geschafft. Wenn er dem Meerschweinchen dann auch noch professionell helfen kann, wäre es doch gelacht, wenn er mit der hübschen jungen Frau kein Date vereinbaren könnte. Schon jetzt freut er sich auf den Abend. Der heutige Tag muss irgendwie sein persönlicher Glückstag sein, denkt er euphorisch. Jedenfalls hält seine gute Laune tatsächlich den ganzen Tag über an und die ganze Welt erscheint ihm leicht und gut. Was Hormone doch so alles anstellen können!

Für die Kriminalkommissare läuft der Tag nicht ganz so gut. Gerade erfahren sie nämlich von ihrer Pathologin, dass der Stofffetzen, den sie an der Eingangstür des Raubtiergeheges bei ihrem ersten Besuch sichergestellt haben, definitiv nicht mit dem Mord in Verbindung gebracht werden kann. Bei dem Stück Stoff handelt es sich um einen Teil eines Clownskostüms, welches schon sehr alt sein muss, da sich der Stoff schon ans Auflösen macht. Außerdem hat Ilse Weber Rückstände von Bühnenschminke sichergestellt. Sie geht davon aus, dass dieses Stoffteil ein Requisit eines längst vergessenen Kindergeburtstages ist, der irgendwann einmal im Tierpark gefeiert wurde. Sie kann auf jeden Fall ganz sicher sagen, dass er die Beamten in der Lösung des Falles keinesfalls weiterbringt. Es wäre ja auch zu schön gewesen, um wahr zu sein. »In diesem Fall passt einfach gar nichts«, denkt Meier ernüchtert.

45

Tatsächlich kommt die junge Dame nach achtzehn Uhr in die Tierarztpraxis. Mike entdeckt sie sofort, muss sich aber erst noch um einen anderen Patienten kümmern. Dann hat er endlich für sie und ihre Nichte Zeit. Er begrüßt sie mit den Worten: »Was fehlt dem kleinen Kerl denn?«, woraufhin das Mädchen entrüstet prustet: »Was heißt hier, was fehlt meinem Moritz? Ich denke, er soll nur geimpft werden?« Ups, so hat sie es also geschafft, ihre Nichte samt deren Meerschweinchen in die Praxis zu bekommen, grinst Mike in sich hinein. Seine erwachsene Besucherin ist auch schon wieder komplett errötet. Wie schnell sich doch so kleine Notlügen immer wieder entlarven! Klar, dass ihr das jetzt peinlich ist. Um die Situation wieder zu entspannen, erklärt er nun: »Ach so, ihr seid das mit der Impfung. Da habe ich wohl nur die Patienten verwechselt. Ein krankes Meerschweinchen soll heute nämlich auch noch gebracht werden.« Das hat die erhoffte Wirkung und die Kleine beruhigt sich augenblicklich wieder. Verschwörerisch zwinkert er nun der jungen Frau zu, die sich durch seine lockere Art ebenfalls wieder entspannt. Das ist ja gerade noch einmal gut gegangen.

Wie es sich für eine gute Tierbesitzerin gehört, hat die Kleine sogar den Impfausweis für ihren Moritz dabei. Schnell überprüft Mike diesen und stellt dabei fest, dass überhaupt keine Impfung ansteht. »Was nun?«, fragt er sich gerade, als ihn das Mädchen unbeabsichtigt aus seinem offensichtlichen Dilemma befreit. Die Kleine muss dringend auf die Toilette, wie sie gerade ihrer Tante erklärt. Erleichtert lassen die beiden Erwachsenen das Mädchen ziehen. Da hat das Tier aber im wahrsten Sinne des Wortes ganz schön Schwein gehabt. Mike ist froh, dass er diesem nicht irgendetwas hat spritzen müssen, nur um den Schein zu wahren. Notfalls hätten es eben ein paar Vitamine sein müssen.

Allerdings ergreift er jetzt natürlich die Gelegenheit, die süße Tante erst einmal nach ihrem Namen zu fragen. Als er diesen erfährt, kann er sich ein Grinsen dann jedoch nicht mehr verkneifen, sein Gegenüber heißt doch wirklich Müsig, Anne Müsig. Na, wenn das kein toller Name für diese schüchterne Person ist. Etwas verunsichert steht diese dann vor Mike und wartet erst einmal ab, was weiter passiert. Da nun klar ist, dass sie ihre Nichte samt deren Haustier nur hierhergeschleppt hat, um den jungen Mann wiederzusehen, weiß sie gerade nicht so recht, wie sie sich nun ihm gegenüber verhalten soll. Mit der Tür ins Haus fallen will sie dann eben auch nicht. Allerdings ist sie auch erleichtert, dass der angehende Tierarzt anscheinend überhaupt nicht sauer auf sie ist. Im Gegenteil, ihn scheint die Sache eher zu amüsieren. Vielleicht war die Idee mit dem Tier doch nicht so schlecht, denkt sich Anne und nun kommt, was kommen musste, Mike fragt sie einfach so ohne viel Drumherum nach einem Date. Wow, das war ja jetzt einfach. Erleichtert darüber, dass ihr Plan so leicht aufgegangen ist, verabreden sich die jungen Leute zum Ende der Woche in einer angesagten Bar, um gemeinsam etwas zu trinken. Alles Weitere wird sich dann schon ergeben, denken die beiden unabhängig voneinander.

Als das Date steht, biegt auch die Kleine wieder um die Ecke, um sich gleich um ihr, wie sie denkt, inzwischen geimpftes Meerschweinchen zu kümmern. Als Mike die beiden ansieht, muss er wieder grinsen. Wenn die Kleine wüsste, dass sie nur benutzt wurde, wäre sie ihrer Tante bestimmt eine Zeit lang böse. Daher ist es besser, wenn sie es erst gar nicht erfährt. Deshalb trägt Mike nun mit heutigem Datum etwas in den Impfpass des Tieres ein, was sich durchaus nach einem Impfstoff anhört, was aber jeder andere Tierarzt richtig zu deuten weiß. Es handelt sich nämlich einfach nur um die Abkürzung für Zuckerwasser. Dieses Mittels bedienen sich die Ärzte schon ab und an einmal. Gerade wenn es wie jetzt eigentlich nicht wirklich etwas zu spritzen gibt, sie aber den Tierhalter beruhigen möchten, indem sie etwas für das angeblich kranke Tier tun. Mit dieser Aktion ist nun auch die kleine Tierbesitzerin zufrieden und jeder bekam bei diesem Termin das, was er erwartet hat. Na ja, so stimmt es ja nicht ganz. Das arme Meerschweinchen ging komplett leer aus. Aber vielleicht ist es dafür auch ganz dankbar. Welches Haustier geht schon gerne mit seinem Herrchen zum Tierarzt, um dann auch noch so manches Unangenehme über sich ergehen zu lassen? Wahrscheinlich freut es sich gerade darüber, dass es heute komplett verschont wurde.

46

Die Kriminalkommissare kommen mit ihren Ermittlungen nicht so wirklich weiter. Die Männer, mit denen der Tote zusammengelebt hat, haben zwar mit Sicherheit keine blütenreine Weste, die Beamten finden aber auch nichts, was sie dazu verleiten würde, anzunehmen, dass die beiden etwas mit dem Mord zu tun haben. Den ziemlich kaputten Reiland verdächtigen sie schon einmal auf gar keinen Fall, aber auch der ausgebuffte Sommer scheint keine Leichen in seinem Keller begraben zu haben. Oder er hat sie so gut verscharrt, dass sie bisher nur noch nicht ans Tageslicht gekommen sind.

Aber trotzdem, so wirklich verdächtig sind die beiden Männer nicht. Auch die Rockergang hat allem Anschein nach nichts mit dem Mord zu tun. Die Jungs waren sehr überrascht, als sie vom Tod ihres Gefährten erfahren haben. Sie müssten daher schon alle zusammen ziemlich gute Schauspieler sein, wenn ihre Reaktionen nur gefakt gewesen wären. Dass die Russenmafia den Mord begangen hat, glauben zwar nach wie vor Meier und Schneider am ehesten; da ihr Chef Bauer aber ein anderes Bauchgefühl hat, könnten sie mit dieser Vermutung auch gehörig auf die Nase fallen.

Was können sie also tun, um in diesem Fall weiterzukommen? Diese Frage ist schnell beantwortet. Es bleibt ihnen nichts anderes übrig, als die Angestellten des Zoos zu befragen, die sie bisher noch gar nicht hier auf dem Präsidium hatten und die die Leiche entweder gar nicht gesehen haben oder nicht einmal im Tierpark waren, als diese entdeckt wurde. Die Beamten hegen die Hoffnung, dass sie aus den Berichten der ehemaligen Kollegen vielleicht eine neue heiße Spur erhalten, die zur Klärung der Tat beitragen könnte. Einen anderen Rat wissen sie sich jedenfalls gerade nicht. Gleich darauf machen sie sich daran, die Personen zu kontaktieren, um mit ihnen Gesprächstermine zu vereinbaren.

Für die Befragung der Kollegen lassen sich die Beamten Zeit und alle drei nehmen sich jeweils ein paar Angestellte vor. Was sie zu Beginn noch nicht wissen können, ist, dass sie nach allen Terminen noch um einiges verwirrter sind, als sie es vorher ohnehin schon waren. Denn sie bekommen während der Gespräche ein paar Geschichten erzählt, die nur noch mehr Verdächtige aufwerfen, was die ganze Sache noch schlimmer macht.

So erfahren sie zum Beispiel, dass der hübsche Tiertrainer Tom Lustig mit der Marketingassistentin Anja Süß für kurze Zeit ein Verhältnis hatte. Pikant an dieser Geschichte ist allerdings, dass es die beiden vor lauter Triebhaftigkeit und momentaner Lust aufeinander öfters gleich an Ort und Stelle in einem der Tiergehege miteinander getrieben haben. Natürlich wurden sie bei ihrem Tun überrascht, wie könnte es auch anders sein? Interessant ist allerdings, wer sie dabei erwischt hat, nämlich kein Geringerer als der inzwischen tote Guido Hart. Dieser hat auch mitbekommen, dass Anja das

Ganze schon sehr bald ziemlich peinlich wurde und sie dann mit Lustig Schluss gemacht hat. Lustig ist Süß dann noch eine Zeit lang nachgestiegen und hat sich wohl erhofft, so noch weitere lockere Sitzungen mit der Kollegin abhalten zu können. Aber Süß hat ihm letztendlich tatsächlich den Laufpass gegeben, hauptsächlich weil sie keinen Stress an ihrem Arbeitsplatz haben wollte.

Den hat sie dann allerdings trotzdem bekommen. Guido Hart war nämlich der Meinung, sie mit seinem Wissen erpressen zu können. Er hat mehrfach versucht, bei ihr zu landen, und hat ihr damit gedroht, dass ihre Lasterhaftigkeit am schwarzen Brett nachzulesen wäre, wenn sie ihn nicht ranließe. Er hat sogar behauptet, dass er exklusive Bilder von ihrem Tun liefern könnte, was ihm Süß allerdings dann doch nicht abgenommen hat. Er war ihr gegenüber jedenfalls ziemlich obszön und hat ihr stets mit Gesten und Körperbewegungen zu verstehen gegeben, dass er schon noch bei ihr landen wird, da er sie in der Hand hat. Süß war schon drauf und dran, ihren Arbeitsplatz zu wechseln, beschloss aber vorher noch einmal mit Lustig über die Sache zu reden. Dieser hat ihr versichert, dass sie sich keine weiteren Sorgen zu machen braucht und Hart sie mit Sicherheit nicht länger belästigen wird, dafür werde er sorgen. Auf einmal ließ Hart sie tatsächlich in Ruhe und sie konnte im Park bleiben. Aber dann fanden die Kollegen schließlich eines Morgens Harts Leiche direkt an seinem Arbeitsplatz und nun getraut sich die Assistentin nicht, Lustig darauf anzusprechen. Sie hofft innig, dass er nichts mit der Sache zu tun hat, aber danach gefragt hat sie ihn bisher nicht.

Als sie dem Kollegen Tom Lustig von der Geschichte erzählen, berichtet dieser etwas ganz anderes. Er glaubt nämlich, dass Anja Süß etwas mit dem Mord zu tun haben könnte. Die Süß sei immer zickiger zu Hart geworden, da dieser partout nicht mit seinem Gehabe aufhören wollte. Sie hat sich dann so über diesen Blödmann aufgeregt, dass Lustig sich schon Sorgen um sie gemacht hat und sie gebeten hat, bloß keine Dummheit wegen so einem Typen zu begehen. Süß habe ihn aber nur ausgelacht und zu ihm gesagt: »Lass mich nur machen. Der hält schon bald seine blöde Fresse.«

Bauer erfährt vom Koch Herbert Fliege etwas, was diesen durchaus auch verdächtig macht. Guido Hart hat sich doch tatsächlich mit ihm angelegt, weil er den Tieren ab und an Leckereien kocht. Das sei Verweichlichung, hat er ihn angeschrien, es seien und blieben immer noch wilde Tiere, auch wenn sie nun in einem Zoo leben. Er solle sich unterstehen, diesen noch einmal ein Pastetchen oder Sonstiges zu servieren, sonst mache er richtig Ärger, brüllte Guido weiter. Fliege hat sich darüber so aufgeregt, dass er mit einem Messer bewaffnet aus seiner Küche marschiert kam und direkt auf den Tierpfleger zugestürmt ist. Sein Gehirn war in diesem Moment ausgeschaltet, erinnert er sich noch. Nur gut, dass ihm Julia damals zu Hilfe gekommen ist, wer weiß, was sonst passiert wäre. Jedenfalls hat sie ihn wieder zur Besinnung gebracht und wahrscheinlich ist es nur ihrem beherzten Eingreifen zu verdanken, dass er an diesem Tag nicht auf Guido losgegangen ist. Einen weiteren Vorfall wie diesen verneint der Koch zwar, aber wer weiß schon, ob es Guido nicht doch eines Abends geschafft hat, Fliege so gegen sich aufzubringen, dass dieser ihm einfach während seiner Arbeit aufgelauert und ihn abgestochen hat. Vorstellbar wäre es auf alle Fälle.

Dann gibt es noch etwas Weiteres zu erfahren, was die Sache für die Beamten nicht gerade leichter macht. Sie nehmen sich nämlich den immer so mürrischen Tiertrainer Harry Ruppert noch einmal vor, nachdem sie von einer der Restaurantfachkräfte erfahren haben, dass dieser mit Guido auch schon des Öfteren einen handfesten Streit hatte. Bei dieser Gelegenheit erfahren sie, dass Ruppert gerade eine harte Zeit durchmacht. Seine beiden Jungs, die nur zwei Jahre Altersunterschied haben und schon große Teenager sind, halten ihn und seine Frau zurzeit ganz schön auf Trab. Sie haben sich den Eltern ziemlich entfremdet und lassen sich von ihren Alten, wie das Ehepaar Ruppert von seinen Kindern inzwischen nur noch genannt wird, auch überhaupt nichts mehr sagen. Richtig schlimm wurde es dann, als der *Ältere* der beiden eines Abends nach Hause kam und genauso seltsam gerochen hat, wie Guido das immer mal tat. Da ist Ruppert der Kragen geplatzt und er hat sich den Jungen einmal so richtig vorgenommen. Dabei hat er dann erfahren, dass sein Sohn tatsächlich Gras geraucht hat. Als dieser ihm dann auch noch mit einem frechen Grinsen berichtet hat, dass er das Zeug von seinem Zookollegen Hart bekommen hat, ist bei ihm eine Sicherung durchgebrannt.

Er hat Guido am nächsten Tag sofort und recht laut zur Rede gestellt. Wie man sich aber denken kann, hat diesen das ganz und gar nicht beeindruckt. Vielmehr hat er den Familienvater noch verhöhnt und ihm unterstellt, seine Brut wohl nicht richtig im Griff zu haben und somit selbst die Schuld daran zu tragen, dass sein Sohn so missraten ist und sich das Zeug besorgt, um besser drauf sein zu können. Wahrscheinlich halte er es sonst nicht bei so einem bekloppten Alten zu Hause aus, hat er noch nachgesetzt. Außerdem könnte er Gras jederzeit auf der Straße bei einem anderen kaufen, wenn er es denn rauchen will. Da könne Ruppert doch froh sein, dass sein Sohn es von ihm bekommen hat, denn da könne er sich wenigstens sicher sein, dass es nicht mit etwas viel Gefährlicherem zusammengepantscht war. Nach dieser Rede hat Guido den besorgten Vater dann auch noch ausgelacht, was wohl das Fass letztendlich zum Überlaufen gebracht hat. Harry gerät jedenfalls über die freche Art seines Kollegen so in Rage, dass der Arm, in dem er die ganze Zeit über seine Peitsche gehalten hat, ohne sein bewusstes Zutun nach vorne schnellt und Guido direkt an der Backe trifft. Von diesem Zusammentreffen ist Guido eine schöne Narbe geblieben. Natürlich hat Hart dem Familienvater gedroht, dass das noch ein Nachspiel hätte und noch lange nicht vorbei sei. Aber weiter passiert ist dann erst einmal nichts und Ruppert ist Hart einfach aus dem Weg gegangen, so gut es eben ging.

Bei der Küchenhilfe Pia Seitz sind sie dann endlich auf eine Kollegin getroffen, die den toten Guido Hart tatsächlich etwas näher gekannt hatte. Ihr Schwager war mit Guido in der Schule, sie waren sogar in derselben Klasse. Bei ihm ist sie Guido schon auch mal privat begegnet, was ihr allerdings gar nicht recht war. Sie beschreibt den ehemaligen Kollegen als grobschlächtigen und fiesen Typen, der gerne zu Lasten anderer dumme Sprüche abgelassen hat und viele mit seinen Aussagen in Verlegenheit brachte, woran er sich jedoch auch noch aufgeilt hat. Sie versteht gar nicht, warum ihr Schwager ihn überhaupt noch eingeladen hat, denn Guido hat letztendlich immer für Ärger gesorgt, wenn er zu irgendwelchen privaten Feiern aufgetaucht ist. Schon alleine seine Kleidung, die immer aus schwarzen Klamotten und dieser scheußlichen Lederjacke mit dem Schlangenemblem bestanden hat, passte so gar nicht in den Kreis ihrer Familie. Aber ihr Schwager ließ sich von der groben Art des einstigen Schulfreunds nicht abschrecken. Er war davon überzeugt, dass sich das rüde Verhalten noch irgendwann legen würde und ein durchaus akzeptabler Kern in Guidos Innerem verborgen sei. Pia konnte diesen guten Guido allerdings nie kennenlernen. Vielmehr versuchte sie immer einen großen Bogen um ihn zu machen, da er allen Weibern immer gleich an die Wäsche wollte. Da musste man bei ihm immer aufpassen. »Wo soll da nur der gute Kern stecken?«, hat sie ihren Schwager schon mehr als einmal gefragt. Außerdem hatte sie fast ein bisschen Angst vor ihrem Kollegen. Er kam ihr immer sehr brutal vor und sie kann sich gut vorstellen, dass er in mehr als eine Schlägerei in der Woche verwickelt gewesen ist. Nicht umsonst hatte er zwei Narben im Gesicht. Weiß Gott, was er an seinem übrigen Körper sonst noch für Verletzungen vorweisen konnte. Darüber will sie lieber gar nicht nachdenken. Denn ein nackter Guido sei ihr absolut zuwider und den möchte sie auch niemals wirklich erleben. Das Problem stellt sich ihr ja nun auf keinen Fall mehr. Und die Familienfeiern dürften ab sofort um einiges ruhiger werden. Als die Beamtin sie nach ihrer Meinung fragt, warum ihr Schwager Herrn Hart immer wieder eingeladen hat, erwidert diese, dass das nur in ihrer gemeinsamen Kindheit begründet sein kann. Denn sonst sind die beiden nie zusammen weggegangen. Pia meint, dass sich ihr Schwager Guido gegenüber irgendwie verpflichtet gefühlt hat; warum genau, hat sie allerdings nie aus ihm herausbekommen. Auch ihre Schwester, die über den Besuch des rüden Guido mehr als einmal verzweifelt war, konnte von ihrem Mann nichts weiter dazu erfahren.

Auch dass sie alle anwesenden Personen in den Gesprächen nach ihren Erfahrungen mit Rauschmitteln befragt haben, hat die Beamten nicht wirklich weitergebracht. Klar hat schon jeder der Angestellten mal einen über den Durst getrunken, gerade wenn sie auf einer Feier eingeladen waren, kam das schon ab und an mal vor. Auch auf der eigenen Grillparty hat man schon einmal einen schönen Schoppen unter Freunden gemacht. Wer hätte das auch nicht? Manche haben auch zugegeben, schon einmal Gras geraucht zu haben oder sogar schon einmal Ecstasy ausprobiert zu haben, aber wie so oft war das natürlich nur dem Gruppenzwang zuzuschreiben und selbst wüssten sie nicht einmal, wo man das Zeug herbekommen sollte. Meistens kamen sie mit diesen Sachen in einer Disco in Berührung, über den Freund eines Freundes oder die Freundin einer Freundin. Diese Geschichten eben. Das kennen die Polizisten schon zur Genüge. Eine der Restaurantfachkräfte hat ausgesagt, dass es ihr nach dem Konsum von diesem Ecstasy so schlecht ging, dass sie nie wieder etwas mit diesem Zeug zu tun haben will. Sie hatte damals die ganze Nacht nicht geschlafen. Auch drei Nächte später hat sie noch immer nicht durchgeschlafen, was ihr schwer zu schaffen machte und sie fast ihren Job gekostet hätte. Freiwillig schluckt sie diese Pillen jedenfalls auf keinen Fall mehr. Wirklich verdächtig in Bezug auf Drogenmissbrauch hat sich keine der befragten Personen gemacht. Es macht auch niemand der Zooangestellten den Eindruck, dass er oder sie sich freiwillig ständig etwas einwerfen würde. Dafür sind sie dann doch alle etwas zu bürgerlich.

Somit haben die Kommissare am Ende ihrer Befragungen ein ganz anderes Ergebnis zu bieten, als sie erhofft und erwartet hätten. Nun gibt es volle vier Menschen mehr, die alle ein Motiv zu einer Tat im Affekt gehabt hätten und die den Toten auch noch mehr oder weniger gut kennen und doch relativ eng mit ihm in Kontakt standen, da sie ihn ja auch täglich im Tierpark gesehen haben. Außerdem scheint keiner den Toten besonders gern gehabt zu haben, wie sie in den vielen Einzelgesprächen ganz deutlich erfahren haben. Irgendwie scheint den Tierpfleger auch niemand so wirklich zu vermissen. Macht das nicht alle gemeinsam ein bisschen verdächtig, oder sehen sie jetzt schon Gespenster? Schließlich handelt es sich hier nicht um den Mord im Orientexpress, den sie zu klären haben, oder etwa doch?

Wie sollen sie diesen verzwickten Mord nur aufklären? Je mehr Personen sie befragen, umso mehr Verwirrung bleibt am Ende zurück.

47

Unterdessen gibt es im Zoo heute wieder einmal so richtig viel zu tun. Die Werbung der Marketingassistentin hat nämlich tatsächlich dazu geführt, dass heute endlich wieder einmal ein Kind seinen Geburtstag im Tierpark feiert. Früher gab es diese Partys hier oft, aber seit dem Mord hatten sie nicht mehr wirklich viel Publikumsverkehr, geschweige denn eine hier veranstaltete Party. Die Tiere haben sich mit Sicherheit über die Ruhe gefreut. Für die Angestellten wurde es aber nun wirklich Zeit, dass wieder Leben in die Bude kommt.

Die kleine Mia, die heute sieben Jahre alt wird, sorgt jedenfalls dafür, dass es endlich wieder rundgeht im Zoo. Sie hat eine ganze Rasselbande von insgesamt fünfzehn Kindern und vier Erwachsenen im Schlepptau. Diese halten die Angestellten wie die Tiere ganz schön auf Trab. Wie in der Werbung versprochen, gibt es erst einmal eine Riesentorte für das Geburtstagskind.

Diese dekoriert Herbert Fliege gerade noch liebevoll mit Disney-Prinzessinnen, worüber sich Mia unglaublich freut. Außerdem bereitet er für die ganze Bande Schokoladen- und Bananeneis vor, welches es nach dem Mittagessen als Nachtisch geben soll. Die Hauptspeise besteht aus Pommes, viel Ketchup und Majo und Chicken Nuggets in Hülle und Fülle. Aber egal, auch wenn das Essen für den Koch keine wirkliche Herausforderung darstellt, ist dieser doch froh, endlich wieder einmal alle Hände voll zu tun zu haben, und so werkelt er munter und fröhlich vor sich hinpfeifend in seiner großen Küche herum.

Auch die Marketingassistentin Süß hat heute viel um die Ohren. Sie hat die Aufgabe übernommen, die wilde Bande gleich am Eingang willkommen zu heißen und den heutigen Ehrentag der kleinen Mia mit allen gemeinsam zu feiern. Sie hat sich sogar eine Besonderheit für die Kleine einfallen lassen. Dazu hat sie den Tiertrainer Tom engagiert und so kommt es, dass Mia heute das erste Mal in ihrem Leben auf einem ausgewachsenen, echten Elefanten sitzt, der sie durch den Zoo trägt. Tom bleibt natürlich während der ganzen Zeit an ihrer Seite, damit sich die junge Dame keine Sorgen zu machen braucht, wie er ihr würdevoll erklärt. Mia ist absolut begeistert und Anja freut sich, dass sie der Kleinen eine gelungene Überraschung bieten konnte. Während Mia mit dem Dickhäuter ihre Runde dreht, haben sich die anderen auf dem Kinderspielplatz eingefunden, auf welchem sie bereits nach kürzester Zeit herumtoben und mit Sicherheit durch ihre schrillen Rufe und Schreie so manches empfindliche Tierohr zum Zucken bringen. Aber zum Wohle des Zoos müssen heute alle an einem Strang ziehen und so müssen eben auch die Tiere eventuell auf ihr Mittagsschläfchen verzichten. Für die Gemeinschaft muss man halt auch mal Abstriche machen. Nach der Runde durch den Zoo kommt ein strahlendes Geburtstagskind zu ihnen zurück und alle toben gemeinsam herum, bis es Zeit für das Mittagessen ist.

Im Restaurant erhält Mia erst einmal eine Krone und einen extra schön dekorierten Platz. Die Kinder und die mitgekommenen Mütter lassen sich das Essen schmecken und es herrscht ausnahmsweise sogar einmal Ruhe, während sie alle zufrieden ihre Fritten und die Nuggets mampfen. Das Eis, welches Herbert zu einer Pyramide aufgeschichtet hat, wird so gut wie komplett gefuttert. Kaum ist alles verputzt, macht sich die Meute auch schon wieder auf, um den Tierpark nun zu Fuß zu erkunden. Bei den Kleinen kommt der Streichelzoo wie immer am besten an. Dort verbringen die Kinder dann auch eine ganze Stunde, während es sich die Frauen auf den Bänken davor gemütlich machen und dem fröhlichen Treiben zuschauen. Natürlich gab es für jedes Kind auch eine Portion Futter, welches sie gerade fröhlich an die Tiere verteilen.

Auch die Erdmännchen, die Kängurus und die Affen erfreuten sich einer länger dauernden Betrachtung, während die restlichen Tiere im Zoo schon bald wieder in Ruhe gelassen wurden. Wieder zurück im Restaurant gab es dann noch die Märchentorte, die die Mädchen der Gruppe zum Jauchzen brachte, während die Jungs nur cool taten und abfällige Bemerkungen über das kindische andere Geschlecht machten. Geschmeckt hat es dann jedoch anscheinend allen, denn die Torte sowie einige Kannen Kakao waren ganz schön geplündert, als das Gelage dann beendet wurde.

Den restlichen Nachmittag verbrachte die Rasselbande dann in der Abenteuerecke des Tierparks, wo sich alle gehörig austobten. Um siebzehn Uhr war es endlich geschafft. Zufrieden und glücklich, aber auch überaus müde und kaputt verabschiedet Anja Süß alle Kinder und Erwachsenen und lädt sie ein, bald wieder auf einen Besuch vorbeizukommen.

Der Kindergeburtstag war jedenfalls ein voller Erfolg und Anja Süß verspricht sich von diesem Tag, dass sich die Erlebnisse des Besuches schon bald in der Schule herumsprechen werden und anschließend auch andere Kinder wieder hier ihren Geburtstag feiern dürfen. Dass sie die richtigen Maßnahmen für einen Erfolg ihrer Werbung ergriffen hat, wurde heute jedenfalls schon einmal eindrucksvoll bewiesen. Damit ist es für sie nur noch eine Frage der Zeit, bis die vollen Kassen folgen.

48

Meier und Schneider beschäftigen sich heute noch einmal ausgiebig mit den bereits abgenommenen Fingerabdrücken aus dem Tierpark. Sie breiten alle Abdrücke, die sie bei den Raubtieren im Gehege gefunden und sorgfältig katalogisiert haben, vor sich auf den Tischen aus und holen sich aus den Personenmappen zu dem Fall die Abdrücke der Angestellten nacheinander dazu. Die meisten Abdrücke können sie den Zooangestellten Ruppert, Hart,

Schwarz und Lustig zuordnen. Diese waren und sind es ja auch, die sich am häufigsten bei diesen Tieren aufhalten. Somit können sie gut neunzig Prozent der katalogisierten Abdrücke schon einmal vergessen, wenn sie davon ausgehen, dass der Mörder nicht in den Reihen der Kollegen zu finden ist. Die übrig gebliebenen Fingerabdrücke schauen sie sich nun noch einmal genauer an. Genauso wie sie alle Abdrücke mit den auf dem Mordwerkzeug gefundenen vergleichen. Leider müssen sie aber schon bald feststellen, dass es absolut keine Übereinstimmungen gibt. Somit sind die Zooangestellten schon so gut wie entlastet, es sei denn, dass sie bei der Tat Handschuhe getragen hätten und die auf dem Messergriff gefundenen Abdrücke noch von dem vorherigen Benutzer stammen. Gegen diese Überlegung spricht allerdings, dass die Abdrücke sehr deutlich zu sehen sind und überhaupt nicht verwischt waren. Es ist daher sehr unwahrscheinlich, dass die auf dem Messer gefundenen und sichergestellten Abdrücke nicht zum Täter gehören. Eigentlich ist es mit Fingerabdrücken ja ganz einfach. Man muss nur die richtige Hand finden, mit der man die vorhandenen Beweise abgleicht, und schon hat man den Mörder! Die einzige Schwierigkeit besteht eben darin, genau diese Hand zu finden.

Alles in allem sind sich die beiden Beamten einig, dass diese ganze Sache mit den Fingerabdrücken letztlich nur Zeitverschwendung war. Die restlichen Abdrücke, die sie nicht zuordnen können, könnten allen möglichen Personen gehören. So zum Beispiel Julia Kern, von welcher sie wissen, dass sie abends gerne noch eine Runde durch den Zoo läuft, bevor sie schließlich nach Hause geht. Oder dem Zoodirektor Reuter, der sogar manchmal mehrmals durch seinen Tierpark marschiert, um nach dem Rechten zu schauen. Vielleicht könnten sie auch dem Tierarzt einen Abdruck zuordnen. Er ist schließlich immer wieder einmal hier, um die Tiere zu impfen oder einfach nur nach ihrem Gesundheitszustand zu schauen, da stehen die Chancen sehr hoch, dass sich auch ein Abdruck seiner Finger auf den Gitterstäben findet. Es könnte auch Abdrücke von Freunden der Zooangestellten geben, die hier vielleicht schon zu Besuch waren und durch ihre Bekannten dann auch im Raubtiergehege zugegen waren, obwohl das eigentlich nicht sein sollte. Ohne weitere Vergleichsabdrücke macht es auf jeden Fall wenig Sinn, weiter über Wenn und Aber nachzugrübeln.

Schließlich berichten sie ihrem Chef, dass ihre Recherche nichts ergeben hat und sie keinen der Fingerabdrücke, die sie im Gehege gefunden haben, denen auf dem Messergriff zuordnen können. Ohne weitere Beweise oder wenigstens eine heiße Spur ist es den Kommissaren auch nicht erlaubt, allen anderen Zooangestellten einfach so Abdrücke zu nehmen. Aber Meier und Schneider sind sich auch hier wieder einig und sind der Meinung, dass das wahrscheinlich genauso wenig bringen würde.

Letztlich war diese Aktion eine Verschwendung von Steuergeldern, aber das konnte vorher niemand wissen. Sollte man schon hoffentlich bald einen echten Verdächtigen verhaften können, sind die Fingerabdrücke zur Beweisführung auf jeden Fall noch nützlich. Also heißt es einmal mehr: Abwarten und Tee trinken oder einfach auf die richtige Fährte zu kommen.

49

Trotz der vielen Aufregung, der die Raubtiere in letzter Zeit ausgesetzt waren, findet Harry, dass es an der Zeit ist, die Tiere wieder einmal einer Trainingsstunde zu unterziehen. Das ist wichtig, damit sie immer wissen, was in welcher Situation von ihnen verlangt wird, und dass sie genau erkennen, was Harry mit welchen Bewegungen von ihnen erwartet. Zum Training räumt er ein paar Dinge aus dem naheliegenden Unterstand und baut diese in einem Kreis im Inneren des Raubtierstalles auf. Er beschließt, dass er heute nur die jüngeren Tiere üben lassen will. Das heißt im Klartext, dass Pickeldi, Frederick und Wildcat aus ihren Gehegen befreit werden und sich gleich auf den Weg zu ihrem jeweiligen Stammplatz im Trainingsparcours machen. Bei diesen Plätzen handelt es sich genau wie im Zirkus um große Tonnen, die bunt bemalt sind und genügend Platz bieten, damit sich die Tiere bequem auf ihren Hintern setzen können. Harry lässt alle drei Katzen erst einmal etwas hin und her springen und wechselt die Sitzplätze untereinander aus. Das macht er so oft, bis jede wieder auf seiner eigenen Tonne sitzt und ihn erwartungsvoll anschaut.

Dann lässt er erst Frederick und im Anschluss Wildcat durch einen in der Mitte von der Decke hängenden Ring springen. Pickeldi soll das Gleiche tun, nachdem er den Reifen zusätzlich noch angezündet hat. Alle meistern ihre Aufgaben mit großem Geschick und Harry ist durchaus zufrieden mit ihren Leistungen. Die schlauen Tiere haben in der Zwischenzeit nichts verlernt.

Doch dann macht der Tiertrainer einen verhängnisvollen Fehler. Er lässt sich durch sein Mobiltelefon, welches er vergessen hat abzuschalten, ablenken und unterbricht den Blickkontakt zu den Tieren vor sich. Wildcat wittert als Erster die Chance zu einem Angriff auf den sehr ungeliebten Tiertrainer. Er pirscht sich geduckt von seiner Tonne herunter, und gerade als er zum Sprung auf Harry ansetzt, sieht dieser ihn aus dem Augenwinkel heraus und lässt seine Peitsche schwingen. Diese erwischt den schwarzen Jaguar auf seiner Flanke und lässt diesen überrascht und schmerzerfüllt aufheulen. Das lassen sich die beiden Tiergefährten nicht einfach so gefallen. Sofort kommen sie dem getroffenen Freund zu Hilfe. Harry ist so überrascht von der heftigen Reaktion der Raubkatzen, dass er dabei vergisst, sich schnellstens aus dem Angriffsbereich herauszubewegen, und schon hat er diese Chance auch schon gründlich vertan. Mit drei Raubtieren als gemeinsame Angreifer hat er schon gleich keine Möglichkeit mehr, sich ernsthaft zu verteidigen, und kann nur versuchen, so lange wie möglich richtig zu reagieren, um noch eine Weile am Leben zu bleiben.

Er sieht sich aber schon bald als nächsten Kandidaten tot vor dem Gehege liegen, dieses Mal, weil es den wilden Tieren einfach danach war, als das Wunder geschieht und die Eingangstür sich hinter ihm öffnet. Herein kommt Tom, der die gefährliche Situation sofort erkennt und instinktiv richtig handelt. Er greift nach dem Arm von Harry und zerrt diesen mit einem Ruck erst einmal von den Tieren weg, die sich bereits gefährlich nahe herangewagt haben. Dann brüllt er in rascher Folge mehrere Befehle, die die Tiere in ihrem Angriff innehalten lassen. Sofort merkt er, dass er sich mit seiner Stimme den nötigen Respekt bei den Raubkatzen gesichert hat und damit die Situation erst einmal entschärft hat. So ruhig und gelassen wie möglich beordert er dann alle drei Tiere wieder auf ihre Plätze. Seine Befehle befolgen diese auch sogleich vollkommen artig, wie er erleichtert bemerkt. So in Rage hat er die Raubtiere vorher noch nie gesehen. Wenn er mit ihnen trainiert hat, ist es bisher noch nie zu einer derart angespannten Situation gekommen. Kurz fragt er sich, was wohl der Auslöser für das Verhalten der Tiere war, befindet aber auch sogleich, dass diese Frage warten muss, bis alle drei Katzen wieder sicher in ihren Gehegen sitzen und Harry und er außer Gefahr sind.

Ein paar Minuten später ist auch das geschafft. Er ist froh, dass die Tiere sich ihm gegenüber ganz normal verhalten haben und er sie so ohne weitere Vorkommnisse von sich und Harry trennen konnte. Nachdem er sich vergewissert hat, dass alle Türen ordnungsgemäß verschlossen sind, wendet er sich erstmals wieder seinem Kollegen zu. Dieser steht weiß wie die Wand, die sich direkt hinter ihm befindet, da und scheint gar nicht zu wissen, was er machen soll. Tom nimmt ihn erst einmal am Arm und führt ihn hinaus in die frische Luft. Das tut beiden Tiertrainern gleichermaßen gut. Erst jetzt realisiert Tom, wie brenzlig die Situation da drinnen war, zu der er nur zufällig dazugestoßen ist. Er wollte Harry eigentlich nur etwas fragen, was auch später noch Zeit gehabt hätte. Jetzt ist er jedenfalls sehr froh darüber, dass er seine Frage nicht aufgeschoben hat, denn wer weiß, was die Raubtiere sonst mit seinem Kollegen gemacht hätten. Er darf gar nicht daran denken, was er dort drinnen vorgefunden hätte, wenn er nur eine Viertelstunde später vorbeigekommen wäre.

Harry kommt draußen an der Luft wieder langsam zu sich. Unglaublich, wie nahe er dem sicheren Tod gerade noch war. Er hatte jedenfalls schon nicht mehr damit gerechnet, dass er aus dem Raubtierstall noch einmal lebendig herauskommen würde. Das wäre höchstwahrscheinlich auch nicht der Fall gewesen, wenn Tom nicht im genau richtigen Moment zur Stelle gewesen wäre. Ist es nicht makaber, dass es ihn fast an genau derselben Stelle erwischt hätte, an der auch Guido hat sterben müssen? Allerdings ist sich der Tierpfleger seiner eigenen Schuld durchaus bewusst. Er hätte sich auf keinen Fall ablenken und somit die Tiere aus den Augen lassen dürfen. Das war tatsächlich ein absolut bescheuerter Anfängerfehler und ist sozusagen unverzeihlich, da er aus diesem Stadium längst herausgewachsen sein müsste. Wie konnte ihm das nur passieren? Er lässt sich doch sonst nicht so leicht ablenken. Das fassen Raubkatzen immer als Schwäche auf und dann ist auch der beste Tiertrainer nicht vor ihnen sicher, schon gar nicht, wenn es um mehrere Tiere auf einmal geht.

Harry bedankt sich erst einmal bei seinem Lebensretter und erzählt ihm nach dessen Frage, was genau passiert ist. Zusammen beschließen sie dann erst einmal, dass sie das nächste Training mit den Katzen auf jeden Fall gemeinsam abhalten werden, da sie nach diesem Vorfall erst einmal die Reaktionen der Tiere prüfen müssen und es nicht sinnvoll wäre, wenn einer alleine dies im stillen Kämmerchen tut. So ganz nach dem Motto: Wird schon alles schiefgehen!

Harry kann es noch gar nicht fassen, dass er so glimpflich aus dieser Situation herausgekommen ist. Er steht nun tief in Toms Schuld, was dieser aber mit einem Schulterzucken abtut.

50

Bauer schaut sich noch einmal die Aussagen der Zooangestellten an und geht die einzelnen Personen, die er selbst befragt hat, dabei im Geiste durch. Dabei stolpert er über einen der Kollegen, der ihm eigentlich schon bei der ersten Befragung suspekt erschien. Er hat dem Gefühl nur nicht genug Aufmerksamkeit gewidmet, da er an diesem Tag einfach mit zu vielem anderen beschäftigt war. Aber heute nun keimt genau diese Unstimmigkeit von damals beim Namen »Tom Lustig« wieder in ihm auf. Irgendwie passt der Typ Mann einfach nicht in die Berufssparte »Tiertrainer«. Er kann sich gut an Lustig erinnern und hat gerade das dazugehörige Bild vor seinem inneren Auge. Sofort denkt er an das gute Aussehen des Mannes, das ihm direkt bei der ersten Begegnung sozusagen entgegengesprungen ist. Lustig war sonnengebräunt, aber nicht übertrieben braun gebrannt, sondern so, dass es ganz natürlich aussieht. Dazu hat er ein sehr ebenmäßiges, absolut glatt rasiertes Gesicht. Bauer ist überzeugt davon, dass die Augen, die Nase, der Mund, das Kinn und die Stirn in genau den richtigen Abständen zueinander stehen und jeweils exakt die richtige Größe aufweisen. Wie er weiß, macht es nämlich genau das bei einem Menschen aus, dass einen die anderen als total hübsch einstufen. Das tut dann sogar fast immer auch das gleiche Geschlecht, was ja nicht so häufig passiert. Der neudeutsche Begriff für dieses perfekte Gesicht lautet in der Fachsprache »Symmetrie«. Auch seine hellbraunen, bis knapp zur Schulter reichenden Haare lassen ihn sportlich und irgendwie sexy wirken. Wenn es Bauer auch nicht gerne zugibt, aber er findet diesen Lustig doch tatsächlich attraktiv. Kurz fragt er sich, ob sein Inneres nun schon ans andere Ufer gewechselt ist, verwirft diese Überlegungen aber dann schnell wieder. Schließlich kennt er auch andere Männer, die schon einmal gesagt haben, dass es auch hübsche Kerle gibt, und die seiner Meinung nach nicht gleich als schwul einzustufen sind.

Dann ist da noch die Kleidung des Schönlings. Auch diese ist ihm bereits bei seinem ersten Zusammentreffen ins Auge gestochen. Lustig hat zwar weder Anzug noch Krawatte getragen, was für einen Tiertrainer auch absolut unpassend wäre, aber die Kleidung war durchaus auch nicht unbedingt dazu gedacht, mit ihr die wilden Tiere zu trainieren. Bauer erinnert sich, dass Lustig damals eine eng sitzende, aus dunklem Stoff bestehende Hose getragen hat, die irgendwie geglänzt hat, wenn die Sonne darauf gefallen ist. Ob das Satinstoff war? Auf jeden Fall war es kein normaler Hosenstoff und schon gar keine Jeans, die er hier eigentlich erwartet hätte, wenn die Angestellten nicht sogar richtige Arbeitskleidung tragen, wie er es von Schwarz und Ruppert noch weiß. Jedenfalls hat der Lustig über dieser schicken Hose ein blütenweißes Hemd getragen, bei welchem er die oberen beide Knöpfe offen stehen hatte, ganz so, als ob er hier einen guten Fang bei der weiblichen Bevölkerung absahnen und sich dafür richtig in Pose bringen wollte.

Je länger Bauer über diesen Lustig nachdenkt, umso mehr wundert er sich, dass er sich eine solche Kleidung während seiner Arbeit im Zoo überhaupt leistet. Er könnte ja verstehen, wenn der Typ sich abends und am Wochenende, wenn er ausgeht, richtig chic herrichtet. Aber jeden Tag im Zoo, wo seine Kleidung ganz schnell verschmutzen kann und auch gar nicht sicher ist, dass er abends nicht doch ein Loch oder vielleicht sogar mehrere mit nach Hause bringt, das macht doch überhaupt keinen Sinn und ist noch dazu die reinste Geldverschwendung. Jedenfalls kommt es dem Kriminalhauptkommissar sehr suspekt vor und reicht diesem vollkommen aus, um sich Tom Lustig noch einmal aufs Revier zu bestellen. Vielleicht erfährt er ja vollkommen unverfänglich von ihm, wie es zu dieser täglichen Kleiderwahl kommt. Es kann ja auch durchaus sein, dass gerade dieser eine Tag aus einem besonderen Grund eine Ausnahme dargestellt hat und er sonst, ebenso wie die anderen es auch tun, Arbeitskleidung trägt. Aber genau das will Bauer nun in einem persönlichen Gespräch erfahren.

Ein kurzer Anruf im Zoo genügt und schon eine Stunde später sitzt ihm Tom Lustig in seinem Büro gegenüber. Auch heute ist dieser wieder absolut tadellos gekleidet, was Bauer in seiner Überlegung bestärkt, dass der Tiertrainer anscheinend doch immer so chic auf die Arbeit kommt. Es wäre ja schon sehr unwahrscheinlich, dass Lustig heute schon wieder einen Grund für seinen derart gestylten Aufzug hat.

Sie halten erst ein bisschen Smalltalk, in welchem Bauer seinen Besucher ausfragt, wie es diesem denn nach dem Mord und der ganzen Aufregung bei der Arbeit so geht. Umgekehrt will Lustig von dem Polizisten wissen, ob sie bei den Ermittlungen inzwischen schon Fortschritte gemacht haben. Zu diesem Thema macht es sich Bauer leicht, da kann er immer auf die aktuellen Ermittlungen verweisen und sein Gegenüber um Verständnis bitten, dass sie zum jetzigen Zeitpunkt keinerlei Auskünfte zu bestehenden Fällen bekanntgeben dürfen. Das macht es einem Beamten einfach, nichts zu sagen, statt zugeben zu müssen, dass sie noch keinen Schritt weitergekommen sind und inzwischen so viele Verdächtige haben, dass sie gar nicht mehr wissen, wo sie bei diesem Mord überhaupt ansetzen sollen. Gut, dass es solche hübschen und nichtssagenden Phrasen gibt, die man dann bei Bedarf auch einfach einmal einsetzen kann.

Schon nach ein paar Minuten kommt Bauer dann zu dem Thema, das ihn so sehr beschäftigt. Er bewundert die Kleidung von Lustig und bemerkt dabei, dass ihm schon bei ihrem ersten Treffen aufgefallen sei, dass er sich sehr gut zu kleiden weiß. Das entlockt Lustig ein Lächeln, was Bauer nicht so recht deuten kann. Etwas irritiert fragt er den Tiertrainer, ob es bei seinem Beruf nicht besser wäre, wenn er Arbeitskleidung tragen würde, und ob denn der Zoo dafür aufkomme, wenn er sich seine guten Klamotten bei der Arbeit mit den Tieren kaputt mache. Das Lächeln von Lustig hält noch immer an. Fast kommt es dem Polizisten so vor, als ob sein Gegenüber ihn bewusst zappeln lässt und sich mit seiner Antwort gerade deshalb viel Zeit lässt. Bauer ist die Sache inzwischen schon ein bisschen peinlich. »Denkt der Typ jetzt etwa, dass ich etwas von ihm will und auf ihn stehe? Man könnte ja gerade meinen, dass er schwul ist, so wie er mich noch immer angrinst.« Unruhig rutscht der Beamte in seinem Stuhl hin und her und hofft, dass er so schnell wie möglich wieder aus der unangenehmen Situation herauskommt.

Schließlich hat Lustig mit dem Kommissar Erbarmen. »Mein lieber Kriminalhauptkommissar Bauer, ich weiß genau, worauf Sie hinauswollen. Sie denken, dass ich mir die Klamotten, die ich täglich trage, gar nicht leisten kann und dass mein Outfit für einen Zoo auch ziemlich unpassend ist. Des Weiteren haben Sie sich bestimmt auch darüber Gedanken gemacht, wie ich außerhalb meines ehrbaren Berufes zu den finanziellen Mitteln kommen könnte, um mir meinen exquisiten Geschmack, den ich auch durchaus habe, trotzdem gönnen zu können, stimmt's?« Bauer fühlt sich ertappt und nickt nur. »Also, ich verrate Ihnen, wie ich zu dem Geld komme, aber nur, wenn wir einen Deal abschließen.« »Aha«, erwidert Bauer, »und an welche Art von Deal denken Sie dabei?« »Ganz einfach, Sie sagen im Gegenzug niemandem von meinen Kollegen, wie ich mir meinen Lebensstil tatsächlich leisten kann. Dann sind wir beide zufrieden, Sie können mich als Verdächtigen endgültig ausschließen und ich kann nach wie vor unbeschwert meiner Zweitbeschäftigung nachgehen. Also, wie steht es mit dem Deal?«

Wirklich kann sich Bauer natürlich nicht von Lustig dazu nötigen lassen, tatsächlich eine solche Vereinbarung einzugehen. Denn wenn die Enthüllung von ihm tatsächlich in irgendeiner Verbindung zu dem Mord steht, kann Bauer die Wahrheit nicht hinter der Tür halten, dann muss er diese Informationen auch an alle anderen Polizeibeamten weitergeben. Aber natürlich will er nun erst recht wissen, wie Lustig sich seinen Lebensunterhalt aufpäppelt, eigentlich haben ihn die Worte seines Gegenübers jetzt gerade erst so richtig neugierig gemacht. Somit geht Bauer folgenden Kompromiss ein. Er verspricht dem Zooangestellten, dass seine Kollegen nichts von seinen Worten hier und heute erfahren, wenn diese nichts mit dem Mordfall zu tun haben und somit für die weiteren Ermittlungen uninteressant sind.

Damit kann Lustig leben, denn er weiß ja, dass er nichts mit der Straftat zu tun hat, und so erfährt der Kommissar nun, warum Lustig sich einen so guten Lebensstil leisten kann. Zuerst versichert ihm Lustig, dass er nichts mit Drogen, Waffen oder sonstigen illegalen Geschäften zu tun hat und dass er Guido auch nicht mit irgendeinem Geschäft in die Quere gekommen ist. »Der Typ scheint genau zu wissen, was ich für Vermutungen habe«, denkt Bauer gerade. Aber schon der nächste Satz lenkt Bauer gehörig von seinen eigenen Überlegungen ab.

Lustig erzählt ihm einfach so mir nichts, dir nichts, dass er abends beziehungsweise nachts noch als Callboy arbeitet. Wie bitte? Hat er tatsächlich richtig gehört? Unbeirrt fährt sein Gegenüber in seinen Ausführungen fort. Er sagt, dass sein Zweitjob erst ganz harmlos angefangen hat und mehr oder weniger als ein Scherz unter Freunden gedacht war. Dann hat er aber durchaus Gefallen an dieser Art des Geldverdienens gefunden und möchte diese Nebenbeschäftigung auch zurzeit nicht missen. Zum einem lernt man als Callboy viele schöne und durchaus nette Frauen kennen, die nicht selten sehr großzügig sind, was sein Trinkgeld betrifft, da viele dieser Damen aus sehr gut situierten Familien stammen und es zu schätzen wissen, wenn man sie einmal richtig verwöhnt. Zum anderen verdient er sich mit diesem Zweitjob auch gut etwas dazu, was er gerne in Luxusartikel, wie einen schönen Wagen, tolle Klamotten und ausgefallene Urlaube, investiert. Dass er dann auch noch für guten Sex bezahlt wird, setzt dem Ganzen noch die Krone auf. Seien wir einmal ehrlich: Wo gibt es denn sonst noch Geld für den Mann, wenn er derjenige ist, der Bedürfnisse hat? Eigentlich läuft das doch genau andersherum, nicht wahr?

Als Lustig mit seinen Ausführungen zum Ende kommt, sitzt ihm ein ziemlich verblüffter Kriminalhauptkommissar gegenüber. Bauer ist überrascht über die Offenheit, mit der Lustig über das Thema spricht, aber auch bezüglich des Themas an sich. An die Möglichkeit, dass Lustig ein Callboy sein könnte, hat er nun so absolut gar nicht gedacht. Aber, muss er sich selbst beruhigen, wie hätte er selbst auch auf eine so absurde Geschichte kommen sollen? So viele Callboys hat er bisher noch nicht kennengelernt, genauer gesagt, er sitzt einem solchen heute das erste Mal gegenüber, soweit er sich erinnern kann.

Bauer muss sich kurz sammeln, um Lustig im Anschluss an seine Berichterstattung für seine Offenheit zu danken. Da die Geschichte so abstrus ist, glaubt er seinem Gegenüber voll und ganz, dass alles stimmt, was dieser ihm gerade erzählt hat. Niemand könnte sich das einfach so ausdenken und vor allem nicht mit einem solchen Selbstbewusstsein, wie es bei Lustig der Fall ist, vortragen. Außerdem sind gerade die verrücktesten Storys meistens die, die sich am Ende als die einzige tatsächliche Wahrheit herausstellen. Was Bauer aber dann doch noch von Lustig wissen will, ist dessen Szenenname. Wie er weiß, lässt man in gewissen Kreisen, zu welchen er auch die Callboy-Szene zählt, seinen richtigen Namen brav zu Hause im Nähkästchen. Der Kommissar will aber zumindest die Möglichkeit haben, sich von der Echtheit der Geschichte ein eigenes Bild zu machen. Dazu benötigt er den Namen des Callboys, um ihn im Netz suchen zu können. Auch diesen gibt Lustig, ohne mit der Wimper zu zucken, preis. Er ist in der Szene einfach nur der »Macho«.

Bevor sich die beiden voneinander verabschieden, verspricht Bauer dem Befragten, dass er das eben Gehörte für sich behält, wenn die Scheinwelt, in welcher sich Lustig nachts bewegt, nicht in Verbindung mit dem Mord gebracht wird. Damit ist Lustig einverstanden und schon verabschieden sich die beiden Männer voneinander.

Nun steht Bauer vor einem weiteren Dilemma. Was ist, wenn Guido Hart von dem Zweitleben seines Kollegen wusste und versucht hat, diesen mit seinem Wissen zu erpressen? Wäre das nicht schon wieder ein Motiv für einen Mord? Wie Lustig vorhin selbst gesagt hat, möchte er nicht, dass seine Kollegen wissen, dass er noch einer lukrativen Nebenbeschäftigung nachgeht. »Gut, das würde ich bei dieser Art von Job natürlich auch nicht wollen«, denkt sich der Kommissar. Was würden wohl die Mädels sagen, wenn sie über diesen Zweitjob Bescheid wüssten? Lustig müsste sich dann bestimmt des Öfteren zweideutige Sprüche und anzügliche Bemerkungen gefallen lassen. Bauer kann gut verstehen, dass er damit nicht gerade Werbung macht. Aber wenn Hart ihn genau damit erpresst hätte? Traut er Lustig tatsächlich einen Mord zu, oder würde dieser dann doch zu seinem zweiten Job stehen und die Sprüche einfach aussitzen?

51

Am gleichen Tag wird ein total besoffener Jonny Reiland bei Meier und Schneider auf dem Präsidium abgegeben. Er wurde aufgegriffen, weil er in seinem schlimmen Zustand in der Einkaufspassage der Stadt unterwegs war und dort jeden angepöbelt hat, der ihm über den Weg gelaufen ist. Als er schließlich ein Kleiderkarussell eines Textilgeschäftes umgerissen hat, mit welchem er dann schreiend zu Boden gegangen ist, haben die besorgten Angestellten die Polizei um Hilfe gebeten. Bis diese vor Ort war, hat sich Jonny dann auch noch auf den neuen Kleidungsstücken übergeben und erhält nun eine Anzeige wegen Randalierens und Beschädigung fremden Eigentums.

Die Streifenpolizisten haben bei der Kontrolle der Personendaten im Rechner gesehen, dass sich die Bauer-Truppe gerade erst mit dem Typen beschäftigt hat, und haben ihn dann in weiser Voraussicht gleich einmal zur Mordkommission gebracht.

Nun sitzt Jonny, der seinen Frust nach wie vor laut und ungehalten von sich gibt, bei den Kommissaren, die dessen Verhalten so gar nichts abgewinnen können. Besoffene sind einfach nur widerlich und man weiß nie, was sie als Nächstes treiben und wonach ihnen gerade der Sinn steht. Aber es hilft nichts. Wenn Reiland nun schon einmal zu ihnen aufs Revier gebracht wurde, müssen sie sich seiner nun auch annehmen. Er kommt zwar dann gleich in eine Ausnüchterungszelle, da sie in seinem jetzigen Zustand nichts mit ihm anfangen und ihn schon gar nicht befragen können, aber vorher müssen sie sich davon überzeugen, dass er nichts bei sich hat, um sich in der Zelle eventuell selbst zu schaden oder zu verletzen.

Etwas angeekelt, macht Schneider sich nun daran, die Taschen von Reiland zu durchsuchen, da dieser dazu selbst nicht mehr in der Lage ist. Viel findet er nicht. Er kramt ein Feuerzeug und ein angebrochenes Päckchen Zigaretten aus seiner Jackentasche und holt im Anschluss noch ein kleines Tütchen mit weißem Pulver aus seiner Hosentasche. Reiland hat weder einen Geldbeutel noch einen Haustür- oder Autoschlüssel dabei. Vermutlich hat er diese Gegenstände in seinem betrunkenen Zustand unterwegs bereits irgendwo verloren oder sie finden sich im Laden wieder, in dem er die Kleider ruiniert hat. Das interessiert Schneider aber auch nicht wirklich. Da soll sich Reiland gefälligst selbst drum kümmern, wenn er wieder nüchtern ist. Als er mit seiner Durchsuchung fertig ist, schaffen sie den Betrunkenen schnellstmöglich in eine Ausnüchterungszelle, aus der dieser mit Sicherheit nicht vor dem nächsten Morgen wieder herauskommt. Natürlich muss Reiland noch einmal anfangen zu toben, als er merkt, dass er seinen Standort nochmal wechseln soll. Er hatte es sich im Zimmer der Beamten schon gemütlich gemacht und möchte dort nicht mehr weg. Aber da hat weder Schneider noch Meier Erbarmen, außerdem können sie ihn auf keinen Fall bei sich in der Bude lassen, schließlich wollen sie schon bald in den wohlverdienten Feierabend gehen. Wie gesagt, Betrunkene sind einfach nur nervig.

Als wieder Ruhe in ihrem Büro eingekehrt ist, schauen sich Meier und Schneider das Tütchen mit dem weißen Pulver näher an. Zuerst denken sie noch, dass es sich dabei um ganz normale Drogen handelt, wie man sie draußen überall kaufen kann, wenn man die richtigen Ecken dafür weiß. Aber schon bald darauf stellen sie fest, dass das weiße Zeug nicht wirklich richtig weiß ist, so wie sie es vom Stoff sonst gewohnt sind. Vielmehr funkelt dieses Zeug in einem sanften Blauton, der, je nachdem, wie das Licht darauf fällt, ein stärkeres oder schwächeres Schimmern aufweist. So etwas haben die beiden Kommissare bisher noch nie gesehen. Meistens ist der Stoff, den sie sicherstellen, blütenweiß und sieht aus wie Zucker, Puderzucker oder Mehl. Irgendeine andere Farbe ist ihnen bisher definitiv nicht untergekommen. Daher finden sie dieses Zeug hier richtig interessant und denken, dass es sich lohnt, mehr darüber zu wissen.

Um mehr über die Substanz in Erfahrung zu bringen, geben sie das Tütchen an ihr Labor weiter. Der Kollege dort verspricht ihnen, das Zeug sofort zu untersuchen. Tatsächlich müssen sie nicht lange auf die Analyse warten. Was diese jedoch über das Pulver aussagt, ist dann doch verwunderlich. Der Laborant Willi teilt ihnen mit, dass es sich bei dem Zeug zwar um eine Droge handelt, aber diese sich bisher nicht auf dem Markt befindet. Er geht sicher davon aus, dass sie es hier mit einem Stoff zu tun haben, der ganz neu entwickelt wurde und bei dem man auch nicht sagen kann, wie er wirkt und wie lange der anschließende Rauschzustand anhält. Auch als die beiden ihn nach einer Einschätzung fragen, kann er ihnen nichts Handfestes liefern. Eben nur, dass es das Zeug so bisher noch nicht gibt und dass es deshalb keiner der bekannten Gruppen zugeordnet werden kann, die man draußen auf dem Schwarzmarkt abgreifen kann. Das finden die beiden Kommissare ganz schön sonderbar. Wie soll denn ausgerechnet so ein kaputter Typ wie Jonny Reiland an ein neues Rauschmittel kommen?

Als die beiden zu ihrem Chef gehen, um sich gegenseitig auf den neuesten Stand zu bringen, müssen sie alle drei zugeben, dass der Fall leider immer noch mehr offene Fragen als Lösungsansätze aufweist. Je mehr Details sie zu Tage fördern, umso verworrener wird alles. Ziemlich ratlos sitzen die Beamten zusammen und grübeln über das weitere Vorgehen nach. Können sie nicht doch irgendeinen Ansatz finden, dem sie nachgehen können?

Was sie dabei alle drei komplett vergessen, ist die Tatsache, dass die neue Droge schon einmal von einer Kollegin erwähnt wurde. Dieser Fehler wird ihnen noch schwer zu schaffen machen.

52

Als weitere Werbekampagne hat Anja Süß alle Tierpaten, die in den letzten Jahren eine oder mehrere Patenschaften für kleine und große Lieblinge übernommen haben, mit ihren Freunden und Bekannten in den Zoo eingeladen. Jeder, der zusammen mit einem Tierpaten den Zoo besuchen kommt, erhält den Eintritt zum halben Preis, genauso wie der Pate selbst. Davon verspricht sich Süß nicht nur genügend Zoobesucher, sie erhofft sich auch, dass ein paar Bekannte der bisherigen Paten Gefallen an der Idee finden und sich vielleicht spontan für eine eigene Patenschaft entscheiden. Das käme dem Tierpark sehr gelegen, denn jede Patenschaft bringt zusätzlich etwas Geld in die Kasse. Das kann dann zum Beispiel dafür verwendet werden, dass man die Tierarztrechnungen bezahlen kann. Oder man kauft damit Futter und Zubehör wie Spielzeug oder Streu oder sonstige Gegenstände für das fröhliche Tiervolk. Somit hat man auch ab und an die Möglichkeit, einer Gattung eine besondere Freude zu bescheren, wie zum Beispiel der Affenbande eine ganze Kiste Bananen in den Stall zu bringen, diese ordentlich zu verpacken und den Affen dann dabei zuzuschauen, wie sie die Bananen mit sehr geschickten Fingern aus der Verpackung und im Anschluss natürlich auch noch aus der Schale pulen. Fragt sich nur, wer bei diesem Spektakel mehr Spaß hat, die Zooangestellten oder die Affen. Letztere amüsieren sich jedenfalls absolut köstlich darüber, dass sie sich ihr Futter »selbst beschaffen« müssen.

Anja Süß hat alle in Frage kommenden Personen für einen bestimmten Wochentag eingeladen, nämlich für heute, und schon bald wimmelt es an der Kasse auch schon von Besuchern. Schon am Morgen weiß die Marketingfrau, dass ihre Idee ein voller Erfolg wird, denn bis zehn Uhr haben sich am Eingang sogar kleine Schlangen gebildet, was schon lange nicht mehr der Fall gewesen ist. Anne weiß Bescheid und kassiert, wie vereinbart, immer nur die Hälfte vom Eintrittspreis, wenn der Pate mit der Einladung und seiner Besuchergruppe bei ihr aufschlägt. Aber es wird nicht nur der Eintritt beglichen, viele sind echte Tierliebhaber und nehmen sich teilweise sogar mehrere Packungen Futter mit.

Das Timing für den Besuch der Tierpaten hätte nicht besser sein können, denn als besonderes Highlight kann Süß den Besuchern heute eine neue Großfamilie im Zoo präsentieren. Das Minihängebauchschwein Irma hat in der vorangegangenen Nacht sieben gesunde kleine Ferkel geworfen, die allesamt absolut putzig sind und mit ihren kleinen rosa Körpern alle an ihrer Mutter kuscheln und sich gegenseitig wärmen. Einige der heutigen Tierparkbesucher haben sogar das Glück zu beobachten, wie die Kleinen an den Zitzen ihrer Mutter in Frieden und Eintracht nebeneinander liegend trinken. Dabei ist nur ein Schmatzen und ab und zu ein zufriedenes Minigrunzen zu hören, ansonsten verhalten sich die Schweine absolut ruhig. Jedem Tierfreund geht bei solch einem schönen Ereignis glatt das Herz auf. Der Plan von Frau Süß, neue Patenschaften an Land zu ziehen, geht somit auch auf. Diejenigen, die diese Muttersau-Fütterungen am heutigen Tag selbst miterlebt und beobachtet haben, übernehmen sofort die Patenschaften für die kleinen Ferkel. Schon gibt es sieben Paten mehr, die der Tierpark zu seinen Sponsoren zählen darf.

Aber auch die späteren Besucher können sich am Anblick der süßen Großfamilie einfach erfreuen. Wenn nur ein kleines Kerlchen zu weit von Irma wegrückt, schaut diese sofort nach ihm und bringt es wieder »zurück ins Glied«, damit es sich nicht unterkühlt oder gar in der großen weiten Welt gleich einmal verloren geht. Irma erweist sich als eine absolute Übermama, die sich rührend um ihren Wurf kümmert und die sich den ganzen Tag Zeit für ihren Nachwuchs nimmt, ganz so, als ob es sonst so gar nichts Wichtiges auf der Welt gebe. Sie scheint ihre Kleinen jedenfalls abgöttisch zu lieben und gibt dabei selbst ein absolut süßes Geschöpf ab. Bleibt nur zu hoffen, dass Irma vor lauter Fürsorge das eigene Fressen nicht vergisst, sonst muss Manni oder Marta ihr das Futter noch direkt an ihren Liegeplatz bringen, damit sie fit und bei Kräften bleibt. Aber das wäre auch schon das kleinste Problem und das ist durchaus leicht zu lösen. Hauptsache, alle sind gesund und munter und bleiben es auch.

Anja Süß ist heute den ganzen Tag mit den Paten und ihren Freunden und Bekannten zugange. Sie zeigt vielen die Infotafel, welche sich hinter der Erlebnisecke des Kinderspielplatzes befindet, und beantwortet geduldig alle Fragen, die sie von allen Anwesenden zuhauf gestellt bekommt. In der besagten Ecke findet man zum einen alle bestehenden Patenschaften. Die Paten sind mit Vor-und Nachnamen erwähnt und das Patenkind steht mit seinem Namen und einem Porträtfoto direkt unter dem jeweiligen Sponsor. Von den Tieren gibt es einige sehr gelungene Schnappschüsse. Da gibt es ein Lama, das seine Zunge direkt in die Kamera steckt, oder einen Emu, der versucht, die Linse aus dem Fotoapparat zu holen, und genau dabei als Nahaufnahme verewigt wurde. Dann gibt es natürlich auch süße Bilder von den Erdhörnchen und den Kängurus und noch jeder Menge anderer Tiere zu betrachten. So verschieden, wie wir Menschen sind, so verschieden sind auch die Geschmäcker und so trifft eben auch jeder seine eigene Entscheidung, welches man selbst als Lieblingstier kürt. Das ist natürlich super gut für den Tierpark und seine Bewohner, denn so verteilen sich die Paten flächendeckend auf alle Gattungen und geben eine hübsche bunte Mischung ab.

Wie sich herausstellt, haben viele Freunde und Bekannte, die heute teilweise tatsächlich das erste Mal mit in den Zoo kommen, bisher gar nicht gewusst, dass es so etwas wie Tierpatenschaften gibt, und schon gar nicht, dass es in ihrem Bekanntenkreis solche Paten gibt. So kommt es, dass sich einige Menschen sofort für das Thema begeistern können und tatsächlich gleich nach einem Tier Ausschau halten, für welches sie selbst eine Patenschaft übernehmen wollen. Am Ende des Tages liegen Süß insgesamt zwanzig unterschriebene Verträge vor und sie freut sich riesig. Andere haben sich den Antrag schon einmal aushändigen lassen, erbitten sich aber noch Bedenkzeit oder wollen ihr Vorhaben erst noch mit ihrem Partner zu Hause besprechen.

Unter den Besuchern sind auch ein paar Eltern, die der Meinung sind, dass es gut für ihr Kind wäre, wenn es sich für eine Patenschaft entscheidet, denn dann hätte es eine schöne Aufgabe und hätte so auch die Möglichkeit, sich selbst, wenn auch teilweise nur aus der Ferne, um ein Tier zu kümmern. Somit könnten alle Beteiligten viel leichter feststellen, ob der Spross, der sie zu Hause schon ewig mit dem Besitz eines eigenen Haustieres nervt, welches natürlich nach Möglichkeit sofort beschafft werden sollte, überhaupt bereit ist, die Verantwortung für einen solchen Schützling zu übernehmen. Wird ihm diese Verantwortung bereits im Tierpark sehr schnell zu viel, ist damit auch ganz schnell klargestellt, dass das auch für ein Haustier daheim nicht anders wäre, und die Diskussion wäre schnell vom Tisch. Somit kann Frau Süß damit rechnen, dass bald noch einige Anträge folgen werden. Das macht sie natürlich unheimlich stolz und der heutige Tag kann nur als voller Erfolg verbucht werden.

Auch für die Tiere war heute ein schöner Tag. Diejenigen, die einen direkten Paten ihr Eigen nennen dürfen, sind von diesem auch besucht worden. In der Regel gab es dann von den netten Menschen auch ein Mitbringsel in Form eines Lieblingsessens, eines besonders leckeren Stückes Obst oder eben eines extra guten Häppchens, welches von allen Tieren nur allzu gerne angenommen wird.

Unter den Tierpaten waren auch die von Pickeldi und Frederick, den beiden Geparden-Geschwistern, die sich so ähnlichsehen, dass man sie sehr gerne verwechselt. Es ist daher kaum verwunderlich zu hören, dass sich die Paten genauso ähnlichsehen wie die Tiergeschwister, denn es handelt sich bei diesen um zwei Schwestern, die dazu auch noch eineiige Zwillinge sind. Das hätte ja nicht besser passen können. Die vier erregten auch einiges an Aufmerksamkeit und Bewunderung. So wurde vor dem Raubtiergehege heute viel gelacht, wenn andere Paten zum Beispiel die Verwandtschaftsverhältnisse hinterfragt haben und die Ähnlichkeiten herausstellten. Aber auch die Namen der beiden Geparden haben viele Besucher zum Schmunzeln gebracht, wobei das natürlich nicht nur heute der Fall ist. Die Namen Pickeldi und Frederick sind einfach immer für einen Lacher gut. Aber als die beiden Zwillingsschwestern heute gefragt wurden, wie sie denn zu diesen ausgefallenen Namen für die Raubtiere gekommen sind, war das Gelächter dann doch noch einmal um ein gutes Stück lauter. Die witzigen Damen erzählen nämlich, dass sie beide früher als Kinder mit großer Aufmerksamkeit das Abendprogramm mit dem »Sandmännchen« sehen durften, für das sie sehr geschwärmt haben, als sie jung waren. In dieser Sendung gab es zwei Schweine, die diese interessanten Namen trugen. Als sich die Zwillingsschwestern dann vor zwei Jahren für eine Tierpatenschaft entschieden haben und die beiden hübschen jungen Geparden als Patenkinder erwählten, haben sie sich sofort an die schönen und ausgefallenen Namen der Schweine erinnert, welche sie dann ihren Katzenkindern vermacht haben. So kam es, dass die Raubtiere heute so interessant heißen. Die Damen wollten die putzigen Namen einfach für die nächste Generation erhalten und etwas Aufmerksamkeit für ihre Tiere absahnen. Das ist ihnen auf jeden Fall sehr gut gelungen. Als die versammelten Menschen über die hübsche Geschichte herzhaft lachen, schauen sich die Raubtiergeschwister nur verwundert an und schütteln den Kopf. »Was ist schon dabei, wenn man so heißt wie wir? Schließlich lachen wir ja auch nicht über so seltsame Namen wie Günther oder Roswitha. Aber was soll es, Hauptsache ist doch, dass wir heute beide ein saftiges Steak von unseren Tantchen bekommen haben, warum sollen wir uns also aufregen? Alles ist gut! Wenn es uns weiterhin so gut mit unseren Paten geht, ist es uns ganz egal, wie wir heißen, sollen die Menschen ruhig über uns lachen!«

Natürlich haben sich auch viele andere Tiere im Zoo riesig darüber gefreut, dass sie ab heute einen neuen Paten ihr Eigen nennen dürfen. So gibt es für das Erdhörnchen Frauenschwarm und den Flamingo Doofchen allen Grund zum Glücklichsein, ebenso wie für viele andere, die schon heute den nächsten Besuch ihres neuen Menschenpaten herbeisehnen, wenn das bei manchen auch nur deshalb der Fall ist, weil sie wissen, dass dieser ihnen dann ein Leckerli mitbringt. Freundschaft muss man sich eben auch bei Tieren erst einmal verdienen. Aber es gab heute auch durchaus Verbindungen, die sich gegenseitig sofort ins Herz geschlossen haben, so zum Beispiel bei dem Koalabären Rudi und dem Wombat Ali. Beide sind regelrecht verzückt von ihrem jeweiligen neuen Gönner.

Nicht zuletzt gefällt dieser Tag auch unserem Jogi sehr gut. Heute ist endlich wieder einmal so richtig etwas los im Zoo und er genießt die Aufmerksamkeit, die ihm zuhauf geschenkt wird, in vollen Zügen. Für ihn ist es natürlich auch sehr einfach, sich Streicheleinheiten zu holen, wenn ihm der Sinn danach steht. Wenn man mit einem knallgelben Federkleid putzmunter und froher Laune direkt am Eingang sitzt und auch noch vor sich hin trällert, kann man sich sehr sicher sein, dass viele Menschen bei einem vorbeikommen und einen bestaunen wollen. Wenn Jogi dann auch noch sein Köpfchen nach unten hält und so den Besuchern seinen Nacken hinstreckt, muss er nur noch ganz kurz warten, bis einer mutig seine Hand ausstreckt und ihn genau dort streichelt, wo er es gerne hätte. Die Menschen müssen nur aufpassen, wenn er seinen Kopf wieder nach oben hält. Wenn man ihn dann anfassen will, kann es schon vorkommen, dass er so tut, als ob der sich ihm bietende Finger eine Nuss wäre, und einfach fest zubeißt. Das ist dann für den betroffenen Menschen nicht ganz so lustig. Aber zum Glück sind die Zoobesucher auch immer sehr vorsichtig, wenn sie den großen Schnabel von

Jogi sehen. Daher passiert so gut wie nie ein Malheur mit dem Papagei und diversen Fingern. Allerdings ist es schon einmal vorgekommen, dass der Vogel etwas fest zugebissen hat. Wenn man ihn dazu befragen würde, wäre natürlich ganz alleine der Mensch daran schuld, der ihm zu nahe gekommen ist. Manni ist allerdings heute noch davon überzeugt, dass der Vogel einfach keine Lust mehr auf Streicheln hatte und deshalb so brüsk reagiert hat. Aber das kann wohl nie so richtig geklärt werden. Jetzt steht bei dem Ara ein kleines Schild mit der Aufschrift: »Berühren des Vogels auf eigene Gefahr. Es ist möglich, dass er Sie beißt.«

53

Der Mörder von Guido Hart ist inzwischen absolut frustriert. Was soll er nur machen? Er muss das im Raubtierstall versteckte Päckchen unbedingt wieder zurückbekommen. Es ist einfach zu wertvoll, um es dort in der Mauer versteckt zu lassen. Wenn nur einer der anderen Interessenten Wind davon bekommt, dass das neue weiße Pulver hier im städtischen Zoo zu finden ist, bleibt dort kein Stein mehr auf dem anderen, so viel ist sicher, denn jeder will sich die Beute als Erstes unter den Nagel reißen. Was bisher nämlich noch gar nicht bekannt ist, weiß er selbst dagegen sehr gut. Bei dem weißen Pulver handelt es sich keineswegs um normale Drogen, auch wenn das ein Uneingeweihter vielleicht denken würde, wenn er das Zeug sieht. Stattdessen handelt es sich um einen ganz neuen Mix, den er und seine Kumpels Hellhunting getauft haben, was sie für einen sehr passenden Namen für das Zeug halten. Schon ab der ersten Einnahme macht dieses Pulver absolut abhängig und ist schon alleine damit ein Garant für ein sicheres Geschäftsmodell, mit welchem richtig viel Kohle zu verdienen ist. Aber Hellhunting bietet noch viel mehr. Es liefert nämlich nur noch Kicks mit absoluten Hochgefühlen und lässt die negativen Einflüsse, Angstzustände und schlechten Träume, die man sonst schon einmal beim Konsum normaler Drogen hat, komplett außen vor. Welcher Konsument würde nicht gerne auf die schlechten Trips, die er selbst schon hatte, verzichten? Er ist sich sicher, dass er mit diesem Vorteil und der passenden Werbung viele Konsumenten sofort auf seine Seite ziehen kann und somit ganz schnell ein breites Publikum beliefert und sich selbst eine goldene Nase damit verdient.

Das Pulver kann ganz leicht synthetisch hergestellt werden. Der Typ ist selbst davon überrascht, wie leicht. Dass nicht schon längst andere in der Brache auf diese einfache Art, Geld zu machen, gestoßen sind, kann er noch immer gar nicht so richtig glauben. Selbst die Jugendlichen mit ihren Chemiebaukästen könnten das Mittel ganz schnell zusammenmixen, da ist er sich inzwischen sicher. Er war in Physik und Chemie nie wirklich gut, aber selbst er hat ganz leicht verstanden, wie die einzelnen Komponenten zusammengemixt werden müssen und wie diese dann mit ihren chemischen Reaktionen sozusagen ganz alleine das neue Hellhunting ergeben.

Das Geniale an diesem Zeug ist dann auch noch, dass er für die gleiche Menge Stoff einiges mehr an Geld verlangen kann. Er kann mit seiner Droge schließlich garantieren, dass diese die Konsumenten nur auf Trips mit Höhenflügen und geilen Erlebnissen mitnimmt. Wie schon gesagt, wer schon einmal einen schlechten Trip mit dem Einwurf einer Droge hinter sich hat, weiß es durchaus zu schätzen, wenn er sicher sein kann, dass ihm das nie mehr im Leben passieren wird. Denn die Horrorvisionen, die sich aufgrund eines Drogenkonsums einstellen können, sind absolut schlimm. Nicht umsonst gibt es Studien darüber, wie viele Menschen durch ihre Rauschgiftabhängigkeit direkt in der Klapse gelandet sind. Er ist sich absolut sicher, dass das mit seinem neuen Mittel nicht passieren wird, und sieht sich heute schon als den neuen König der Branche.

Der Mörder weiß, dass die anderen Dealer längst davon Wind bekommen haben, dass schon bald ein neues Mittel auf den Markt kommen soll. Leider hat sich einer seiner Kumpels neulich ganz schön verquatscht, als er auf seiner Sauftour unterwegs war. Seine Prahlerei ist natürlich nicht ohne Folgen geblieben und die interessierten Leute, die ihm aufmerksam gelauscht haben, waren entweder selbst Dealer oder haben Kumpels, die dieser Beschäftigung nachgehen. Es war nur eine Frage der Zeit, bis die ganze Szene über das neue Zeug Bescheid wusste. Jetzt sind natürlich alle auf der Jagd. Jeder versucht sich das Mittel und die dazugehörige Formel unter den Nagel zu reißen und das so, dass am besten erst gar nicht viel Aufsehen erregt wird, schließlich will jeder mit dem Zeug handeln und nicht etwa deswegen im Knast landen. Wahrscheinlich ist es genau dieser Tatsache zu verdanken, dass er überhaupt noch am Leben ist, denn eigentlich sind die Typen, die in dieser Szene zu Hause sind, nicht gerade zimperlich. Ein Mord ist für diese Jungs keine große Sache.

Für ihn reicht das als Grund zur absoluten Vorsicht voll und ganz aus. Daher hat er das relativ kleine Päckchen in der Mordnacht erst einmal im Zoo versteckt und nicht etwa mit nach Hause genommen. Jetzt brennt es ihm unter den Nägeln, dass es sich noch immer dort befindet, und er will es einfach so schnell wie möglich wieder in seinem Besitz haben. Wenn man davon ausgeht, dass Hellhunting das Potential dazu hat, die normalen Drogen einfach so vom Markt zu wischen, kann sich jeder ohne große Probleme sehr gut vorstellen, um welche horrenden Summen es bei dem neuen Mittel geht. Natürlich will sich auch keiner der anderen Dealer so einfach aus dem Geschäft drängen lassen, wo es sich mit den Abhängigen und ihren Bedürfnissen so leicht Geld verdienen und damit so gut leben lässt.

Was soll er also tun? Eigentlich ist es ganz klar, was er als Nächstes machen muss, er muss auf jeden Fall noch einmal in den Tierpark zurück und dieses Mal muss einfach alles klappen und er muss einfach dieses Drogenpäckchen wieder in seinen Besitz bringen, koste es, was es wolle. Damit ist sein Entschluss gefasst. Schon schnappt der wie immer dunkel gekleidete Typ sich seine schwarze Motorradjacke, die mit den inzwischen gut bekannten Schlagen auf dem Rücken verziert ist und bei der es sich um seine absolute Lieblingsjacke handelt, und macht sich noch einmal auf den Weg in den Zoo.

Natürlich ahnt dort niemand, was ihnen allen heute noch bevorsteht. Sowohl die Tiere als auch die Angestellten gehen wie immer ihren Beschäftigungen beziehungsweise Arbeiten nach. Marta, die sich längst richtig gut eingelebt hat, arbeitet inzwischen absolut selbstständig und dreht ihre Runden im Park und hat ihre eigenen Aufgaben und Tierecken, um die sie sich kümmert. Da sie sich nach wie vor bei den australischen Gattungen so wohl fühlt, hat sie diese Tiergruppe auswählen dürfen und versorgt sie nun zusammen mit den afrikanischen Tieren und allen Vögeln. Sie freut sich, dass sie so die Möglichkeit hat, viel mit ihren Lieblingstieren zusammen zu sein, und Manni ist absolut dankbar dafür, dass sie sich so schnell zurechtgefunden und vor allem auch eingearbeitet hat, dass er sie tatsächlich schon alleine ihre Tour drehen lassen kann. So ist es nun auch für ihn wieder um einiges leichter geworden, allen Anforderungen der Tiere und des Zoos gerecht zu werden.

Wenn Manni so darüber nachdenkt, ist sein Leben sowieso um einiges fröhlicher geworden, seit Marta ihm wieder über den Weg gelaufen ist. Sie ist immer gut gelaunt und freut sich jeden Morgen auf ihre Arbeit. Selbst in ihrer Arbeitskleidung sieht sie gut aus, wie er findet, und er erwartet sie immer schon in der Futterhalle, um gemeinsam mit ihr die Portionen zu richten und schon das erste Schwätzchen mit ihr zu halten, bevor sich dann jeder auf seine Tour macht. Er kann sich nicht daran erinnern, dass er sich seit dem Tod seiner Frau mit einem anderen weiblichen Wesen noch einmal so gut gefühlt hätte, und ist von seinen Gefühlen und seiner guten Laune selbst fast ein bisschen überrascht. Hätte er sich darüber mit seinen anderen Zookollegen unterhalten, hätte er gleich erfahren, warum das so ist. Die hätten ihm nämlich auf den Kopf zugesagt, dass er sich bis über beide Ohren verliebt hat. Aber so weit, dass er sich mit den anderen über dieses Thema unterhält, ist er einfach noch nicht. Er will das erst einmal mit sich selbst ausmachen, schließlich will er sich auf keinen Fall blamieren. Es könnte ja auch sein, dass Marta seine Gefühle gar nicht erwidert und ihm einen Korb gibt. Es wäre nicht das erste Mal, dass ihm das passiert.

Dieses Mal will er es auf jeden Fall besser machen als damals als junger Teenager. Wahrscheinlich hat er seine Marta tatsächlich nur deshalb nicht bekommen, weil er zu schüchtern war und nicht einfach auf sie zugegangen ist und sie angesprochen hat. Na, das war bei dem jetzigen Wiedersehen ja schon einmal ganz anders. Wenn er ehrlich ist, muss er sogar zugeben, dass er sich in der letzten Zeit mehr mit Marta unterhalten hat, als das in seiner ganzen Schulzeit der Fall gewesen ist, obwohl sie sich damals ja auch jeden Tag gesehen haben. Wahrscheinlich war es einfach nicht die richtige Zeit für eine gemeinsame Zukunft. Zufrieden stellt er fest, dass das inzwischen nicht mehr der Fall ist, dieses Mal scheint alles zu passen. Er rechnet sich selbst ganz gute Chancen aus, seine Marta doch noch zu erobern. Aber gut Ding braucht eben Weile.

Hätte er mit seinen Kollegen gesprochen, müsste er sich seinen Kopf schon gar nicht mehr mit diesem Thema zerbrechen, denn dann hätte er von den weiblichen Mitarbeitern erfahren, dass Marta mehr als nur ein Auge auf ihn geworfen hat. Sie ist natürlich nicht so zurückhaltend mit ihren Gefühlen und hat längst mit Julia Kern und Anja Süß über genau diese gesprochen. Die jüngeren Frauen finden es süß, dass Marta und ganz offensichtlich auch Manni sich ineinander verliebt haben. Sie wissen aber auch, dass sich Manni etwas schwer damit tut, seine Gefühle auszudrücken und offen darüber mit anderen zu reden. Daher halten es beide für besser, erst einmal abzuwarten, ob Manni nicht von selbst darauf kommt, dass ein Versuch, Marta für sich zu gewinnen, nicht schaden kann. Sie besprechen, nur dann einzugreifen, wenn die Gefahr besteht, dass Manni es am Ende vielleicht doch noch vergeigt. Sollte er sie aber von sich aus ansprechen, werden sie ihm natürlich sofort auf die richtige Fährte verhelfen.

Ja, so ist das im Leben. Manchmal wäre es einfach besser, wenn man viel mehr mit seinen Mitmenschen reden würde, aber man tut es einfach nicht, aus welchen Gründen auch immer.

Manni ist sich jedenfalls inzwischen über seine Gefühle ganz klar und will, dass Marta und er schon bald ein Paar werden. Ihm fehlt nur noch die richtige Strategie, wie er das am besten hinbekommt.

54

Da Manni gerade das Gehege von Leo sauber macht, steht er mit dem Rücken zur Eingangstür des Raubtierstalles. Er hat die Gittertüre von Leos Käfig offen stehen, um seinen Unrat und Schmutz, der sich im Laufe der Tage angesammelt hat, herauszuholen. Dafür ist die Stalltür hinter seinem Rücken geschlossen, dass der schlaue Löwe nicht noch auf die Idee kommt, so frei wie ein Vogel sein zu wollen und eine kleine Erkundungstour durch den Park zu drehen, um dabei vielleicht auch noch den einen oder anderen Besucher zu erschrecken. Das würde er diesem findigen Kerl auf alle Fälle zutrauen, und Spaß hätte Leo dabei auch noch jede Menge. Manni selbst hat vor dem großen Tier absolut keine Angst. Er weiß genau, dass Leo ihm niemals etwas tun würde. Er kennt den Löwen bereits, seit dieser noch ein kleines tapsiges Etwas war, denn so lange sind die beiden bereits hier gemeinsam im Zoo. Sie schmusen eigentlich ständig miteinander und Leo hat die Streicheleinheiten, mit denen Manni die große Katze stets bedenkt, schon immer sehr genossen. Viele Menschen wie auch die meisten Zoo-kollegen trauen sich nicht, die Großkatzen so nahe an sich heranzulassen. Daher stellt Manni für die Tiere eine willkommene Abwechslung dar, die sie sehr zu schätzen wissen.

Der Löwe wiederum würde dem netten Tierpfleger tatsächlich niemals ein Leid antun, noch nicht einmal ein Härchen krümmen. Er mag Manni sehr und respektiert ihn, was nur bei sehr wenigen anderen Menschen sonst noch der Fall ist. Bereits als junge Katze hat er sein Herz für diesen netten Zweibeiner geöffnet und das bisher noch nie bereut. Manni hat sich, solange Leo ihn kennt, noch nie bei den Tieren etwas zuschulden kommen lassen oder hätte sie gar nur aus Spaß geärgert oder schikaniert. Leo würde es nicht einmal riskieren, Manni nur so zum Spaß einfach einmal zu erschrecken, weil ihn gerade der Hafer sticht, dafür ist die Freundschaft, die zwischen den beiden besteht, einfach viel zu fest. Er würde diese auch auf keinen Fall aufs Spiel setzen, denn diese Beziehung zu Manni ist ihm einfach zu wichtig und hat vielleicht eine gewisse Ähnlichkeit mit einer Vater-Sohn-Beziehung, die er manchmal bei den Zweibeinern beobachten kann.

Manni ist so sehr mit dem Saubermachen beschäftigt, dass er gar nicht bemerkt, dass sich hinter ihm die Stalltür öffnet. Leo dagegen bemerkt die Veränderung sofort und richtet seinen aufmerksamen Blick auch gleich ein-mal in diese Richtung, um zu sehen, wer da zu Besuch kommt. Allerdings erfüllt ihn das, was seine Katzenaugen zu Gesicht bekommen, auch sofort mit Erschrecken. Direkt hinter seinem Lieblingspfleger kommt eine schwarz gekleidete Gestalt durch die Tür spaziert, welche das Raubtier heute so-fort erkennt. Der Typ hat die gleichen Klamotten an wie bei seinem letzten Besuch, was es für Leo sehr viel einfacher macht, ihn sofort zuordnen zu können. Schwarze Hose, schwarzes Shirt und die unverkennbare schwarze Motorradjacke, die mit absoluter Sicherheit im Rücken das Schlangenmotiv ziert. Es handelt sich um keinen anderen als um den Mörder von Guido. »Mein Gott«, denkt Leo gerade, »der Kerl ist aber hartnäckig, was will der denn schon wieder bei uns?«

Was seine Augen allerdings als Nächstes aufblitzen sehen, lässt all seine bisherigen Überlegungen ganz schnell aus seinem Kopf verschwinden. An der rechten Seite des Mannes blitzt etwas langes Silbernes auf, ein Messer, erkennt das schlaue Raubtier sofort. Er bemerkt auch, dass Manni immer noch nicht mitbekommen hat, dass er nicht mehr alleine im Stall ist, und dass ihm durchaus eine tödliche Gefahr droht. Denn der schwarze Typ nimmt das Messer gerade vor sich, um sich mit diesem dem unbedarften Pfleger von hinten zu nähern. Dass das nichts Gutes bedeuten kann, ist Leo sofort klar. Jetzt heißt es handeln. Ohne weiter groß zu überlegen, wagt der Löwe einen beherzten Sprung nach vorne, direkt über Manni hinweg. Er hat die Entfernung zu dem Fremden ziemlich genau kalkuliert und landet mit allen vier Pfoten direkt auf dem Körper des Eindringlings. Durch die Wucht seines Körpergewichtes stürzt dieser direkt mit dem schweren Löwen nach hinten zu Boden und bleibt dort wie angewurzelt liegen, da das Tier sich nun komplett auf ihm befindet und ihn damit bewegungsunfähig macht. Leos Kopf ist auf der gleichen Höhe wie der des Mörders und gerade schaut der Löwe ihn aus seinen großen wachsamen Augen aufmerksam an und reißt sein Maul zu einem Brüllen auf. Das genügt, um den Mann unter sich so zu verängstigen, dass dieser nun noch nicht einmal mehr zuckt, geschweige denn nur eine seiner Gliedmaßen auch nur einen Millimeter bewegt.

Inzwischen hat natürlich auch Manni begriffen, dass hier etwas so ganz und gar nicht stimmt. Als er seinen Löwen hinter sich auf dem Boden sieht und unter diesem einen in schwarz gekleideten Mann erblickt, zählt er eins und eins zusammen und reagiert sofort richtig. Wenn Leo sich zu einer solchen Tat hinreißen lässt, kann das nur bedeuten, dass der Kerl dort auf dem Boden nicht das erste Mal hier eingedrungen ist und die Raubtiere diesen Kerl inzwischen kennen. Leo scheint zu wissen, dass der Mann nichts Gutes im Schilde führt, sonst hätte er ihn nicht so rüde umgeworfen. Als Manni aus dem Gehege steigt, um sich den beiden zuzuwenden, sieht er auch, warum Leo so reagiert hat. Beim Sturz auf den Boden ist dem völlig überraschten Mann das Messer aus der Hand gefallen, welches nun nur wenige Zentimeter neben ihm liegt. Zum Glück hat der Angreifer nicht bemerkt, dass sich sein Werkzeug so nahe bei ihm befindet. Denn wenn er mit diesem auf Leo eingestochen hätte, hätte er die Raubkatze damit ziemlich heftig verletzen können. Manni ist dankbar dafür, dass dieser Kerl wie alle anderen Menschen, die plötzlich ein Raubtier auf sich liegen haben, gerade keinen klaren Gedanken fassen kann und einfach nur absolut still daliegt, wie wenn er damit erreichen könnte, dass das Tier ihn dann unter sich vergisst und ihm so nichts weiter passiert. Beherzt kickt er das Messer erst einmal in die Ecke, damit der Typ nicht doch noch an es herankommt. Er selbst weiß, dass Leo nichts weiter tut, wenn sich der Mann unter ihm ruhig verhält, aber das muss er diesem ja nicht gleich auf die Nase binden. Der kann ruhig noch schön weiter Angst haben und sich von ihm aus dabei auch in die Hose machen. Das ist ihm gerade völlig egal, denn ihm wird nun mit voller Wucht bewusst, in welch großer Gefahr er sich gerade befunden hat. Hätte Leo nicht so beherzt gehandelt, könnte er nun genauso wie sein Kollege Guido tot auf dem Boden liegen. Dann fällt es ihm auch schon wie Schuppen von den Augen. Handelt es sich bei diesem Kerl etwa tatsächlich um den Mörder? Wäre eigentlich logisch, denkt sich Manni. Bevor der Mord geschah, kam hier in den Stall jedenfalls überhaupt kein Fremder. Seitdem ist dies nun bereits das zweite Mal innerhalb einer sehr kurzen Zeitspanne, dass sich jemand hier aufhält, ohne dass er im Zoo arbeiten würde oder gar hier etwas zu suchen hätte. »Meine Güte, hat Leo eben tatsächlich den Mörder außer Gefecht gesetzt und hätte dieser sonst auch mich um die Ecke gebracht?« Das ist fast zu viel für den gutmütigen Manni. Er muss sich jetzt erst einmal an den Gitterstäben festhalten und ein paar Mal tief und fest ein- und ausatmen, bis er wieder einigermaßen gefasst ist.

Dann lobt er erst einmal seine Raubkatze und streichelt dieser über die Flanke. »Mann, Leo, du hast mir gerade das Leben gerettet! Du bist einfach der Wahnsinn! Ich weiß gar nicht, wie ich dir dafür danken soll, ich bin im Moment viel zu überwältigt.« Das große Tier schaut den Pfleger an, als ob es mit seinem Blick sagen wollte: »Ist schon gut. Das habe ich gern gemacht.« Dann wendet es sich wieder seiner unter ihm liegenden Beute zu und bleckt die Zähne, um dem Mann klarzumachen, dass er noch lange nicht in Sicherheit ist und Leo ihn immer noch ganz leicht in handliche Stücke reißen könnte, wenn er wollte.

Nun besinnt sich Manni, dass die Gefahr noch immer nicht ganz gebannt ist. Schnell ruft er die Kriminalpolizei an und meldet, dass sie hier beim Raubtiergehege einen Kerl in Gewahrsam genommen haben, bei welchem es sich höchstwahrscheinlich um den Mörder von Guido Hart handelt.

Dieser eine Satz genügt, um die drei Kriminalkommissare vollkommen überstürzt aus dem Präsidium eilen zu lassen. So schnell sie können und es der städtische Verkehr und natürlich die allgemein gültigen Verkehrsregeln zulassen, brausen Bauer, Schneider und Meier, dieses Mal in einem gemeinsamen Fahrzeug, zum Tierpark. Unterwegs informiert Meier die Streifenpolizei, sofort mit zwei Wagen dazuzustoßen, damit bei der Verhaftung auch ja nichts schiefgeht.

55

Als die Beamten dann endlich im Raubtierstall ankommen, sind sie von dem Bild, das sich ihnen dort bietet, doch sehr überrascht und erschrecken sich auch erst einmal gehörig. Sollen sie da jetzt wirklich hineingehen? Denn vor sich sehen sie einen Raubtierhintern liegen, der keinem Geringeren als dem Löwen Leo zuzuordnen ist, gefolgt von dem restlichen stattlichen Tierkörper, der gut und gerne geschätzte zweihundert Kilogramm auf die Waage bringt. Neben diesem steht der ziemlich stolze Tierpfleger Manni, der gerade den Eindruck einer glücklichen Mama macht, die sich unheimlich über ihren Sprössling freut. Erst dann bemerken sie, dass sich unter dem großen Tier auch noch etwas längliches Schwarzes befindet, so sehen sie als Erstes ein Paar Schuhe, die durch schwarze Hosen abgelöst werden. Bei näherer Betrachtung stellt sich dieses schwarze Bündel dann tatsächlich als ein Mensch heraus, auf dem Leo es sich da in seiner ganzen langen Pracht gemütlich gemacht hat. Da alle drei Beamten noch immer sehr großen Respekt, um nicht sogar zu sagen, Angst vor der Raubkatze haben, fragen sie sich gerade, wie sie es in dieser Situation schaffen sollen, hier einen Mann festzunehmen, der auch noch komplett unter einer gefährlichen Raubkatze liegt und dessen sie so nicht gerade leicht habhaft werden können. Sie denken nicht, dass sie dieses Problem irgendwie selbst lösen können. Da sind sie schon auf die Hilfe der Personen angewiesen, die sich mit wilden Tieren auskennen und die wissen, wie man so ein schweres Tier nun von einem Verbrecher herunterbekommt. Das merkt schließlich auch Manni, der gleich darauf entschlossen zur Sache geht. Da Leo schon den größten Teil selbst erledigt hat, ist es nun an ihm, die Polizei gebührend zu unterstützen, dass diese nur noch die Handschellen klicken lassen muss. Nun bittet Manni die Polizei, erst einmal die Eingangstür zu sichern, damit der Verdächtige nicht noch flitzen kann und er den Löwen von dem Mann herunterdirigieren kann, um ihn dann wieder in sein Gehege zu führen, sodass die Beamten im Anschluss daran ungestört ihres Amtes walten können.

Leo sieht, dass der Kerl unter ihm nun nicht mehr entkommen kann, da drei Beamte pflichtbewusst den einzigen Ausgang blockieren, der dies ermöglichen könnte, daher lässt er sich willig von Manni in sein Gehege bugsieren, um von dort dann genau beobachten zu können, wie weiter vorgegangen wird. Im Notfall ist er durchaus bereit, sofort wieder einzugreifen, falls es die Zweibeiner nicht schaffen sollten, diesen Kriminellen dingfest zu machen. Man weiß ja nie! Inzwischen hat er zwar eigentlich bereits genug von dem seltsamen Geruch des Mannes eingeatmet, der ihn einmal mehr an verbranntes Gras erinnert und keinesfalls angenehm ist. Aber er würde diese Duftfahne auch noch weiter ertragen, wenn es die Umstände erfordern, er ist nämlich absolut überzeugt davon, den Mörder von Guido Hart gerade persönlich und noch dazu ganz alleine gefasst zu haben. Daher kann man seinen Gang in seinen eigenen vier Wände gerade einfach nur als würdevoll bezeichnen, da sich der Löwe seiner gerade begangenen Heldentat sehr bewusst ist. Entsprechend stolz gebärdet er sich daher auch.

Sobald Leo sich auf den Weg in seinen Stall begibt, schnappt sich Schneider sofort den nun von einer schweren Last befreiten Einbrecher. Dieser ist kalkweiß im Gesicht und muss erst einmal tief durchatmen, um wieder einigermaßen zu Luft zu kommen. Klar, zweihundert Kilo Gewicht auf seinem eigenen Körper zu haben ist bestimmt kein Zuckerschlecken, dazu kommt noch eine große Portion Angst, die das Atmen mit Sicherheit auch nicht gerade leicht gemacht haben dürfte.

Während seiner »Besetzung« hat sich der Mörder tatsächlich nicht getraut, richtig zu atmen, daher fühlt er sich jetzt ziemlich benebelt und ist sogar tatsächlich etwas benommen. So ein Raubtier kann eben auch den stärksten Kerl wieder zum kleinen Jungen machen, und beschämt stellt er fest, dass er sich vor lauter Angst eingenässt hat. Das bleibt natürlich auch den anwesenden Personen nicht verborgen, wie er durch das kollektive Grinsen in den Gesichtern ganz leicht feststellen kann. Warum hat er auch nicht an diese blöden Raubkatzen gedacht? Es ist doch klar, dass man in einem solchen Gehege damit rechnen muss, dass eines der Tiere durchaus auch einmal im Vorraum herumrennen kann. Wie konnte er nur so blöd sein, hier so unbedarft hineinzurennen? Nur weil es schon zwei Mal funktioniert hat, heißt das noch lange nicht, dass es auch beim dritten Mal klappt. Am liebsten würde er sich für seine eigene Dummheit selbst ohrfeigen. Wenn er wenigstens sein Messer beim Sturz nicht verloren hätte, dann hätte er den Löwen vielleicht durch einen Stich von vorne in die Brust wenigstens ordentlich verletzen können, aber er war von dessen Sprung so perplex, dass er in diesem Moment gar nicht daran gedacht hat, das Messer fest vor sich zu halten. Zum Glück ist eben auch ein krimineller Mensch nur ein Mensch, dem Fehler unterlaufen. Sonst hätte das Messer Leo tatsächlich schwer verletzen können.

Wirklich überrascht sind die drei Beamten nicht, als sie dann endlich registrieren, wer ihnen da ins Netz gegangen ist. Es ist kein Geringerer als Matze Sommer, einer der Kumpel aus der Wohngemeinschaft. Bauer könnte sich vor Wut in den Hintern beißen. Er hat die ganze Zeit über gewusst, dass mit dem Typen etwas nicht stimmt. Allerdings hat er ihm nicht gerade den Mord an einem seiner besten Freunde zugetraut. Er hatte mehr daran gedacht, dass er Sommer wegen anderer Vergehen einbuchten könnte. Bauer war immer noch der Meinung, dass einer der Zooangestellten, die Guido zu erpressen versucht hatte, der Täter sei. Schließlich haben sie alle zusammen genügend Gründe, um diese Tat begangen zu haben, und alle waren sich doch sozusagen einig, dass der Kollege ein Schwein war. Das hatte für ihn bisher irgendwie einfach besser gepasst als alles andere. Hätte er doch früher an Sommer gedacht! Dann hätte er ihn richtig in die Zange genommen und hätte herausgefunden, dass dieser der tatsächliche Mörder von Guido Hart ist. Da ist er sich ganz sicher. Na ja, Bauer überschätzt sich wieder einmal selbst. Aber wer sollte ihm das vorhalten, er ist ja schließlich der Kriminalhauptkommissar der Truppe. Diesen Posten erhält man erst gar nicht, wenn man nicht absolut von sich selbst überzeugt ist.

Dem Täter werden nun erst einmal schnellstens Handschellen angelegt, und als die Polizisten dann die Eingangstür öffnen, um ihren Verhafteten hinauszubringen, wartet dort bereits ein grellgelbes Federetwas, das schnell an ihnen vorbeiflattert und direkt auf Manni zusteuert. Kurz bevor Jogi mit dem Tierpfleger zusammenstößt, bleibt er in der Luft stehen, um sofort zu der rechten Mauer des Raubtierstalles zu fliegen. Jogi weiß nämlich längst von den Raubtieren, dass der Mörder von Guido sich bei seinem letzten Besuch dort an der Wand zu schaffen gemacht hat. Die schlauen Tiere waren sich schnell darüber einig, dass es da auf jeden Fall noch etwas Wichtiges zu holen gibt, was sie den Zweibeinern irgendwie mitteilen müssen. Die überraschten Beamten schauen nach, was das Federtier nun schon wieder veranstaltet, und müssen lachen, als sie sehen, dass Jogi vor der besagten Wand wie ein Pingpong-Ball in der Luft auf und ab hüpft. Natürlich schreit er dazu auch aus vollem Schnabel, was in dem doch ziemlich kleinen Raum augenblicklich für eine laute Geräuschkulisse sorgt. Das wollen sich die drei nur ungerne weiter anhören und gehen nun endgültig zum Ausgang, um dem Krach so schnell wie möglich zu entfliehen. Interessant ist allerdings, dass ihr Inhaftierter den Vogel inzwischen mit weit aufgerissenen Augen ziemlich verärgert anschaut. Warum das? Hat er eventuell gerade einen Flash von seinem letzten Drogenkonsum? Angst vor einem Papagei wird der taffe Sommer doch mit Sicherheit nicht haben. Warum interessiert ihn dieser Vogel dann so sehr?

Des Rätsels Lösung hat schließlich Manni. Er kennt seinen Ara inzwischen so gut, dass er weiß, dass dieser nicht so ein Spektakel aufführen würde, wenn es nicht etwas Wichtiges zu entdecken oder mitzuteilen gäbe. Er war es ja schließlich auch, der die Leiche hier als Erster gefunden hat. Daher ist es mit Sicherheit auch kein Zufall, dass der Papagei genau jetzt hier hereingestürmt ist und nun so ein Theater veranstaltet. Erst einmal spricht er beruhigend auf Jogi ein. »Ist ja schon gut, mein Lieber, ich habe dich verstanden. Du willst, dass wir uns die Mauer hier genauer anschauen, habe ich Recht?« Wie zur Bestätigung nickt Jogi deutlich mit seinem Kopf. Das sehen auch die drei Beamten. Da der Vogel aufgrund der Worte, die Manni gerade zu ihm gesagt hat, nun wieder zur Ruhe gekommen ist und sich ohne einen weiteren Muckser auf der Schulter des Tierpflegers niedergelassen hat, kommen Bauer, Meier und Schneider mit ihrem verhafteten Sommer wieder zurück in den Raum. Sommer versucht noch ein Ablenkungsmanöver, um die Aufmerksamkeit von der Wand weg auf sich zu lenken, indem er seinen Bewachern mitteilt, dass er durch die Handschellen furchtbare Schmerzen zu erleiden hätte und nun sofort in eine Zelle gebracht werden möchte, damit er die Eisen so schnell wie möglich loswird. Dem schenken die Kommissare jedoch überhaupt keine Beachtung. Sie wissen, dass die Handschellen nur dann scheuern oder wehtun, wenn man sich zu sehr gegen die Fesseln wehrt. Also soll der Typ sich einfach ruhig verhalten, dann braucht er auch nicht zu zetern. Was jetzt die ungeteilte Aufmerksamkeit aller Anwesenden erhält, ist die vor ihnen befindliche Wand. Ob in ihr etwas Interessantes versteckt wurde und Sommer deshalb schon das zweite Mal zurückgekommen ist, um genau das zu holen? Das wäre das Logischste, was ihnen dazu einfällt.

Beherzt beginnt Schneider damit, die Steine systematisch einen nach dem anderen zu untersuchen. Es dauert nicht lange und er findet einen nur locker in die Wand eingefügten Stein, welcher sich leicht herausziehen lässt. Dahinter entdeckt er ein weißes Päckchen und zieht dieses vorsichtig heraus. »Bingo«, denkt Meier, »nun wissen wir, warum Matze Sommer schon wieder am Tatort war.« Schneider dagegen jubelt: »Super, schaut mal her, wir haben jede Menge Stoff gefunden. Der schaut genauso aus wie das Zeug, das wir neulich bei Reiland sichergestellt haben. Guckt mal, wie das Weiß hier im Licht bläulich glitzert.« Tatsächlich haben sie nun endlich die Beute gefunden und können diese mit aufs Präsidium nehmen und das wieder einmal mit Hilfe der Tiere. Ohne Jogi wären sie erst gar nicht auf die Idee gekommen, die Wand nach einem lockeren Stein abzusuchen. Das ist heute ein absolut guter Tag!

Nun haben die Kriminalkommissare nicht nur den wahrscheinlichen Mörder von Guido Hart geschnappt, sondern können dank des Drogenfundes bei den Raubtieren mit Sicherheit auch ganz schnell nachweisen, dass die Tat nur wegen dieses neuen Mittels, welches die drei Kumpels Hellhunting nannten, begangen wurde. Es gilt nun schnellstens die genauen Umstände und Zusammenhänge herauszufinden, um Matze Sommer für eine sehr lange Zeit in Haft lassen zu können und den Fall so bald wie möglich abschließen und zu den Akten legen zu können. Graue Haare hat ihnen dieser Mord ja inzwischen schon jede Menge beschert. Bauer muss sich eingestehen, dass das alles zusammen nun tatsächlich die optimale Möglichkeit ist, den ganzen Fall lückenlos aufklären zu können. Das hätte gar nicht besser kommen können. Hätte man den Typ nicht im Zoo geschnappt, hätten sie die Spur mit dem Rauschgift vielleicht gar nicht gefunden und den Fall nie wirklich richtig abwickeln können.

Viele Verbrecher geben ja gerne nur das zu, was ihnen die Beamten zweifelsfrei nachweisen und auf den Kopf zusagen können. Wenn sie die Drogen in diesem Fall nicht gefunden hätten, hätte ihnen Sommer vielleicht nie die Wahrheit über sein tatsächliches Motiv verraten. Dass sie das Versteck nun vor seinen Augen ausgehoben haben, macht alles viel einfacher. Somit stehen die Chancen, dass Sommer sich alles von der Seele reden will, sehr gut. Er weiß selbst, dass er mit Schweigen nun nach diesem Fund nicht mehr sehr viel weiterkommt.

Nachdem die Verbrecher sich ihrer eigenen Situation bewusst geworden sind, singen die meisten schon kurz danach wie die Vögelchen, ganz so als ob ihnen das in irgendeiner Weise nützen könnte. Wahrscheinlich geht es dabei aber einfach nur darum, ihr eigenes Gewissen zu erleichtern. Denn dass mit diesem Mann hier vor ihnen nicht hart ins Gericht gegangen wird, kann sich Bauer beim besten Willen nicht vorstellen. Wenn er so recht darüber nachdenkt, könnte das Tatmotiv hier durchaus Geld- und Machtgier sein. Mit solchen Typen lassen die Damen und Herren im Gericht nur wenig Gnade walten. Schon gar nicht, wenn es sich bei Täter und Opfer um gute Freunde handelt. Das macht den Tatbestand irgendwie immer noch schlimmer, als er ohnehin schon ist.

Zufrieden ziehen die drei Beamten nun mit ihrem frisch überführten Täter und dem dazugehörigen Beweismittel endgültig von dannen. Wohl wissend, dass weder den Menschen noch den Tieren im Zoo nun noch weitere Gefahr droht. Die eigentliche Arbeit der Kommissare wartet jetzt im Verhörraum auf sie und alle drei freuen sich schon darauf, dass Matze Sommer ihnen mit Sicherheit schon bald ausführlich berichtet, wie sich alles zugetragen hat. Dass dieser ihnen alles erzählt, wissen sie ganz sicher. Das ist bei den meisten Menschen nur eine Frage der Zeit. Wenn man sie erst einmal ein bisschen hat schmoren lassen, sind irgendwann auch die stärksten Typen bereit, ihr Schweigen zu brechen.

56

Endlich wieder unter sich, traben die Raubtiere wieder hinaus auf ihre Wiese, wo sie sich gemeinsam auf das Gras legen, um ausführlich über die gerade geschehenen Erlebnisse zu schnacken.

Erst einmal beglückwünschen sie alle den mutigen Löwen unter ihnen.

Leo hat ihre Herzen jetzt ein für alle Mal und für immer erobert. Er hat nicht nur den Mörder dingfest gemacht, sondern auch gleich noch ihren Lieblingstierpfleger Manni vor dem sicheren Tod bewahrt. Dadurch hat er auch den Raubtieren das weitere Leben unheimlich erleichtert. Hätte es in ihrem Zuhause erneut eine Leiche gegeben, wäre das ganze Prozedere mit dem Lärm und dem Stress in ihren heiligen Hallen wieder von vorne losgegangen. Wenn es noch dazu dieses Mal Manni getroffen hätte, der dann tot vor ihnen auf dem Boden gelegen hätte, hätten auch die großen Katzen ganz schön unter dem Mord gelitten, viel mehr, als sie es bei Guido taten, denn den mochten sie alle nicht besonders gerne. Außerdem hätten sie dann alle mehr oder weniger stark um ihren netten Tierpfleger getrauert und somit wäre ihnen eine schlimme Zeit gewiss gewesen. Umso besser finden sie es daher, dass Leo so mutig reagiert hat und dass er die Chance, die sich ihm geboten hat, so selbstlos ergriffen hat. Dass er gar nicht über die Gefahr nachgedacht hat, lassen die anderen nicht gelten. Sie wissen schließlich, wie ein Raubtier denkt und dass der Löwe durchaus wusste, dass er für sich selbst mit schlimmen bis tödlichen Folgen rechnen musste. Sie finden es toll, dass sie so einen mutigen Gefährten in ihrer Mitte haben, und alle hauen Leo ihre Pranke auf den Kopf, um damit ihre Zuneigung ihm gegenüber zum Ausdruck zu bringen. Zum Glück vergisst keiner, seine Krallen rechtzeitig einzuziehen, sonst wäre Leo spätestens jetzt doch noch verletzt worden.

Frederick und Pickeldi sind bekanntlich die beiden jüngsten Raubtiere der Gruppe. Sie haben nun durch die ganze Aufregung so viel Adrenalin in ihren Blutbahnen, dass sie sich erst einmal Luft verschaffen müssen. So beobachten die Alten nun amüsiert, wie die jungen Hüpfer wie die Wilden durch ihr Außengelände jagen und versuchen, sich gegenseitig zu fangen. Beide sehen dabei so jung, wild und frei aus, dass Wildcat, Tatze, Ede und Leo gerade richtig viele Vatergefühle entwickeln und die jungen Geparden am liebsten vor Zufriedenheit, Freude und Familienglück umarmen möchten. Da sie aber alle absolut starke Typen sind, unterdrücken sie diese Gefühle natürlich sofort. Es wäre ja geradezu lächerlich, sich jetzt so albern aufzuführen. Aber irgendwie beneiden sie die Brüder auch um ihre Ungezwungenheit. Als erwachsene Raubkatze kann man sich das einfach nicht mehr leisten.

Würde ein Außenstehender die Bande gerade beobachten, würde er mit

Sicherheit feststellen, dass sich die Raubtiere seltsam gelöst und entspannt verhalten. Wie sie da so beisammenliegen und sich ganz offensichtlich irgendwelche Geschichten erzählen, wirken sie so gar nicht wie die wilden Tiere, die man aus Reportagen kennt und die ständig auf der Jagd nach Futter sind. Vielmehr erinnert der Anblick dieser Gruppe an verschmuste Kätzchen, die nur auf jemanden zu warten scheinen, der ihnen freiwillig den Bauch krault.

Tatsächlich sind die Großkatzen auch gerade sehr relaxt. Sie freuen sich riesig, dass die ganze Aufregung nun ein Ende hat, und sind sehr erleichtert darüber, dass der Mörder ihres Tierpflegers nun endlich verhaftet wurde. Auch wenn sie Guido nicht so gut leiden konnten, so siegt doch ihr ausgeprägter Gerechtigkeitssinn und sie wünschen sich für den Täter eine saftige, aber gerechte Strafe.

Natürlich hat es auch der quirlige Jogi nicht versäumt, Leo zu seiner, wie er es nennt, Heldentat zu gratulieren. Dass auch er viel zur Aufklärung des Mordes beigetragen hat, tut er mit einem kurzen Flügelschlag ab. Das war doch nur eine Kleinigkeit gegen das Eingreifen von Leo, bemerkt er bescheiden. Dass die Raubtiere aber auch seine Handlungen gut fanden, schmeichelt ihm dann doch. Viel Zeit, sich darüber zu freuen, nimmt sich der Vogel allerdings nicht. Er muss nun erst einmal seine Runde durch den Zoo drehen, um alle Tiere über die geglückte Festnahme zu informieren. Diese machen sich doch alle schon so lange Sorgen, dass noch weitere schlimme Taten in ihrem Zoo passieren könnten, da sieht er es als seine Pflicht an, nun allen die endgültige Entwarnung zukommen zu lassen. Das haben die anderen Zoobewohner auf jeden Fall auch verdient.

Natürlich hat sich auch unter den Angestellten schnell herumgesprochen, dass es heute tatsächlich zu einer Festnahme kam und dass man im Raubtiergehege sogar Beweismittel sichergestellt hat, die mit dem Mord in Verbindung gebracht werden. Jeder kann sich sicher vorstellen, wie erleichtert alle sind, dass die ganze Aufregung nun endlich vorbei ist und jeder wieder seinen ganz normalen Beschäftigungen nachgehen kann, ohne Gefahr zu laufen, dass man das nächste Opfer werden könnte. Gerade die Kollegen, die abends das Abschließen übernehmen, sind heilfroh, dass nun wieder alles seinen gewohnten Gang gehen kann.

Wer sich von den Angestellten wahrscheinlich am meisten freut, ist Julia

Kern. Sie hatte ja den Täter kurz zu Gesicht bekommen, als dieser nach dem Mord noch einmal zurückkam, um die Beute aus dem Zoo herauszuschaffen. Seitdem konnte sie keinen Schritt mehr gehen, ohne dass sie ständig von einem Beamten bewacht wurde. Sie kam sich selbst schon fast kriminell vor und fühlte sich statt bewacht nach einer Zeit einfach nur noch kontrolliert und überwacht. Außerdem hatte sie tatsächlich Angst davor, dem Typen noch einmal über den Weg zu laufen. Es hätte ja durchaus sein können, dass dieser ihr irgendwo auflauert und der diensthabende Beamte das gar nicht mitbekommt. Es wäre ja nicht das erste Mal, dass ein Verbrecher die Polizei austricksen würde. Also hat sie schon bald hinter jeder Ecke und hinter jeder Wand einen potentiellen Entführer vermutet, was ihren Nerven gar nicht gut bekommen ist. Als sie dann nachts auch noch von Verfolgungsjagden und dunklen Augen, die sie böse anfunkeln, träumte, ging sie nur noch mit einem Schlafmittel zu Bett, damit wenigstens die Albträume von ihr fernblieben. Nachdem sie nun von der frohen Kunde gehört hat, fühlt sie sich wie befreit und strahlt absolut zufrieden in die Runde. Sie würde am liebsten Luftsprünge machen, endlich ist sie wieder frei und kann tun und lassen, was sie will. Wenn das mal keine super Nachricht ist. Spontan beschließt sie, sich heute nach der Arbeit einen ausführlichen Stadtbummel zu gönnen, auch wenn sie im Moment gar nichts braucht. Diese neu gewonnene Freiheit muss sie heute einfach feiern und da bietet die Stadt ihr einfach die besten Möglichkeiten dazu.

Natürlich sind auch alle Tiere im Zoo völlig aus dem Häuschen. Den wenigsten war bisher bewusst, wie angespannt sie alle in der letzten Zeit waren. Aber spätestens jetzt wissen sie, dass alle Gefährten, die hier im Zoo ihr Zuhause gefunden haben, ziemlich genauso nervös waren wie sie selbst. Wenn sie es so recht bedenken, grenzte das Ganze ja schon an eine Massenhysterie. Umso besser, dass jetzt alles vorbei ist.

Die Flamingos nehmen erst einmal ein gemeinsames Bad und lassen es sich im Wasser so richtig gut gehen. Überrascht stellen sie im herrlichen Nass fest, dass sie sich schon lange nicht mehr so wohl gefühlt haben, und merken, dass sie sich in letzter Zeit, ohne es selbst zu bemerken, gar nicht mehr ins Wasser getraut hatten. Daher heißt es jetzt erst einmal nach Herzenslust baden und planschen.

Die Koalabären, welche die letzten Tage fast ausschließlich auf ihren hohen Bäumen verbracht haben, getrauen sich jetzt wieder herunter und vergnügen sich erst einmal auf dem festen Boden unter ihren Füßen. Fast sieht die Gruppe so als, als ob sie zusammen tanzen wollten, aber das ist ja bei Bären gar nicht möglich, oder etwa doch?

Auch die Erdmännchenkinder haben heute allen Grund, sich riesig zu freuen. Die besorgten Eltern hatten ihren Nachwuchs nämlich seit dem Mord in ihre unterirdischen Höhlen gebracht, wo sie umsorgt und betreut wurden und es ihnen eigentlich an nichts gefehlt hat. Dass sie jetzt wieder hoch ins Tageslicht dürfen, um dort nach Herzenslust durch die Landschaft zu toben, gefällt ihnen aber doch sehr gut. Wie haben sie diese Freiheit in der letzten Zeit vermisst! Endlich können sie wieder selbst nach Insekten graben oder einfach nur so aus Freude ein Loch buddeln. Auch ein Sonnenbad ist jetzt endlich wieder möglich!

Es gibt aber auch noch eine Zooangestellte, die sich absolut riesig darüber freut, dass es Manni gut geht. Diese lässt in ihrer australischen Ecke alles stehen und liegen und rast in einem Affengalopp durch den Park und ohne Umweg direkt zum Raubtiergehege. Dort fällt sie dem Tierpfleger sofort in die Arme und drückt diesen so fest an ihre Brust, dass Manni erst einmal Hören und Sehen vergeht. Als Marta ihn gebührend lange gedrückt hat, geht sie zu ihm auf Abstand, allerdings ohne ihre Hände von ihm zu lassen, und betrachtet ihn mit ausgestreckten Armen ausführlich von oben bis unten. Als Manni sie lachend fragt, was denn los ist, gibt sie zu, dass sie sich erst einmal davon überzeugen musste, dass er tatsächlich noch in einem Stück und komplett heil ist. Als sie gehört hat, in welcher Gefahr ihr Angebeteter schwebte, ist sie erst einmal ganz blass geworden und musste sich setzen. Zum Glück hat sie schon bald danach berichtet bekommen, dass alles gut gegangen ist und dass ihm nichts passiert ist, sonst wäre sie vielleicht selbst noch in Ohnmacht gefallen. Aber davon, dass es ihm tatsächlich gut geht, wollte sie sich lieber persönlich überzeugen. Deshalb ist sie nun hier.

Inzwischen ist sie allerdings über ihr Verhalten ein bisschen beschämt. Sie hat sich Manni einfach an den Hals geworfen, dabei weiß sie doch gar nicht, ob er sie überhaupt will. Aber als sie die irre Geschichte gehört hat, hat sie einfach gehandelt, ohne groß darüber nachzudenken, und so kam eben eins zum anderen. Manni scheint es gut zu finden, dass sie sich solche Sorgen um ihn gemacht hat, und schaut sie durchaus zufrieden an. Er genießt es, dass er gerade die volle Aufmerksamkeit seiner Herzdame hat. Schließlich fragt er sie etwas scheinheilig, warum sie sich denn so viele Gedanken um ihn und seine Gesundheit macht. Natürlich in der Hoffnung, dass er genau das zu hören bekommt, was er sich zu hören erhofft. Tatsächlich lässt Marta sich in das Spiel ein und fragt mindestens genauso scheinheilig zurück: »Kannst du dir denn gar nicht denken, warum ich mir solche Sorgen gemacht habe?« Das reicht Manni als Antwort aus, um Marta endlich einen langen und innigen Kuss zu verpassen. Einfach so, ganz ohne Scheu! Wofür so ein Verbrecher aber auch alles gut sein kann! Als die beiden wieder voneinander ablassen, strahlen sie miteinander um die Wette und selbst der Dümmste könnte in diesem Moment erkennen, dass es zwischen den beiden inzwischen ganz heftig gefunkt hat. Das erste Pärchen hätte sich also schon einmal gefunden!

57

Inzwischen wurde Matze Sommer in den Verhörraum der Kriminalpolizei geschafft. Dort sitzt er nun und wartet auf seine Vernehmung. Die nasse Kleidung durfte er bisher nicht wechseln, was ihm ganz und gar nicht gefällt, aber damit hätte er rechnen müssen. Dass er von der Polizei nicht gerade wohlwollend behandelt wird, war ihm schon gleich nach seiner Festnahme klar.

Die drei Kommissare lassen es sich nicht nehmen, dieses Verhör gemeinsam durchzuziehen, und nach einer geraumen Wartezeit, in welcher sie ihren Gefassten erst einmal schmoren und seinen eigenen Gedanken nachhängen lassen, betreten sie zusammen den Vernehmungsraum, der durch diese momentane geballte Polizeipräsenz sofort noch um einiges kleiner wirkt, als er sowieso schon ist. Natürlich vergessen sie nicht, das Aufnahmegerät einzuschalten und Sommer über seine Rechte zu belehren. Dann beginnt das eigentliche Verhör auch schon.

Sie merken gleich, dass Sommer einen auf harter Typ macht und erst einmal nicht viel von sich geben wird. Mürrisch und verschlossen beantwortet er die Fragen zu seiner Person so knapp wie möglich. Sie erfahren, dass er als

Automechaniker arbeitet und dass er in der ihnen schon bekannten Adresse bereits seit fünf Jahren mit Guido Hart und Jonny Reiland zusammenwohnt.

Die Frage, wie sie sich kennenlernten, beantwortet er erst einmal nicht, sondern er begnügt sich damit, die Beamten böse anzustarren. Als er auch auf weitere Fragen keine Antworten gibt, machen die Beamten kurzen Prozess mit ihm und stecken ihn erst einmal in eine gemütliche Zelle, wie sie es nennen, damit er sich darüber klar werden kann, ob er es vorzieht, lebenslang oder vielleicht nur maximal zwanzig Jahre hinter ebensolchen Gitterstäben zu verbringen. Dann lassen sie ihn abführen und beschließen im Anschluss einstimmig, es für heute mit der Arbeit gut sein zu lassen. Zusammen gehen sie tatsächlich einmal etwas trinken und beglückwünschen sich gegenzeitig zu ihrem Erfolg. Dass sie diesen nur dank des tapferen Leo feiern können, das lassen sie heute einfach einmal so unter den Tisch fallen.

Gleich am nächsten Morgen führen sie die Befragung des Tatverdächtigen Sommer fort. Dieser hat sich in der Nacht, welche er bei einem anderen Verbrecher in einer gemeinsamen Zelle verbracht hat, tatsächlich Gedanken über seine Lage gemacht. Nun ist er es, der die Beamten als Erstes anspricht, nämlich indem er sie fragt, ob es für ihn einen Deal gibt, wenn er alles auspackt, was es auszupacken gibt. Eigentlich ist es ihm schon im Voraus klar, dass die Polizei sich nicht auf eine Absprache einlassen wird. Deshalb ist er durchaus erleichtert, von den Beamten zu erfahren, dass ihm eine ausführliche Aussage helfen kann, wenn er dem Haftrichter vorgeführt wird, da das als Bereitschaft zur Mithilfe angesehen wird. Schließlich verhält er sich genauso, wie es die Beamten schon zuhauf erlebt haben. Als Sommer erst einmal begonnen hat zu reden, zwitschert er schon bald wie ein aufgeregtes kleines Vögelchen. So erfahren die Beamten endlich alles, was es in diesem Fall Interessantes zu wissen gibt.

Sommer erzählt, dass er Reiland und Hart in der Werkstatt kennengelernt hat. Alle drei fuhren bereits damals dicke Motorräder und verstanden sich schon gleich, als sie sich das erste Mal trafen, richtig gut. Sommer scheint richtig was drauf zu haben, wenn es um die Einstellung von Motoren, Kupplungen und Schaltungen bei Motorbikes geht. Sowohl Reiland wie auch Hart sind immer wieder zu ihm gekommen, wenn etwas mit ihrem Bike nicht stimmte. Irgendwann haben sich dann alle drei zusammen in der Werkstatt aufgehalten, an den Grund kann Sommer sich allerdings nicht mehr erinnern, jedenfalls wurde dabei vereinbart, nach Feierabend mal gemeinsam ein Bier zischen zu gehen. Irgendwie kam dann schnell eins zum anderen und schon bald haben sie sich regelmäßig zum Schoppen-Machen getroffen. Als Reiland dann etwas später aus seiner Wohnung geflogen ist, war es Hart, der vorschlug, eine Wohngemeinschaft zu gründen. Auch wenn es Sommer erst für einen Scherz gehalten hatte, wurden schon gleich im Anschluss an Harts Angebot feste Pläne geschmiedet, und bald war eine gemeinsame neue Bleibe gefunden, in der sie es sich dann zu dritt gemütlich gemacht haben.

Der schlaueste Kopf unter ihnen war eindeutig Jonny Reiland. Er ist gelernter Chemiker und hat bereits als junger Bub großes Interesse an den Naturwissenschaften gezeigt. Mit Mathematik, Physik und Biologie hat er sich in seiner Freizeit oft und gerne beschäftigt. Er hat eigentlich alles richtig gemacht und hat sein Hobby aus Kindertagen einfach zu seinem Beruf auserkoren, was er auch nie einen einzigen Tag lang bereut hat. Wie die Kommissare erfahren, hat Sommer ihn darum immer beneidet. Er ist Mechaniker geworden, weil er nichts anderes gefunden hat, und obwohl er noch Glück mit seinem Job hatte, hätte er sich gewünscht, dass es für ihn auch so eine Berufung geben würde, wie es bei Reiland ganz offensichtlich der Fall war. Jedenfalls hat Jonny auch in seiner Freizeit gerne mit den verschiedensten Dingen herumexperimentiert. Als die drei dann die Wild Riders kennenlernten und sich ihnen fast sofort angeschlossen haben, war es nur eine Frage der Zeit, bis sie auch mit Drogen in Berührung kamen. Vorher hatten alle drei eigentlich nur Zigaretten geraucht, nie etwas Härteres. Aber von da an hat sich vieles geändert. Durch die Gang haben sie dann des Öfteren Gras geraucht, was Sommer nie so richtig gut fand, er konnte dem nicht viel abgewinnen. Er hat sich am Anfang nie etwas mit nach Hause genommen und ist lieber bei seinen Zigaretten geblieben, da man mit diesen wenigstens einen klaren Kopf behalten hat. Später sollte sich dieses Verhalten bei ihm auch ändern. Dann fing er auch damit an, das Zeug regelmäßig zu rauchen, und war schon bald abhängig davon. Jonny und Guido dagegen haben sich das Zeug auch zu Hause gerne gegönnt und hatten ab da immer etwas Gras bei sich. Natürlich ließen es sich die beiden anderen nicht nehmen, ihn immer wieder damit aufzuziehen, dass er eine Memme sei, aber er ließ sich nicht beirren und blieb eine ganze Zeit lang standhaft.

Bei Jonny entstand allerdings bereits damals der Wunschgedanke, selbst etwas Geniales herzustellen, das sich vermarkten ließ.

Irgendwann sind die drei dann mit ihren Motorrädern im heimischen Wald unterwegs gewesen und haben so richtig die Sau rausgelassen. Sie sind mit ihren motorisierten Rädern wie die Blöden durch die Bäume hindurchgebrettert und haben sich wie die Wilden aufgeführt. Als sie dann irgendwann ziemlich ausgepowert nach Hause wollten, haben sie prompt eine falsche Abzweigung erwischt und kamen so schließlich an eine abgelegene Waldhütte, die verlassen und unbewohnt wirkte. Sofort erkannte Jonny das Potential dieser Hütte. Das wäre doch genau das Richtige für ihn, um sich ein eigenes Labor zu erschaffen, fernab von der Welt und gut versteckt im Wald hinter der Stadt. Hart war es egal, was Jonny in seiner Freizeit trieb, und ihm war es nur recht, dass der Kumpel nicht in ihrer eigenen Bude mit irgendwelchen Chemikalien herumwerkeln wollte. Das hätte gerade noch gefehlt. Am Ende hätte er sie noch alle versehentlich in die Luft gesprengt oder so. Da war ihm diese Hütte schon um einiges lieber. Da würde sich Reiland wenigstens nur alleine abmurksen. So war es dann auch schon beschlossene Sache. Jonny prägte sich die Lage der Waldhütte ein und observierte diese dann zu verschiedenen Tages- und Nachtzeiten, um sicherzugehen, dass sie definitiv unbewohnt und unbenutzt ist. Sobald er sich davon überzeugt hatte, bat er die anderen, ihm beim Herrichten der abgelegenen Bude zu helfen, was sie dann auch gemeinsam taten.

So kam es, dass Jonny schon bald tatsächlich ein eigenes Labor zum Experimentieren hatte und dieses auch gerne und oft nutzte. Er kam manchmal das ganze Wochenende nicht nach Hause und schlief dann bei seinen Experimenten in der Hütte, um sofort mitzubekommen, wenn sich ein Versuch als gelungen erweisen sollte. Dass Jonny tatsächlich etwas Eigenes herstellen könnte, hat Matze nie wirklich geglaubt. Er selbst hat mit Chemie und Physik nicht wirklich viel am Hut und kennt sich eigentlich in diesen Themen nur aus, wenn es sich um Autos und Motorräder handelt, für mehr hat es bei ihm nicht gereicht, dazu hat ihm einfach das Interesse gefehlt. Entsprechend überrascht war er dann auch, als Jonny eines Abends ganz aufgeregt nach Hause kam und erzählt hat, dass es ihm tatsächlich gelungen ist, eine eigene Droge zu entwickeln. Diese sei synthetisch ganz leicht herzustellen und würde so gut wie gar nichts in der Herstellung kosten, da gar nicht viele

Zutaten dafür nötig seien. Er sei so einfach auf diese Formel gekommen, dass es ihn direkt wundere, dass diese noch kein anderer gefunden und auf den Markt gebracht hat. Was ihn wie ein kleines Kind gefreut hat, war die Tatsache, dass seine neue Droge sogar eine Eigenheit hat, die sie unverkennbar macht. Sie leuchte nämlich blau, wenn man sie ins Licht hält. Je heller, desto intensiver sei der Blauton, den das eigentlich weiße Pulver absondert.

Sommer und Hart waren erst einmal skeptisch, als sie die Geschichte hörten. Wie Jonny es schon selbst gesagt hatte: Wenn es so einfach war, an diese Formel zu kommen, dann musste das Zeug doch bestimmt schon längst auf dem Markt sein. Um das erst einmal herauszufinden, machten sich die drei in der Szene zu Recherchen auf. So wollten sie in Erfahrung bringen, ob es schon einmal etwas Ähnliches oder vielleicht genau dieses Zeug dort draußen gab. Dabei lernten sie dann die Russenmafia kennen, die, wie man sich denken kann, viel Erfahrung mit allen möglichen Suchtmitteln hatte. Schon waren die drei Kumpels in eine neue Gruppe aufgenommen. Damals wusste Sommer gar nicht so recht, wie ihnen geschieht. Wirklich viel hatten sie jedenfalls mit dieser Bande nicht gemeinsam. So hat er sich schon darüber gewundert, dass sie so schnell dazugehörten. Die Russen wussten allerdings ganz schnell, was Reiland für ein guter Fang war, und damit niemand Verdacht schöpft, haben sie Hart und Sommer eben auch gleich mit in die Gang aufgenommen.

Nachdem Jonny noch eine ganze Weile seinen Forschungen nachgegangen ist und Hart und Sommer währenddessen die Szene ausgehorcht haben, sind sie schließlich zu der Meinung gekommen, dass es sich bei seiner Erfindung tatsächlich um ein neues Mittel handeln muss. Egal, wen sie alles befragt haben, niemand hat schon einmal von dem Zeug gehört, welches Jonny sehr ausführlich und durchaus verheißungsvoll beschreiben konnte. Von da an hat Sommer erst einmal realisiert, was es heißt, ein solches Mittel sein Eigen nennen zu können. Bis zu diesem Tag war ihm selbst das nämlich gar nicht so richtig bewusst. Die drei Kumpels haben Jonnys Erfolg dann erst einmal gebührend gefeiert und an diesem Abend die Droge auf den Namen »Hellhunting« getauft.

Als Hart dann erklärte, dass das Zeug jetzt ja erst einmal getestet werden muss, erfuhren die Kumpels, dass Jonny dies schon längst im Selbstversuch tat. Das überraschte die beiden gehörig. Wie kann er nur so dumm sein, das

Zeug an sich selbst auszuprobieren? Aber es war damals schon nicht mehr zu ändern. Wie sie schon bald erfahren sollten, machte die neue Droge bereits beim ersten Konsum absolut und unwiderruflich abhängig. Sommer ist heute noch froh darüber, dass er nie auch nur das Bedürfnis verspürt hat, das Zeug selbst einmal auszuprobieren. Das wäre der größte Fehler seines Lebens gewesen. Auch Hart wollte von einer harten Droge zum Glück nie etwas wissen. Das weiß Sommer heute erst so richtig zu schätzen. Hellhunting macht seinem Namen nämlich alle Ehre. Das sollte er aber erst sehr viel später erfahren. Zum damaligen Zeitpunkt hat Jonny ihnen stolz berichtet, dass er die Droge nun schon seit drei Wochen nehme und bisher noch keinen einzigen schlechten Trip hatte, sondern immer nur auf rosa Wolken durchs Universum geflogen sei. Das war doch eine absolut super Sache, wie der überdrehte Kumpel ihnen berichtete. Das würde heißen, dass das neue Zeug noch viel mehr auf dem Markt bringen würde als die bisherigen Drogen, da man damit voll die Werbung machen könnte und die schlechten Trips beim Drogenkonsum endlich der Vergangenheit angehören könnten. Jeder, der schon einmal einen solchen Horror erlebt hat, würde alles dafür tun, diese Reise nicht noch einmal erleben zu müssen. Jonny ist absolut überzeugt davon, dass er mit seinem Mittel schon bald die ganze Stadt beliefern wird, ganz egal welchen Preis er für das Zeug nimmt. Dieses Selbstvertrauen hat dann auch bei Hart und Sommer die richtige Wirkung gezeigt und schon bald sahen sich die drei Männer als superverdienende Drogenbosse, die ihr Hellhunting in der ganzen Welt vertreiben würden. Gerne und oft haben die drei daraufhin von einer glänzenden Zukunft mit Prunk und Protz, großen Autos, tollen Klamotten und Weibern ohne Ende geträumt.

Dann gab es allerdings eine absolut schlechte Wendung zu beklagen. Hart und Sommer bemerkten, dass Jonny schon bald ganz und gar nicht mehr der Alte war. Zuerst war er oft apathisch, hatte keinen Appetit und wollte einfach nur seine Ruhe haben. Bald darauf konnte er seinen Job nicht mehr machen und es passierte ihm im Labor ein so gravierender Fehler, was ihm bis zu diesem Zeitpunkt nie passiert war, dass er an seinem Arbeitsplatz noch am gleichen Tag gefeuert wurde. Er hätte mit seiner Unachtsamkeit wohl das ganze Labor in die Luft jagen können, was seinem Boss natürlich überhaupt nicht gepasst hat und was für einen Chemiker ein absolut unverzeihlicher Lapsus war. Das machte die Sache dann noch schlimmer, als sie ohnehin bereits war. Die beiden Jungs konnten regelrecht zuschauen, wie sich ihr Kumpel immer mehr zum Negativen veränderte, völlig teilnahmslos wurde und sich für absolut nichts mehr in seiner Umgebung interessierte. Er war innerhalb kurzer Zeit ein völlig anderer Mensch geworden. Irgendwann war er dann gar nicht mehr ansprechbar und hat zu Hause nur noch völlig zugedröhnt vor sich hinvegetiert. Es gab noch eine Zeit, in der er durch die Gegend geflogen ist, immer gesoffen und natürlich stets sein Hellhunting eingeworfen hat, bis nichts mehr von dem intelligenten Typen übrig war, den Sommer einst so gut fand. Für beide Kumpels war es nicht gerade schön, diese Veränderung mitzuerleben, aber irgendwann hatten sie sich daran gewöhnt, dass Jonny eben nicht mehr so war, wie sie ihn kannten. Ändern konnten sie sowieso nichts.

Das war dann auch die Zeit, in der Matze daran dachte, das neue Zeug ganz alleine auf den Markt zu bringen. Dass er damit viele Menschen genauso kaputt machen würde wie Jonny, hat ihn nicht gestört. Jeder entscheidet sich ja schließlich ganz alleine für oder gegen die Einnahme. Er selbst hat das ja auch stets so gehandhabt. Da lebt er ganz in dem Glauben: Jedem das Seine, aber mir das Meine. Reiland war inzwischen längst nur noch ein lebender Zombie, der wahrscheinlich nicht einmal mehr wusste, dass er etwas Geniales erfunden hatte, und bei Hart hatte er nicht das Gefühl, dass dieser sich sonderlich für das Zeug interessierte. Er hatte nie mehr davon gesprochen, Hellhunting wirklich vermarkten zu wollen. Sommer ist daher davon ausgegangen, dass Guido durch die Veränderungen ihres Kumpels davon abgekommen ist, mit der Droge das große Geld machen zu wollen. Sommer wiederum witterte genau darin seine Chance. Er wollte das große Geschäft auf jeden Fall durchziehen, notfalls eben auch alleine, das war ihm egal. Wenn er der Einzige mit dieser Droge wäre, bliebe ja mehr für ihn, als wenn er das Geld noch mit Guido teilen müsste. So war es ihm ganz recht, dass sich Hart so unbeteiligt zeigte.

Seine Einschätzung, was Hart betrifft, stellte sich jedoch schon bald als großer Fehler heraus. Als er nämlich eines Tages in die Waldhütte ging, um Muster der neuen Wunderdroge zu Werbezwecken abzupacken, hat Sommer festgestellt, dass bereits ein größeres Drogenpäckchen fehlte. Da Reiland mit Sicherheit nicht seine Hände im Spiel hatte, ging er sofort davon aus, dass Guido sich an ihrem Vorrat zu schaffen gemacht hatte. Als er ihn zur Rede stellen wollte, ist er ziemlich ausfallend geworden und hat im Gegenzug Sommer selbst verdächtigt, sein eigenes Ding durchführen zu wollen, da er ja ansonsten gar nicht festgestellt hätte, dass vom sicher verwahrten Vorrat etwas fehlt. Dass er mit dieser Vermutung genau ins Schwarze getroffen hat, hat er seinem Kumpel natürlich nicht auf die Nase gebunden, sondern hat ihn damit abgespeist, dass er sich nur davon überzeugen wollte, dass sich kein Unbefugter Zutritt zu ihrer Waldhütte verschafft hat. Allerdings hat Sommer an der Reaktion von Hart gemerkt, dass dieser ihm das so ganz und gar nicht abnimmt. Bereits damals fasste er den Entschluss zu handeln, sollte Guido ihm die Tour versauen.

Dann ist erst einmal eine Zeit lang gar nichts weiter passiert und Sommer hat schon gedacht, dass er tatsächlich alleine den Markt mit Hellhunting bereichern kann, als Guido sich durch einen blöden Spruch, den er einfach so nebenbei fallen ließ, verraten hat. Sommer kann den genauen Wortlaut heute zwar nicht mehr wiederholen, aber er hat aus den Worten herausgehört, dass Guido an diesem Abend noch etwas vorhat und dass es sich dabei um eine große Sache handelt. Sommer hat ihn erst noch damit aufgezogen, ob er sich wieder eine neue Schnecke gesucht hat, aber darauf ist Guido gar nicht eingegangen, sondern hat ihn nur ganz seltsam angeschaut und einfach geschwiegen. An diesem Tag hat er beschlossen, seinen Kumpel auf der Arbeit zu besuchen, um dort zu klären, was dieser abends noch vorhat.

Das war dann die Tatnacht. Guido hatte in dieser Woche den Spätdienst, das heißt, er war der Letzte im Park und nach Feierabend dafür verantwortlich, dass alle Türen fest verschlossen sind und die Tiere nachts nicht auf eigene Faust durch den Zoo streifen können. Um nicht gesehen zu werden, wartete Sommer, bis es richtig dunkel war, um dann bei den doofen rosa Flamingos über den Zaun zu steigen. Er wusste, dass er dort die besten Chancen hatte, in den Zoo zu kommen, da sich die Äste eines Baumes ziemlich weit über die Mauer erstrecken. Kaum hatte er das Hindernis überwunden, sah er seinen Kumpel dann auch schon fast direkt vor sich herumhantieren. Guido war gerade bei den Raubtieren und schaute, ob alle Gitter ordnungsgemäß verschlossen sind. Da witterte Sommer seine Chance und schlug zu. Guido war noch im Raubtierstall, als Sommer ihn zur Rede stellte. Als Sommer fertig war, lachte ihn Hart jedoch nur aus und präsentierte ihm stolz sein Drogenpäckchen, mit dem er heute noch auf die Straße gehen wollte, um seine ersten Kunden anzuwerben. Sommer wurde mit einem Mal klar, dass Hart ihn mit seiner Masche nur an der Nase herumgeführt hatte, und während er so naiv war zu denken, dass dieser gar kein Interesse daran hat, den Stoff unter die Leute zu bringen, bereits sehr viel weiter mit seinen Erkundungen war als er selbst.

Dann kam, was kommen musste. Er wollte, dass Guido die Sache gemeinsam mit ihm zusammen durchzieht oder gar nicht. Das sah dieser jedoch etwas anders, baute sich groß vor seinem Kumpel auf und fragte ihn frei heraus, was er machen wolle, wenn er sich anders entscheidet. Irgendwie hat Guidos Verhalten Sommer dann so auf die Palme gebracht, dass er heute selbst gar nicht mehr genau weiß, wie und warum passierte, was dann einfach so passiert ist. Jedenfalls hatte er plötzlich ein Messer in der Hand und hat dieses dem verblüfften Guido einfach mit voller Wucht in die Brust gerammt. Er wusste, dass er mit voller Kraft zustoßen musste, wenn er eine Chance gegen den viel stärkeren Kumpel haben wollte. Alles ging so schnell, dass Hart gar nicht mehr reagieren konnte. Er ist sofort wie ein Kartoffelsack zu Boden gegangen und ist dann einfach nicht mehr aufgestanden. Es gab nicht einmal viel Lärm, was das Ganze absolut surreal machte, das weiß Sommer heute noch. Auch von den Raubtieren, die sich ja nicht weit weg hinter ihren Gitterstäben befanden, hat sich keines auch nur gerührt, daran kann er sich seltsamerweise noch ganz genau erinnern.

Da er beim Anblick seines toten Kumpels gleich wusste, dass die Polizei ihm und Reiland auf jeden Fall mindestens einen Besuch abstatten würde, war ihm sofort klar, dass er das Päckchen, das Hart an diesem Abend bei sich hatte, nicht mit nach Hause nehmen konnte. Dort war die Gefahr viel zu groß, dass es schnell gefunden wird. Aber er war nach seiner Tat wohl auch etwas verwirrt, denn im Nachhinein muss er zugeben, dass das Versteck im Raubtiergehege nicht gerade wohl überlegt gewählt war. Aber er wollte das Zeug einfach erst einmal aus dem Weg haben. Später, wenn sich der Staub gelegt hätte, könnte er sich das Paket ja einfach wiederholen. Von Hart wusste er, dass es einen lockeren Stein in der Wand neben der Eingangstür gibt. Dort hat dieser nämlich immer sein Gras versteckt, so dass er auch bei der Arbeit immer darauf Zugriff hatte, wenn ihm danach war. Dass Hart seinen Gelüsten heute bereits nachgegangen ist, bemerkte Sommer gleich, als er ihm direkt gegenüberstand. Allerdings war er längst so weit, das Zeug auch ziemlich regelmäßig zu rauchen. Ob Hart sich deshalb so gar nicht gewehrt hat? Hatte er sich vielleicht eine solche Menge reingepfiffen, dass er den Ernst der Lage gar nicht erkannt hatte? Möglich wäre es, denn Sommer wundert sich nach wie vor darüber, wie leicht er den viel stärkeren und kräftigeren Mann einfach so umlegen konnte.

Jedenfalls wollte er jetzt so schnell wie möglich vom Tatort verschwinden. Er packte die Drogen hinter den losen Stein und war schon aus dem Stall draußen, als er den Schlüsselanhänger von Guido an der Tür hängen sah. Diesen zog er ab und warf ihn ins Gras. Er dachte, dort fällt er nicht so schnell auf, wie wenn er noch an der Tür hängt, wo jeder sofort darauf schaut, der an dem Stall vorbeiläuft. Die Tür wiederum drückte er einfach zu. Somit, dachte er, würde Guido vielleicht nicht so schnell bemerkt. Dass die Tiere täglich gefüttert werden und alle hier im Zoo wie eine Familie agieren und sich gegenseitig helfen und schützen, hat er nicht bedacht. Aber das hat er auch gar nicht gewusst. Er hat sich mit Hart nie lange über diesen blöden Tierpark unterhalten. So hat er nur ab und an mal ein paar Sätze von ihm aufgeschnappt, das war es dann aber zu diesem Thema auch schon. Sich große Sorgen darüber zu machen, was am nächsten Tag dann alles im Zoo passiert, danach hat ihm in dieser Nacht auch einfach nicht der Sinn gestanden. Er wollte nun nur noch weg. Dies geschah dann auch auf dem gleichen Weg, auf dem er schon hereingekommen war.

Wieder zu Hause, versuchte er sich erst einmal zu beruhigen. Jonny hatte gar nicht bemerkt, dass er eine Zeit lang alleine in der Wohnung gewesen war. Er lag wie immer total benebelt auf der Couch und schaute Fernsehen, ohne jedoch irgendetwas mitzubekommen. So musste sich Matze schon keine Geschichte für seine Abwesenheit einfallen lassen. Er selbst hat dann erst einmal ein paar Whiskeys getrunken, um wieder einigermaßen von seinem Trip herunterzukommen. Schließlich ist ihm das ganz gut gelungen und er hat sich seiner Meinung nach ja auch bei der Befragung ganz tapfer geschlagen. Das müssen die Beamten tatsächlich zugeben. Er hat gut geschauspielert, als sie die beiden gleich am nächsten Morgen aufgesucht haben.

Während des Verhöres wurden Sommer dann endlich auch Fingerabdrücke genommen. Das hätten sie wahrlich schon längst tun sollen! Darüber ärgert sich Meier jetzt gewaltig. Wenn sie sich schon mit so vielen Fingerabdrücken herumgequält haben, wäre es auf die der beiden Kumpels auch nicht mehr angekommen. Warum nur haben sie ausgerechnet das versäumt? Das hätte den erfahrenen Kommissaren auf keinen Fall passieren dürfen. Hoffentlich hat das kein Nachspiel!

Natürlich passt einer von Sommers Abdrücken ganz genau zu dem auf der Tatwaffe und genauso kann ein Zusammenhang zwischen den Rauschgiftrückständen und dem neuen Mittel, welches heute im Zoo sichergestellt wurde, nachgewiesen werden. Somit handelt es sich bei Matze Sommer nun auch aufgrund der momentanen Beweislage definitiv um den Mörder von Guido Hart. Das dürfte der Beginn einer langen Haftstrafe für Sommer bedeuten.

58

Woher Guido das viele Geld hatte, klärt sich allerdings nicht, dazu kann Matze Sommer ihnen nichts sagen, da er selbst nicht weiß, wie sein Kumpel zu der Knete gekommen ist. Die Polizisten vermuten, dass er vielleicht noch ein anderes Ding laufen hatte, welches ihm diesen Geldsegen beschert hat. Es würde sie nicht wundern, wenn er tatsächlich ein Opfer gefunden hätte, welches er erpresst hat. Der- oder diejenige könnte dann tatsächlich vor lauter Angst die geforderte Summe gezahlt haben. Vielleicht gab es ja auch mehrere Erpressungsopfer. Einhunderttausend Euro kommen bestimmt nicht von einer einzigen Privatperson. Diese Summe könnten viele Arbeitnehmer gar nicht aufbringen. Noch haben die Polizisten die Hoffnung, die ehemaligen Besitzer des Geldes noch aufzuspüren. Jetzt, wo ganz offiziell die Aufklärung des Falles in der Tageszeitung zu lesen ist, melden sich die Opfer vielleicht doch auf dem Präsidium, schließlich brauchen sie jetzt keine Angst mehr zu haben, mit irgendeiner Sache vor allen Leuten bloßgestellt zu werden. Je länger sich Bauer, Meier und Schneider mit dem getöteten Guido Hart und dessen Leben befassen, umso sicherer sind sie, dass dieser so gut wie keine Freunde hatte. Er scheint tatsächlich ein mieser Charakter gewesen zu sein und hat sich auf Kosten der Angst anderer so manche miese Masche zugelegt und vor allem auch ausgelebt. Die Zookollegen hatten es ihnen ja bereits gleich zu Anfang der Ermittlungen berichtet, mit Guido ist dort niemand so richtig warm geworden und jeder hat nach Möglichkeit immer einen großen Bogen um diesen mürrischen Angestellten gemacht. Es ist zwar trotz allem bedauerlich, dass Hart sterben musste, aber dieses Mal hat es doch auch nicht unbedingt den Falschen erwischt, denkt Meier bei sich. Wie oft trifft es gerade die guten und beliebten Kollegen, wenn ein Mord oder ein anderes Verbrechen verübt wird! Dieses Mal scheint der Mensch, der nun im Reich der Toten weilt, nicht wirklich nett und zuvorkommend gewesen zu sein. Meier ist sich sicher, dass Guido Hart bei den Kollegen schon bald in Vergessenheit geraten wird und man nur noch ein schlechtes Gefühl verspürt, wenn zufällig wieder einmal sein Name fällt. Allen Angestellten und wahrscheinlich auch den Tieren geht es ohne diese Person allem Anschein nach nun bedeutend besser. Vor allem, da der Tote von einer ganz netten Person ersetzt wurde. Meier hat längst bemerkt, dass Marta Schön sich inzwischen absolut gut in der Zoogemeinschaft eingelebt hat und alle sie mögen und respektieren. Sie gehört längst zu ihnen dazu.

Nun gibt es für die Beamten aber auch noch ein paar weitere Dinge zu tun. So fahren sie heute erst einmal in den Wald, der sich am Stadtrand befindet, und suchen die Waldhütte, die die Jungs als Drogenlabor umgebaut haben. Da Sommer ihnen den Weg dorthin ausführlich erklärt hat, dürfte es kein Problem sein, diese Bleibe schon bald ausfindig zu machen.

Tatsächlich müssen sie dann doch eine ganze Weile danach suchen. Das Wort abgelegen trifft auf diese Hütte schon einmal definitiv zu. Erst einmal verfahren sie sich mindestens zwei Mal, wobei sie einmal sogar wieder an ihrem Startpunkt direkt am Waldrand aus den dichten Bäumen herauskommen. Zum Glück fährt der Chef, so kann er die anderen beiden schon nicht anschnauzen, dass sie zu blöd zum Fahren sind. Das wäre sonst nämlich mit Sicherheit das Erste, was Bauer von sich geben würde. So kann er nur leise vor sich hinfluchen und versuchen, das Beste aus der Situation zu machen. Irgendwann, als sie schon der Meinung sind, dass sie es dieses Mal schaffen, verpassen sie einen kleinen Weg, der nach links abging und von allen dreien nicht wirklich als Straße bezeichnet worden wäre. Allerdings kann man die ganzen Waldwege nicht wirklich als Straßen titulieren. Klar kann auf diesen Wegen ein Traktor fahren, aber für einen schicken Dienstwagen der Kriminalpolizei ist das hier nicht gerade ein Zuckerschlecken. Inzwischen sind sie schon über mehr als nur ein Schlagloch gefahren und Bauer wünscht sich, dass sie es nun endlich bald geschafft haben und dieses unwegsame Gelände dann auch wieder schnellstmöglich verlassen können. Sollen sich doch die Streifenpolizisten hier herumärgern, er hat jedenfalls Wichtigeres zu tun, als sich seinen Wagen zu ruinieren. Als er bemerkt, dass er den besagten Abzweig verpasst hat, manövriert er seinen Wagen umständlich zwischen den Bäumen herum, um wenden zu können. Bauer schafft das wiederum ganz gut und Schneider und Meier schauen sich mit einem fast anerkennenden Blick an, aber irgendetwas muss ja schließlich jeder Mensch können. Bei ihrem Chef ist das eben das Autofahren.

Nach einer gefühlten Ewigkeit haben sie es dann endlich doch noch geschafft. Sie haben den super kleinen Weg gefunden und sind diesem noch ein kurzes Stück gefolgt. Dann taucht die Waldhütte endlich in ihrem Blickfeld auf. Bauer parkt das Auto einfach davor, da es hier bestimmt keinem im Weg steht, und alle steigen dankbar aus, um sich erst einmal die mittlerweile etwas steif gewordenen Glieder wieder auszuschütteln.

Von außen sieht die Hütte absolut unspektakulär aus und die Beamten denken schon, dass Sommer sie an der Nase herumgeführt hat und es sich gar nicht um die richtige Bleibe handelt. Als sie dann jedoch durch ein verschmutztes Fenster ins Innere schauen, merken sie ganz schnell, dass sie hier richtig sind. Schneider bricht erst einmal die Außentüre auf, und als sie alle drei hineingehen, finden sie sich tatsächlich in einem richtigen Experimentierlabor wieder. Sie sind zwar keine Experten in Sachen Naturwissenschaften, aber trotzdem merken sie gleich, dass es sich um ein sehr gut bestücktes Labor handelt. Sie sehen alle möglichen Apparaturen, von denen sie nur bei einigen wenigen sagen können, worum es sich dabei handelt. Was sie sicher erkennen können, ist, dass es hier drinnen Mikroskope in verschiedenen Größen gibt, die auf unterschiedlichen Arbeitsflächen stehen. Dann sehen sie mehrere Glaskolben, die auf einem typischen Dreifuß stehen und unter denen sich jeweils ein Gasbrenner befindet. Es gibt die verschiedensten Zangen und Kolben, Zylinder und Flaschen, und wenn sie es nicht besser wüssten, würden sie denken, dass sie gerade das Labor eines Unternehmens betreten haben, welches sich mit der Entwicklung neuer Medikamente oder Katalysatoren oder sonstiger neuer Errungenschaften befasst. Jonny Reinlands Labor kann ihrer Meinung nach auf jeden Fall mit einem professionell geführten mithalten. Sie finden sogar Schutzkleidung wie Handschuhe, Ganzkörperanzug und Schutzbrille in dieser Hütte. Womit hat sich Reiland hier nur beschäftigt? Bestimmt hat er nicht nur nach einer neuen Droge recherchiert, dafür sieht hier alles viel zu professionell aus. Anscheinend war er tatsächlich ein Freak, wie es Sommer ihnen bereits erzählt hat. Für Chemie und Physik muss er jedenfalls gelebt haben, das ist den Polizisten während ihres Besuches inzwischen klar geworden.

Was ihnen dann noch auffällt, ist, dass das Labor auffallend sauber und ordentlich ist. Anscheinend war Reiland ein sehr reinlicher Mensch, bevor er seinem eigenen Zeug zum Opfer gefallen ist. Als sie ein paar Schränke öffnen, finden sie darin verschiedenste Ausgangsmaterialien, um experimentieren zu können. Es gibt jede Menge Tütchen, Dosen und Päckchen, die alle sehr ordentlich beschriftet sind. Die Kriminalkommissare lesen Bezeichnungen wie Aluminiumsulfat, Calciumcarbonat, Kupfersulfat, Schwefel, verschiedene Säuren und jede Menge weitere Namen, mit denen sie so gut wie nichts anfangen können, was eigentlich auch bereits bei den vorgenannten Begriffen der Fall war, mit dem Unterschied, dass sie die erstgenannten Bezeichnungen zumindest schon einmal in irgendeinem Zusammenhang aufgeschnappt haben. Aber was sie so überhaupt nicht sagen können, ist, was man mit dem jeweiligen Stoff tun kann oder was er in Verbindung mit anderen Zugaben bezweckt. Da sind sie alle drei absolut unwissend, aber schließlich sind sie ja auch keine Naturwissenschaftler, sondern Beamte geworden.

Allerdings finden sie auch die bereits hergestellte neue Droge in einem der unteren Schränke. Dabei handelt es sich um neun sauber abgepackte Pakete, die wieder ordentlich beschriftet wurden und die alle genau die gleiche Größe und Form haben. Das ist definitiv der Stoff, der später auf den Markt kommen sollte. Da ein Päckchen fehlt, gehen die Beamten davon aus, dass es sich dabei genau um jenes Teil handelt, das die zwei Freunde schließlich gegeneinander aufgebracht hat. Mit Sicherheit hat Sommer gewusst, dass es insgesamt zehn Päckchen waren, und als er nachgesehen und festgestellt hat, dass eines fehlt, ist ihm klar geworden, dass dieses sich nur Hart unter den Nagel gerissen haben kann. Ein anderer kam zu diesem Zeitpunkt ja schon nicht mehr in Frage. Diese Päckchen nehmen die Beamten vorsichtshalber selbst mit ins Präsidium, wo sich Schneider dann davon überzeugen soll, dass sie ordnungsgemäß vernichtet werden. Alles andere lassen sie erst einmal so stehen und liegen, wie sie es selbst vorgefunden haben. Da sie keinen weiteren Stoff in der Hütte finden, machen sie sich dann auch schon bald auf den Rückweg. Schneider hatte vorhin im Präsidium vorsorglich ein Vorhängeschloss mitgenommen, welches ihnen nun zum Schutz der Waldhütte hervorragend dient. Als die Hütte ordnungsgemäß verschlossen ist, versehen sie die Beamten noch mit einem Polizeisiegel und fahren wieder zurück ins Präsidium.

Dort angekommen, unterrichten sie mehrere Streifenpolizisten von ihrem Fund und erklären diesen, dass die Hütte so schnell wie möglich ausgeräumt und deren Inhalt sichergestellt werden muss. Allerdings ist es sehr wahrscheinlich, dass alle darin befindlichen Gerätschaften vernichtet werden, da man diese nirgendwo einfach so weiterverwenden kann. Sie werden keinen Chemiker oder Physiker finden, der mit Utensilien arbeiten will, von denen er nicht weiß, womit diese vorher in Berührung gekommen sind. Dabei wäre die Gefahr einer Verpuffung oder noch weit schlimmerer Folgen viel zu hoch. Auch eine Verunreinigung der eigenen Versuchsreihe möchte sich kein Wissenschaftler leisten. Daher werden wohl alle Instrumente, Gerätschaften und Einrichtung, auch wenn sie noch modern und gut sein sollten, letztendlich auf dem Müll oder in der Entsorgungsstation landen.

Was die Kriminalkommissare auf alle Fälle verhindern müssen, ist, dass die neue Droge doch noch durch irgendeine Hintertüre oder einen weiteren, vielleicht im Hintergrund agierenden Bekannten auf den Markt kommt. Daher nimmt Schneider die sichergestellten Drogen auch gleich mit in den Keller, wo sie in seinem Beisein in einem Hochofen landen und somit komplett vernichtet werden. Diese Gefahr für die unwissenden Menschen der Szene konnten sie schon einmal eliminieren, was alle drei sehr zufrieden stimmt.

Jonny Reiland dürfte es gar nicht gefallen, wenn er mitbekommt, dass sein neues Wundermittel verschwunden ist. Da er das Zeug inzwischen täglich braucht, ist es nur eine Frage der Zeit, bis sein Vorrat, welcher sich anscheinend in der Wohnung der beiden Männer befindet, verbraucht ist. Was dann passiert, ist allen ziemlich klar. Wenn Reiland sich erst einmal im Entzug befindet, wird er wahrscheinlich völlig austicken. Von einem durchgedrehten Süchtigen, der alles tun würde, um sich seinen nächsten Schuss zur organisieren, hat ja jeder schon einmal gehört. Was aber passiert, wenn es das Mittel, das einen den ganzen Tag in ein absolutes Hochgefühl schießt, dann auf einmal nicht mehr gibt? Es ist fraglich, ob eine andere Droge dieses Hellhunting einfach so ersetzen kann. Daher können die Beamten auch beim besten Willen nicht einschätzen, auf welche ausgefallenen und wahrscheinlich auch irrwitzigen Ideen Reiland noch kommen wird. Er ist jetzt ja auch auf sich alleine gestellt. Der eine Kumpel ist tot, der andere sitzt im Knast. Ob das überhaupt zu ihm durchgedrungen ist, ist jedoch äußerst fraglich. Bauer ist der Meinung, dass Reiland gar nicht mehr peilt, wie oft und wie lange er sich alleine zu Hause befindet.

Allerdings können die drei Kommissare die Verantwortung für den Abhängigen auch nicht von der Hand weisen. Dieser kann in seinem Zustand keinesfalls mehr für sich selbst sorgen, also muss Hilfe her. Letztendlich landet Reiland in der geschlossenen Psychiatrie. Somit ist von den einstigen Kumpels am Ende tatsächlich keiner mehr frei. Wenn sie das zu Beginn ihrer Freundschaft auch nur geahnt hätten, wären sie bestimmt niemals zusammen in eine Wohnung gezogen. Aber darüber nachzugrübeln macht jetzt nicht mehr viel Sinn.

Wie sich nach einigen Recherchen herausstellt, war die Waldhütte nicht nur wegen ihrer Lage ein idealer Ort für die Aktivitäten von Reiland. Da der Besitzer der alten Hütte schon lange nicht mehr am Leben ist, kam auch nie jemand Fremdes zu diesem abgelegenen Ort. Wahrscheinlich ist die Hütte schon lange in Vergessenheit geraten und die Erben des alten Mannes wissen gar nicht, dass es sie immer noch gibt. Auch aus der Bevölkerung hat keiner bemerkt, dass hier ab und an seltsame Aktivitäten stattfanden und mit Sicherheit mehr als einmal verschiedenfarbige Rauchschwaden aus dem alten Schornstein aufgestiegen sind. Um zufällig von einem Fremden entdeckt zu werden, lag die Hütte einfach zu weit außerhalb und war somit tatsächlich ein ideales Versteck für ein geheimes Drogenlabor.

59

Manni erfüllt erst einmal seine Versprechen. Er geht zuerst zu seinem Chef und erzählt diesem noch einmal haargenau, was heute alles passiert ist. Wenn dieser erst auch noch ganz begeistert davon ist, dass der Mörder tatsächlich so dumm war, noch einmal zurückzukommen und sich dabei auch noch erwischen und schließlich verhaften zu lassen, wird er doch relativ schnell ruhig und auch ein bisschen blasser. Das, was ihm sein Angestellter da gerade erzählt, nimmt ihn doch mehr mit, als er es selbst für möglich gehalten hätte. Gerade die Tatsache, dass es Schwarz heute fast selbst vollkommen unschuldig erwischt hätte und so schon der zweite Angestellte aufgrund eines schrecklichen Verbrechens ums Leben gekommen wäre, macht Reuter doch ganz schön zu schaffen. Wie gut, dass sein Tierpfleger so ein gutes Verhältnis zu seinen Tieren hat und daher die Tür des Geheges von Leo wie immer offen gelassen hat. Er weiß aus Gesprächen mit anderen Zoodirektoren, dass das längst nicht in allen Tierparks der Fall ist. Oft werden die Käfige und Ställe der großen oder gefährlichen Tiere nur dann gereinigt, wenn sich diese besagten Tiere in anderen Gefilden aufhalten. Aber dass es Schwarz einmal das Leben retten würde, dass er sich der Gefahr, die die Großkatzen darstellen, immer wieder freiwillig ausliefert, auf die Idee wäre wohl tatsächlich niemand gekommen. Das ist ja auch ehrlich gesagt ein bisschen irrwitzig. Wer hätte damit gerechnet, dass es tatsächlich einmal einen Mord in einem Tierpark gibt, bei dem der Täter erst einmal von außen eindringt, um die Tat dann ausgerechnet bei den gefährlichsten Tieren des Zoos zu verüben?

Aber egal wie, der Zoodirektor ist heilfroh, dass seinem Mitarbeiter nichts passiert ist und dass er zwar etwas blass, aber ansonsten doch schon wieder recht stabil und selbstsicher vor ihm steht. Dass es auch den großen Miezen gut geht, rundet die Sache für ihn richtig gut ab. Als Manni dann seinem Chef erklärt, warum er bei ihm ist, kann Reuter nichts anderes tun, als dem Vorschlag, den Manni ihm unterbreitet, sofort zuzustimmen und Schwarz auch gleich auf den Weg zu schicken, damit dieser seine Besorgungen machen kann. Manni hat seinen Vorgesetzten nämlich mit dem Hintergrund besucht, ihm verständlich zu machen, warum er heute ein extra großes und gutes Stück Fleisch für seinen Lebensretter besorgen will, und das am besten sofort und während der Arbeitszeit, damit Leo auch den Zusammenhang zwischen seiner leckeren Extraportion und seinem noblen Verhalten versteht. Dass Reuter sofort seine Zustimmung gibt und er nicht erst noch weitere Argumentationen zum Besten geben muss, freut den Tierpfleger unheimlich, zeigt es doch, dass auch Reuter durchaus ein

Herz für seine Tiere hat und sogar allem Anschein nach ein sehr großes. Er bedankt sich herzlich bei seinem Chef und macht sich auch sofort auf den Weg zum besten Fleischer in der ganzen Stadt.

Es dauert nicht lange und Manni kommt mit einem richtig guten T-Bone-Steak, welches gut und gerne fünfhundert Gramm wiegt, zurück. Dieses bringt er dann auch sofort zu seinem Lebensretter, um ihm mit dieser Gabe noch einmal richtig und vor allem in einer Sprache, die das Tier auch versteht, zu danken. Er drückt Leo noch einmal fest an sich, was sich der Löwe wie immer gerne gefallen lässt. Dieses Mal geht er sogar noch einen Schritt weiter und stößt seinen Pfleger mit dem Kopf etwas an, was durchaus als ein sehr großes Zeichen seiner Zuneigung gewertet werden kann. Da verhalten sich die großen Katzen nicht anders als die kleineren Hausmiezen. Dann darf Leo sein großes Stück Fleisch aber auch schon verschlingen. Manni will es mit der Geduld des Tieres nicht übertreiben, denn Leo bleibt immer noch ein wildes Tier, und wenn es in seiner Nähe eine Beute zu erhaschen gibt, wird auch er irgendwann einmal etwas ungehalten, wenn man ihm diese zu lange vorenthalten will.

Zufrieden verspeist der Löwe sein Mahl, wobei ihm der Tierpfleger gerne zuschaut. Aber Leo hat noch viel mehr Zuschauer, denn auch alle anderen Raubkatzen haben mitbekommen, dass es für den Löwen heute ein besonders gutes Fresschen gibt. Etwas neidisch sind sie dann doch, als sie sehen, wie ihr Gefährte sich das große Steak so richtig gut schmecken lässt. Aber andererseits freuen sie sich auch für ihn. Manchmal wird eine gute Tat im Leben eben doch belohnt.

Dann macht sich Manni auch schon auf den Weg zum Futterhaus, wo er eine Extraportion Erdnüsse für Jogi zusammenpackt, um den ausgebufften Ara dann im Park zu suchen und ihm sein Extrafutter mindestens ebenso gebührend zu überreichen wie zuvor Leo. Auch wenn der Papagei ihm heute nicht das Leben gerettet hat, so hat er doch dafür gesorgt, dass der Täter oder irgendwelche anderen dunklen Gestalten nicht noch einmal hierherkommen, um dann eben zu einem weit späteren Zeitpunkt das Päckchen aus der Wand zu holen. Dadurch, dass der Ara die Menschen auf die Drogen in der Wand aufmerksam machte, ist diese Gefahr auf alle Fälle vollständig gebannt. Daher ist Manni auf den Ara mindestens genauso stolz wie auf den Löwen.

Schließlich findet er Jogi auf dessen Lieblingsplatz. Er sitzt vorne am Eingang auf seiner Sitzstange, wo er am besten sieht, was hier so alles hereinkommt, um sich im Anschluss an seine Beobachtungen gezielt für jemanden zu entscheiden, bei dem es sich seiner Meinung nach lohnt, zu einem kleinen Rundflug aufzubrechen, da man bei dieser Person auf jeden Fall etwas zu lachen bekommt. Sei es, weil sie oder er sich vor einem Tier ganz fürchterlich erschreckt oder weil es sich einfach um eine lustige Person handelt, die mit den Tieren selbst viel Spaß hat und sich an den kleinen Wesen erfreuen kann. Zufrieden schaut Jogi seinen Tierpfleger mit seinen großen Vogelaugen an. Er freut sich über seine Extraportion Erdnüsse, wobei er langsam der Meinung ist, dass er sich doch bald jemanden suchen muss, mit dem er sein ganzes Futter teilen kann. Denn bei so vielen Erdnüssen muss er selbst jetzt langsam einmal an seine schlanke Linie denken und darf entweder nicht alle Nüsse auf einmal fressen oder muss sich im Anschluss dann ordentlich durch die Lüfte schwingen, sonst wird er noch alt und fett, und das will er auf alle Fälle noch auf Jahre hinauszögern. Die Option, sein Futter mit jemandem zu teilen, findet der Ara aber auch irgendwie verlockend. Es wäre gar nicht so übel, wenn man sich die vielfältigen Aufgaben im Park mit einem Genossen oder noch besser einer Genossin teilen und sich dann über die Verrückten hier drinnen ausführlich austauschen könnte. Da das Ratschen eine seiner Lieblingsbeschäftigungen ist, na ja, natürlich nach dem Nach-dem-Rechten-Schauen, dem Ärgern der Flamingos und der Aufklärung von Morden, wäre ein Partner oder eine Partnerin gar keine schlechte Sache.

Jetzt gerade lässt er es sich mit seinen Nüssen erst einmal gut gehen und genießt es, sich von Manni am Kopf kraulen zu lassen. Als dieser mit seiner Zuneigung aufhören will, breitet er schnell seine großen Flügel aus, um so zu signalisieren, dass das Kratzen am Flügelansatz auch noch ganz toll wäre. Manni lacht und weiß genau, was das gelbe Federvieh von ihm will, und willig krault er dieses auch noch an den von ihm bevorzugten Stellen, so lange, bis der Ara schließlich genug davon hat.

60

Zoodirektor Reuter ist so erleichtert, dass der Täter gestellt und gefasst wurde, dass er doch tatsächlich auf eine richtig gute Idee kommt, die allen Angestellten und Freunden des Tierparks zugutekommt. Er beschließt spontan, dass dieses absolut freudige Ereignis unbedingt gefeiert werden muss, und denkt dabei an eine richtig große Party, die auf dem Zoogelände gefeiert werden soll. Eingeladen werden schon einmal alle Angestellten, welche, wenn sie es denn möchten, sogar mit ihren Partnern teilnehmen können. Des Weiteren erhalten auch alle Freunde und Gönner des Zoos eine Einladung zum baldigen Fest, so dass ein ganz schön großes Trüppchen zusammenkommt, sollten tatsächlich alle zusagen.

Zur Ausrichtung dieser Feier hat er seine beiden Bürodamen auserkoren. Keine Geringeren als Julia Kern und Anja Süß werden sich somit um alles rund um die Fete kümmern. Beide gehen auch gleich mit völligem Enthusiasmus und absolut guter Dinge ans Werk. Wenn der Chef es krachen lassen will, dann soll das auch so richtig gelungen passieren.

Ein passender Termin ist schnell gefunden. Es soll ein Mittwoch sein und der anschließende Donnerstag soll für Aufräumarbeiten genutzt werden, aber ansonsten haben alle Angestellten am Folgetag frei, da der Zoo an diesem Tag für Besucher geschlossen bleibt. Na ja, alle Angestellten können auch nicht wirklich komplett freimachen, da so manche Arbeiten einfach ausgeführt werden müssen, egal ob der Park offen oder geschlossen ist. So ist natürlich klar, dass die Tiere trotzdem versorgt werden müssen, und natürlich muss auch nach den Kleinsten in der Aufzuchtstation geschaut werden. Aber es ist trotzdem der Wunsch des Chefs, dass zumindest nicht so viel und so lange an diesem Tag gearbeitet werden soll. Das hätten sich alle seine Untergebenen nach der ganzen psychischen Belastung redlich verdient, gibt er zu Protokoll. Die Mitarbeiter finden es toll, dass ihr Chef für sie eine Party veranstaltet, das hat es hier noch nie gegeben, und alle freuen sich schon darauf und nehmen den Termin sehr gerne in ihre Wochenplanung auf.

Auch die Kriminalkommissare und der Tierarzt samt Helfer wurden von Reuter höchstpersönlich eingeladen. Außerdem sind auch einige Großbauern aus der Umgebung mit von der Partie, welche immer einmal eine Futterspende für die Tiere im Zoo vorbeibringen. So kommt es, dass die Damen Kern und Süß beim Überschlagen der Gesamtpersonenzahl auf gut und gerne fünfzig Gäste, vielleicht sogar auf ein paar mehr kommen. Das stellt für die beiden eine willkommene Herausforderung dar und lenkt sie ganz ordentlich von den gerade erst vergangenen Ereignissen ab. Schließlich ist viel zu planen und zu organisieren, da kann man schon leicht die kleinen Alltagssorgen vergessen. Die beiden zusammen sind auch genau das richtige Gespann, wenn es darum geht, ein gelungenes Fest zu veranstalten. Beide haben so viele schöne und gute Ideen, dass jeder Partygast schon gleich beim Betreten des Tierparks feststellt, dass hier etwas mit viel Liebe und Hingabe ins Leben gerufen wurde.

Die Gäste werden bereits am Eingang zum Zoo mit vielen brennenden Kerzen empfangen, die den Weg zum eigentlichen Veranstaltungsort, bei welchem es sich um das Restaurant handelt, weisen. Im Bereich vor dem Gebäude hängen mehrere Lampions, die alles in einem sanften Licht erstrahlen lassen und trotzdem genug Helle vermitteln, dass sich keiner im Freien unwohl fühlt. Im Restaurant selbst wiederum hängen viele bunte Papierketten, Wimpelketten und Luftballons, wie es sich für ein richtiges Fest gehört. Für das Essen, welches in Buffetform gereicht wird, haben sich die beiden Frauen für einen Metzger aus der Stadt entschieden, der auch einen Partyservice hat, so dass keiner der geladenen Gäste irgendwie selbst Hand anlegen muss. Selbst für das Ausgeben der Getränke ist durch die georderten Servicekräfte bestens gesorgt. Soweit es Reuter beurteilen kann, haben seine beiden Damen wirklich an alles gedacht. Ihm fällt jedenfalls nichts ein, was noch fehlen würde. So steht einem gelungenen Abend nun nichts mehr im Wege und alle freuen sich auf ein paar schöne gemeinsame Stunden.

Dann ist es auch schon endlich so weit. Schon lange bevor sich die Zootüren an diesem Abend für die Besucher geschlossen haben, geht es im Restaurant bereits hoch her. Süß und Kern sind bereits seit dem frühen Nachmittag damit beschäftigt, alles hübsch zu dekorieren und entsprechend ihren Vorstellungen herzurichten. Dann fährt auch schon bald der Partyservice vor, um die Vorbereitungen zu treffen, die später eine gute Essens- und Getränkeversorgung gewährleisten sollen. Und ab achtzehn Uhr heißt es dann endlich PARTY! Schnell werden alle Kerzen entzündet, und da viele der

Angestellten einfach im Park geblieben sind, ist schon bald eine gute Stimmung unter den bereits feiernden Menschen vorhanden.

61

Als die Kriminalkommissare im Zoo ankommen, gibt es auch für die Tiere allen Grund zu feiern. Die drei haben es sich nämlich nicht nehmen lassen, den Hauptakteuren der Mörderjagd jeweils ein kleines Geschenk mitzubringen. So gibt es heute für jedes Raubtier eine Extraportion Fleisch. Da sich die Beamten jedoch nicht trauen, den großen Katzen ihr Mitbringsel selbst zu überreichen, bitten sie Manni um seine Hilfe. Der freut sich natürlich für seine Lieben und übernimmt die Fütterung nur zu gerne, allerdings besteht er auch darauf, dass die Polizisten mitkommen. Das lassen sich diese nicht zweimal sagen, da auch ihnen daran gelegen ist, den Tieren zu zeigen, dass sie sehr dankbar für deren Hilfe sind. Obwohl die Raubtiere ihr Abendessen längst zu sich genommen haben, schauen alle der kleinen Gruppe, die sich da durch den Eingang zwängt, durchaus interessiert entgegen. Fast sind die Kollegen versucht zu glauben, dass sie schon erwartet wurden. Haben die schlauen Katzen vielleicht tatsächlich gewusst, dass sie noch eine Belohnung erhalten? Jedenfalls kommen sie gleich zu ihren Käfigtüren, um das Fleisch, welches Manni ihnen dann sogleich kredenzt, entgegenzunehmen. Es handelt sich um saftige Rindfleischscheiben, welche sie sich auch sofort gut schmecken lassen. Das Schmatzen und Kauen, das nun die Umgebung erfüllt, gefällt den Beamten sehr gut und ihnen geht das Herz auf, als sie sehen, mit welcher Hingabe die Tiere ihr Geschenk verspeisen. Bauer ist sogar so enthusiastisch, dass er für den Panther Ede die Patenschaft übernimmt. Was zu diesem Zeitpunkt noch keiner ahnen kann, ist, dass sich dieses Bündnis zu einer lebenslangen und tiefen Freundschaft zwischen dem Beamten und dem Panther entwickeln wird. Meier und Schneider können sich allerdings gerade nur schwer vorstellen, wie ihr Chef sich um sein neues Patenkind kümmern will. Aber da wird Bauer sie noch überraschen. Als die Tiere alles verspeist haben und inzwischen durchaus zufrieden und etwas träge in ihren Gehegen liegen, verabschieden sich die Menschen von ihnen und wünschen allen eine gesegnete Nachtruhe und gute Träume, am besten von großen Fleischstücken.

Unterwegs klären die Polizisten ihren Begleiter darüber auf, dass sie auch noch eine Auszeichnung vorbereitet haben. Als Manni hört, was da auf ein Tier im Zoo noch zukommt, kann er sich ein herzliches Lachen nicht verkneifen, findet die Idee aber auch ganz liebenswert und ist überrascht, wie gut die Kommissare sich bereits in die Tiere, mit denen sie vor ihrem letzten Fall nicht sonderlich viel zu tun hatten, hineinversetzen können. Das muss Intuition sein, geht es Manni durch den Kopf. Davon benötigt man bei dem Polizistenjob ja jede Menge.

62

Aufgrund der drei Beamten kommt es heute im Tierpark noch zu einem absolut besonderen Event. Begonnen wird dieser, als endlich alle Gäste angekommen und versorgt sind. Die Menschen werden kurz instruiert, was sie gleich erwartet, und dann kann auch schon mit der Überraschung für das betreffende Tier gestartet werden.

Tom Lustig wird losgeschickt, um den Ehrengast des heutigen Abends abzuholen. Dabei handelt es sich um keinen Geringeren als den Ara Jogi. Der ist sowieso schon total begeistert von dem, was sich ihm heute bietet, und so hat er es bisher genossen, einfach auf seinem Baumstamm am Eingang zu sitzen und alles von seiner Perspektive aus zu beobachten. Als Tom ihn auf seinen Arm nimmt, um mit ihm zurück zum Restaurant zu gehen, kann der Papagei ein aufgeregtes Flügelschlagen nicht mehr unterbinden. Außerdem schreit er Tom auch sehr kräftig in sein rechtes Ohr, was dieser sich ausnahmsweise einmal gefallen lässt, da es sich bei seinem kleinen Freund um den heutigen Star des Abends handelt. Eigentlich weiß der kecke Vogel, dass Menschen mit seinen Schreien nicht so gut zurechtkommen, vor allem wenn er diese direkt an einem Ohr vollzieht. Aber auch ein Tiertrainer muss eben manchmal ein Auge zudrücken und für Jogi macht Tom das gerne.

Als die beiden im Restaurant angekommen sind, schaut sich der Papagei entzückt in seiner Umgebung um. Schön haben es sich die Menschen hier gemacht. Irgendwie ist alles ganz kuschelig und heimelig. Hier könnte es der Vogel heute eine Weile aushalten. Nichts erinnert mehr an das triste Restaurant, welches hier sonst vorzufinden ist. Alles ist sanft erleuchtet und die anwesenden Gäste scheinen alle guter Laune zu sein und strahlen gemeinsam um die Wette. Etwas später begreift der Vogel, dass alle Personen ihren Blick auf ihn gerichtet haben, was ihn schon ein wenig verwundert. Was wollen die nur alle von ihm, denkt er sich. Tom setzt den Ara auf einen eigens für diesen aufgestellten Baumstamm und reiht sich sogleich wieder unter die Menschen ein. So bleibt Jogi nur, sich die Meute vor ihm aufmerksam anzuschauen und der Dinge zu harren, die da noch auf ihn zukommen.

Lange muss der Papagei auch gar nicht warten. Aus der Masse lösen sich nun die Beamten Meier, Schneider und Bauer, und die beiden Männer haben sogar etwas in ihren Händen. Da wird Jogi wieder ganz aufgeregt, haben die Menschen etwa etwas für ihn mitgebracht? Vielleicht ein besonderes Futter? Oder eine extra schöne Sitzstange? Das verspricht ja ein gelungener Abend zu werden. Geschenke mag der Vogel natürlich besonders gerne, wer könnte ihm das auch verdenken? Tatsächlich gibt es für ihn heute sogar mehrere Geschenke. Aber nicht nur das, Jogi wird sogar mit einer Rede des Kriminalhauptkommissars überrascht. Dieser hat tatsächlich ein paar Dankesworte vorbereitet. Mit diesen erklärt er allen Anwesenden, dass es nur durch die Hilfe der Raubtiere und dieses besonderen Vogels, der hier nun so munter vor allen sitzt, gelungen ist, den Fall so schnell und lückenlos aufzuklären. Dank der außergewöhnlichen Mithilfe des gefiederten Freundes konnten schließlich mehrere Beweise sichergestellt werden, die eindeutig dem Täter zugeordnet werden konnten und die diesen schließlich definitiv der Tat überführt haben. Der Beamte erwähnt auch, dass durch Jogis fleißiges Mitwirken gewährleistet ist, dass der Tierpark nun wieder in der gewohnten Ordnung agieren kann. Das war bei der Festnahme des Mörders noch nicht wirklich sicher. Durchs Jogis beherztes Eingreifen ist der ganze Fall aber nun tatsächlich komplett abgeschlossen und kann zu den Akten gelegt werden.

Da die Polizei dem quirligen Tier viel zu verdanken hat, darf Bauer heute eine besondere Auszeichnung vornehmen, auf die er sich, wie er vor allen Menschen ganz unverblümt zugibt, auch wirklich schon den ganzen Tag gefreut hat. So ist es ihm eine Ehre, Jogi heute seine eigene Polizeimarke überreichen zu dürfen. Mit gebührend feierlicher Stimme verkündet er auch sogleich, was auf dieser Marke zu lesen ist. »Hier steht: Jogi, bester Ermittlervogel 2015.« Außerdem ist in der Mitte des Teils ein Bild des Tierparks enthalten. Julia Kern erinnert die Marke an ein echtes Polizeisiegel, welche in amerikanischen Krimis so gerne vorgezeigt werden. Was sie nicht weiß, ist, dass es sich tatsächlich um eine Kopie des Siegels der Los Angeles Police Detectives handelt, welches Meier extra für den Vogel ausgesucht hat. Als Bauer die neue Dienstmarke mit einem hübschen Band um den Hals des Aras hängt, klatschen alle Menschen tosend Beifall. Der gerade recht perplexe Jogi kann nichts weiter tun, als seine Brust stolz nach vorne zu recken und zwei schrille Schreie auszustoßen, die Bauers Trommelfelle bestimmt mächtig reizen. Dieser lässt sich allerdings nichts anmerken und geht erst wieder zwei Schritte zurück, als die Marke richtig an Jogis Hals drapiert ist. Aber damit ist es noch nicht getan. Die Beamten haben noch eine weitere Überraschung für ihren neuen gefiederten Freund dabei. Dieses Mal darf Schneider das Überbringen übernehmen. Er hat eine große Tüte mit extra gutem und edlem Papageienfutter dabei. In dieser verstecken sich kleine Vierecke aus getrockneter Papaya und Mango, extra dicke Erdnüsse, ein paar Cashewkerne und noch viele weitere Leckereien, die das kleine Papageienherz sofort schneller schlagen lassen. Nachdem die Menschen dem Vogel noch eine Weile ihre Aufmerksamkeit geschenkt haben und sich noch die eine oder andere Einzelheit haben erklären lassen, wie es denn einem Vogel möglich war, den Beamten zu helfen, einen Mord aufzuklären und so weiter und so fort, bringt Tom Jogi dann auch wieder zu seiner eigenen Sitzstange zurück, damit er wieder zur Ruhe kommt und sich etwas ausruht, schließlich ist es inzwischen schon später Abend und somit ist es auch für einen Papagei längst Zeit zum Schlafen. Die Polizeimarke hängt Tom so an Jogis Stamm, dass der Vogel sie gleich, wenn er morgen seine Augen aufmacht, sehen kann. Auch das Fresspaket befestigt er sorgfältig an dem Stamm, damit der Ara sieht, dass das Futter definitiv nur für ihn alleine bestimmt ist. Dann verabschiedet er sich von dem immer noch völlig überwältigten kleinen Kerl und wünscht ihm süße Träume.

Da nun alle Mitbringsel der Kommissare ausgeteilt sind, gilt es, sich ans Essen zu machen. Zoodirektor Reuter hält eine sehr beschauliche und kurze Rede, in welcher er den Polizisten für die nette Überraschung und allen Anwesenden für ihr zahlreiches Erscheinen dankt und noch einmal erwähnt, wie froh er darüber ist, dass nun im Zoo alles wieder in geregelten Bahnen verlaufen kann. Er wünscht allen ein paar schöne Stunden und erklärt das Buffet ab sofort für eröffnet.

63

Nachdem sich Zoodirektor Reuter ein bisschen Mut angetrunken hat, nimmt er den heutigen Abend schließlich auch für seine eigene private Zukunft in die Hand und tut nun, was er schon die ganze Zeit über vorhatte. Endlich traut er sich, seine neue Herzdame anzusprechen, und das auch noch mit gutem Erfolg. Kriminalkommissarin Meier macht es Reuter aber auch ziemlich einfach. Sie ist selbst etwas aufgeregt und beginnt sofort zu plappern, als sie den stattlichen Direktor so nahe an ihrer Seite hat. Dabei kommt sie sich wie ein Teenager vor, der plötzlich weiche Knie und tausende Schmetterlinge im Bauch hat. Damit Schneider sie morgen nicht gleich wieder aufzieht, bugsiert sie ihren Angebeteten erst einmal nach draußen, wo sie den wachsamen Blicken der beiden Polizisten nicht weiter ausgesetzt sind. Denn auch ihr Chef muss ja nicht gleich mitbekommen, dass es zwischen ihr und Reuter mächtig gefunkt hat. Das geht ihn erst einmal nichts an. Er erfährt es schon noch früh genug, wenn sich tatsächlich etwas Ernstes zwischen ihnen entwickeln sollte. Im Moment hofft Meier das auf jeden Fall sehr, alles Weitere wird sich dann schon zeigen. Die beiden kommen sich an diesem Abend tatsächlich näher und verabreden sich bereits am nächsten Tag zum Abendessen. Wenn das mal kein guter Beginn für eine feste Beziehung ist! Jedenfalls hoffen genau das ein absolut glücklicher Zoodirektor und eine total verzauberte Kriminalkommissarin.

Aber nicht nur bei diesen beiden Turteltäubchen scheint es zu funktionieren. Auch das jüngste Mitglied der Zoofamilie scheint sich eine gute Partie geangelt zu haben. Wer hätte das gedacht! Inzwischen haben sich Anne Müsig und Mike Sommer tatsächlich bereits ein paar Mal getroffen und beide sind davon überzeugt, den Partner ihres Lebens gefunden zu haben. Wer Anne in der letzten Zeit beobachtet hat, hat ohne große Schwierigkeiten feststellen können, dass sich ihre ruppige Art und ihr mürrisches Verhalten sehr gewandelt haben. Daraus hervorgegangen ist eine hübsche junge Frau, die es nun sogar schafft, während ihrer Arbeitszeit zu lächeln und die Besucher freundlich zu begrüßen. Ihr scheint die neue Beziehung zu dem angehenden Tierarzt auf jeden Fall sehr gutzutun. Aber auch der junge Mann ist ganz entzückt von der anmutigen Person, die er da an Land gezogen hat. Für ihn ist Anne im Moment das schönste weibliche Wesen, das es auf der Welt gibt. Beide schmieden bereits Pläne für eine gemeinsame Zukunft, und auch wenn das ganze Planen vielen Bekannten noch etwas früh erscheint, wünschen alle der jungen Kollegin, dass sie dieses Mal wirklich den richtigen Mann getroffen hat und sich ihre Träume eines gemeinsamen Lebens mit ihm tatsächlich so erfüllen, wie es sich die beiden gerade ausmalen. Eine gute Ausgangssituation besteht ja schon einmal. Dadurch, dass Mike Sommer als Juniorpartner mit in die Tierarztpraxis seines Mentors Dr. Wahl einsteigen kann, ist es für ihn schon einmal möglich, in der gleichen Stadt zu bleiben, was natürlich der noch frischen Beziehung durchaus zugutekommt. Er kennt genug Kommilitonen, die bei Weitem keine so rosigen Zukunftsaussichten wie er zu vermelden haben. In welchem Teil des Landes sie schließlich landen werden, das steht erst einmal in den Sternen. Denn es ist zum einen nicht sicher, überhaupt schon gleich nach dem Studium einen adäquaten Arbeitsplatz zu erhaschen, und zum anderen kann keiner der Absolventen sagen, wo die Arbeitswelt sie dann tatsächlich hin verschlagen wird. Manche gehen mit Sicherheit für ihren Beruf ins Ausland, wenn sich die Möglichkeit dazu bietet. Wenn man die Chance erhält, wie sie Mike bekommen hat, dann nimmt man diese erst einmal an, egal in welcher Stadt sie sich ergibt. Denn ohne viel praktische Erfahrung hat man nur wenige Chancen auf dem Arbeitsmarkt. Heute sind Anne und Mike jedenfalls rundherum zufrieden. Sie halten Händchen und sind beide schwer ineinander verliebt. Es fehlt nur noch ein rosa Wölkchen über ihren Häuptern, dann wäre das Bild, das die beiden abgeben, einfach perfekt.

Während der Party, auf der sich alle gut unterhalten und jede Menge Spaß zusammen haben, trommelt Harry Ruppert alle seine Kollegen zusammen. Die meisten sind davon ziemlich überrascht und auch etwas neugierig, was ihr knurriger Kollege ihnen wohl zu sagen hat. Das, was Harry ihnen dann verkündet, verschlägt den meisten erst einmal die Sprache. Denn er entschuldigt sich bei allen und bittet sie um Verzeihung für sein schlechtes und unkollegiales Verhalten, das er in letzter Zeit wohl häufig an den Tag gelegt hat. Er erklärt auch, warum dies der Fall war. Er erzählt den Zooangestellten von den Problemen, die er zu Hause mit seinen beiden halbwüchsigen Söhnen durchgemacht hat und dass gerade der Ältere ihm eine sehr schwere Zeit beschert hat. Er lässt auch nicht aus, dass er ihn beim Gras-Rauchen erwischt hat, was alleine schon eine ziemlich unschöne Situation für alle Familienmitglieder dargestellt hat. Als sich dann aber auch noch herausstellte, dass Guido Hart der Lieferant dieses Rauschmittels war, wollte er ihn zur Rede stellen, wurde von diesem aber nur ausgelacht, sodass ihm einfach der Kragen geplatzt ist und er mit seiner Peitsche zugeschlagen hat. Ihm ist natürlich absolut bewusst, dass sein Verhalten trotz aller Widrigkeiten unentschuldbar ist, und er kann es sich im Nachhinein selbst nicht mehr so wirklich erklären, warum er sich nicht besser im Griff hatte. Er kann jetzt nur hoffen, dass alle ihm seine Unausstehlichkeiten der letzten Zeit verzeihen, und er wünscht sich, dass sie ihn wieder als vollwertiges Mitglied in die Kollegengemeinschaft mit aufnehmen. Er erzählt ihnen ganz offen, dass letztendlich auch das Verhalten der Raubtiere, die ihn tatsächlich angegriffen und weiß Gott was mit ihm angestellt hätten, wenn Tom nicht mutig dazwischengegangen wäre, die Augen geöffnet und ihm in aller Deutlichkeit gezeigt hat, dass er so, wie er zurzeit agiert, nicht weitermachen kann. Ihm wurde klar, dass er sich dann nicht nur selbst kaputt macht, sondern auch alle Freundschaften und Verbindungen zerstört, die er in all den Jahren aufgebaut hat, wenn er weiter so unnahbar und mürrisch bleibt. So wollte er das heutige Treffen unbedingt dazu nutzen, alle von seiner eigenen Einsicht zu unterrichten, und sie um eine zweite Chance bitten. Zum Zeichen, dass es ihm mit seinem Anliegen sehr ernst ist, wirft er im Anschluss an seine Ausführungen seine Peitsche symbolisch in einen Abfallbehälter und erklärt, dass er sie nie mehr benutzen will.

Die Kollegen sind sehr überrascht über Harrys Verhalten, wissen seine Offenheit aber auch durchaus zu schätzen. Nicht jeder hätte den Mut zu einer solch offenen Ansprache. So sind es Tom und Manni, die ihrem Kollegen erst einmal auf die Schulter klopfen und ihm versichern, dass alles gut wird. Die Frauen sind da etwas zurückhaltender. Sie finden es gut, dass Harry alles offen angesprochen hat, wollen ihn aber erst einmal eine Zeit lang beobachten, um sich davon zu überzeugen, dass er sich wirklich wieder zu seinem alten Ich zurück verändert. Ein guter Indikator dafür ist natürlich die Tierschar. Diese wird dem Kollegen sofort zeigen, wenn er nach wie vor auf dem falschen Pfad wandelt, vor allem wenn er seine Peitsche, mit welcher er immer alle auf Abstand gehalten hat, tatsächlich nicht mehr einsetzt. Dann wird es sich weisen, ob es ihm mit allen Vorsätzen auch wirklich ernst war und er sich so verhält, wie es ein normaler vernünftiger Mensch tut.

Aber um ihrem Kollegen Mut zu machen und seine guten Vorsätze nicht schon im Keim zu ersticken, versprechen alle, ihm auf jeden Fall noch einmal eine Chance zu geben. Das hat jeder verdient, vor allem wenn er so offen und ehrlich darum bittet.

Auch wenn Harry durchaus ganz deutlich spürt, dass ihm nicht gleich wieder alle Herzen zufliegen, ist er mit dem Ergebnis seines Outings durchaus zufrieden. Eine neue Chance ist alles, was er braucht, denn er ist sich sicher, dass er schon bald wieder ganz der Alte sein wird.

Inzwischen ist Tom doch etwas neugierig geworden und so fragt er Harry direkt danach, wie es nun zu Hause in der Familie und vor allem mit seinen Söhnen weitergeht. Harry berichtet ihm, dass es bei ihm daheim eine Aussprache zwischen den Eltern und den Kindern gegeben hat, die seiner Meinung nach ganz ordentlich und vielversprechend verlaufen ist. Diese hat jedenfalls schon einmal dazu geführt, dass ein paar schwelende Themen einmal offen auf den Tisch kamen. Dabei hat sich so manche falsche Sichtweise auf die verschiedensten Dinge des Lebens sowohl bei den Eltern als auch bei den Jungs aufgetan. Das Gespräch hat dazu geführt, dass sich jetzt jeder seiner Taten und Handlungen erst einmal so richtig bewusst wurde, und vor allem dazu, dass nun jedes Familienmitglied weiß, wie so manche Dinge bei den anderen bisher ankamen. Das war für alle mehr als hilfreich, denn viele Angewohnheiten waren inzwischen so feste Bestandteile des Zusammenlebens geworden, dass sie gar nicht mehr in Frage gestellt wurden. Genau diese Verhaltensweisen waren es aber, die zu viel Unmut und Unverständnis geführt haben. Nun ist es an den vieren, das Beste aus der momentan etwas verfahrenen Situation zu machen und aus den Fehlern der Vergangenheit zu lernen um zukünftig vieles besser zu machen. Leicht wird das Ganze zwar nicht gerade werden, schon gar nicht mit zwei fast erwachsenen Söhnen, die längst ihre eigenen Dickköpfe haben, aber auch das wird die Familie Ruppert in den Griff bekommen, da ist Harry ganz zuversichtlich. Das kann man ihm auch nur wünschen. Denn das Schönste am ganzen Tag ist es doch, abends nach Hause in sein trautes Heim zu kommen und sich wohl fühlen zu können!

64

Der lange gemeinsame Abend ist noch für weitere Überraschungen gut. So ist auch der Nachtwächter Dieter Lutz der Einladung seines Chefs gefolgt. Dieser hat sich für sein bisheriges Arbeitsverhalten, welches durch die Straftat aufgedeckt wurde, am Anfang ganz schön geschämt, fühlt sich dann aber schon bald recht wohl unter all seinen Kollegen. Was er bisher gar nicht wusste, ist, dass alle über seinen gesunden Schlaf im Park längst Bescheid wussten. Selbst der Zoodirektor Reuter wusste schon über lange Zeit, dass der Rentner in der Nacht nicht wirklich viel arbeitet. Aber das findet irgendwie auch keiner so wirklich schlimm. Dieter, der erst einmal damit gerechnet hat, auf der Stelle seinen Job zu verlieren, war sehr überrascht davon, wie cool der Zoodirektor auf sein Geständnis, welches er gleich nach der Aussage bei der Polizei auch im Zoo abgelegt hat, reagiert hat. Er hat dabei nämlich erfahren, dass sein Chef ein sehr gutes Herz hat, für welches er nur dankbar sein kann, denn dieses schlägt nicht nur ruhig und gleichmäßig für den ganzen Zoo, sondern auch für ihn, auch wenn er sich der Tagschicht nie so richtig zugehörig gefühlt hat.

So kam heraus, dass Reuter längst wusste, dass der Rentner mehr in seinem Zoo schläft, als dass er etwas arbeiten würde. Aber da er auch wusste, dass Lutz nicht viel Rente erhält und diese auf jeden Fall mit einem zusätzlichen Job aufbessern muss, hat er immer beide Augen und alle Hühneraugen zugedrückt und ihn gewähren lassen. Außerdem wusste Reuter ganz sicher, dass der Nachtwächter immer für die Tiere da wäre, wenn tatsächlich etwas Schlimmes passieren sollte, er denkt dabei an den Ausbruch eines Feuers oder Ähnliches. Ebenfalls wusste er, dass er Lutz immer auf seinem Handy erreichen könnte, wenn er ihn tatsächlich einmal nachts belästigen müsste, denn sein Telefon hat der rüstige Rentner immer und überall dabei. Lutz war so dankbar dafür, wie locker sein Chef auf seine Enthüllung reagiert hat, dass er sofort Besserung versprach und nun tatsächlich zukünftig mehrere Runden in der Nacht durch den Park drehen wird. Gerade im Hinblick auf die im Zoo verübte Tat hat nun auch Dieter eingesehen, dass es durchaus Sinn macht, etwas mehr Aufmerksamkeit an die Nacht zu legen. Außerdem braucht er in letzter Zeit gar nicht mehr so viel Schlaf, wie er spitzbübisch zum Besten gibt. Ältere Menschen müssen einfach nicht mehr so viel schlafen und dann bleibt ihm tagsüber immer noch genügend Zeit für seine vielen Freizeitaktivitäten. Zoodirektor Reuter findet es zwar sehr rühmlich, dass Lutz Besserung verspricht, aber so wirklich glauben kann er es nicht. Wenn er ehrlich ist, hält er es auch gar nicht für so dringend notwendig, dass in der Nacht mehrere Runden durch den Park gedreht werden, aber das behält er schön für sich.

Wer es bisher noch nicht mitbekommen haben sollte, wird heute dann noch Zeuge eines anderen süßen Paares, das sich im Laufe der letzten Wochen hier im Zoo gefunden hat. Tatsächlich haben Manni und Marta sich ebenfalls dazu entschlossen, gemeinsam in die Zukunft zu blicken. Auch wenn die beiden nicht gleich zusammenziehen, wie es vielleicht die beiden jungen Turteltäubchen schon bald tun werden, so besteht doch durchaus die Hoffnung, dass sich das vielleicht schon bald ändern könnte. Die beiden verstehen sich inzwischen so richtig gut, und dass sie bereits viele gemeinsame Interessen entdeckt haben, finden sie unabhängig voneinander einfach nur klasse, verspricht das doch, dass man auch viel Zeit miteinander verbringen kann, wenn man nicht gerade auf der Arbeit ist. Was war es doch für ein Glück, dass Marta sich ausgerechnet bei der Arbeitsvermittlung beworben hat, die auch für den Zoo zuständig ist. Ansonsten hätten die beiden nicht einmal voneinander gewusst, dass sie nach wie vor in der gleichen Stadt wohnen. Wenn da nicht von Anfang an Amor seine Finger beziehungsweise seine Liebespfeile im Spiel hatte, dann weiß man auch nicht, was man sagen soll. Dass Marta sich mit den Tieren genauso blendend versteht wie Manni, macht das Ganze dann schon fast zu perfekt. Wie wahrscheinlich ist es schon, dass man nicht nur einen zweiten Partner fürs Leben findet, wenn man schon einmal einen geliebten Menschen verloren hat, sondern auch noch einem gemeinsamen Beruf mit der gleichen Leidenschaft nachgeht? Marta hat dem Zoodirektor jedenfalls bereits erklärt, dass er sie so schnell nicht mehr loswird. Denn auch wenn sie hier erst einmal als Aushilfe angefangen hat, will sie nun so bald wie möglich eine Festanstellung von Reuter erhalten. Da auch er durchaus mitbekommen hat, dass es zwischen Manni und seiner neuen Kraft inzwischen heftig gefunkt hat und sich Frau Schön auch tatsächlich inzwischen richtig gut eingearbeitet und eingelebt hat, ist er absolut damit einverstanden, die quirlige ältere Dame zu behalten, auch wenn er das zu Beginn ihrer Tätigkeit nicht für möglich gehalten hätte. So kommt es, dass Marta Schön nun ein fester Bestandteil des Zoopersonals wird, worüber alle sehr erfreut sind. Sie freuen sich schon jetzt auf ihren nächsten Kuchen, denn sie sind sich alle sicher, dass Marta diesen zu ihrem nun richtigen Einstand mit Sicherheit schon bald mitbringt.

65

Die Party erweist sich als absolut gelungene Idee des Chefs. Die Angestellten kommen sich ein gutes Stück näher und stellen fest, dass sie sich viel besser verstehen, als es ihnen selbst bisher überhaupt bewusst geworden ist. Einige beschließen an diesem Abend sogar, sich jetzt öfter einmal zu einer gemeinsamen Aktion außerhalb der Arbeit zu treffen. Dabei ist es erst einmal egal, ob es nur darum geht, gemeinsam noch einen Kaffee nach Feierabend zu trinken oder vielleicht sogar etwas zusammen zu unternehmen, wie zum Beispiel sich sportlich zu betätigen. Wichtig ist erst einmal nur, dass heute der Entschluss dazu gefasst wurde, sich nun auch privat öfter zu sehen, was für die Gemeinschaft nur gut sein kann. Was dann aus dieser Idee entsteht, warten alle erst einmal ab.

Außerdem schmeckt das Essen des städtischen Metzgers ausgezeichnet und jeder lässt es sich so richtig gut gehen. Da es auch genügend zu trinken gibt, es sich dabei aber nicht nur um alkoholfreie Getränke handelt, wird so mancher der Anwesenden zu vorgerückter Stunde auch etwas lockerer und so ergibt es sich, dass sich eine Gruppe findet, die dann sogar gemeinsam eine Karaoke-Show zum Besten gibt. Für alle, denen das zu viel Lärm und Geselligkeit wird, gibt es immer noch die Möglichkeit, nach draußen zu flüchten, wo nach wie vor die Lampions brennen und darauf warten, für eine romantische Stimmung sorgen zu können.

Selbst die Tierpaten sind von der Feier ganz angetan. Sie haben so gut wie alle etwas für ihre »Süßen« mitgebracht, was sie leider am Abend nicht mehr austeilen konnten, da es dafür bei ihrer Ankunft bereits zu dunkel war. Aber Manni und Marta versprechen allen, dass die Tiere ihre Mitbringsel auf jeden Fall erhalten werden. So werden die Tiernamen auf die Tütchen geschrieben und fast alle Zooinsassen können sich morgen an einer Extraration erfreuen, was sie mit Sicherheit nur zu gerne und ganz genüsslich tun werden. Selbst die neu hinzugekommenen Paten sind heute mit von der Partie. So wird gleich einmal das Zusammengehörigkeitsgefühl der Gruppe gestärkt, denn es ist natürlich hier bei dieser Party wie überall sonst auch. Die Menschen, die etwas verbindet, stehen und sitzen auch beieinander und unterhalten sich über gemeinsame Themen. Da geht es den Tierpaten nicht anders als den Angestellten.

Schließlich ist dem Aufruf zur Feier auch noch eine ganz andere, bisher gänzlich unerwähnte Gruppe gefolgt. Bei dieser handelt es sich um die einheimischen Bauern, die den Zoo immer einmal wieder mit so etwas Nützlichem wie Stroh oder Heu oder gar Obst und Gemüse beliefern, und das auch noch gänzlich unentgeltlich. Diese Gruppe unterhält sich gerade darüber, was über den Fall alles in der Zeitung zu lesen war und dass das Ganze ja schon an einen Krimi, wie sie diese so gerne im Fernsehen zeigen, erinnert hat. Niemand hätte für möglich gehalten, dass so ein Verbrechen einmal in ihrem städtischen Zoo passieren könnte. Alle waren sie sehr froh darüber, in ihrer Heimatzeitung dann endlich zu lesen, dass der Mörder nach ein paar Tagen geschnappt und hinter Gitter gebracht wurde. Die Bauern sind für den Zoo durchaus als sehr wertvoll zu betrachten, denn durch die einheimischen Landwirte erhalten viele Tiere gemeinsam Unterstützung und nicht wie bei einer direkten Patenschaft nur ein einzelnes dieser Wesen. Auch heute haben einige Landwirte wieder etwas Gutes für die Zooinsassen mitgebracht. So hat zum Beispiel der Bauer Keller eine ganze Kiste Äpfel dabei, die viele Tiere nur zu gerne fressen. Der Landwirt Donner hat mehrere Ballen Stroh im Gepäck, die gerade im Streichelzoo sehr gut eingesetzt werden können, und der Fischzüchter Müller hat heute mehrere Forellen beigesteuert, was für die rosa Flamingos und die wassersportlichen Otter stets ein Genuss ist.

Alle Landwirte erbringen ihre Leistungen absolut unentgeltlich und wären sogar beleidigt, wenn der Zoo ihnen dafür etwas bezahlen wollte. Sie sehen es als ihre Pflicht in der städtischen Gemeinschaft an, denn sie sind der Meinung, dass man einen Tierpark durchaus unterstützen muss, wenn er sich schon in der eigenen Stadt befindet. So haben die eigenen Kinder wie die Enkelkinder und viele andere Familien noch lange ihre Freude daran, diese lustige und bunte Tierwelt noch auf Jahre zu genießen.

66

Am nächsten Tag wacht Jogi früh am Morgen auf und fragt sich sogleich, was er doch für einen seltsamen, aber durchaus schönen Traum über sich selbst geträumt hat. Dieser beschert ihm jetzt gerade eine so gute Laune, wie selbst er sie bisher selten morgens erlebt hat. Als er dann seine großen Augen richtig aufschlägt und sich in seiner Umgebung umschaut, glaubt er erst einmal einem Trugschluss aufgesessen zu sein. Träumt er etwa immer noch? Nein, auf gar keinen Fall, wie er feststellt, als er sich mit seinem Schnabel in den Flügel pickt und sofort einen echten Schmerz verspürt. Dann brechen auch schon die Erinnerungen des gestrigen Abends über ihn herein. »Es ist also tatsächlich alles wahr, was ich gerade noch für einen tollen Traum gehalten habe. Ich habe das alles wirklich erlebt«, freut er sich. Er schaut nämlich geradewegs auf seine Polizeimarke, die ihm gestern Abend feierlich verliehen wurde und die nun genau dort auf seinem Sitzstamm hängt, wo Tom sie gestern für ihn angebracht hat. Als er diese Marke sieht, schwillt ihm schon wieder die Brust vor lauter Stolz über seinen neuen Besitz und die Anerkennung, die damit einhergeht. Er findet es richtig toll, dass sich die Polizisten ihm gegenüber so anständig verhalten haben. Das hätte er ihnen gar nicht zugetraut. So haben sie schließlich ganz freiwillig zugegeben, dass sie es ohne die Tiere nicht so schnell geschafft hätten, diesen blöden Matze Sommer zu verhaften. Die Beamten scheinen doch ein recht anständiges Völkchen zu sein, wenn sie sogar ein Tier mit einer Ehrung bedenken.

Aber natürlich wäre er nicht Jogi, wenn er seine Marke jetzt nicht erst einmal im Zoo herumzeigen würde. So schnappt er sich das Band, welches seine

Marke hält, und streift sich das Teil recht geschickt über seinen gefiederten Hals. Erst einmal zeigt er den doofen Flamingos, wer hier nun endgültig der Chef im Park ist. Diese schnattern nur etwas blöde herum. Es scheint ihnen nicht zu passen, dass der gelbe Vogel die ganzen Lorbeeren eingeheimst hat, schließlich haben auch sie zur Lösung des Falles beigetragen. Sie waren es, die die Fußtritte entdeckt hatten, die schließlich bis über die Mauer zurückverfolgt werden konnten. Aber das bestärkt den Ara nur und er teilt ihnen mit, dass sie schon bald Instruktionen von ihm erhalten, wie sie sich zukünftig verhalten sollen. Das sagt er den Langbeinern zwar nur so zum Spaß und um sie zu ärgern, aber der eine oder andere Flamingo scheint es ihm tatsächlich zu glauben, wenn er so in die rosa Gesichter schaut, die ihn umgeben. »Was für ein blödes Volk die doch sind«, denkt er amüsiert und macht sich auf den Weg zu seinen Lieblingstieren, den Raubkatzen.

Diese sind auch schon alle wach und munter und wieder einmal im Freien auf ihrer gemeinsamen Wiese versammelt. Wildcat sieht den gelben Vogel mit seiner umgehängten Medaille als Erstes und fragt ihn gleich einmal, was er da so großspurig um den Hals hängen hat. Als Jogi ihnen in allen Einzelheiten erzählt, was er gestern Abend noch erlebt hat, sind die großen Katzen beeindruckt und gratulieren ihm zu seinem Erfolg. Diesen hat er sich ihrer Meinung nach tatsächlich verdient. Er ist es ja gewesen, der die ganzen Spuren gelegt hat und die richtigen Ideen hatte, denen die Menschen dann ja mehr als willig gefolgt sind. So konnten die Polizisten letztlich eins und eins zusammenzählen und dann dank Leo auch noch genau den richtigen Typen verhaften.

Allerdings bemerkt der schlaue Vogel trotz allem Stolz auch, dass die Raubtiere selten zufrieden dreinschauen und mit sich und der Welt heute so richtig in Einklang zu stehen scheinen. Das veranlasst ihn dann auch nachzufragen, was es mit seinem Eindruck auf sich hat. Er hatte wieder einmal einen guten Riecher. Auch die Raubtiere sind mit den letzten Ereignissen sehr zufrieden, wie er erfährt. Erst hat Manni seinem Lebensretter Leo ein ordentliches T-Bone-Steak zum Dank vorbeigebracht, was die Tiere durchaus sehr freut, da es zeigt, dass die Menschen es zu schätzen wissen, wenn ein Tier beherzt eingreift. Gestern haben die Kommissare sich dann ebenfalls nicht lumpen lassen und hatten doch tatsächlich für jedes einzelne Raubtier eine Extraportion Fleisch dabei, mit welchem sie allerdings

Manni gefüttert hat, wie Pickeldi ihm lachend berichtet. Die großen Beamten haben noch immer Angst vor den Katzen, was diese durchaus erfrischend finden. Jogi erfährt in diesem Gespräch auch, dass Ede jetzt sogar einen eigenen Paten hat, bei welchem es sich um keinen Geringeren als den Kriminalhauptkommissar Bauer handelt. Alle sind jetzt schon gespannt darauf, wie Bauer sich Ede gegenüber verhält, wenn er ihn das nächste Mal besuchen kommt. Allerdings stellt der schlaue Vogel auch fest, dass Ede durchaus Gefallen daran gefunden hat, nun einen eigenen Menschenpaten zu haben. Er sieht nämlich direkt verträumt aus. Jogi hofft nur, dass er nicht nur so aussieht, weil er gedenkt, seinen Paten gleich einmal anzuknabbern, wenn er ihm tatsächlich zu nahe kommt. Aber eigentlich glaubt er, dass das bestimmt gut geht zwischen dem Panther und dem Beamten. Beides sind ja durchaus stattliche Kerle, die werden sich schon zusammenraufen und letztendlich bestimmt auch gut verstehen.

Er bleibt noch eine Weile bei seinen Gefährten, um sie darüber zu informieren, was gestern Abend noch so alles los war und dass durchaus noch mit einigen Leckereien zu rechnen ist, da zum einen alle Tierpaten etwas für ihre Schützlinge mitgebracht haben und zum anderen bestimmt noch viele Reste vom guten Essen übriggeblieben sind und, nicht zu vergessen, weil auch die Landwirte Leckerlis im Gepäck hatten. Da fällt für so manchen bestimmt noch das eine oder andere gute Häppchen ab. Also sieht es bereits am Morgen so aus, dass es heute wieder ein absolut gelungener Tag werden wird. Als die Raubtiere dann noch von ihrem Vogelfreund erfahren, dass der Park heute für Besucher geschlossen ist, da alle Angestellten durchaus lange gefeiert haben und so heute nur aufgeräumt und das Nötigste erledigt wird, freuen sie sich erst recht auf einen geruhsamen neuen Tag im Zoo.

Natürlich muss Jogi dann auch schon weiter. Er hat schließlich noch viele Tiere zu besuchen, die alle seine neue Marke bewundern sollen. Da bleibt ihm keine Zeit, lange an nur einem Ort zu verweilen. Die Raubtiere quittieren die Ausführungen des Vogels mit einem dicken Grinsen und lassen ihn dann auch schon weiterflattern.

Eigentlich braucht man es nicht extra zu erwähnen, aber es ist durchaus so, dass der gelbe Ara fast den ganzen Tag damit beschäftigt ist, sich bewundern zu lassen. Außerdem gibt er natürlich nur zu gerne die ganze Geschichte des Vorabends wieder und wieder zum Besten. Er ist ja immerhin das einzige Tier, das live dabei war. Er kommt sich ein bisschen so vor, wie sich die Reporter fühlen müssen, die in Cannes dabei sein dürfen, wo alles, was als Schauspieler Rang und Namen hat, sich einmal im Jahr trifft und feiert. Dieses Gefühl gefällt ihm und könnte sich in nächster Zeit ruhig noch ein paar Mal wiederholen. Es muss ja nicht gleich wieder jemand umgebracht werden. Ihm würde es schon genügen, wenn es um kleinere Fälle geht, denen er sich eingehend widmen kann. Vielleicht lässt sich da ja etwas machen, denkt er verträumt, als er dann abends durchaus müde, aber noch immer von Euphorie und jeder Menge Glücksgefühlen durchströmt auf seinem Baum sitzt und genüsslich an einem Stückchen Mango nascht. »Das Leben ist doch einfach herrlich«, denkt er sich dabei ganz selig.

67

Die menschlichen Zweibeiner hatten sich an diesem Tag für zehn Uhr verabredet, um in ihrem Zoo gemeinsam für Ordnung zu sorgen. Tatsächlich sind auch alle erschienen, wenn auch nicht ganz so pünktlich wie ausgemacht. Manche hatten die Zeit irgendwie falsch im Kopf und andere sind nicht so gut aus dem Bett gekommen, da sie wohl doch tiefer ins Glas geschaut hatten, als ihnen gutgetan hat. Aber um elf Uhr waren dann alle beisammen und haben gemeinsam angepackt, um für den nächsten Tag wieder alles so herzurichten, wie es ihre treuen Zoobesucher seit Jahren gewohnt sind.

Marta, Manni, Tom und Harry übernehmen heute die Fütterung aller Tiere gemeinsam. So sind die beiden Tierpfleger um einiges schneller mit ihrer Arbeit fertig, als das sonst der Fall ist. Außerdem wird heute auch einmal darauf verzichtet, die Tiergehege zu säubern, dafür ist morgen wieder genügend Zeit. Sie schauen noch gemeinsam nach den Kleinsten, die sich in der Aufzuchtstation tummeln, damit diese alle gut versorgt sind, und dann ist ihre Arbeit auch schon geschafft. Darüber sind sie auch mehr als froh. Denn alle vier haben es sich gestern Abend so richtig gut gehen lassen und haben entsprechend bis in die Nacht gefeiert. Da sie auch einiges an alkoholischen Getränken zu sich genommen haben, sind sie heute doch recht

erledigt und müde. Daher sind sie ihrem Chef umso dankbarer dafür, dass
er den Tierpark heute für Besucher nicht hat öffnen lassen.

Als sie wieder zu den anderen Kollegen kommen, sind auch diese so gut
wie fertig mit Aufräumen und Zurückbauen. Der Koch Herbert hat inzwischen die vielen Essensreste noch einmal aufbereitet und warm gemacht, so
dass die Kollegen es sich nun schmecken lassen können. Tatsächlich ist danach immer noch etwas übrig, so dass Herbert sich schon wieder Kreationen
für die Tiere ausdenkt. Da hat der Ara wieder einmal mehr Recht behalten.
So kommen auch die Zooinsassen noch in den Genuss eines guten Mahles.

Da für heute nichts weiter auf dem Plan steht, verabschieden sich bald
nach dem Resteessen alle und wünschen einander noch einen ruhigen Tag,
damit sie morgen wieder frisch und ausgeruht ans Werk gehen können.

68

Wie es das Schicksal will, hat auch der städtische Reporter, Georg Wichtig,
der für die Negativschlagzeilen des Zoos verantwortlich war, davon gehört,
dass der Täter durch die schlauen Zooinsassen zur Strecke gebracht wurde.
Er wäre natürlich ein schlechter Berichterstatter, wenn er sich diese Story
entgehen lassen würde. So klemmt er sich kurzentschlossen an sein Telefon,
um sich im Tierpark so lange durchzufragen, bis er eine Person gefunden
hat, die bereit ist, sich auf ein Interview mit ihm einzulassen. Schneller als
gedacht, landet er dann bei der Marketingassistentin, Anja Süß. Als diese
hört, dass der »böse« Reporter, der ihren Zoo in so schlechte Nachrichten
verwickelt hat, sogar vorbeikommen will, um nun von den mutigen Tieren zu berichten, erklärt sie sich sofort bereit, mit ihm zu sprechen, und so
vereinbaren sie schon für den nächsten Tag einen festen Termin. Wichtig
wundert sich zwar darüber, dass Frau Süß so gar nicht zu einem Treffen
überredet werden musste, aber die Freude darüber, eine mögliche Story
für die Tageszeitung an Land gezogen zu haben, überwiegt so weit, dass
er sich weiter keine Gedanken mehr über das schnelle Zustandekommen
seines nächsten Interviews macht. Das hätte er mal lieber tun sollen. Denn
die findige Marketingassistentin hat natürlich auch so ihre Hintergedanken,

der Reporter hat ihr geradezu die richtigen Karten in die Hände gespielt. Sie hat sich nämlich schon gefragt, wie sie es schaffen könnte, den Schmierfink zur Rede zu stellen. Außerdem will sie als Entschädigung für seine schlechte Presse eine Exklusivgeschichte von ihm veröffentlicht haben. Sie freut sich schon direkt darauf, diesen Typen kennenzulernen. Ob er im Anschluss an das Treffen auch noch erfreut darüber ist, überhaupt in den Zoo gekommen zu sein, bleibt erst einmal abzuwarten. Süß jedenfalls bereitet sich schon einmal intensiv auf das morgige Treffen vor und schreibt sich alles auf, was sie diesem Zeitungsmenschen an den Kopf werfen will. Mit ihren Überlegungen und den richtigen Formulierungen ist sie dann fast den ganzen Tag beschäftigt, aber dafür ist sie dann auch durchaus gut für den nächsten Tag gerüstet. Sie will den Tierpark mit ihren vielen verschiedenen Aktionen unbedingt in die tiefschwarzen Zahlen bringen, vorher gibt sie nicht auf und die Zeichen für das Gelingen stehen eigentlich gar nicht mal so schlecht.

So kommt es dann, wie es kommen muss. Herr Wichtig erscheint bereits siegessicher am Eingangstor des Tierparks und erklärt mit wichtiger Stimme, dass er einen Termin bei der Marketingabteilung hat. Darüber muss Anne Müsig erst einmal lachen. »Marketingabteilung, na, das ist aber dann doch ein bisschen übertrieben. Wir sind ein kleiner städtischer Zoo, da ist selbst eine Person nicht hundertprozentig mit dem Thema Werbung ausgelastet«, meint sie mit einem breiten Grinsen. Aber natürlich sagt sie Anja gleich telefonisch Bescheid, dass ihr hoher Besuch eingetroffen ist und sie Herrn Wichtig doch bitte bei ihr am Empfang abholen soll. Immer noch grinsend, bittet sie den Reporter zu warten und amüsiert sich im Anschluss in ihrer kleinen Bude erst einmal ausführlich über den Namen dieses Typs. Wenn der mal nicht genau auf ihn zugeschnitten ist, denkt sie sich. Kurz darauf fragt sie sich sogar, ob er sich diesen Namen nicht einfach so als eine Art Künstlernamen selbst ausgesucht hat und bürgerlich vielleicht ganz anders heißt. Es wäre doch schon ein ganz schön großer Zufall, wenn ein so von sich überzeugter Mensch, wie sie ihn gerade selbst erlebt hat, auch noch seit seiner Geburt den Namen »Wichtig« trägt. Das muss sie Anja später unbedingt noch fragen, nimmt sie sich fest vor.

Auch Anja Süß kann sich ein Lachen nicht verkneifen. Denn auch bei ihr stellt sich der Zeitungsmensch sehr von sich überzeugt und siegessicher dar. Aber anders als Anne fragt sie ihn schon gleich beim ersten Kennenlernen, ob es sich bei Georg Wichtig tatsächlich um seinen richtigen Namen handelt. Etwas irritiert bestätigt das der Reporter. Warum sollte er denn einen Namen nennen, der nicht sein richtiger ist? Was hätte er denn davon? Er will ja schließlich Karriere machen, da muss man doch mit seinem richtigen Namen arbeiten, wie soll die Menschheit sonst erfahren, dass es sich dabei um genau ihn handelt? Außerdem fragt er sie, was denn sein Name hier zur Sache tut. Anscheinend ist ihm selbst noch nie das Licht aufgegangen, dass sein Verhalten und sein Name so gut zusammenpassen, dass es schon nicht mehr echt wirkt. »Ist der Typ wirklich so von sich überzeugt oder einfach nur ein guter Schauspieler?«, fragt sich Anja. Aber das dürfte sich ja nun im Gespräch ganz schnell herauskristallisieren, freut sie sich schon.

Erst einmal lässt Süß den Reporter in dem Glauben, dass sie ganz angetan davon ist, dass dieser eine Geschichte über die wilden Tiere, die einen Mord aufgeklärt haben, in die Zeitung bringen möchte. Sie erzählt ihm alles, was ihn zu diesem Thema interessiert, und schon bald haben sie einen interessanten Stoff zusammengetragen, aus dem sich wunderbar eine gute Story machen lässt. So werden die Raubkatzen und der Papagei später in einem sehr guten Licht dastehen, die Beamten der Kriminalpolizei aber werden etwas schlecht wegkommen. Aber das ist Anja absolut egal. Sie interessiert sich nur dafür, den Tierpark für die Städter so interessant zu machen, dass genügend Menschen auf die Idee kommen, ihren Sonntagsausflug demnächst hierher anstatt ins Stadtbad zu machen. Auch Wichtig scheint mit der Geschichte durchaus zufrieden zu sein. Er findet, dass Anja Süß ihm die Einzelheiten schlüssig und präzise erklärt hat. So war es für ihn sehr einfach, aus ihren Worten sofort ein paar gute Aspekte abzuleiten und anschließend zu skizzieren, die durchaus für eine interessante und lustige Geschichte taugen.

Dann geht Anja Süß zu ihrem Kampfplan über. Der vollkommen unbedarfte Wichtig merkt erst einmal gar nicht, was die hübsche junge Frau im Schilde führt. Anja fragt den Reporter erst einmal, ob er nicht ein paar Fotos von den Supertieren schießen möchte, damit die Geschichte ein bisschen aufgepeppt wird. Damit ist der Reporter auch gleich einverstanden. Er hat nämlich wohlweislich eine Kamera mitgenommen, da er durchaus die Hoffnung hatte, ein paar Bilder von den Zooinsassen knipsen zu können. Willig lässt er sich von Süß zu Jogi führen, immer noch nichts ahnend, sondern der Meinung, dass er alles gut im Griff hat. Der Ara zeigt sich natürlich von seiner absoluten Schokoladenseite und lässt sich nur zu gerne mit seiner glänzenden Dienstmarke ablichten. Er träumt im Anschluss gleich einmal von einer TV-Karriere, in der er als der Starermittler des Tierparks auftreten wird.

Dann geht es weiter zum Raubtiergehege und Anja führt Herrn Wichtig gleich einmal zu der Stelle, an der der Mord geschah. Sie spürt schon beim Betreten des Stalles, dass sich der Reporter schon gleich gar nicht mehr so mutig fühlt und sich etwas besorgt und nervös im Raum umschaut. Anscheinend ist er nicht gerade der größte Fan von großen Wildkatzen. Mit Genugtuung nimmt Anja das Unbehagen bei ihrem Gast wahr. Genauso hatte sie es sich erhofft. Als sie Wichtig erklärt, dass er ruhig näher an die Gitterstäbe kommen kann, um die Tiere besser in Augenschein nehmen zu können, wird dieser sogar etwas blass. »Umso besser«, denkt Anja und beginnt mit ihrer Attacke. Plötzlich weht Georg Wichtig ein ganz anderer Wind um die Nase. Wo kommt der denn auf einmal her? Jedenfalls baut sich die Süß jetzt vor ihm auf und erklärt ihm, dass er ein Schmierfink ist und dem Tierpark sogar richtig massiv geschadet hat. Wie bitte? Er und ein Schmierfink? Die spinnt wohl! Als er sie fragt, wie sie darauf kommt, dass ausgerechnet er dem Zoo geschadet haben soll, ist Anja genau da, wo sie ihn haben will. Mit relativ lauter Stimme, die die Raubtiere interessiert aufhorchen und sogar etwas näher an die Gitterstäbe rücken lässt, was natürlich auch Wichtig nicht verborgen bleibt, erklärt sie dem Reporter daraufhin, dass er so viele schlimme Sachen über den Zoo geschrieben hat, nachdem hier ein Mord geschehen war, für den niemand hier etwas konnte, dass die Menschen die Tiere nicht mehr besucht haben. Da es dem Park sowieso nicht sehr rosig geht, war das eine ziemlich brenzlige Situation und sie ist der Meinung, dass er daran ganz alleine die Schuld trägt. Ein kleiner Absatz in seinem Tagesblatt hätte ja auch ausgereicht. Warum musste er nur jeden Tag irgendwelche Horrorgeschichten erzählen, von denen sich absolut nichts bewahrheitet hat und die alle nur Humbug waren? Das sei doch die Höhe und eigentlich müsste man ihn wegen Verleumdung anzeigen. Ob er sich darüber schon einmal Gedanken gemacht hat. Sie erwartet von ihm eine Wiedergutmachung und die ist nicht mit nur einem einzigen Bericht in seiner Zeitung getan, da muss schon mehr von ihm kommen.

Georg Wichtig muss diese Ansprache erst einmal verdauen. Ist er hier im falschen Film gelandet? Diesen verbalen Angriff hätte er der hübschen jungen Dame gar nicht zugetraut und er hat ihn auch absolut nicht kommen sehen. Aber er muss zugeben, dass ihm das Verhalten von Frau Süß auch imponiert. Wie geschickt sie es eingefädelt hat, ihn hier zu den Raubtieren zu bringen, um ihm dann mit ihren Anschuldigungen zu kommen. Also alle Achtung, das ist richtig gut! Er selbst hätte es nicht besser machen können. Aber was die Kleine wiederum nicht wissen kann, er würde sogar gerne eine Kampagne mit dem Tierpark machen. Er hat nämlich von seinem Chef den Auftrag erhalten, dass er sich ein städtisches Thema aussuchen soll, über das er dann ein paar Ausgaben lang täglich berichten soll. Bisher wusste er nicht, wo er in der Stadt ein Thema finden soll, über das er in mehreren Teilen schreiben kann, was ihm fast schon etwas Sorgen machte, da sein Chef nicht sehr geduldig ist und seine Ideen am liebsten sofort umgesetzt sieht. Aber das Problem hat sich ja gerade eben in Luft aufgelöst. Natürlich muss das wiederum Frau Süß nicht wissen!

So mimt er erst einmal den beleidigten Reporter und weist sein Gegenüber darauf hin, dass er durchaus ein Tatsachenberichterstatter ist und sich keinesfalls das Wort Schmierfink gefallen lässt. Er fragt sie, was sie denn von ihm wolle, sie müsse schon froh sein, dass er überhaupt hierhergekommen ist, um eine Geschichte über den Zoo zu schreiben. Aber Frau Süß lässt sich von seinen Worten kein bisschen verunsichern. Sie sagt zu ihm: »Was ich will, das kann ich Ihnen ganz genau sagen. Ich will, dass Sie eine mehrtägige Story über uns und unsere Tiere bringen. Ich unterstütze Sie dabei nach Kräften und bringe Ihnen unseren Arbeitsplatz und unsere kleine Welt näher, aber ich erwarte von Ihnen, dass Sie eine schöne Reportage über uns und unsere tollen Tiere bringen.« Interessiert schaut Wichtig die Sprecherin an. Frau Süß hat sich richtig in Rage geredet, was ihren Wangen eine rosa Färbung beschert hat. Außerdem schaut sie ihn aus ihren funkelnden Augen herausfordernd und sogar etwas kämpferisch an. Wichtig kommt gerade der Gedanke, dass sie ihrem Nachnamen auch alle Ehre macht. Wie sie da so kampfbereit vor ihm steht, ist sie wirklich ziemlich süß.

Er beschließt, sich zerknirscht zu zeigen und dann klein beizugeben, und stimmt dem Vorschlag einer Reportage dann zu. Ob Süß über seine schnelle Kapitulation überrascht ist, kann er nicht herausfinden. Sie sieht ihn nur triumphierend an, hält ihm ihre Hand entgegen, damit er nur noch einschlagen muss, und sagt: »Deal.« Er ergreift die Hand und erwidert den Ausruf: »Deal.«

So kommt es, dass beide Parteien heute durchaus zufrieden mit sich und mit ihrem Tagesergebnis sind. Anja Süß erhält eine Exklusivstory über ihren Zoo, in welche sie viel Herzblut und Hingabe stecken wird, das weiß sie schon jetzt. Georg Wichtig dagegen kann seinem Chef berichten, dass er ein sehr geeignetes Objekt gefunden hat, über welches sich locker mehrere Tage lang Geschichten finden, und dass er sogar bereits die Zustimmung der entscheidenden Person eingeholt hat. Das dürfte ihm bei seinem Vorgesetzten ein paar zusätzliche Pluspunkte einbringen. Dieser weiß es nämlich durchaus sehr zu schätzen, wenn man ihm bereits mit Ergebnissen kommt und das Rad nicht erst noch neu erfinden muss. Dass Wichtig seiner Aufforderung, eine mehrtägige Story zu schreiben, so schnell nachkommt, wird zusätzlich noch ein gutes Licht auf den Reporter werfen. Außerdem freut er sich schon jetzt darauf, mit dieser taffen Lady mit dem schönen Namen Anja Süß zusammenarbeiten zu können. Er ist davon überzeugt, dass das Projekt eine sehr interessante Sache wird, und wer weiß, vielleicht findet er Frau Süß auch danach noch anziehend, so dass es sich lohnen könnte, hier mit viel Gefühl durchaus richtig gute Geschichten zu schreiben. Was Wichtig nicht wissen kann, ist, dass auch Anja Süß den Reporter gar nicht so schlecht findet.

Als die beiden sich aus ihrem Handschlag lösen, führt Anja den Reporter nach draußen zum Freigehege, wo sie mit einem Lächeln auf den Lippen verkündet, dass er hier bestimmt viel bessere Bilder von Leo und den anderen Raubtieren machen kann, da hier die lästigen Gitterstäbe nicht so stören. Dieses freche Biest! »Na warte«, denkt sich Wichtig, »das bekommt sie noch zurück.« Aber schließlich schießt er ein schönes Bild von dem prächtigen Löwen, der ihm direkt in die Linse schaut, und dem ersten Bericht in der Zeitung steht nun schon nichts mehr im Wege. Bevor sie sich verabschieden, tauschen sie noch ihre Kontaktdaten aus, da sie sich ja in nächster Zeit häufiger hören und sehen werden. Das verspricht schon jetzt eine aufregende Zeit zu werden.

69

Natürlich ist Anja Süß stolz auf ihren Erfolg und berichtet ihrem Chef auch sogleich von ihrer nächsten Aktion zur Rettung des Parks. Reuter freut sich wie ein kleines Kind und ist wieder einmal überrascht von den Ideen, die Süß so tagtäglich aufs Neue entwickelt.

Um tatsächlich im besten Licht zu strahlen, muss vor Beginn der Zeitungskampagne allerdings noch ein bisschen etwas getan werden. Zoodirektor Reuter beschließt, dass dies nun genau der richtige Zeitpunkt wäre, um ein paar Renovierungen durchzuführen. So kommt es, dass die Zooangestellten in den nächsten Tagen richtig viel zu tun haben, denn sie bringen neben ihrer täglichen Arbeit auch noch den Zoo so richtig auf Vordermann.

Tom Lustig und Harry Ruppert nehmen sich der Teiche im Tierpark an. Sie lassen das Wasser bei den Flamingos und den Ottern ab, um die Becken erst einmal gründlich zu schrubben und anschließend neu zu streichen. Zum Glück scheint zurzeit ziemlich viel die Sonne, so dass es kein Problem ist, die Farbe trocken zu bekommen und das Wasser schon bald wieder zuführen zu können.

Die Restaurantfachkräfte, die sich auch als Putzteufel und Dekotanten im Tierpark verstehen, tun ihr Bestes, damit alles in neuem Glanz erstrahlt. Sie wienern, was ihnen in die Finger kommt, mit einer Riesenhingabe und dekorieren das ganze Restaurant um, so dass es danach tatsächlich komplett verändert aussieht.

Marta und Manni beschließen, dass es an der Zeit ist, die Gitterstäbe im Raubtierstall neu zu streichen. Nachdem sie jeden einzelnen Stab mit einem Tuch gesäubert haben, entscheiden sie sich, alles in einem hellen Grün erstrahlen zu lassen.

In einer gemeinsamen Aktion kümmern sich die Männer dann um neue Bäume für die Koalabären. Diese lieben es, wenn ihre Kletterstämme in weit ausladenden Baumkronen enden, dann haben sie immer das Gefühl, in kompletter Freiheit zu leben, denn da oben können sie sich gut im Laub verstecken und haben ihr Futter sozusagen immer direkt um sich herum. Um das Projekt durchführen zu können, ist es jedoch erst einmal nötig, mit dem städtischen Förster zu sprechen. Der stellt sich zum Glück nicht quer und gibt gleich mehrere Bäume frei, die die Zooangestellten fällen und mitnehmen dürfen. Das lassen sich die Männer natürlich nicht zweimal sagen und schon bald sind sie mit vier neu geschlagenen Bäumen mit absolut schönen großen Baumkronen unterwegs zu den kleinen Bären. Diese erfreuen sich wenig später an einem neuen kuscheligen Zuhause, welches sie gleich einmal in Beschlag nehmen, um die dichten Baumkronen einer ordentlichen Inspektion zu unterziehen.

Dann schneiden die Kollegen gemeinsam alle Hecken. Zum Teil ergeben die Büsche hinterher richtig schicke Bilder, natürlich von Tieren wie einem Reh oder einem Vogel. Die Wege werden gründlich gefegt und alles wird sehr ordentlich aufgeräumt und unnützes Zeug, das schon lange nur so herumsteht, wird endlich einmal weggeräumt.

Das Ergebnis aller Bemühungen kann sich durchaus sehen lassen. Der Tierpark erstrahlt tatsächlich wie neu, alles ist ordentlich und überall sieht es richtig hübsch aus. Die Angestellten haben schon einmal alles dafür getan, dass die Zeitungskampagne ein voller Erfolg wird, das muss man ihnen neidlos anerkennen. Die Gemeinschaft ist auch durchaus stolz auf ihr Ergebnis. Nun kann der Zeitungsfritze kommen. Von ihrer Seite steht dem Erfolg nichts mehr im Weg.

70

Die Berichte, die in der Tageszeitung über den Zoo erscheinen, können sich dann tatsächlich absolut sehen lassen. Wichtig und Süß erweisen sich als gutes Team. Sie schaffen es, jeden einzelnen Bericht interessant und lesenswert zu machen, und berichten in jeder Ausgabe von einer anderen Ecke des Zoos.

In der ersten Ausgabe werden erst einmal Leo und Jogi ausführlich beschrieben und in allen Einzelheiten vorgestellt und natürlich wird noch einmal ausführlich darüber berichtet, wie intelligent diese Tiere doch sind. Um die Storys noch interessanter zu machen, haben die beiden beschlossen, dass auch die Angestellten interviewt werden. So kommt es, dass gleich beim ersten Mal Manni, dem Leo ja sein Leben zu verdanken hat, ausführlich zu

Wort kommt. Er erzählt solche bewegenden Geschichten über die beiden vorgenannten Tiere, dass bereits die erste Ausgabe ein voller Erfolg wird und die Tageszeitung am Erscheinungstag ruck, zuck total ausverkauft ist. In keinem Kiosk kann man um die Mittagszeit noch ein Exemplar der Zeitung erhaschen, da es sich in der Stadt ganz schnell herumgesprochen hat, wie liebenswert darin über den Zoo berichtet wird.

Natürlich werden auch alle wirklich süßen Tiere ausführlich von Wichtig beschrieben. So erhalten die Erdmännchen, die Wombats, die Kängurus, die Otter und die Minischweine ebenfalls reichlich Beachtung und bald weiß jeder in der Stadt mehr über seinen Tierpark, als das bisher schon einmal der Fall gewesen wäre. Da in jeder Ausgabe auch mindestens über einen Angestellten geschrieben wird, ist die Bevölkerung schon bald der Ansicht, den Zoo, seine Insassen und alle Arbeiter schon ewig zu kennen.

Das setzt schon bald eine Lawine in Gang, die selbst die von ihrer Arbeit überzeugte Anja Süß sich nicht zu träumen gewagt hätte. Bald strömen tatsächlich richtige Menschenmassen in den Zoo. Ganze Familien erscheinen mit ihren Picknickkörben und bringen nicht nur ihre Kinder, sondern auch die Großeltern mit. Jeder will zum einen die mutigen Ermittler unter den Tieren unbedingt persönlich kennenlernen, sich zum anderen aber auch an den vielen süßen und richtig witzigen Zooinsassen erfreuen.

So ist es nicht verwunderlich, dass es bereits nach kurzer Zeit kein Tier mehr gibt, das sich nicht mit einem eigenen Paten rühmen kann. Denn es kommen viele Menschen zu Besuch, die sich bisher nie mit den kleinen Wesen befasst haben. Genau die sind es, die dann oftmals absolut begeistert von gerade einem ganz bestimmten Tier sind, dass sie sich sofort dazu entschließen, ihren neuen Liebling auf jeden Fall künftig zu unterstützen und ihm Liebe und Hingabe zu schenken. Natürlich verbunden mit vielen kleinen Leckerlis, die man seinem Tier gerne persönlich überreicht.

Besser hätte es für den Zoo gar nicht kommen können. Durch die Reportage erhält er kostenlos so viel Werbung, dass sich tatsächlich Schlangen an der Kasse bilden und Reuter schon überlegt, ob er vielleicht noch ein weiteres Kassenhäuschen bauen muss, um den heranstürmenden Menschenmassen die Wartezeit etwas zu verkürzen. Alle Angestellten freuen sich darüber, dass nun auch Menschen in den Park kommen, die sie hier noch nie gesehen haben. Die Geschichten haben auch diejenigen auf den

Plan gerufen, die sich bisher nie so richtig der Tatsache bewusst waren, dass es in ihrer schönen Stadt auch einen tollen Tierpark gibt. Die Geschichten kamen bei der Bevölkerung viel besser an, als es jede teure Werbung hätte tun können. Denn Flugblätter und irgendwelche bunten DIN-A4-Seiten finden die Leute tagtäglich überall, wo sie sich aufhalten, und nehmen diese inzwischen gar nicht mehr richtig als Anreiz wahr, sondern finden das ganze Papier nur noch ziemlich lästig. Eine schöne Geschichte hingegen, die nicht so lang ist, dass man schon gleich keine Lust hat, sie überhaupt komplett zu lesen, die führt sich doch jeder ganz gerne zu Gemüte.

Die Aufmerksamkeit, die die Tiere inzwischen erhalten, finden sie so richtig gut. Das hätten sie selbst nie von sich gedacht. Leo und Jogi sonnen sich geradezu darin. Die beiden sind zurzeit einfach die absoluten Highlights des Zoos. Jeder Besucher will zumindest einen Blick auf den Löwen und den Papagei werfen. Aber auch die anderen Tiere kommen durchaus auf ihre Kosten. Auch sie erfahren viel Bewunderung und erhalten sogar ein paar extra Streicheleinheiten von den Besuchern, die sich getrauen, die manchmal eben doch noch wilden Tiere zu berühren.

71

Trotz aller Aufregung und Bewunderung hat Jogi nicht vergessen, dass er die Lösung des Falles nicht alleine vollbracht hat. Er bleibt auf dem Boden der Tatsachen und erinnert sich sehr wohl daran, dass zuerst die Flamingos und die Erdmännchen ihm dabei geholfen haben, die richtigen Gedanken zu entwickeln, und dass schließlich die Tiere, die vor dem Park im Freien leben, auch einiges dazu beigetragen haben, alle auf die richtige Fährte zu bringen.

So lässt es sich der quirlige Vogel nicht nehmen, auch den Freunden draußen von ihrem durchschlagenden Erfolg zu berichten. Dazu muss er einmal mehr darauf warten, dass es Nacht wird. Als es endlich so weit ist, macht er sich auf den Weg zu seinen Mäusefreunden, bei welchen er wie immer auf die Clanführer Randy, Rudolf und Rolf stößt, und natürlich auch zur Eule Elsa, die wieder auf ihrem Baum sitzt und alles in der Umgebung überblickt. Mit großem Interesse hören sie dem Bericht des Aras zu und lassen sich so von ihm auf den neuesten Stand bringen. Das meiste haben die freien Tiere gar nicht mitbekommen, daher dauert es auch eine ganze Weile, bis sie über alle Ereignisse entsprechend informiert sind. Aber die Geschichte zu erzählen ist längst nicht der einzige Grund, aus dem Jogi die muntere Schar vor dem Gelände besucht. Wie diese nun bemerken, hat der Papagei nicht nur seine neue Dienstmarke mitgebracht, sondern er trägt auch noch ein Tütchen um den Hals.

Jogi hat ihnen tatsächlich etwas zu fressen mitgebracht. Für die Mäuse hat er Obststückchen dabei und für Elsa hat er Nüsse in besagtem Tütchen. Mit der Überreichung seiner Gaben bedankt er sich noch einmal ganz herzlich bei seinen Helfern. Ohne sie hätten es die Zootiere nie geschafft, da ist er sich absolut sicher. Natürlich freuen sich die Beschenkten über ihre Gaben und die Aufmerksamkeit, die ihnen der Papagei entgegenbringt. Der Jogi, der ist eben einfach ein feiner Kerl, dem der Erfolg noch nicht zu Kopf gestiegen ist. Das kann man ja nicht unbedingt von jedem Lebewesen behaupten. Stolz erklären die Mäuse und die Eule, dass es ihnen eine Ehre war, ihm bei der Mörderjagd behilflich gewesen zu sein. Und wenn es wieder einmal ein Problem gibt, kann er sich jederzeit gerne wieder an sie wenden. Sie werden ihn, soweit sie können, unterstützen. »Wir Tiere müssen schließlich zusammenhalten«, verkündet Randy voller Inbrunst. Da hat die Maus vollkommen Recht. Zusammenhalten ist da A und O. Nur gemeinsam ist man stark. Das hat Jogi längst begriffen, und auch wenn er so manche Tiergruppe nur zu gerne ärgert, und wir denken dabei jetzt nicht an die Flamingos, so weiß er doch, dass nur, wenn alle zusammenhalten, am Ende auch etwas Vernünftiges dabei herauskommt.

Somit haben die schlauen Tiere nicht nur einen Mörder gefasst und hinter Gitter gebracht, sondern sie haben auch noch ihren Zoo vor der Schließung gerettet und dafür gesorgt, dass alle Gefährten genau da bleiben können, wo sie jetzt sind und wo sie sich rundherum wohlfühlen. Mal ganz abgesehen davon, dass sie auch alle Angestellten vor der Arbeitslosigkeit bewahrt haben und natürlich im gleichen Atemzug dafür gesorgt haben, dass sie ihre liebsten Tierpfleger auch noch lange Zeit behalten dürfen. Somit sind allen Tieren ihre guten Futterrationen auf lange Sicht hundertprozentig sicher und niemand muss befürchten, dass sich hier im städtischen Tierpark in nächster Zeit sehr viel ändern wird.

Damit ist wieder einmal mehr bewiesen:

Ende gut, alles gut!

Ich hoffe, mein Buch hat Ihnen ganz viel Spaß gemacht!
Es grüßt Sie ganz herzlich Ihre Sabine Bramm.